Melanie Lindorfer, geboren 1986, lebt mit ihrer Familie in Oberösterreich. Sie ist fasziniert von den Relikten der Vergangenheit, von Dingen, die verborgen, vergessen oder aus der heutigen Zeit verschwunden sind. Inspiration für ihre Geschichten holt sie sich auch bei ihren Streifzügen durch den Böhmerwald und die geheimnisvolle Landschaft des Mühlviertels.

MELANIE
LINDORFER

Das Geheimnis von Schloss Rosenhag

Überarbeitete Neuausgabe Juni 2023

Das Geheimnis von Schloss Rosenhag

ISBN 978-3-98778-537-5
E-Book-ISBN 978-3-98778-527-6

Dies ist eine überarbeitete Neuausgabe des bereits 2021 bei dp Verlag, ein Imprint der dp DIGITAL PUBLISHERS GmbH erschienenen Titels Das Erbe von Schloss Rosenhag (ISBN: 978-3-96817-000-8).

Covergestaltung: Anne Gebhardt
Umschlaggestaltung: ARTC.ore Design
Unter Verwendung von Abbildungen von
www.shutterstock.com: © Dmytro Balkhovitin, © Triff, © StockWithMe, © Kriengsuk Prasroetsung, © Alex Andrei
stock.adobe.com: © phatthanit, © alexdndz
Lektorat: Mona Dertinger
Satz: dp DIGITAL PUBLISHERS GmbH
Druck und Bindung: Books on Demand GmbH, Norderstedt

Für Peter

Kapitel 1

Salzburg, Ende Juni 2019

Allmählich leerte sich der Hörsaal im Kellergeschoss der Kultur- und Gesellschaftswissenschaftlichen Fakultät. Evelyn erhob sich widerstrebend von ihrem Platz. Für ihr Zögern gab es einen Grund: In der anhaltenden Hitze der letzten Tage nutzte sie jede sich bietende Chance zur Abkühlung, selbst wenn sie dafür eine interdisziplinäre Vorlesung über Kunstpolemik ertragen musste. Das Quecksilber fiel derzeit nicht einmal nach Sonnenuntergang in den angenehmen Bereich. Im Gegenteil: Selbst an Orten über tausend Metern Seehöhe herrschten nachts noch tropische Temperaturen. Hitze, Sonne, Trockenheit – ein Rekordjuni in jeder Hinsicht.

Dafür war das Semester endlich geschafft! Die letzte Lehrveranstaltung, bevor es in die Sommerpause ging. Nächstes Jahr zur gleichen Zeit hätte Evelyn vielleicht schon ihren Master in Geschichte in der Tasche.

Drückende Schwüle empfing sie vor den Toren. Die Luft flirrte über den Betonplatten. Evelyn suchte den Schatten einer mächtigen Sommerlinde und ließ sich zu deren Wurzeln nieder. Ihr Blick glitt über das moderne Universitätsgebäude, das sich mühelos in das historische Ambiente der Mozartstadt einfügte. Darüber thronte die Festung Hohensalzburg, vergoldet von der Abendsonne. Evelyn benetzte gerade ihre Lippen mit dem letzten Schluck Wasser aus ihrer Trinkflasche, als ein Pfeifen an ihr Ohr drang.

Sammy!

Evelyn rappelte sich auf und rannte zu ihrer Kommilitonin, die sich aus einer Gruppe von Studenten gelöst hatte, um ihr entgegenzukommen. Sie umarmten sich zur Begrüßung.

„Wir gehen noch zum Zirkelwirt. Kommst du mit?"

Evelyn schmunzelte beim Gedanken an den letzten Besuch und an die ausgelassene Stimmung unter den Freundinnen, einer Truppe von fünf Studentinnen, die sich seit dem Beginn ihres Geschichtsstudiums in Salzburg kannten. Mittlerweile hatten sie sich in unterschiedlichen Kernfächern vertieft, sahen sich an der Uni seltener und auch sonst nicht mehr regelmäßig, ihrer Freundschaft tat das aber keinen Abbruch. Evelyn konzentrierte sich auf Kulturgeschichte und jüngere Ereignisse der Vergangenheit, die beinahe das komplette zwanzigste Jahrhundert umfassten. Sammys Interesse galt dem Altertum.

Ein Spezialgebiet teilten die jungen Frauen allerdings: Sie verstanden es zu feiern. Der Zirkelwirt war in den letzten Jahren zu ihrem Stammlokal geworden, in dem viele Ausgehabende ihren Anfang gefunden hatten.

Schon oft war Evelyn dabei in den Sinn gekommen, wie gut sie es doch hatten. Manchmal gewann sie während der Vorlesungen den Eindruck, ihre Generation wäre die erste, der es vergönnt war, das Leben zu genießen. Als hätte das Leid ihrer Ahnen das der Nachfahren vorweggenommen. Eine Last, die nicht aufzuwiegen war.

Evelyn schüttelte den Gedanken ab und erinnerte sich lieber an den schnuckeligen Kerl, der beim letzten Besuch beim Zirkelwirt mit ihr geflirtet hatte.

Mit einem Fingerschnippen vor ihren Augen holte Sammy sie in die Gegenwart zurück wie ein Hypnotiseur seine Versuchskaninchen aus der Trance.

„Normalerweise liebend gern. Aber heute geht es nicht. Ich habe noch eine Tour."

Evelyn verdiente sich neben dem Studium ein Taschengeld als Tourist-Guide. Einen besseren Studentenjob konnte sie sich für sich nicht vorstellen. Die Geschichten, die sich hinter den historischen Gemäuern der Stadt ereignet hatten, übten eine kaum zu beschreibende Faszination auf sie aus. Und mit dieser Begeisterung steckte sie die Touristen an – was sich herumsprach. Sie war gut gebucht und hatte schon oft das Lernen für Prüfungen auf die lange Bank geschoben, um stattdessen eine Gruppe durch die Altstadt Salzburgs zu führen. Dort war sie viel näher dran an der Geschichte, als sie es in einem Seminar oder einer Vorlesung hätte sein können. Dort berührte die Vergangenheit die Gegenwart – für jeden sichtbar, der ein Auge dafür hatte.

„Schade, dann sehen wir uns nicht mehr, bevor ich nach Rom reise."

Sammy wollte die Ferien bei einer Tante in Italien verbringen.

„Stimmt! Ich stoße später noch dazu, versprochen!"

Jetzt musste sich Evelyn beeilen. Es war bereits kurz vor zwanzig Uhr. In einer Dreiviertelstunde sollte sie sich mit ihrer Gruppe treffen. Zum Glück lag ihr WG-Zimmer am Fuße des Kapuzinerberges nur gut zehn

Gehminuten von ihrem Treffpunkt beim Schloss Mirabell entfernt. Aber erst musste sie es in die Wohnung schaffen. Sie schwang sich auf ihr klappriges Fahrrad und wählte ihre übliche Route durch das Kaiviertel. Am Mozartsteg überquerte sie die Salzach und folgte anschließend dem Radweg entlang des Ufers. Eine Radgruppe posierte ein Stück weiter, fing ein beliebtes Postkartenmotiv für ein Erinnerungsfoto ein. Eines, das Evelyn in ihrem Gedächtnis nachzeichnen konnte, weil die Kulisse sie selbst immer noch verzauberte, obwohl sie längst zu ihrem Alltag gehörte. Die Kuppeln und Türme der Altstadt lugten hinter den hohen Gebäuden am Rudolfskai hervor und schmückten den Himmel mit ihren unterschiedlichen Formen und Farben. Ganz hinten, kaum noch zu sehen, Stift Nonnberg mit seinem roten Häubchen. Grün bis zartblau die Kupferdächer des Doms. Im Kontrast dazu die dunkle Kuppel der Kollegienkirche. Den Rahmen bildeten die grünen Hänge der Salzburger Hausberge und die schroffen Felsen der umliegenden Gebirgszüge. Evelyn bog rechts ab, ließ das ehemalige Wohnhaus Mozarts und die Dreifaltigkeitskirche hinter sich. Fünf Minuten später war sie am Ziel, einem alten Eckhaus mit Türmchen.

Sie sprintete die Treppe zur Wohnung hinauf, die sie sich mit zwei anderen Studentinnen teilte, die beide ausgeflogen waren. *Zum Glück*! So hatte sie das Bad für sich.

In der Dusche entfuhr ihr ein spitzer Schrei, als der eiskalte Wasserstrahl ihre Zehen traf. Zappelnd ertrug sie die Erfrischung, die schließlich für eine Weile anhalten musste.

Sie schlüpfte in kurze Shorts und ein pinkfarbenes Shirt, auf dessen Rücken die Aufschrift *Salzburg Romantic Tours* prangte. Die Vorderseite zierte ein Herz, in dem die Skyline der Stadt zu sehen war. Darunter der Slogan *LOVE at first SIGHT*. Fürs Föhnen reichte die Zeit nicht mehr. Aber ihre dunkelblonden Haare würden an der Luft schnell trocknen und sich zu sanften Wellen zusammenziehen. Evelyn mochte es gerne unkompliziert und trug ihr Haar deshalb lang, bis zu den Schulterblättern. Einmal durchkämmen und fertig. Schon konnte es losgehen.

Beim Schloss angekommen, sah sich Evelyn nach ihren Kunden um. Normalerweise interessierten sich vor allem Pärchen für die romantische Tour. Diesmal sollte es eine Gruppe sein, so viel wusste sie aus der knappen E-Mail ihres Chefs. Mit wem hatte sie heute Abend wohl das Vergnügen? Mit den drei Seniorinnen in Dirndln oder der Horde von Schülern im Teenageralter? Die E-Mail hatte nur den Namen der Ansprechperson enthalten, keine Angabe zur Größe der Gruppe.

In diesem Moment löste sich eine der Dirndlträgerinnen von den anderen und kam auf Evelyn zu.

„Frau Breitenfellner?“, vergewisserte sich die Frau mit der etwas zu violett geratenen Dauerwelle.

„Richtig“, bestätigte Evelyn. „Freut mich, Sie kennenzulernen! Können wir starten? Sind schon alle da?“

„Ja, wir sind nur zu dritt.“

„Das passt gut, dann haben wir später in einer Kutsche Platz. Wie romantisch!“

Evelyn zwinkerte der alten Lady zu, woraufhin diese ein kehliges Lachen ausstieß und den anderen zurief: „Kommts Mädels!"

„Guten Abend die Damen. Mein Name ist Evelyn. Ich darf Ihnen heute meine Lieblingsplätze in Salzburg zeigen und ..."

Die Anführerin der drei fiel ihr ins Wort.

„Ich bin die Moni! Und das sind die Berta und die wilde Wilma."

Letztere holte mit ihrer Handtasche aus und schlug Moni damit auf den ausladenden Hintern. „Du bist unmöglich!", rief sie und die Frauen stimmten ein gackerndes Gelächter an.

Evelyn spielte mit. „Die wilde Wilma also? Darauf hat mich mein Chef aber nicht vorbereitet. Das schreit ja geradezu nach einer Gefahrenzulage."

„Nicht nötig", erklärte Moni. „Nur die Mannsbilder müssen sich in Acht nehmen. Wilma ist nämlich wieder auf dem Markt."

Da Evelyn nicht ins Fettnäpfchen stolpern wollte, verzichtete sie darauf nachzufragen, doch Wilma gab von sich aus bereitwillig Auskunft.

„Nach achtundvierzig Jahren Ehe ..."

„Das tut mir leid", entgegnete Evelyn und erhielt eine eindeutige Reaktion.

„Das muss es nicht!"

Wieder kreischten die Freundinnen. Die Passanten, die aus dem Mirabellgarten strömten, drehten sich schon nach ihnen um. Hoffentlich hatten Wilma und ihre Wingwomen Evelyns Stadtführung nicht mit dem Service einer Dating-Agentur verwechselt. Das passierte gelegentlich. Der zweideutige Slogan hatte bereits andere Sehnsüchtige in die Irre geleitet – sehr zum Vergnügen von Evelyns Kolleginnen im Büro. Evelyn wollte die drei gerade aufklären, da meldete sich Moni zu Wort.

„Keine Sorge, wir sind nicht auf Beutezug. Oder, Berta? Wir sind froh, wenn wir unsere Männer mal ein paar Stunden vom Hals haben. Wie heißt es so schön? Görls tschast wona hef fann."

Und der Spaß war ihnen ganz offenbar garantiert, auch ohne Evelyns Zutun. Sie freute sich auf einen quietschfidelen Abend mit der Dreierbande.

„Na gut! Dann legen wir mal los." Sie drängte sich in die Mitte der Frauen und legte ihre Arme in einer ausladenden Bewegung um die Schultern von Moni und Wilma. Berta bekam sie nicht mehr zu fassen, aber diese hakte sich schon bei Wilma unter.

Die Tour startete beim Schloss Mirabell, das einst für Salome Alt, die heimliche Ehefrau des Fürsterzbischofs Wolf Dietrich von Raitenau, erbaut worden war. Sie besichtigten die Gartenanlage, die noch bis zum Einbruch der Dunkelheit geöffnet war. Evelyn erklärte die Symbolik der vier Skulpturengruppen, die symmetrisch um den zentralen Springbrunnen angeordnet waren. Auf zwei davon ging sie näher ein: auf Paris, der die schöne Helena mit ihrem Einverständnis nach Troja entführte, und auf den gewaltsamen Raub der Persephone durch Hades. Für Evelyn versinnbildlichten die Figuren die Dramen der Liebe und fehlgeleiteter Leidenschaft. Wie immer war sie beeindruckt davon, wie ein in Stein gehauenes Kunstwerk eine solche Dynamik verkörpern konnte. Als wären die Figuren aus der griechischen Mythologie eben erst erstarrt. Als rührten die feinen

Risse auf der Oberfläche daher, dass darunter Bewegung herrschte, etwas lebendig war. Sie streiften weiter durch den Garten. Auf den Balustraden im Lindenhain trafen sie auf die Gottheiten der Antike. Von der Venusstatue, die einen kleinen Amor an der Hand führte, erbaten sich die Frauen Liebesglück. Nur halb zum Spaß, wie es schien. Ihr Lachen klang diesmal jedenfalls etwas aufgesetzt.

Anschließend verließen sie den Mirabellgarten und überquerten die Salzach auf dem Makartsteg. Die Brücke spannte sich in einem Bogen über den Fluss. Ihr Gittergeländer schmückten unzählige Liebesschlösser in bunten Farben. Evelyn fischte drei weitere aus ihrer Umhängetasche.

„Normalerweise lasse ich den Pärchen an dieser Stelle etwas Zeit für Zweisamkeit und um ihr Liebesandenken am Steg zu befestigen."

Moni griff nach einem Schloss und bat Evelyn um einen Stift.

„Mädels, ich sag euch was. Wir hängen auch eins auf. Ich schreibe unsere Namen drauf. Ihr seid mir sowieso die Liebsten."

„Ohhh ..." Wilma und Berta liefen auf Moni zu und schlangen ihre Arme um sie. Sie tauschten Küsschen auf die Wangen. Evelyn lächelte beim Anblick dieser rührenden Szene und dachte dabei an ihre eigenen Freundinnen. Wie schön es doch wäre, wenn sie sich in fünfzig Jahren immer noch so verbunden fühlen würden.

Sie schlug den drei Damen vor, ein Foto von ihnen zu machen, und verewigte den Moment mit der Kamera, damit sie etwas mit nach Hause nehmen konnten, während das Symbol ihrer Freundschaft in Salzburg blieb. Eigentlich war es unnötig. Am wichtigsten war doch, dass die Frauen einander hatten.

In der Altstadt angelangt, konnte von gemütlichem Bummeln in der Getreidegasse keine Rede sein. Wie gewöhnlich schoben sich die Touristen am Geburtshaus des Salzburger Wunderkinds Mozart vorbei. Mittlerweile war es dunkel geworden, aber die Gasse war hell erleuchtet. Das warme Licht, in dem die Fassaden mit den schmiedeeisernen Zunftzeichen erstrahlten, zauberte eine märchenhafte Atmosphäre.

Am Alten Markt blieb Evelyn vor einem Juwelierladen stehen. Wenn sie die Tour mit Verliebten machte, erlaubte sie sich an dieser Stelle immer den gleichen Scherz. Dazu erkundigte sie sich, ob bei einem der Paare ein Antrag ausständig wäre, und verwies mit einer theatralischen Geste auf das Schmuckgeschäft. Halblaut, aber so, dass es dennoch alle hören konnten, flüsterte sie daraufhin jemandem aus der Gruppe ins Ohr: „Ich lebe von der Provision. Als Guide verdient man einen Hungerlohn."

Meist erntete sie damit Lacher und Applaus ihres Publikums, denn fast immer war mindestens ein Paar dabei, das seit Jahren in wilder Ehe lebte, weil es noch nicht zum Kniefall gekommen war.

Diesmal wandte sie sich gleich der eigentlichen Attraktion zu. Das Juweliergeschäft befand sich in einem Häuschen, das nur gut einen Meter vierzig in der Breite maß und eineinhalb Geschosse in die Höhe reichte. Eingezwängt zwischen zwei bestehende Häuser, behauptete es sich dennoch und stand hier als Wahrzeichen für eine große Liebe.

„Über dieses Haus erzählt man sich in Salzburg eine Geschichte. Ein junger Mann, der nicht viel mehr besaß als die Kleider an seinem Leib, soll einst um die Hand einer Kaufmannstochter angehalten haben. Deren Vater hat ihn ausgelacht und fortgeschickt. Aber der junge Mann gab nicht so einfach auf, er hat immer wieder gefragt. Eines Tages verlor der Kaufmann die Geduld und stellte dem Verehrer seiner Tochter eine Bedingung, die er niemals würde erfüllen können. Erst wenn er in der Lage wäre, ihr ein eigenes Dach über dem Kopf zu bieten, würde der Kaufmann einer Heirat zustimmen."

„Er hat es geschafft!", rief Berta freudestrahlend.

„Wenn man der Legende Glauben schenkt, ja. Ich persönlich möchte gerne daran glauben. Und wir lernen noch was aus der Geschichte ..."

Die Frauen sahen sie gespannt an. Bevor ein Grinsen über Evelyns Pokermiene siegte, spielte sie ihren Trumpf aus. „Wenn man jemanden wirklich liebt, kommt es nicht auf die Größe an."

Der Scherz verfehlte seine Wirkung nicht. Monis Lachen entlud sich in einem beinahe hysterischen Aufschrei und steckte ihre Freundinnen an.

Herrlich! Und dafür bekam Evelyn sogar Geld. Sie liebte ihren Job wirklich.

„Vielen Dank für die fantastische Führung", bedankte sich Moni nach der abschließenden Fiakerfahrt, als sie sich mit einer Umarmung voneinander verabschiedeten. „Beim nächsten Mal komme ich mit meinem Walter. Vielleicht lernt er auf seine alten Tage noch etwas über Romantik!" Bevor sie sich abwandte, drückte Moni Evelyn noch ein weiteres Mal und flüsterte ihr ins Ohr: „Deine Oma ist bestimmt unheimlich stolz auf dich!“

„Danke“, antwortete Evelyn, wobei ihr das Lächeln auf ihren Lippen entglitt. Ohne es zu wissen, hatte Moni mit dem sicher lieb gemeinten Kompliment einen wunden Punkt berührt. Evelyn hatte keinerlei Kontakt zu ihrer noch lebenden Großmutter. In Evelyns Kindertagen hatte ihre Mutter diesen unterbunden, und später war ihr selbst anderes einfach wichtiger gewesen. Irgendwann war sie gar nicht mehr auf die Idee gekommen, ihrer Oma einen Besuch abzustatten. Mit einem Mal wurde ihr schmerzlich bewusst, dass ihr dafür möglicherweise nicht mehr viel Zeit bliebe.

Dieser Gedanke drückte Evelyns Stimmung sogar während des letzten Abends mit Sammy und ließ sie später kaum in den Schlaf finden. Am Wochenende war sie mit ihrer Mutter zum Frühstück verabredet, um den Start der Sommerferien zu feiern. Vielleicht nicht der richtige Zeitpunkt, um neben Vollkornbrötchen und Marmorkuchen dieses heikle Thema anzuschneiden. Andererseits gab es wahrscheinlich keinen passenden Moment. Nicht umsonst wurde seit Jahren totgeschwiegen, was zwischen ihrer Mutter und Großmutter vorgefallen war.

Kapitel 2

Dieser Geruch von frischer, kühler Luft – wie hatte sie ihn vermisst. Evelyn schloss für einen Moment die Augen, sog den Atem tief ein, um jeden Winkel ihrer Lunge damit auszufüllen. Sie genoss den Fahrtwind auf ihrer Haut und das klamme Gefühl, das er auf ihren Wangen hinterließ.

Der Sauerstoff löste eine Kettenreaktion in ihrem Körper aus. Die Trägheit der letzten Tage fiel von ihr ab. Es war, als hätte jemand in ihrem Kopf die Fenster aufgerissen. Sie nahm alles wieder viel bewusster wahr. Die Bewegung ihrer Beine, die in die Pedale traten. Das Zwitschern der Vögel, das sie vor der Stadt begrüßte. Die Schattenmuster, auf die Erde gemalt vom wolkenbehangenen Himmel und den Kronen der alten Eichen entlang der Hellbrunner Allee. Sie folgte dem grünen Band, das sich über gut zweieinhalb Kilometer zwischen dem gleichnamigen Schloss und der Altstadt Salzburgs erstreckte.

Um kurz nach acht Uhr war Evelyn an diesem Samstagmorgen von ihrer Wohnung aus aufgebrochen und hatte noch einen Umweg über ihren Lieblingsbäcker gemacht, um frisches Gebäck zu holen. Sie hatte sich gleich ein Brötchen stibitzt und während der Fahrt verdrückt. Trotzdem grummelte ihr Magen, verlangte nach mehr. Gleich war sie am Ziel. Sie ließ die Allee hinter sich und umfuhr den Schlosspark in südliche Richtung. Kurz darauf erreichte sie das kleine Reihenhaus am Ende einer Sackgasse, das ihren Eltern gehörte. Ihr Vater war allerdings ein seltener Gast in seinem eigenen Zuhause. Die Heimat des Piloten waren die Lüfte, sein ganzes Leben praktisch eine einzige Reise. Evelyn hatte sich schon häufiger gefragt, wie die Ehe ihrer Eltern das aushielt, aber sie stellte keine Fragen. Nicht einmal, als ihre Mutter Conny sie gebeten hatte, während ihres Urlaubs das Haus zu hüten. Einem Urlaub, den Conny mit ihrer besten Freundin anstelle von Evelyns Vater Richard verbringen würde.

Die Haustür stand offen. Evelyn hob einen Brief auf, der auf der Fußmatte lag, ohne ihn näher zu betrachten. Sie hörte ihre Mutter in der Küche mit Geschirr klappern, das Röcheln der Filterkaffeemaschine, welche die letzten Tropfen aus dem Wassertank sog. Das Aroma des Kaffees vermischte sich mit einem anderen Geruch, der bei Evelyn Kindheitserinnerungen weckte. Ihre Mutter holte gerade den Marmorkuchen aus dem Backofen, als Evelyn den Raum betrat.

„Das nenne ich Timing!", sagte Conny mit einem strahlenden Lächeln. Ihre Hände steckten in zwei Grillhandschuhen und hielten die Kuchenform in Evelyns Richtung, als wäre sie ein Präsent. Die Lesebrille saß auf ihrer Nasenspitze, beschlagen von der warmen Luft im Ofen.

Evelyn legte den Brief und die Tüte mit den Brötchen auf die Anrichte, schlang einen Arm um den Hals ihrer Mutter und drückte ihr einen Kuss auf die mehlbestäubte Wange.

„Hi Mama, der Kuchen duftet köstlich."

„Er muss noch auskühlen, aber nimm dir schon einen Kaffee."

Evelyn nippte an der Tasse, während ihre Mutter Schnittlauch für einen Aufstrich schnippelte. Das tat sie wie immer in einer Geschwindigkeit, bei der Evelyn in ihrer Vorstellung schon das Blut spritzen sah. Natürlich hatte ihre Mutter alles bestens im Griff. Das mulmige Gefühl, sie könnte einen unschönen Unfall allein durch ihre Gedanken heraufbeschwören, ließ Evelyn dennoch schnell das Thema wechseln.

„Ich gehe mal meine Geschwister begrüßen", merkte sie an und schnappte sich zwei Karotten aus dem Korb neben der Spüle.

„Du sollst sie nicht so nennen." Ihre Mutter hielt in ihrer Geschäftigkeit inne und sah Evelyn mit hochgezogenen Augenbrauen an.

„Ich will dich nur ein bisschen aufziehen. Um ehrlich zu sein, sind sie mir sogar lieber als echte Geschwister." Die Karotte knackte, als Evelyn hineinbiss. „Im Übrigen könnten wir mit den Leckereien, die du vorbereitet hast, bereits eine halbe Fußballmannschaft verpflegen. Komm, setzen wir uns in den Garten!"

„Ich will nur noch schnell den Geschirrspüler einräumen ..."

„Ich helfe dir."

„Nein, lass. Mach es dir ruhig schon gemütlich. Du bist heute mein Gast."

Evelyn betrat die gepflegte Rasenfläche, die von einem Zaun aus Lärchenholz und verschiedenen Sträuchern gesäumt war. An der Seite, welche der Terrasse gegenüberlag, stand ein Schuppen aus Holz. Daneben blühten weiße Rispenhortensien. Ein roter Hasenstall mit blauem Rahmen lehnte sich an die Bretterwand der Hütte. Dahinter erhob sich, nur einen Steinwurf entfernt, das schroffe Massiv des Untersbergs.

Evelyn brach die Karotte in zwei Teile und steckte Jerry und Larry jeweils eine Hälfte zur Begrüßung durch das Hasengitter. Dann setzte sie sich vor ihrem Stall auf den Boden, lauschte dem Schaben der Zähne und beobachtete die wackelnden Kaninchennäschen.

Eine weitere Möhrenlänge später war ihre Mutter noch immer nicht im Garten aufgetaucht. Evelyn ging hinein, um nochmals ihre Hilfe anzubieten.

Sie hatte gerade einen Fuß über die Schwelle der Terrassentür gesetzt, da sah sie ihre Mutter an der Arbeitsfläche stehen, vertieft in den Brief, den Evelyn beim Hereinkommen mitgenommen hatte.

Als Conny ihre Tochter bemerkte, ließ sie das Schreiben in einer hektischen Bewegung hinter ihrem Rücken verschwinden.

„Entschuldigung, dass ich dich so lange warten lasse. Ich komme gleich zu dir."

Evelyn wusste, es hätte keinen Sinn, ihre Mutter auf den Brief anzusprechen. Was mochte wohl darin stehen, dass sich Conny so ertappt gefühlt hatte und ihn sogar vor ihr versteckte? Schon bereute Evelyn es, keinen Blick auf den Absender geworfen zu haben, als sie das Kuvert vom Boden aufgelesen hatte.

Sie zog sich auf die Terrasse zurück und beobachtete anschließend ihre Mutter, die den Brief nun in den Papierkorb hinter der Küchentür warf.

„So!" Conny trat in den Garten und knetete ihre Hände, während ihr Blick über den gedeckten Frühstückstisch wanderte.

„Mama, es ist wirklich alles da. Komm, wir essen!"

Ihre Mutter nickte und schob die Lesebrille in ihr kinnlanges, lockiges Haar, nachdem sie sich gesetzt hatte. Sie rückte mit dem Stuhl näher an den Tisch und griff nach der Kaffeekanne, um Evelyn nach- und sich selbst einzuschenken. Conny setzte zum Trinken an, ließ die schwarze Flüssigkeit aber sofort wieder in die Tasse zurücklaufen.

„Der Kaffee ist kalt!" Sie stützte sich mit den Händen auf die Tischplatte und war schon halb vom Plastiksessel aufgesprungen, als Evelyn sie sanft am Arm zurückhielt.

„Setz dich, Mama! Ich mach das, du hast dir eine Pause verdient."

„Danke, mein Schatz."

Conny stieß ein Seufzen aus. Langsam wich die Hektik aus ihren Bewegungen und sie sank zurück in den Sessel. Während sie eine Zeitung aufschüttelte, um darin zu lesen, ging Evelyn mit der Kanne in die Küche. Sie wechselte den Filter, füllte frisches Wasser und Pulver in die Maschine und ließ den Kaffee durchlaufen. Mit einem Blick in den Garten vergewisserte sie sich, dass sie unbeobachtet war, bevor sie den Brief aus dem Müll fischte. In der Garderobe steckte sie ihn in ihre Umhängetasche und suchte danach die Toilette auf, mehr, um einen Vorwand für den Ausflug in den Flur zu haben, als aus Notwendigkeit.

Zurück in der Küche, war der Kaffee fast fertig. Sie schnitt sich ein Stück von dem noch warmen Kuchen ab und verspeiste es, während sie wartete. In ihrem Kopf spukte ein Gedanke herum, der sie nicht mehr losließ. Hatte ihre Mutter vielleicht eine Affäre? Aber wer schrieb denn heutzutage noch Briefe? Und auch wenn sie die Vorstellung mitten ins Herz traf, musste Evelyn sich eingestehen, dass sie Verständnis dafür gehabt hätte. Seit sie zu Beginn ihres zweiten Semesters in die WG gezogen war, lebte ihre Mutter fast immer allein im Haus. Damals waren Jerry und Larry bei ihr eingezogen. Jetzt tat Evelyn der Scherz über ihre Nagergeschwister leid, den sie so achtlos ausgesprochen hatte. Sie war wirklich nicht auf die Idee gekommen, dass sie ihre Mutter damit kränken könnte. Ihr Plan, Conny auf die Großmutter anzusprechen, war jetzt auf jeden Fall gecancelt.

„Freust du dich schon auf den Urlaub?", fragte Evelyn, als sie zurück am Tisch war.

„Sehr! Endlich komme ich wieder mal raus. Manchmal beneide ich deinen Vater darum, dass er sich die Welt anschauen kann. Aber nur manchmal. Ich könnte es mir niemals vorstellen, ständig unterwegs zu sein ..."

Stört es dich, dass er es ist?, hätte Evelyn am liebsten gefragt. Stattdessen biss sie in ein Vollkornbrötchen mit Butter. „Mmh ..." Sie nickte. „Kroatien gefällt dir bestimmt richtig gut. Hast du schon alles gepackt?"

Die Reise würde ihre Mutter erst am Montag antreten. Trotzdem stand der Koffer sicher schon irgendwo fast fertig in einer Ecke, auch wenn Conny im letzten Moment noch einmal alles übereinanderdrehen und quasi von vorne beginnen würde.

„So gut wie." Conny strich Erdbeermarmelade auf ihr Brötchen. „Du kommst hier wirklich zurecht?"

„Mama, ich bin doch kein kleines Kind mehr. Eine Woche werde ich es schon schaffen, aufs Haus aufzupassen. Und bevor du mich wieder fragst – nein, mir macht es wirklich nichts aus."

Tatsächlich freute sie sich regelrecht auf die Tage allein in ihrem alten Heim. Sie wollte auf dem

Dachboden nach Erinnerungsstücken stöbern und ihre alten Lieblingsplätze rund um das Haus besuchen. Das Domizil ihrer Eltern lag zwar nur eine gute halbe Stunde Fahrt mit dem Fahrrad von ihrer WG in Salzburg entfernt, trotzdem verschlug es Evelyn eher selten hierher. Meist traf sie sich mit ihrer Mutter in der Stadt.

„Was hast du denn Schönes vor?"

„Ich weiß noch nicht. Nicht viel. Das Übliche."

Alle ihre Freundinnen waren entweder im Ausland oder für ein Praktikum, das Evelyn bereits absolviert hatte, in einer anderen Stadt. Sie hatte sich für diesen Sommer um keine Stelle bemüht, weil sie mit den Touren durch Salzburg gut ausgelastet wäre.

Nachdem sie noch einige Belanglosigkeiten ausgetauscht hatten, räumten sie den Tisch ab.

„Willst du mich nachher begleiten? Die Polarwölfe haben Nachwuchs."

Conny arbeitete ehrenamtlich als Tierpflegerin im Zoo, der Teil des historischen Schlossparks war.

„Wirklich? Ja, gerne! Ich bringe nur schnell meine Sachen auf mein Zimmer."

Evelyn holte die Umhängetasche, in der sich ihre Zahnputzsachen befanden, aus der Garderobe. Mehr brauchte sie nicht. In ihrem Kleiderschrank im Kinderzimmer stapelten sich noch immer die Klamotten, die sie damals nicht in die WG nach Salzburg mitgenommen hatte. Auch sonst war alles unverändert. Der Duft des frisch bezogenen Bettes empfing sie beim Hereinkommen. Sie legte sich auf die akkurat gefaltete Bettdecke und ließ ihren Kopf in das weiche, kühle Kissen sinken. Arme und Beine streckte sie von sich und schloss die Augen. *Herrlich!* Kurz erwog sie die Möglichkeit, ihrer Mutter abzusagen und noch ein Vormittagsschläfchen einzuschieben. Schließlich hatte sie Ferien. Doch die Aussicht auf die kleinen Polarwolfwelpen war zu verlockend.

„Sind die süß!“, rief Evelyn, als sie die scheuen Wolfswelpen hinter einem der Bäume entdeckte. „Wie alt sind die?“

„Wir schätzen einen Monat. Anastasia hat sie in ihrem Bau zur Welt gebracht. Wir haben es erst bemerkt, als wir ihre Lockrufe gehört haben.“

Was für ein Gewinn für den Zoo! Die erwachsenen Wölfe waren im März des Vorjahres in ihrem Hellbrunner Gehege eingezogen, wusste Evelyn von ihrer Mutter.

„Die beiden Rüden beteiligen sich an der Aufzucht. Sie bewachen den Höhleneingang, wenn sich die Mama weiter von den Jungen entfernt.“ Conny zeigte auf eines der männlichen Tiere, welches sein silbrig schimmerndes Fell putzte. „Das hier ist Isegrim, der Papa der Kleinen.“

Evelyn hätte sich auch gewünscht, dass ihr eigener Vater präsenter gewesen wäre. Aber anders als die Wölfe konnte man ihn nicht einsperren. Er wäre zugrunde gegangen, wenn er sich dauerhaft an einem Ort hätte niederlassen müssen. Daran änderte selbst eine Familie nichts.

Conny zeigte Evelyn auch die Gepardenbrüder, die kürzlich aus einem holländischen Safaripark nach Hellbrunn gekommen waren. Danach gingen sie gemeinsam zu den Kattas in den Afrika-Bereich. Conny verbrachte ihre Zeit im Zoo im Moment hauptsächlich damit, den Lemurenäffchen Manieren beizubringen – zu deren eigener Sicherheit. Die Tiere durften sich in dem Areal frei bewegen. Diese Freiheit nutzten sie für die Suche nach Leckerbissen, die leider nicht immer artgerecht oder besonders verträglich für ihre Bäuchlein waren. Nicht selten stibitzten sie sich Babykekse aus Kinderwägen oder schwatzten den Besuchern Futter ab. Das aber war höchst gefährlich, teilweise sogar lebensbedrohlich für die Tiere. Conny versuchte ihnen also beizubringen den Verlockungen von ungeeigneten Nahrungsmitteln zu widerstehen.

Evelyn musste schmunzeln. Ihre Mutter konnte selbst nicht die Finger von Süßem lassen. Als Evelyn noch ein Kind gewesen war, hatte Conny sie oft zu einem Eis überredet, nur um ihr eigenes Gewissen zu beruhigen.

Sie beobachtete, wie liebevoll ihre Mutter mit den Äffchen umging, die um sie herum sprangen, auf ihren Kopf kletterten und sich auch sonst als ziemlich freche Schüler erwiesen. Conny hatte Evelyn eine glückliche Kindheit beschert, ihr stets das Gefühl von Geborgenheit gegeben. Daran hatte sich bis heute nichts geändert. Doch nun war Evelyn älter und es schmerzte sie, dass sie in der Tochterrolle gefangen war. Lieber hätte sie sich als eine Vertraute ihrer Mutter gesehen, die eindeutig Geheimnisse hatte. Geheimnisse, die sie nicht mit ihrer Tochter teilen wollte.

Als Conny sie anstrahlte, umringt von Lemuren, die an ihren Locken zogen, lächelte Evelyn zurück. Doch während ihre Mundwinkel nach oben gingen, senkte sich Schwermut auf ihr Herz. Die Enge in ihrem Brustkorb ließ sie schwer schlucken.

„Hast du noch länger hier zu tun?", fragte sie ihre Mutter.

„Eine Weile. Macht es dir was aus?"

„Nein, nein. Bleib ruhig da. Ich gehe schon einmal nach Hause. Soll ich uns was zu essen machen?"

„Ich habe noch gar keinen Hunger."

„Ich auch nicht. Es ist ja noch genug vom Frühstück da. Sparen wir uns das Kochen."

„Gute Idee."

Evelyn verabschiedete sich mit einem Kuss von ihrer Mutter und spazierte alleine, aber verfolgt von trüben Gedanken zum Haus zurück.

Kapitel 3

Evelyn hatte es nicht gewagt, den Brief zu lesen, solange ihre Mutter im Haus war. Kurz war sie in Versuchung gekommen, als sie etwas früher vom Zoo zurückgekehrt war, hatte es aber doch gelassen. Wie hätte sie ihrer Mutter gegenübertreten sollen, wenn das Schreiben sich tatsächlich als Nachricht eines Verehrers herausgestellt hätte?

Sie hatte sich also entschlossen abzuwarten, bis Conny in den Urlaub abgereist war. Das war nun geschehen. Trotzdem zögerte Evelyn. Des Rätsels Lösung schlummerte verborgen in ihrer Umhängetasche, die sie nun schulterte. Wenn sie den Umschlag öffnete, änderte das vielleicht alles. Das Bild, das sie von ihrer Mutter hatte, wäre womöglich für immer zerstört. Einen Kratzer hatte es alleine schon durch Evelyns Vermutung erlitten, ein anderer Mann als ihr Vater könnte im Spiel sein. Das bedeutete allerdings, dass sie den Brief sogar öffnen *musste!* Andernfalls würde sie nie herausfinden, ob sie ihrer Mutter Unrecht tat.

Vorerst schob sie das Unvermeidliche vor sich her. Zum einen wollte sie die Ferien noch ein wenig genießen, ein paar Ausflüge in die Umgebung unternehmen. Zum anderen musste sie sich gedanklich auf den schlimmsten Fall vorbereiten, der eintreten konnte. Eine Stimme in Evelyns Innerem ergriff Partei für ihre Mutter, fand bereits Entschuldigungen für das vermeintlich ungebührliche Verhalten. Sie wünschte sich, dass die Beziehung zu ihr davon keinen Schaden nähme, wusste aber auch, dass so ein Vertrauensbruch für sie nur schwer zu verwinden wäre.

In der Küche packte sich Evelyn noch einen Apfel und das letzte Stück vom Marmorkuchen in die Tasche. Sie füllte ihre Wasserflasche und steckte sie ebenfalls ein.

Als sie das Haus verließ, war es erst kurz nach acht Uhr. Sie wollte die noch milden Temperaturen am Vormittag nutzen. Ab der Mittagszeit waren wieder über dreißig Grad angesagt.

Das sanfte Rauschen des Baches, dessen Bett unter Bäumen und Büschen verborgen lag, drang an ihr Ohr. Sie winkte der Nachbarin, die im Vorgarten Wäsche aufhängte, über die Eibenhecke zu und durchquerte die Sackgasse.

Wenig später bog Evelyn in einen Feldweg ein. Links und rechts davon breiteten sich zwischen zwei Wäldern weite Wiesenflächen und Äcker aus. Es schien, als verliefe der Weg mitten hindurch, geradewegs auf die Gebirgskette vor Evelyn zu. Vereinzelt standen Bäume, als hätte sie jemand aus Versehen vom Himmel geworfen und dabei Felder und Äcker getroffen. Bei der Anlage der Schlossallee, welche den Weg kreuzte, hatte man hingegen nichts dem Zufall überlassen. Ihr Grün zeichnete die Linie des Horizonts nach, über der sich die Berge erhoben.

Die Allee endete kurz vor einem Weiher, von dessen Ufer sich eine Brücke zum Wasserschloss Anif spannte. In der ersten Hälfte des neunzehnten Jahrhunderts hatte der damalige Besitzer es nach Vorbild der englischen Tudorschlösser umbauen lassen. Davon zeugten unter anderem die Zinnenmauern mit den kleinen roten Türmchen.

Leider war das Schloss für die Öffentlichkeit nicht zugänglich. Hohe Mauern und Bäume versperrten die Sicht. Deshalb blieb Evelyn auf dem Feldweg und folgte ihm bis zum Waldbad, das an diesem Vormittag wie verlassen wirkte.

Das lag vor allem daran, dass es noch nicht geöffnet hatte. Evelyn ließ sich in einer versteckten Bucht nieder und streifte ihre Kleidung ab. Ihren Bikini hatte sie bereits zu Hause angezogen. Am Rand der Rasenbank blickte sie in den See, in dem sich das Grün der Bäume widerspiegelte. Die Wurzel einer Erle erleichterte ihr den Einstieg ins Wasser.

„Huh." *So kalt!* Evelyn lachte vergnügt und schob das Wasser in fließenden Bewegungen zur Seite. Tauchte ab, hielt Ausschau nach Fischen, bis sie die Luft nicht mehr anhalten konnte. Kehrte zurück an die Oberfläche und schwamm zu dem Floß in der Mitte des Sees. Sie stemmte sich hoch und ließ den Oberkörper nach vorne kippen, damit sie hinaufklettern konnte. Die treibende Insel schwankte unter Evelyns Gewicht. Die legte sich flach auf den Rücken und schloss die Augen, doch die Sonne schien ihre Lider zu durchdringen. Wie ein sanfter Kuss legte sich ihre Wärme auf Evelyns Lippen. Und dann spürte sie wieder seinen Mund auf ihrem. Seine Zungenspitze, die sie neckte. Frech und doch zärtlich. Fühlte den klatschnassen Stoff seiner Bermudas auf den Schenkeln, schwebte einen Moment in der Schwerelosigkeit. Wie lange war das her? Eine Ewigkeit schien vergangenen zu sein seit dem gestohlenen Kuss. Ja, sogar die Trennung von Alex lag schon über zwei Jahre zurück. Es hatte sich herausgestellt, dass sie nicht zusammenpassten. Sie liebte die Vorstellung von ihnen beiden, die Realität war allerdings ernüchternd gewesen. Trotzdem breitete sich beim Gedanken an ihn ein Kribbeln in ihrem Bauch aus. Wahrscheinlich war sie schon zu lange alleine. Seit Alex hatte es keiner geschafft, ihr Herz höher schlagen zu lassen. Jedoch hatte Alex inzwischen geheiratet, ein Mädchen aus dem Dorf. Erst hatte Evelyn ihrer Mutter nicht geglaubt. *So schnell?* Aber das Foto aus der Zeitung, das als Beweis vorgelegt worden war, ließ keine Zweifel daran. Evelyn erstickte die aufkeimende Enttäuschung mit einem Sprung ins Wasser. Sie schwamm zurück zum Ufer und kletterte an Land. Dort nahm sie das kleine Handtuch, welches sie über die Umhängetasche geschlagen hatte. Eilig trocknete sie sich damit ab, denn sie hörte beim Eingang bereits Stimmen, und schlüpfte in das weite T-Shirt, auf dem sich sofort nasse Flecken abzeichneten. Weil sie unbemerkt verschwinden wollte, blieb sie in der Deckung der mehrstämmigen Erlen, die den See säumten. Eine Engstelle zwang sie dicht ans Ufer, wobei sich der Riemen ihrer Tasche an einem störrischen Ast verhedderte. Evelyn riss und zerrte daran und hätte um ein Haar ihr Gleichgewicht verloren. Während sie noch nach Halt suchte, platsche an ihrer Stelle etwas anderes ins Wasser. Ihre Tasche!

„Mist, Mist, Mist!“, fluchte Evelyn und suchte verzweifelt nach einem Stock, mit dem sie nach dem Treibgut fischen könnte. Weil ihr auf die Schnelle kein passender ins Auge fiel, der Versuch, einen der Äste abzubrechen, misslang und die Tasche mittlerweile aus ihrer Reichweite trieb, blieb ihr nichts anderes übrig, als erneut ins Wasser zu gleiten.

Sie stieß sich vom Grund ab und machte – mit der Anmut eines Tölpels – einen Satz nach vorn, um ihre Habseligkeiten vor dem Untergang zu retten, was ihr immerhin gelang.

Gescheitert war allerdings das Vorhaben, kein Aufsehen zu erregen. Die Menschen am Eingang setzten sich bereits in Bewegung. Aber bis sie den See umrundet hätten, wäre Evelyn längst weg.

Niemand schien ihr gefolgt zu sein, trotzdem versicherte sich Evelyn noch einmal mit einem Blick über die Schulter, ehe sie im Gehen die Klappe ihrer Tasche aufschlug und nach ihrem Handy kramte. Dabei stießen ihre Finger unversehens an etwas, an das sie gar nicht mehr gedacht hatte. Etwas, das sie nun abrupt stehenbleiben ließ: Der Brief aus dem Müll ...

Sie holte das labbrige Kuvert heraus. Der Absender war nicht mehr lesbar. Hoffentlich war das Schreiben noch zu retten! Äußerst behutsam öffnete Evelyn den Umschlag, zog das Papier hervor und faltete das Blatt auseinander. Dann begann sie zu lesen.

Als sich ihr der Inhalt des Briefes erschloss, füllten sich ihre Augen unvermittelt mit Tränen.

Bitte verzeih mir, flehten die Worte. Es lag so viel Kummer zwischen den Zeilen. Die verlaufene Tinte malte das Bild eines traurigen Lebens. Evelyn fühlte sich davon ergriffen. Das lag vor allem daran, dass die Verfasserin mit ihr zu tun hatte, obwohl sie ihr ganz und gar fremd war. Der Brief stammte von Evelyns Großmutter. *Ludmilla.*

Kapitel 4

Wieder und wieder hatte Evelyn den Brief ihrer Großmutter gelesen, war daraus aber nicht unbedingt schlau geworden. Ludmilla entschuldigte sich darin und bat um Vergebung. Das Schreiben enthielt jedoch keine Anhaltspunkte, was zwischen den Frauen vorgefallen war, das sie entzweit hatte.

Wie groß musste die Kluft zwischen ihnen sein, dass Conny dieselbe Nachricht, die Evelyn zu Tränen rührte, einfach im Müll entsorgt hatte?

Ihre Mutter war nicht so. Diese Gefühlskälte schockierte Evelyn, aber sie wusste ja nicht, was zu dem Streit geführt hatte und welchen Anteil ihre Großmutter daran trug.

Evelyn hatte ihre Mutter nie über sie schimpfen gehört, aber auch sonst war kein Sterbenswörtchen über sie gefallen. Es war immer gewesen, als existierte für Evelyn keine Oma.

Nur einmal war Ludmilla kurz zum Gesprächsthema im Hause Breitenfellner geworden, bevor es schnell wieder unter den Teppich gekehrt worden war. Evelyn hatte als Zehnjährige nach versteckten Weihnachtsgeschenken gesucht und war in einem alten Schrank im Keller auf ein Album gestoßen. Darin hatte sie ein Foto ihrer Großmutter entdeckt und in kindlicher Euphorie gefragt: „Besuchen wir sie?"

„Irgendwann vielleicht. Sie wohnt weit weg."

„Kann sie nicht zu uns kommen?"

Ihre Mutter hatte das Album daraufhin an sich genommen und damit den Raum verlassen.

„Es gehört deiner Mama, du darfst es nicht einfach nehmen." Die Rüge ihres Vaters klang noch heute in Evelyns Ohr. Sie erinnerte sich daran, wie sie spät in der Nacht das Schluchzen ihrer Mutter vernommen hatte. Der Glaube, sie hätte ihre Mama zum Weinen gebracht, indem sie ihre Sachen angeschaut hatte, ohne zu fragen, hatte Evelyn damals nicht schlafen lassen.

Das Herz, das sie ihr in dieser Nacht aus roter Pappe und mit viel Glitzer gebastelt hatte, hing heute noch auf der Abdeckung des Verteilerkastens.

Jetzt lag sie wieder wach, dachte an ihre Mutter. Das Licht der Straßenbeleuchtung drang durch die Plisseejalousie und warf einen schwachen Schimmer auf Evelyns Bett. Die Laterne hatte ihr früher das Nachtlicht ersetzt.

Evelyn schlug die Decke zur Seite und rieb sich die Augen.

Irgendwo musste dieses Fotoalbum noch sein. Den alten Schrank hatte ihre Mutter mittlerweile entsorgt. Bei den Familienalben in der Kommode unter dem Fernseher brauchte sie nicht nachzusehen. Gut möglich, dass die Erinnerungen zusammen mit dem Schrank auf dem Sperrmüll gelandet waren.

Aber Evelyns Gefühl drängte sie dazu, weiterzusuchen. Sie konnte einfach nicht glauben, dass Conny alle Verbindungen zu Ludmilla gekappt hatte.

Draußen auf dem Gang blieb sie abrupt stehen und blickte nach oben.

Der Dachboden.

Dort verschwanden alle Sachen, von denen man sich nicht endgültig trennen konnte, oder? Auch das Album?

Im Abstellraum entdeckte sie die Stange zum Öffnen der Deckenluke an der gewohnten Stelle. Sie fädelte den Haken ein und zog kräftig mit beiden Armen. Die Klappe ging auf und brachte eine Metallleiter zum Vorschein, auf der Evelyn nach oben gelangte. Sie sah sich um. Nur ihr Kopf ragte aus der Öffnung im Boden, auf dem sich der Staub vieler Jahre gesammelt hatte und die vertrockneten Körper hunderter Fliegen verstreut lagen. Einige davon zerbröselten unter Evelyns Tritten, als sie sich schließlich weiter vorwagte. Das Licht der schwachen Glühbirne verwandelte das Dachfenster in einen Spiegel, in dem sich Evelyns Gestalt vom schwarzen Nachthimmel abhob. Eine Wespe nahm zum wiederholten Male Anlauf, um durchs geschlossene Fenster zu gelangen. Ihr Surren und Brummen erfüllte den ganzen Raum. *Tapfere Kämpferin.*

Evelyn schob einen Stuhl unter das Fenster und ließ die Wespe frei.

Ein kühler Luftzug streifte Evelyns Haut, drang in den stickigen Dachboden wie frischer Atem.

An einem Querbalken hing immer noch der Karabiner, an dem früher ein Hängesessel befestigt gewesen war.

Als Zwölfjährige hatte Evelyn den Dachboden einen Winter lang für sich beansprucht. Es war eine Zeit des Übergangs gewesen. Vom alten in ein neues Jahr. Vom Kind, das alles mit seiner Mutter teilte, zum Mädchen, das plötzlich Raum für sich brauchte. Zeit, um zu verstehen, was da mit ihr vor sich ging. Zeit, um zu begreifen, warum sich ihre beste Freundin nun lieber mit anderen traf, weil die schon mit den Jungs in der Klasse Flaschendrehen spielten.

Jeden Tag nach der Schule war sie hier heraufgekommen. Sie hatte sich in eine dicke Wolldecke eingemummelt, weil es unter dem Dach kaum wärmer war als draußen, und gelesen oder Tagebuch geschrieben.

Jetzt ging Evelyn zielstrebig zu der gemauerten Säule des Zusatzkamins, der nie angeschlossen worden war. Sie öffnete das Türchen zum Schacht, griff hinein und streckte den Arm bis zur Beuge nach oben aus. Mit den Fingern tastete sie den rauen Schamottstein und schließlich Stoff. Wieder wanderten ihre Finger, fanden den Kopf des massiven Nagels, um den sie den Henkel einer Tasche gehängt hatte.

Als Mädchen hatte Evelyn eine spezielle Technik entwickelt, die verhindert hatte, dass der Beutel im Schacht nach unten fiel. Dazu hatte sie ein Stück Pappe zugeschnitten, das sie durch das Türchen schob, bevor sie ihr Tagebuch aus dem Versteck holte.

Sie befreite das kleine Notizbuch aus dem Stoff und schlug es auf. Ohne die Zeilen wirklich zu lesen, überflog sie die kindliche Schrift. Ein Blick auf die Seite – das Schriftbild, eine Zeichnung am Rand des Blattes – genügte und die Erinnerungen waren zurück.

Wo verbarg ihre Mutter die Erinnerungen an ihre Vergangenheit?

Evelyn ließ den Blick schweifen. Plötzlich ahnte sie aus unerfindlichen Gründen, wo sich das Fotoalbum befand.

Versteckt im dunkelsten Winkel unter der Dachschräge entdeckte sie den Violinenkasten. Sein schlanker Hals lugte hinter einigen Kisten mit Schallplatten hervor. Sie kniete sich davor, schob die Holzboxen zur Seite und nahm den Instrumentenkoffer an sich.

Vorsichtig hob sie ihn am Griff hoch und fühlte sein Gewicht in ihrer Hand.

„Ach, Mama“, seufzte sie. Denn Evelyn wusste, dass die Violine verstummt war. Sie schwieg schon ein Menschenleben lang. Zumindest konnte sich Evelyn nicht daran erinnern, ihre Mutter jemals darauf spielen gehört zu haben. Dass sie es früher leidenschaftlich gerne getan hatte, wusste sie nur aus einem Streitgespräch, das sie zwischen den Eltern belauscht hatte.

„Wenn du dich so schlecht fühlst, dann spiel doch wieder. Das hat dir einmal so viel gegeben. Vielleicht bist du dann wieder zufriedener.“

„Du weißt, das kann ich nicht. Die Violine, sie erinnert mich ...“

„Dann wirf sie doch endlich weg. Immerzu flennst du mir die Ohren voll. Ein Glück, dass ich morgen nach Singapur fliege. Dieses Gejammer hält doch keiner aus.“

Evelyn steckte das Tagebuch hinten in den Hosenbund ihrer Pyjamashorts und kletterte mit dem Koffer in der Hand die Leiter hinunter.

Sie legte beides auf die Matratze und zögerte einen Moment, ehe sie den Koffer öffnete. Mit einem Klicken sprangen die Verschlüsse auf. Vorsichtig hob sie den Deckel an. Darin lag die Geige ihrer Mutter, gebettet auf schwarzem Samt – wie in einem Sarg, in dem Conny ihre Sehnsüchte und Träume begraben hatte. Evelyn strich mit den Fingerspitzen über das glänzende Holz, über die Wölbung des Klangkörpers. Behutsam nahm sie das Instrument heraus und legte es zur Seite.

Ihr Herz hämmerte in ihrer Brust, als sie in den Hohlraum sah. Es war wirklich dort. Das Album. Genau wie sie es geahnt hatte.

Ein kalter Schauer überfiel Evelyn. Jetzt, da sich ihre seltsame Vorahnung erfüllt hatte, wusste sie nicht, ob sie dankbar sein oder sich fürchten sollte.

Vielleicht wäre es besser, das Album erst bei Tageslicht zu sichten. Allerdings würde ihr das unheimliche Gefühl zweifellos unter die Bettdecke folgen. Besser also, sie sah ihren Ängsten ins Auge. Es waren nur ein paar alte Fotos. Was sollte daran schon Schlimmes sein?

Trotzdem war ihr wohler dabei, ins Wohnzimmer überzusiedeln. Sie schaltete den Fernseher ein und regulierte die Lautstärke nach unten. Die amerikanische Sitcom war ideal, um ihre Nerven zu beruhigen. Im Publikum der Show erklang Gelächter, als machte es sich über Evelyn lustig.

Da sich im Kühlschrank weder Wein noch Bier befand, schwenkte Evelyn um und entschied sich für einen Schlummertrunk aus warmer Milch und Honig. Sie schnupperte daran und erinnerte sich an die Abende, die sie bei ihrer Mutter auf der Couch hatte verbringen dürfen, wenn sie nicht schlafen konnte. Jedes Mal hatte sie sich vorgenommen, den Viertel-nach-acht-Film zu Ende zu sehen. Jedes Mal war sie schon nach wenigen Minuten eingeschlafen.

Evelyn überkam der Gedanke, wie schön es wäre, ihre Mutter jetzt hier zu haben, um sich das Album mit ihr gemeinsam anzusehen. Stattdessen schlich sie um das Ding herum, als läge ein Fluch darauf.

Sie ließ sich in die weiche Polsterung der cremefarbenen Couch fallen und verordnete dem Prinz von Bel Air eine Sendepause. Es war wirklich zu schade, dass kein Wein da war, denn Evelyn hätte sich allzu gerne ein bisschen Mut angetrunken. Stattdessen nahm sie endlich das kleinformatige Album in beide Hände und strich mit dem Daumen über den weichen Ledereinband. Er hatte einige Dellen und Kratzer abbekommen, als hätte die Zeit der Zurückweisung Narben darauf zurückgelassen.

Ehrfürchtig schlug sie das Album auf. Der Umschlag gab ein knarrendes Geräusch von sich, als wollte er Widerworte geben.

Für meine Tochter Constanze stand als Widmung auf der ersten Seite. Evelyn blättere um. Seidenpapier verhüllte das Bild, das mittig auf dem nächsten Bogen platziert worden war. Raschelnd löste sich das Trennblatt und gab das Foto frei, das in Evelyns Erinnerung haften geblieben war.

Die hoch aufragende Villa im Hintergrund hatte die Anmutung eines Jagdschlösschens. Auf dem Foto hatte es den Anschein, als wäre es umringt von Bäumen. An einer Ecke wuchs ab der Mitte ein zweigeschossiger Erker mit schmalen Fenstern aus dem Mauerwerk. Er trug ein Dach wie einen spitzen Hut und wirkte damit auf den ersten Blick wie ein Türmchen.

Im Rasen vor dem Haus saß eine Mutter mit ihrem Kind. Vergeblich suchte Evelyn die Züge der Erwachsenen auf dem Bild nach etwas Vertrautem ab. Diese Frau war ihre Großmutter, das lag auf der Hand, allerdings war das Foto etwas unscharf geraten und außerdem aus der Distanz aufgenommen worden. Das Baby –

Evelyns Mutter – saß plump auf einer Decke. Ludmilla war Conny zugewandt, als redete sie mit ihr. Gleichzeitig schienen beide die Katze zu beobachten, die sich ins Bild geschlichen hatte.

Wer hatte wohl hinter der Kamera gestanden, um diesen liebevollen Moment einzufangen? Conny war ohne Vater aufgewachsen, so viel wusste Evelyn – mehr auch nicht.

Sie hatte keine Ahnung, ob ihre Mutter ihren Erzeuger kannte. Vielleicht fänden sich im Album weitere Hinweise auf ihn.

Evelyn studierte die folgenden Seiten. Doch auf den weiteren Fotos war ausschließlich Conny zu sehen. Bei der Einschulung, der Erstkommunion. Ein paarmal waren andere Kinder mit ihr auf den Bildern. Keine Mutter. Kein Vater.

Als sie etwa zur Hälfte mit dem Album durch war, wechselte das Erscheinungsbild der Seiten.

Jemand anderes hatte es fortgeführt, vermutlich Conny selbst. Waren die Fotos zuvor in akkurater Form mit Bleistift bezeichnet gewesen, stachen Evelyn jetzt wilde Notizen an den Blatträndern ins Auge. Zwischen Fotos klebten Postkarten, getrocknete Blüten und Zeitungsausschnitte. Einer davon zeigte Conny als Teenager am Rande einer Gruppe von Erwachsenen. Es handelte sich dem Text zufolge um die Eröffnung eines Naturlehrpfades, an dessen Gestaltung sich Conny beteiligt haben musste. Daneben klebte ein Foto von Evelyns Mutter, die gerade einen Nistkasten an einen Baum hängte. Auch von der Violinistin Conny gab es Fotos.

Das letzte Bild im Album ließ Evelyn stutzen. Es zeigte ihre Mutter im Profil. Sie saß auf einer Schaukel, hielt sich mit beiden Händen an den groben Seilen fest. Ihr Blick schien nachdenklich, war in die Ferne gerichtet. Die offenen Haare reichten ihr, trotz Dauerwelle, bis über die Schultern und sie trug ein leichtes Sommerkleid. Aber was war das? Unter dem Stoff mit dem auffälligen Blumenmuster zeichnete sich ganz eindeutig die Wölbung eines Bäuchleins ab. Das war doch nicht möglich, oder doch?

Die Conny auf dem Bild war jung. Jünger als damals, als sie mit Evelyn schwanger gewesen war. Zu diesem Zeitpunkt hatten Richard und Conny schon die Hoffnung aufgegeben gehabt, jemals Eltern zu werden. Bis es doch noch geklappt hatte. Bei Evelyns Geburt war Conny bereits in einem für damalige Verhältnisse fortgeschrittenen Alter gewesen.

Das also war der Grund für die vielen Tränen gewesen! Das markerschütternde Schluchzen in jener Nacht, als Evelyn das Album im Keller gefunden hatte.

Evelyn presste die Hand auf ihren Mund. Ihre Augen wurden feucht. Mit einem Mal war ihr ihre Mutter fremd geworden. Sie wusste rein gar nichts über sie. Nichts von den wichtigen Dingen. *Warum sagst du mir nie, was dich quält?*

Evelyn schüttelte entschieden den Kopf. Es war nur natürlich, dass ihre Mutter nicht mit ihr darüber gesprochen hatte. Sie hatte ein Kind verloren. *Mein Gott!*

Evelyn drückte das Album an ihren Körper, umarmte es an Connys Stelle und schloss die Augen. Sie konnte den Schmerz dieses Verlustes kaum erahnen, trotzdem fühlte sie sich von ihrer Traurigkeit für einen Moment wie gelähmt.

Ein Gedanke ließ sie daraus ausbrechen. Es sollte nicht noch ein Mensch für immer aus Connys Leben verschwinden. Nicht, bevor sie sich mit ihm versöhnt hatte. Evelyn fasste einen Entschluss: Wenn ihre Mutter aus dem Urlaub zurück war, würde sich Evelyn auf eine Reise begeben. Und die führte sie an den Ort, dem Conny drei Jahrzehnte zuvor den Rücken gekehrt hatte.

Kapitel 5

Linz, 6. Februar 1930

Dichter Nebel umhüllte Theres. Der trübe Schleier verwandelte die mächtigen Buchen am Wegrand in schaurige Gestalten. Ihre kahlen Äste durchbrachen kaum das milchige Grau. Die Zweige der niedrigeren Sträucher streiften das Mädchen beim Vorbeigehen. Dieses konzentrierte sich jedoch allein auf seine Schritte, das Knirschen unter seinen Füßen. Die Frostschicht, die das tote Laub und die Wurzeln überzog, hielt sich an diesem Morgen hartnäckig. Theres musste aufpassen. Ein unbedachter Schritt konnte ihr und anderen zum Verhängnis werden. Rechts von dem schmalen Pfad fiel das Gelände steil ab. Achtlos losgetretene Steine verwandelten sich unversehens in gefährliche Geschosse.

Theres kannte den Weg. Oft war sie ihn zusammen mit ihrem Onkel gegangen, um die gewaschenen Laken ins Schloss zu bringen. Der Königsweg verlief in einer stetig ansteigenden Linie quer über den Steilhang hinauf. Er war gefestigt von den vielen tausend Schritten, welche die Menschen seit Jahrhunderten darauf hinterließen.

Gleich würde sie die Anhöhe erreichen. Das dumpfe Schlagen aus dem Steinbruch in der Felswand hörte sie immer deutlicher. Der Dunst löste sich allmählich auf und der Wald lichtete sich.

Theres trat aus dem Schatten der Bäume auf die Wiese, die sich nun vor ihr ausbreitete.

Auf dem Plateau siegte die Sonne endgültig über den Nebel. Sie ließ die Halme in ihrem Licht funkeln, erweichte die Eiskristalle darauf, bis sie als dicke Tropfen abfielen. Es roch nach Frühling, obwohl erst Anfang Februar war.

Theres nahm ihr Kopftuch ab und bückte sich, um ein Schneeglöckchen zu pflücken. Dabei fiel ihr der lange, dunkelblonde Zopf über die Schulter.

Sie dachte an den harten Winter des Vorjahres, spürte wieder die eisige Kälte, die sogar die Donau zufrieren lassen hatte. An manchen Stellen hatte man den Fluss auf der dicken Eisdecke überqueren können.

Plötzlich riss eine bekannte Stimme sie aus den Gedanken.

„Theres, du bist das! Hab ich mich nicht getäuscht." Gustav, ein hünenhafter Bursche aus dem Dorf, kam auf sie zu. „Wo willst du denn hin, Mädchen? So schnell, wie du rennst, könnte man meinen, du läufst davon." Seine breite Hand drückte ihre Schulter. „Komm, wir gehen ein Stück gemeinsam." Als er Anstalten machte, den Arm um sie zu legen, rückte sie von ihm ab.

„Ich geh wirklich fort von daheim. Man erwartet mich im Schloss."

„So?" Gustav griff nach dem Riemen seines Rucksacks, um ihn abzustellen. Da erkannte Theres, dass er einen Korb auf dem Rücken getragen hatte, aus dem nun ein Gackern erklang.

„Könnens dich daheim nicht mehr brauchen?", fragte er.

„Wohl, das schon. Aber dort nutze ich ihnen mehr. Was ist mit dir? Lichtmess ist vorbei, will dich kein Bauer haben?"

Die Verwegenheit ihrer Antwort trieb ihr die Schamesröte ins Gesicht. Wann hatte sie gelernt so auszuteilen? Gustav konnte es vertragen. Er steckte es locker weg, schien den Schlagabtausch zu genießen, wie sein breites Grinsen verriet.

„Ich bin unterwegs zum Markt. Die Braune kann ich nicht mitnehmen zum Schlagerbauern. Schade drum, sie ist die beste Legehenne, die ich je hatte."

„Dann bekommst du hoffentlich gutes Geld dafür."

„Das wäre recht. Der Lohn hat nicht lange vorgehalten."

Vermutlich hatte Gustav diesen bereits beim Wirt umgesetzt. Viel bekamen die Knechte ohnedies nicht. Der eine oder andere beanspruchte schon während des Jahres Vorschüsse, sodass am Ende kaum etwas übrig blieb.

„Sei froh, dass dir der Fürst Arbeit gibt. Er ist ein guter Herr."

Theres nickte verhalten. Hörte sie da Neid in seinen Worten? Froh war sie wirklich darüber. Ihre Familie konnte das Geld gut gebrauchen. Vor allem jetzt, da wieder Nachwuchs unterwegs war. Der Vater schund sich Tag für Tag im Steinbruch, die Mutter verdiente mit Näharbeiten etwas dazu. Trotzdem reichte das Geld kaum zum Leben. Vor allem nicht in Zeiten wie diesen. Theres war glücklich bald etwas beisteuern zu können.

Gustav bot an, sie den restlichen Weg zum Schloss zu begleiten, aber sie lehnte dankend ab. Was gäbe das für ein Bild, wenn sie dort in männlicher Begleitung aufkreuzte? Außerdem wollte sie sich noch einen Moment nehmen, um sich von ihrer Heimat zu verabschieden.

In ihr Elternhaus würde sie künftig nur mehr als Besucherin zurückkehren, denn ihre Anstellung als Hausmädchen gebot, dass sie auf dem Schloss blieb.

Sie stellte sich an den Rand des Abgrundes, wo ein kleiner Vorsprung sonst den Blick hinab ins Dorf ermöglichte.

Heute lagerte der Nebel im Tal wie ein stürmisches Meer. Er verschluckte die kleinen Häuser, die sich an den Hang schmiegten. Als hätten sie niemals existiert.

Theres schloss für einen Moment die Augen und beschwor die Bilder ihrer Erinnerung herauf. Vor ihren Augen tanzten die Laken. Der Wind blähte sie auf wie Segel, ließ den nassen Stoff schnalzen. Sie hingen an Leinen, die sich zwischen den Häusern über den kompletten Hang spannten, damit die Sonne sie trocknete und bleichte. Reihe für Reihe verhüllten sie in ihrer großen Zahl den Berg bis hinauf zu der Stelle, wo das Wäldchen begann. Dazwischen schimmerte, unmittelbar vor der ersten Häuserreihe, bleiern das Band der Donau.

Mit einem wehmütigen Seufzer drehte sie sich um und setzte ihren Weg fort. Ihre Gedanken galten ihrer Mutter und dem ungeborenen Kind. Die Schwangerschaft war schwierig, ihre Mutter nicht mehr die Jüngste. Theres fragte sich, ob der Fürst es gutheißen würde, wenn sie ihrer Mutter bei der Niederkunft beistand. Sie hatte mit ihrer Tante abgemacht, dass sie jemanden schicken würde, um Theres zu holen, wenn es soweit war.

Theres erreichte die Bergkuppe und hielt inne. Ihr Herz pochte vor Aufregung. Schloss Rosenhag mit seinen runden Ecktürmen erhob sich auf dem gegenüberliegenden Hang oberhalb des Hirschgrabens, der sich wie eine Furche durch den Berg zog. Die mächtige Steinmauer des Schlossparks wurde überwuchert vom Grün der Kletterpflanzen und Baumkronen. Im Hintergrund war der Meierhof zu erkennen, der sich direkt an das Herrschaftshaus angliederte.

Wenig später durchschritt sie den Torbogen auf der Nordseite.

„Still gestanden, Eindringling! Wo willst du hin?“

Ein kleiner Junge, vielleicht zehn oder elf Jahre, saß auf einer Kanone, die im Eingangsbereich stand, und reckte das Kinn. Einen Arm stemmte er in die Seite, in der Rechten hielt er ein Schwert aus Holz und zielte mit der Spitze auf Theres.

Diese spielte mit, schwang ihr Kopftuch in der Luft. „Habt Erbarmen! Ich komme in friedlicher Absicht und will Eurem Herrn dienen.“

„Meinem Herrn? Ich bin keinem Herren Untertan.“

Der Junge grinste frech, sprang in den Stand und balancierte an die Spitze des Kanonenrohrs. „Du siehst nett aus, darum will ich dich verschonen.“

„Dann habe ich noch einmal Glück gehabt. Wie ist Euer Name, edler Herr?“

„Nenn mich ...“

„Hansi!“, ertönte eine Stimme über den Hof. Sie gehörte einem Mann mit einem freundlichen Gesicht und einem Vollbart, der Theres vage an das Fell einer Glückskatze erinnerte. An die Farben, nicht das Gescheckte. Braun mit einem rötlichen Schimmer und vereinzelten weißen Haaren. Der Junge sprang von der Kanone und der Mann wuschelte ihm durch den dunkelblonden Schopf.

„Du bist mir ein Schlawiner. Wie oft hab ich dir gesagt, du sollst nicht auf unsere Gäste schießen!"

Theres musterte den Mann noch einmal. Er trug Stallkleidung und wadenhohe Stiefel. Seine grünen Augen funkelten, darum herum kräuselten sich feine Lachfalten wie auch um seine Mundwinkel.

„Das war nicht nötig. Sie hat sich gleich ergeben."

„So?" Der Mann zog belustigt die Brauen hoch. Sein Blick galt Theres. Diese zuckte mit den Schultern und setzte zu einer Erklärung an.

„Was blieb mir anderes übrig, bei einem Kampf, den ich nicht gewinnen kann?"

Der Mann grinste breit.

„Wie ist dein Name?", fragte er nun.

„Theres Pamminger. Ich trete heute meinen Dienst als Hausmädchen beim Fürsten an."

Der Mann nickte und wandte sich wieder an den Jungen.

„Bring sie zu Rosi, dann geht alles seinen Weg."

Der Junge schnappte sich Thereses Bündel und tat, wie ihm befohlen.

Er ging auf den Arkadengang zu, der sich über drei Seiten des Hofes erstreckte. Die nackten Ranken einer Kletterpflanze hingen üppig darüber herab und breiteten sich auch nach oben hin aus. Es wirkte, als wollten sie durch die Ritzen der Butzenfenster ins Schloss eindringen und es für sich einnehmen. Der Weg unter dem Gewölbe war mit abgerundeten Flusssteinen gepflastert, manche davon groß wie Schädel. Über zwei

Granitstufen führte sie Hansi zu einer niederen Holztür hinab und drückte diese auf.

Warme Luft schlug Theres beim Eintreten entgegen. Ihre Augen mussten sich erst an das fahle Licht in dem Gewölbe gewöhnen, aber der Duft nach angeschwitzten Zwiebeln ließ keinen Zweifel daran, dass sie sich in der Küche befanden.

Ein großer Topf stand auf dem gekachelten Holzofen, der den Raum dominierte. Die Schöpfkelle lag auf dem Deckel. Von der Köchin aber fehlte jede Spur. Hansi nutzte die Gelegenheit und stibitzte sich einen der Krapfen aus dem Korb auf der Kredenz. Er ließ ihn gerade rechtzeitig in seiner Hosentasche verschwinden, bevor die Tür aufschwang und die Köchin hereinkam.

Auf der Schürze, die sie um ihren Leib gebunden hatte, zeichneten sich die Spuren arbeitender Hände ab. Ihre Wangen schienen noch von der Ofenhitze zu glühen und waren fein gesprenkelt vom Rot geplatzter Äderchen.

„Na so was, wen haben wir denn da?“, rief die Köchin erstaunt.

„Das ist Theres, sie ist das neue Hausmädchen“, erklärte Hansi wie selbstverständlich.

„Hab ich dich gefragt?“, rügte ihn die Frau und wandte sich sogleich Theres zu. „Also, Mädchen, nun red schon.“

„Es stimmt, was er sagt. Ich bin die Nichte vom Pamminger Albert. Von der Wäscherei.“

„Ja, ja, ich kenne ihn. Ich dachte, du wärst älter.“

„Ich bin fünfzehn.“

„Fünfzehn bist du? Du siehst jünger aus. Und so schmächtig.“

„Ich kann anpacken."

„Das sagte dein Onkel schon. Deshalb bist du hier. Jetzt setz dich erst mal, Mädchen. Du siehst halb verhungert aus, das muss sich ändern. Was denken denn die Leute, wenn so ein Krispindl in meiner Küche ein und aus geht."

Sie zog einen Stuhl für sie zurecht und wackelte dann zum Herd. Dort angekommen, wandte sie sich noch einmal zu Theres um.

„Falls du es nicht schon von unserem neunmalklugen Schlossgespenst da drüben weißt – ich bin die Rosi."

Ihren Arm stützte sie oberhalb der Hüfte in den Rücken und rührte mit einem langen Holzlöffel im Topf. Dann führte sie ihn zum Mund, pustete das dampfende Essen und kostete mit gespitzten Lippen.

Theres setzte sich an den Tisch, der mit Mehl bestäubt und fast zur Gänze von einem hauchdünnen Strudelteig bedeckt war wie von einer Tischdecke. Hansi nahm ihr gegenüber auf der Eckbank Platz, offensichtlich in Erwartung einer warmen Mahlzeit.

Rosi kam mit einem randvollen Teller Kartoffelgulasch an den Tisch und setzte ihn Theres vor. Für Hansi gab es nur eine hochgezogene Augenbraue.

„Du willst wohl auch was, wie?"

Hansi nickte heftig und schenkte der Köchin ein breites, schiefes Grinsen. Theres, die den Kopf bereits über den Löffel gebeugt hatte, erschrak, als ein volles Lachen aus Rosis Mund ertönte. Es kam tief aus dem Bauch heraus und ebbte so plötzlich ab, wie es gekommen war.

„Weil ich dir Frechdachs einfach nichts abschlagen kann ..." Sie holte einen weiteren Teller für Hansi. „Jetzt iss! Damit etwas Vernünftiges aus dir wird“, befahl sie schroff.

Nach dem Essen bugsierte sie Hansi hinaus und stellte einen großen Holzbottich auf den Küchenboden.

„Ich bin sauber“, protestierte Theres, die sich augenblicklich gedemütigt fühlte. Rosi schien es zu bemerken und lenkte ein.

„Ja, mein Kind. Aber was schadet es? Heute ist Badetag. Oder willst du bis nächsten Donnerstag warten? Der Fürst hat dich für nach dem Essen zu sich bestellt.“ Sie hob das Wasserschiff aus dem Ofen. „Also?“

Nun nickte Theres und entkleidete sich, wie es von ihr erwartet wurde. Sie verschränkte die Hände vor ihrer Scham, sodass die Arme auch ihre Brüste verbargen.

„Aber, aber. Ich schau dir schon nichts weg. Keine Sorge, niemand wird dich stören.“

Die Köchin reichte Theres Schwamm und Borstenbürste und begann damit, Apfelscheiben auf dem Strudelteig zu verteilen.

Als Theres sich gewaschen hatte, beförderte Rosi den Strudel gerade ins Backrohr. Sie verschwand kurz im Nebenzimmer und kehrte mit einem Stapel frischer Kleidung zurück.

„Du kriegst zwei Garnituren, mehr nicht. Also gib gut darauf acht. Das Drangeld bekommst beim Fürsten.“

Während Theres sich anzog, hagelte es Anweisungen. Es war eine lange Liste von Aufgaben und Dingen, die erwartet oder nicht gern gesehen wurden. Ob vom Fürsten oder von Rosi schien einerlei zu sein.

„Deine Kammer zeige ich dir, sobald du zurück bist. Ich muss jetzt das Essen auftragen. Du kannst dich draußen ein wenig umsehen. Aber lauf nicht zu weit, ich will dich nicht suchen müssen. Dein Bündel lass hier."

Theres hatte von der schönen Parkanlage gehört, die das Schloss umgab. Allerdings wusste sie nicht, ob ihr der Zutritt dort gestattet wäre. Weil sie nicht neugierig wirken wollte, wollte sie lieber im Hof warten, bis Rosi sie wieder zu sich riefe. Ein Brunnen befand sich in seiner Mitte. Sie stützte sich auf dem Rand ab und blickte ins Wasser.

Allmählich wuchs ihre Anspannung. Obwohl sie ihren Onkel schon öfter zum Schloss begleitet hatte, war sie dem Fürsten nie zuvor begegnet.

Von dem, was die Leute über ihn berichteten, konnte und wollte sie sich kein Bild machen. Die einen lobten ihn in den höchsten Tönen, andere sprachen abfällig über Heinrich von Jochenstein. Mit Sicherheit wusste sie nur, dass er einem alten Adelsgeschlecht entstammte und Rosenhag von seinem Vater geerbt hatte. Er war mit seiner jungen Frau ans Schloss gekommen, aber diese war kurz darauf im Kindbett verstorben. Das Baby war nicht lebensfähig gewesen, hieß es. Eine traurige Geschichte. Das Leid machte keinen Unterschied zwischen Arm und Reich. Manche begleitete es durchs ganze Leben, andere ließ es verschont.

„Theres!" Rosi tauchte in einem Türrahmen auf und winkte sie mit einer energischen Handbewegung zu sich. Also rappelte Theres sich hastig auf und sputete sich, damit die Köchin nicht auf sie warten musste. Vor dem Eingang verlangsamte sie jedoch ihren Schritt und straffte ihr Kreuz. Dann betrat sie das Schloss, um dem Fürsten zu begegnen.

Kapitel 6

Als Rosi sie die breite Treppe ins Obergeschoss hinaufführte, schwand Thereses Mut. Ihre Kehle fühlte sich trocken an, das Schlucken fiel ihr schwer. Beinahe wäre sie über eine der ungewöhnlich flachen Steinstufen gestolpert. Nie war sie länger von daheim fort gewesen und jetzt war sie auf die Gunst dieses fremden Mannes angewiesen.

Rosi geleitete sie durch einen Gang mit zahllosen Türen. In der ersten Kehre blieb sie vor einer davon stehen. Das dunkle Holz glänzte mit den zierenden Türbeschlägen um die Wette. Rosi holte ein weiches Tuch aus ihrer Rockfalte und polierte das Messing.

„In diesem Haus wird auf Details geachtet. Wenn ich etwas gar nicht leiden kann, ist es Schlamperei. Arbeite gründlich und gewissenhaft, dann kommen wir gut miteinander aus."

Nach diesen Worten klopfte Rosi an und sie wurden hineingebeten. Theres fühlte sich von dem reich geschmückten Raum überwältigt. Ihr Blick wanderte zunächst nach oben, zu der prunkvollen Holzdecke und den Schnitzereien auf den Balken, dann erst entdeckte sie den Fürsten im Erker des Turmzimmers. Über ein Tischchen gebeugt, wandte er ihnen den Rücken zu. Etwas reflektierte das Licht, welches durch das hohe Fenster fiel. Ein Rasiermesser. Der Fürst legte es in einer Schale vor sich ab und trocknete sein Gesicht mit einem Tuch.

Während sie warteten, sah Theres sich weiter in dem Raum um, der beinahe so groß wie ihr Elternhaus war.

Eine Tapete mit üppigen Ornamenten schmückte die Mauern. An einer davon hing ein Wandteppich, auf welchem sich riesengroße Vögel tummelten, die Theres nie zuvor gesehen hatte. Das Mobiliar sah edel und sehr alt aus. Heiligenfiguren grüßten aus den Ecken, von den Wänden und ...

„Grundgütiger!", entfuhr es ihr. Sie bekreuzigte sich. Der Fürst drehte sich um, erkannte sogleich den Grund für ihren Schreck und begann lauthals zu lachen.

„Was bereiten wir dir hier nur für einen Empfang, Mädchen? Erst richtet man die Kanone auf dich und jetzt das. Du musst denken, wir sind von allen guten Geistern verlassen."

Er stieg vom Podest, das den Erkerplatz erhöhte, und stellte sich hinter die Figur, die auf einem gewundenen Sockel stand. Es war die Jungfrau Maria mit dem Jesuskind. Jedoch schien das Böse von ihr Besitz ergriffen zu haben, denn aus ihrem Kopf ragten zwei Hörner.

„Komm her, Theres!" Es klang mehr nach einer Einladung als nach einem Befehl.

„Unserer Madonna hier sind bei einem Umzug ein paar Zacken aus der Krone gebrochen. Siehst du?" Er fuhr mit dem Finger über die Bruchstellen. „Wir nennen sie die Hörndlmadonna und halten sie in Ehren, auch wenn sie unsere Gäste zu Tode erschreckt."

Theres wagte es kaum, ihn anzusehen, aber er suchte Blickkontakt. Diese grünen Augen kannte sie doch! Ohne den zotteligen Bart sah sein Gesicht viel jünger aus. Und attraktiv. Aber es war zweifellos der gleiche Mann, dem sie schon im Hof begegnet war.

„Werde ich noch gebraucht?", fragte Rosi.

„Nein danke, meine Beste. Auch für das Essen, es war wie immer vorzüglich."

„Es war doch nur Erdäpfelgulasch."

„Wenn du meine Komplimente nicht erträgst, hörst du bald keine mehr."

Rosi murmelte etwas Unverständliches, nahm dann die Schale mit dem Rasiermesser und ging davon.

„Du musst Rosi den schroffen Ton verzeihen. Seit deine Vorgängerin geheiratet und das Schloss verlassen hat, bleibt zu viel Arbeit an ihr hängen. Hat sie dich schon mit deinen Aufgaben vertraut gemacht?"

Theres nickte stumm.

„Gut." Er ging zu einem Sekretär und zog eine Lade heraus. Zurück kam er mit einem kleinen Leinenbeutel. „Hier hast du dein Drangeld. Wenn du sonst irgendetwas brauchst, kannst du Rosi fragen. Hansi frag lieber nicht, der Bursche hat nur Unfug im Kopf."

Ein dumpfes Scharren ließ Theres zusammenzucken. Ihm folgte ein Poltern, als wollte jemand die Tür eintreten. Instinktiv wich sie zurück, während der Fürst hinging, um zu öffnen.

Als die Tür aufschwang, schnappte Theres geschockt nach Luft. Sie traute ihren Augen nicht: Vor ihnen stand ein Rappe, der den Fürsten mit seinem Kopf anstupste. Der jedoch schien daran nichts Ungewöhnliches zu finden. Als träfe man auf Rosenhag tagtäglich ein Ross im Obergeschoss an. Anders als bei der gehörnten Madonna kam Heinrich nicht einmal auf die Idee, den seltsamen Vorfall zu erklären.

„Enrico, mein Guter. Ist es schon Zeit für unseren Ausritt?" Der Schlossherr tätschelte die Stirn des Tieres und bot ihm ein Zuckerstück an, das er aus seiner

Jackentasche holte. Es knusperte kurz im Maul des Pferdes, dann forschte Enrico nach weiteren Süßigkeiten. Der Fürst lachte und nahm ihn an den Zügeln, während er ihm Nachschub unter die Nase hielt.

Als er ihn auf den Gang hinausführte, folgte Theres ihnen.

„Ist unser Freund auch schon da?“, fragte der Fürst das Pferd und Enrico warf den Kopf schnaubend in die Luft.

„Pünktlich wie immer“, stellte der Fürst fest und öffnete eines der Butzenfenster. Er grüßte den Gast im Hof mit einer saloppen Geste und rief ihm zu: „Wir sind gleich da!“

Anschließend schwang er sich auf Enricos Rücken und sie schritten davon. Das Klappern der Hufe auf den Stufen hallte bis zu Theres durch den Gang.

Neugierig trat sie ans Fenster und sah hinaus. Am Brunnen stand ein junger Mann. Er mochte kaum älter sein als sie selbst, aber alles an ihm wirkte erwachsen und ernsthaft. Die finstere Kleidung, das beinahe schwarze Haar, die aufrechte Haltung. Sein Blick.

Augen tiefgründig wie dunkle Seen fesselten Theres. Seine leicht gebräunte Haut brachte sie noch mehr zum Strahlen und ...

Oh nein! Theres sog vor Schreck die Luft ein. Er hatte sie erwischt! Sie stolperte zurück, bis sie mit dem Rücken an die Wand stieß. Und das an ihrem ersten Tag! Was sollte der Fürst nun von ihr denken? Sicher würde ihm sein Gast berichten, wie neugierig sein Personal war. Aber vielleicht hatte er sie ja gar nicht als solches erkannt. Diese Hoffnung blieb, auch wenn sie Theres im Moment kaum zu beruhigen vermochte.

Da fiel ihr ein, dass Rosi vermutlich schon auf sie wartete. Bei ihr wollte Theres nun wirklich keinen schlechten Eindruck hinterlassen. Die Köchin war nicht die Art von Frau, mit der man es sich verscherzen sollte.

In der Küche duftete es köstlich nach einem Braten, der wohl bis zum Abendessen noch einige Zeit im Ofen schmoren musste. Das Wasser lief Theres im Mund zusammen. Die Selbstverständlichkeit, mit der solche Speisen hier auf den Tisch kamen, bedrückte sie. Ihrer Familie waren derlei Leckerbissen nur an Feiertagen vergönnt. Wenn überhaupt. Obwohl, einmal in der Woche gab es doch einen Festtag. Immer wenn der Onkel die Säcke aus der Feigenkaffeefabrik holte, um sie zu waschen, stürzten sich die Dorfkinder bei seiner Rückkehr darauf, weil sie hofften, eine der darin verbliebenen Früchte zu ergattern.

„Da bist du endlich!“, begrüßte sie Rosi, als sie die Küche betrat. „Wir müssen uns beeilen. Der Fürst erwartet einen Gast. Du sollst das Speisezimmer richten und anschließend den Kaffee servieren.“

Auf dem Weg zu ihrer Kammer im Gesindetrakt zeigte ihr Rosi, wo sie Putzutensilien und frische Tischwäsche fand. Danach erläuterte sie ihr, was zu tun wäre. Theres hatte Mühe, sich alles zu merken. Sie verspürte schreckliche Angst, die Erwartungen des Fürsten zu enttäuschen. Und noch etwas anderes verursachte ein flaues Gefühl, ahnte sie doch, welcher Gast zum Kaffee kam. Würde er sie erkennen und beim Fürsten verpetzen? Würde er ihm einen Grund liefern, sie mit dieser Schmach nach Hause zu schicken?

Daran mochte sie gar nicht denken. Ihre Familie brauchte das zusätzliche Geld dringend.

Nachdem Rosi sie allein gelassen hatte, schnürte Theres den Beutel auf. Es war mehr als sie erwartet hatte. Bedeutend mehr. Es sollte verdient sein, deshalb machte sie sich gleich an die Arbeit.

Im Speisezimmer polierte Theres gerade das Silberbesteck, als sich Schritte näherten. Unregelmäßig klapperten sie über den Gang, im Widerspruch zu ihrem Herzen, dessen rhythmisches Klopfen sie bis zum Hals spürte. Sie tastete mit der Hand über ihr Haar, das sie mit Kämmen hochgesteckt hatte, strich Rock und Schürze glatt und brachte sich in Position.

Die Tür ging auf und die Männer traten lachend ein. Jäh traf der Blick des jüngeren Theres, und das belustigte Funkeln, das in seinen Augen lag, verflüchtigte sich. An seine Stelle trat ein forschender Ausdruck, der Theres völlig einnahm. Rasch senkte sie den Blick und deutete einen Knicks an. Sie spürte die Hitze im Gesicht und hoffte, dass man ihr nichts anmerkte.

„Theodor, mein Freund. Darf ich dir Theres vorstellen? Sie ist unser neues Hausmädchen und heute erst angekommen." Nun wandte er sich ihr zu. „Ich bin froh zu sehen, dass die Farbe in dein Gesicht zurückgekehrt ist, nach dem Schrecken, den ich dir heute eingejagt habe. Wärst du so nett und bringst uns jetzt den Kaffee?"

Theres nickte und entfernte sich. Sie war froh, dem Raum zu entkommen – ihren widersprüchlichen Gefühlen. Sie hatte Theodors Blicke auf sich gespürt, als sie mit dem Fürsten gesprochen hatte. Etwas Geheimnisvolles umgab ihn, auf das sie sich keinen Reim machen konnte und das sie nervös werden ließ. Es war mehr als die Angst davor, beim Fürsten in Ungnade zu fallen. Viel größer war die Furcht vor dem, was der Blick des jungen Mannes in ihr auslöste.

In der Küche entfernte Rosi einen der Herdringe und setzte den Kaffeeröster ein. Bald darauf erfüllte das Aroma der dunklen Bohnen den Raum. *Hier gab es echten Kaffee?* Theres war in einer anderen Welt gelandet. In dieser Welt hatte es offenbar keinen Krieg gegeben. Keine Krise, die sie hätte ins Wanken bringen können. Oder wahrte der Fürst nur den Schein? Sie wagte es nicht, Rosi danach zu fragen.

Diese deutete nun auf eine bereits vorbereitete Kanne mit frisch gebrühtem Kaffee. Als Theres Milch in ein Kännchen goss, zitterten ihre Hände. Rosi maß sie mit prüfender Miene, hakte aber nicht weiter nach. Vermutlich schob sie es der Aufregung des ersten Tages zu. Trotzdem hatte Theres das Gefühl, dass Rosi alles andere als begeistert davon war, ein solches Nervenbündel an ihrer Seite zu haben. Sie musste sich zusammenreißen.

Zurück im Speisezimmer trug sie den Apfelstrudel auf und schenkte Kaffee in die filigranen Tassen, die sie beim Eindecken auf den Tisch gestellt hatte. Danach entschuldigte sie sich und war bereits im Begriff, das Zimmer zu verlassen, als der Fürst sie zurückrief.

„Ich habe Theodor vorgeschlagen zum Abendessen zu bleiben. Zu meiner Freude hat er meine Einladung angenommen. Würdest du Rosi darüber in Kenntnis setzen? Wir essen in der Jagdstube. Und richte auch eines der Gästezimmer her."

Die Zeit bis zum Abendessen verflog, denn Theres war damit beschäftigt, den Jagdsalon für den Abend vorzubereiten. An der Staubschicht, die alles überzog, merkte man, dass in letzter Zeit einiges an Arbeit liegengeblieben war. Eine durchdachte Grundordnung zeigte allerdings, dass es nicht immer so gewesen war. Der Salon erinnerte an eine Bauernstube. Die Holzvertäfelung an den Wänden hinter der Sitzecke und der flaschengrüne Kamin sorgten für Gemütlichkeit. Theres befreite den Geweihluster über dem Tisch von den Spinnweben. Sie blies die Zinnkrüge und die Porzellanbecher aus, welche auf dem Bord oberhalb der Sitzbank ihren Platz hatten, und richtete die Geige, die schief in der Ecke hing.

Als sie fertig war, holte sie eine Flasche Wein aus dem Keller, wie es ihr Rosi aufgetragen hatte. Im Verhältnis zu den Dimensionen der Räume, die Theres bisher zu Gesicht bekommen hatte, wirkte dieser regelrecht winzig. Ihr Blick fiel auf eine niedere Eisentür. Vermutlich lag dahinter ein weiterer Kellerraum. Sie nahm eine der Flaschen und wischte mit der Hand darüber, um die dünne Staubschicht darauf zu entfernen. Das Etikett zeigte eine Zeichnung des Schlosses.

Auch im Schutz der Felswände von Thereses Heimatdorf gediehen Weinstöcke, obwohl das Klima dem Anbau nicht zuträglich war. Der Wein schmeckte voll und etwas säuerlich.

Anschließend ging Theres Rosi in der Küche zur Hand. Die Arbeit beruhigte ihre Nerven, trotzdem wanderten ihre Gedanken immer wieder zu Theodor. Was verband den jungen Mann mit dem Fürsten? Nun, bald würde sie es erfahren.

Es stellte sich heraus, dass Theodor ein aufstrebender Schriftsteller war, an dem der Fürst Gefallen gefunden hatte. Nach dem Abendessen gab er eine Kostprobe seines Schaffens. Theres hatte man nach einer weiteren Flasche Wein geschickt – zum wiederholten Mal an diesem Abend –, aber vor der Tür der Jagdstube konnte sie nicht widerstehen.

Sie lauschte dem Klang von Theodors Stimme, der Melodie seiner Worte. Sie wagte kaum zu atmen, befürchtete, dass ihr Herz, das so laut schlug, sie verriet.

Als sie die Kellertreppe hinunterstieg, vernahm sie das Weinen einer Geige. Sie beeilte sich, denn sie wollte wissen, wer von beiden das Instrument mit einer solchen Innigkeit spielte. Einige der Töne klangen schief, aber es war trotzdem wunderschön.

Im Salon merkte sie sofort, dass die Stimmung gekippt war. Der Fürst saß dort mit hängenden Schultern und wurde von einem Schluckauf geschüttelt. Die Geige ruhte inzwischen neben ihm am Tisch.

„Ich denke, ... ich ... gehe besser zu Bett", nuschelte er zwischen drei Hicksern. Theodor und Theres halfen ihm auf und stützten ihn unter den Achseln. Als ihr der intensive Geruch nach Alkohol in die Nase stieg, hielt sie unwillkürlich den Atem an. In seinem Zustand konnte der Fürst unmöglich allein die Treppen hochsteigen. Also legte sie sich einen seiner Arme um die Schultern. Theodor tat es ihr gleich.

Auf dem Weg nach oben drückte der Arm des Fürsten auf ihren Nacken, als hinge sein ganzes Gewicht an ihr. Er war kaum noch in der Lage, einen Fuß unterzustellen. Theres fragte sich, wie es ihm in diesem Zustand gelungen war, die Geige auf so ergreifende Weise zu spielen.

Ungeachtet dessen unterhielt er sich weiterhin mit Theodor. Ob dieser ihn verstand, war allerdings zu bezweifeln.

Vor dem Schlafgemach des Fürsten stutzte Theres. Für einen Augenblick hatte sie das Gefühl, in seine Privatsphäre einzudringen. Dann erinnerte sie sich daran, dass sie nun öfter mit intimen Dingen des Fürsten in Berührung kommen würde.

Sie setzten ihn auf sein Bett, aber er kippte gleich nach hinten um. Gemeinsam zogen sie an seinen Stiefeln, um sie ihm abzustreifen. Danach umgriff Theodor den Oberkörper des Fürsten und Theres dessen Beine. So drehten sie ihn in eine bequemere Position, bei der alle seine Gliedmaßen im Bett Platz fanden. Sogleich ertönte ein kräftiges Schnarchen.

Theres und Theodor schlichen aus dem Raum. Vor der Tür wünschte sie ihm schleunigst eine gute Nacht und eilte zur Treppe.

„Theres?"

Sie hielt inne.

„Würdest du mir mein Nachtquartier zeigen, oder soll ich mich zu Heinrich gesellen?"

„Natürlich!" Wie dumm von ihr! Der Fürst hatte ja keine Gelegenheit mehr gehabt, Theodor das Gästezimmer zu zeigen. Wieder glühten ihre Wangen. Diesmal war die Dunkelheit auf ihrer Seite. Die Lampen warfen nur ein schummriges Licht und vermochten es kaum, die Schatten aus dem Gang zu vertreiben. Sie ging kerzengerade an ihm vorbei und hörte, wie er ein Lachen unterdrückte. Da merkte sie erst, wie fahrig ihre

Bewegungen waren. Sie musste ihm ziemlich schusselig vorkommen.

„Es ... es ist gleich da hinten." Ihre Stimme hörte sich merkwürdig an, als hätte jemand ihre Stimmbänder zusammengeschnürt. Besser wäre es, sie schwieg. In Theodors Gegenwart brachte sie keinen vernünftigen Gedanken zustande. Wenn seine interessierten Blicke nicht nur Einbildung gewesen waren, sondern wirklich ihr gegolten hatten, war die Neugier auf sie bestimmt längst verflogen.

Theres nestelte an dem schweren Schlüsselbund. Inzwischen war sie von ihrer Nervosität geradezu genervt. Sie hoffte nur, dass alles bald vorbei wäre und sie Theodor nie mehr wiedersehen müsste.

Als sie den Schlüssel ins Schloss stecken wollte, entglitt er ihr und der Bund fiel scheppernd zu Boden. Reflexartig bückte sie sich darum, Theodor tat es ihr gleich. Dabei berührten sich ihre Hände.

Theres schaute auf, direkt in seine Augen, die im warmen Licht in einem goldenen Braun schimmerten. Sein Blick wirkte nun weicher. Fragend. Seine geschwungenen Lippen standen leicht geöffnet. Theres hielt unwillkürlich die Luft an, fühlte das Schlagen ihres Herzens wie Paukenschläge in ihrer Brust.

Theodor fing sich schneller. Er schüttelte die Benommenheit ab und erhob sich. Dann streckte er ihr die Hand hin, um ihr aufzuhelfen. „Danke, Theres, und ... gute Nacht."

Daraufhin verschwand er in seinem Zimmer und ließ sie aufgewühlt zurück.

„Gute Nacht", hauchte sie, überwältigt von dem ungewohnten Ziehen in ihrer Brust. Einer Sehnsucht, die nicht sein durfte.

Kapitel 7

Am nächsten Morgen musste Theodor zeitig aufgebrochen sein. Das Frühstück hatte der Fürst an diesem Tag alleine eingenommen. Obwohl ihre Begegnung schon eine Woche zurücklag, ertappte Theres sich immer wieder dabei, wie sie an Theodor dachte, sich in seine Arme träumte. So wie jetzt.

Es war ein wunderschöner, milder Februartag. Die Sonne schien und das Blau des Himmels spiegelte sich im großen Schlossteich, an dessen Ufer Theres kniete, um die Wäsche zu schwemmen. Sie schalt sich selbst für ihre törichten Gefühle, während sie den Stoff mit ihren, vom eisigen Wasser geröteten, Händen auswand.

Sie und Theodor – alleine die Vorstellung war anmaßend! Sie bewegten sich in völlig unterschiedlichen Welten. Diese Welten mochten sich zwar berühren, aber im Grunde waren sie sich fremd und es gab genug Menschen, die großen Wert darauf legten, dass es auch so blieb.

Zumindest ging ihr die Arbeit im Schloss leicht von der Hand. Sogar Rosis anfängliche Skepsis hatte sich gelegt, nachdem Theres ihre Aufgaben stets zu ihrer Zufriedenheit erfüllt hatte.

Während sie vor sich hin sinnierte, vernahm sie aus der Ferne ihren Namen. Die Rufe näherten sich, sie klangen aufgeregt.

„Theres!“ Vroni, ihre jüngere Cousine, fiel ihr um den Hals. Hansi hatte sie zu ihr geführt.

Jetzt zog das Mädchen an ihrer Hand. „Du musst schnell kommen. Das Baby! Deiner Mutter geht es nicht gut."

Theres warf einen Blick zu Hansi. Der verstand sie ohne Worte. Er würde den Fürsten informieren, denn dafür blieb Theres keine Zeit.

Sie lief schnell, wie sie nie gelaufen war, ließ sich auch vom Steilhang nicht zurückhalten.

Erst vor dem Haus ihrer Eltern besann sie sich, wollte nicht noch für zusätzliche Aufregung sorgen. Sie zuckte zusammen, als sie die Schreie ihrer Mutter hörte. Ein tiefes Grölen, das tief aus ihrem Inneren zu kommen schien, gefolgt von einem verzweifelten Aufschluchzen. Theres vergaß vor Panik zu atmen. Sie war hier, aber was konnte sie schon tun, um ihrer Mutter zu helfen?

Endlich schöpfte sie Atem und überwand ihre Starre. Nach einem zögerlichen Klopfen trat sie ein und fand ihre Mutter auf dem niederen Lager in der Stube vor. Die Hebamme lag mehr vor ihren gespreizten Beinen, als dass sie kniete. Dazwischen war überall Blut – zu viel davon.

„Mama!" Theres erstickte einen Schluchzer mit der Hand auf ihrem Mund. Die Hebamme drehte den Kopf zu Theres und bedeutete ihr mit einem Nicken, dass sie bei ihrer Mutter Platz nehmen solle.

Beherzt nahm Theres deren Hand und drückte sie zärtlich. Martha war in das Kissen gesunken. Ihr Gesicht hatte jegliche Farbe verloren, nur die Augen waren rot unterlaufen.

Eine neue Wehe bahnte sich an, der Griff der Mutter wurde fester.

„Ich kann nicht mehr", wimmerte sie.

„Halte durch, Martha, du schaffst das", redete ihr die Hebamme zu.

„Ich ..."

Plötzlich erschlaffte Marthas Hand. Theres fuhr herum, schaute mit einem hilflosen Blick zur Hebamme, dann wieder ins Gesicht ihrer Mutter, aus dem nun jede Anstrengung gewichen war. Aber sie atmete doch noch, oder nicht? *Bitte, sie darf nicht ...* Jetzt starrte Theres auf die Brust ihrer Mutter und wartete darauf, dass sich diese unter dem nächsten Atemzug heben würde, doch bevor sie Klarheit hatte, riss die Hebamme an ihrem Ärmel.

„Wir müssen es herausdrücken. Hilf mir! Der Kopf ist schon zu sehen."

Theres heulte auf, als sich die Hebamme auf den geschwollenen Bauch ihrer Mutter stürzte. Blind vor Tränen trat sie näher und drückte, schob den kleinen Körper mit aller Kraft aus dem reglosen Leib. Sie spürte die Tritte des Kindes, das um sein Leben kämpfte. Die Hebamme lag nun wieder auf dem Boden, um dem Baby auf die Welt zu helfen.

Dann war es da. Sein aufgeregtes Schreien erfüllte den Raum.

„Es ist ein Mädchen!"

Die Hebamme legte das zitternde Würmchen auf die Brust der Mutter und es begann den Kopf hin und her zu drehen, bis es die Brustwarze fand.

Vorsichtig wischte die Frau die Käseschmiere von dem kleinen Körper und hüllte bedächtig eine Decke um Mutter und Tochter. Und dann sprach sie aus, was

Theres einfach nicht wahrhaben wollte: „Es tut mir leid, meine Kleine ..."

Thereses Lippen begannen zu beben. Der Schmerz stieg ihr bis zum Hals, als die Hebamme mit der Hand über die Augen der Mutter fuhr, um sie für immer zu verschließen.

Auf einmal platzte der Vater zur Tür herein. Sekunden reichten ihm, um die Lage zu erfassen. Mit wenigen Schritten war er am Lager. Erst strich er Martha das Haar zärtlich aus der Stirn, dann nahm er seine neugeborene Tochter in die Arme. Seine Lippen bebten, Tränen liefen über sein Gesicht, während er sie wiegte. Dann erst wurde er sich gewahr, dass auch Theres sich im Raum befand.

Sein Blick genügte, um all das zu sagen, wofür es keine Worte gab. Theres sprang auf, rannte zu ihm und drückte ihr Gesicht an seine Schulter.

„Theres, Mädchen! Schau dir deine Schwester an. Ist sie nicht wunderhübsch? Sie heißt Ludmilla – so wollte es eure Mutter."

Theres konnte nicht antworten. Als sie ihren Mund aufmachte, kam nur ein ersticktes Schluchzen heraus.

„Schon gut, schon gut. Du brauchst noch etwas Zeit. Geh zu deiner Mutter."

Das tat sie. Sie legte sich zu ihr aufs Bett, rollte sich an ihre Seite wie ein Embryo. Die Tränen sickerten in die Decke, die Marthas reglosen Körper verhüllte, aber nicht ihren vertrauten Geruch.

Nur am Rande bekam Theres mit, wie sich die Hebamme verabschiedete und versprach bald wiederzukommen. Der Vater setzte sich mit Ludmilla im Arm aufs Bett und strich über Thereses Haar.

„Was wird mit dem Baby, wenn du im Steinbruch bist?“, fragte sie und richtete sich schniefend auf.

„Ich weiß es noch nicht, aber wir finden eine Lösung.“

„Ich komme heim.“

Der Vater nickte.

„Ich möchte es dem Fürsten persönlich sagen. Und ihm das Drangeld zurückbringen.“

„So wird es am besten sein. Theres, du musst jetzt aufstehen. Du schläfst heute Nacht bei deiner Tante.“

Wieder stiegen Tränen in ihre Augen. Sie wollte protestieren, aber das konnte sie ihrem Vater nicht antun. Also erhob sie sich, küsste ihre Mutter zum letzten Mal und trat vor die Tür in den Tag, wo die Sonne noch immer schien.

In der Nacht teilte sich Theres das Lager mit ihrer Cousine. Sie weinte im Stillen, damit Vroni nicht wach wurde. Obwohl nicht einmal das Baby sie wecken konnte, das vor Hunger hysterisch schrie. Irgendwann konnte Theres es nicht mehr ertragen, schlüpfte aus dem Bett und ging in die Stube, wo ihre Tante mit der Kleinen auf und ab ging und sie hektisch schunkelte.

„Sie nimmt das Fläschchen nicht. Wie soll ich ihr nur begreiflich machen, dass es nichts anderes gibt?“

Tante Maria hatte die Flasche bei einer jungen Mutter in der Nachbarschaft aufgetrieben, die ihr Kind nicht hatte stillen können. Aber Ludmilla war das egal. Ihr Gesicht war vom Schreien bereits dunkelrot angelaufen. Sie kniff die Augen zusammen und steigerte sich immer weiter in den Weinkrampf hinein. Ihre Stimme klang beinahe heiser. Das konnte Theres nicht mit ansehen!

„Ich nehme sie“, erklärte sie und schon befand sich das Bündel in ihren Armen. Sie stützte den Nacken des Babys und legte es an ihre Schulter.

„Schsch“, machte sie immer wieder. Weil sonst nichts helfen wollte, setzte sie sich auf einen Stuhl und knöpfte das Nachthemd auf, sodass Ludmilla mit ihrem Geruch und ihrer Wärme in Berührung kam. Und wirklich – augenblicklich beruhigte sich das Mädchen. Die Tante reichte Theres das Fläschchen. Theres ließ etwas von der Milch auf die Lippen der Kleinen tropfen und bot ihr den Sauger noch einmal an. Diesmal nahm sie ihn und trank gierig, bis sie einschlief.

Theres wagte es nicht, sich zu bewegen. Sie betrachtete das Baby auf ihrer Brust. Eine Welle der Liebe für das kleine Wesen schwappte über sie herein. Vergessen war der Groll darüber, dass es ihr die Mutter genommen hatte. Stattdessen fühlte sie Mitleid – Ludmilla würde ihre Mutter niemals kennenlernen.

Jetzt war es Thereses Aufgabe, ihr die Liebe und Geborgenheit zu schenken, wie es Martha nicht mehr vermochte.

Am Morgen darauf fiel es ihr schwer, sich von ihrer Schwester zu trennen, aber der Fürst hatte es verdient, dass sie ihm die Umstände persönlich erklärte.

Er empfing sie im Turmzimmer.

„Wie geht es deiner Mutter?“

Weil sich bereits Tränen in ihre Augen stahlen, wandte sie sich ab und wischte sie mit zitternden Händen weg.

Sofort kam der Fürst auf sie zu und legte eine Hand auf ihre Schulter. „Es ... tut mir leid.“

Sie schniefte, eine Träne fiel dem Fürsten vor die Füße.

„Ich muss leider meine Stellung hier aufgeben. Ich möchte Ihnen noch einmal für alles danken und das hier zurückgeben.“

Sie holte den Leinenbeutel aus ihrer Rocktasche und streckte ihn in seine Richtung, der Fürst schob ihn jedoch bestimmt zurück.

„Behalt es.“

„Aber ...“

„Ihr werdet es brauchen. Kann ich dich nicht überreden zu bleiben? Ich bin sehr zufrieden mit deiner Arbeit und deine Gegenwart ist mir angenehm.“

„Die Kleine braucht mich.“

„Ich verstehe. Dann wünsche ich dir alles Gute, liebe Theres.“

Theres lächelte wehmütig, fühlte, wie ihr die Brust eng wurde.

„Danke. Leben Sie wohl.“

Auf dem Heimweg drehte sie sich auf der Anhöhe noch einmal zum Schloss um. Dort, in der Ferne, glaubte sie den Fürsten am Fenster des Turmes stehen zu sehen, wie er ihr nachblickte.

Mit einem tiefen Seufzer zog Theres ihr Wolltuch enger um ihre Schultern und machte sich bereit für den Abstieg ins Tal.

Kapitel 8

Linz, Anfang Juli 2019

Eine gefühlte Ewigkeit lang stand Evelyn am Eingang der schmalen Sackgasse. An deren Ende erhob sich die Villa mit dem schlanken Türmchen. Fast schien es, als hätte die Zeit seit dem Tag, an dem das Foto für das Album aufgenommen worden war, stillgestanden. Hohe Nadelbäume und Büsche umrahmten das Gebäude, hielten es vor neugierigen Blicken verborgen, obwohl es mehr als unwahrscheinlich war, dass sich jemand hierher verirrte. Die Villa stand in einer Abgeschiedenheit, die angesichts der Lage in einer beliebten Wohngegend am Fuße eines der Linzer Hausberge, kaum zu glauben war. Und doch gab es ihn, diesen verzauberten Ort.

Die Adresse war sogar im Telefonbuch verzeichnet. Darin hatte Evelyn nachschlagen müssen, weil die Absenderadresse auf dem Kuvert durch die Nässe unkenntlich geworden war.

Das breite Eisentor zum Garten stand geöffnet, aber aus der Ferne konnte sie nichts ausmachen als noch mehr Grün. Daneben bildeten drei mannshohe Steinsäulen eine Begrenzung zum Grundstück. Sie wurden überwuchert von einem üppigen Rosenbusch, dessen lange Ranken darüber herabhingen wie blühende Girlanden.

Die Villa übte eine nicht zu leugnende Anziehungskraft auf Evelyn aus, trotzdem zögerte sie. Denn obwohl sie während der Zugfahrt alle Zeit dazu gehabt hätte, sich die Worte zurechtzulegen, wusste sie noch immer nicht, wie sie ihrer Großmutter gegenübertreten sollte. Was sollte sie nur zu ihr sagen?

Evelyn wollte nicht mit der Tür ins Haus fallen, aber wie sollte sie Ludmilla sonst erklären, dass sie ihre Enkelin war? Vermutlich würde sie ihr sowieso nicht glauben. Vielleicht wusste sie nicht einmal, dass es Evelyn gab. Auf diese Möglichkeit war sie vorbereitet. Das Fotoalbum und Ludmillas Brief – obwohl in Mitleidenschaft gezogen – dienten als Beweis.

Evelyn ballte die Hände zu Fäusten und atmete tief durch. *Los jetzt!*

Näher am Tor erspähte sie ein Schild, das Fremde vom Grundstück fernhalten sollte. Aus einer anderen Ecke zeigte eine Überwachungskamera auf sie, wie sie wohl zur Grundausstattung in dieser Gegend gehörte. Zumindest hatte Evelyn auf dem Weg hierher diesen Eindruck gewonnen.

Ihr Herz hämmerte in ihrer Brust, als sie schließlich den nötigen Mut aufbrachte und den Zeigefinger auf den Klingelknopf aus Messing legte.

Das Schrillen der Glocke drang aus einem geöffneten Fenster auf die Straße heraus. Einige Zeit später hörte sie ein Rauschen in der Gegensprechanlage und ein „Ja, bitte?"

„Ähm, hallo ... Frau Pamminger? Darf ich Sie kurz stören?"

Eine Pause. Vermutlich wurde Evelyn über die Kamera in Augenschein genommen.

„Worum geht es denn? Ich sage Ihnen gleich, ich unterschreibe nichts."

„Nein, nein. Keine Sorge, deshalb bin ich nicht hier. Es geht um eine Familienangelegenheit."

Stille. Dann erklang ein Ächzen, als befürchtete Ludmilla etwas Schlimmes.

„Warten Sie im Garten. Ich komme gleich zu Ihnen. Es kann etwas dauern. Die Stufen ... Ich bin eine alte Frau, wissen Sie. Wenn ich in einer halben Stunde noch nicht da bin, rufen Sie die Rettung."

Evelyn wusste nicht, ob es angebracht war, über den Scherz zu lachen – ob es überhaupt einer war. Sie konnte nicht einschätzen, welcher Art Mensch sie in Kürze begegnen würde. Ob ihre Großmutter sich selbst nicht allzu ernst nahm oder Verbitterung aus ihr sprach.

Evelyn folgte dem Weg durch das Tor. Moos wuchs in den Fugen des Kopfsteinpflasters, ließ sie zu grünen Adern werden. Dann fand sie sich in einem Vorgarten wieder, an dessen Rand die überhängenden Zweige der Bäume und Sträucher schattige Lauben bildeten.

Zwischen den langen Rasenbüscheln blühten Gänseblümchen, sonst gab es keine Konkurrenz für die wundervollen Rosen. Nur neben der Eingangstüre stand ein Topf mit roten und pinken Geranien.

Evelyn starrte auf die Tür, versuchte sich eine Vorstellung davon zu machen, wie ihre Großmutter aussah. Sie musste jetzt an die neunzig sein.

Dann stand sie ihr gegenüber. Erleichtert stellte Evelyn fest, dass Ludmilla einen rüstigen Eindruck machte. Mehr als das: Sie hatte das Aussehen und die Haltung einer Grande Dame. Zwar musste sie sich auf einen Gehstock stützen, aber das tat sie erhobenen Hauptes. Ihre Großmutter war auf eine schöne Art und Weise gealtert. Die Falten verliehen ihrem ausdrucksstarken Gesicht noch mehr Prägnanz. Wache, blaue

Augen blickten Evelyn entgegen. Außerdem schien Ludmilla Wert auf ihr Äußeres zu legen. Sie trug eine sandfarbene Leinenhose und eine leichte, weiße Tunikabluse. Die Augenbrauen hatte sie mit einem dezenten Konturenstift nachgezeichnet, sonst war sie nicht geschminkt. Ihr weißes, kurzgewelltes Haar war Schmuck genug.

Ludmilla musterte Evelyn. Plötzlich weiteten sich ihre Augen und sie legte die Fingerspitzen an ihre Lippen. Kurz darauf streckte sie die Hand nach Evelyns Gesicht aus, berührte damit kaum ihre Wangen.

„Du bist ..."

„Connys Tochter. Deine Enkelin."

Ludmilla schüttelte unmerklich den Kopf.

„Sie ist nicht hier", stellte Ludmilla mit brüchiger Stimme fest.

„Sie weiß nicht, dass ich dich besuche. Ich habe deinen Brief gefunden."

Jetzt schwang Evelyn ihren Rucksack nach vorne und kramte darin, ertastete das Kuvert aber nicht gleich.

Ludmilla legte ihre Hand sachte auf Evelyns, um sie davon abzubringen weiterzusuchen.

„Komm zuerst herein", sagte sie und deutete mit dem Stock auf die geöffnete Tür.

„Ich wohne ganz oben. Das ist zwar nicht praktisch, vielleicht sogar hirnrissig, aber dort hat man die schönste Aussicht."

Evelyn hakte sich bei ihrer Großmutter unter und stützte sie, während sie die Treppen hinaufgingen. Oben angekommen, tätschelte Ludmilla Evelyns Hand.

„Früher habe ich Dreitausender bestiegen. Das hat dir deine Mutter vermutlich nicht erzählt?"

„Nein“, gestand Evelyn.

Die bittere Wahrheit war, Conny hatte gar nicht über Evelyns Großmutter gesprochen. Aber es wäre zu hart gewesen, das auszusprechen. Trotzdem ahnte Evelyn, dass Ludmilla es wusste.

Die alte Dame ging über den Flur und stieß die Tür zum Wohnbereich mit dem Stock auf.

Evelyn ließ ihren Blick wandern und verliebte sich gleich in das Domizil ihrer Großmutter.

Das Fischgrätparkett glänzte im Sonnenlicht. Unterhalb des Erkerfensters gab es eine Sitzfläche, die sich über einem niedrigen Bücherregal befand, welches sich in voller Höhe an einer der anschließenden Wände fortsetzte und unzählige Bände beherbergte. In der Mitte des Raumes stand ein rotgestreiftes Biedermeiersofa auf einem runden Teppich, daneben ein Beistelltischchen.

Ludmilla bat sie Platz zu nehmen.

„Was möchtest du trinken? Oder bist du hungrig? Ich habe leider nicht viel da. Aber schau dich ruhig im Kühlschrank um.

„Ich brauche nichts, danke.“ Sie zeigte ihr das Sandwich, das sie sich am Bahnhof gekauft hatte. „Nur ein Glas Wasser.“

Evelyn begleitete Ludmilla in die Küche, wo alles seinen Platz zu haben schien. Sie entdeckte eine Pillendose mit bunten Tabletten für jeden Tag.

„Die Vitamine der alten Leute“, kommentierte Ludmilla, als sie Evelyns Blick bemerkte, und ließ dabei das Wasser eine Weile laufen, bevor sie es ins Glas füllte. „Die Leitungen sind rostig. Das Haus ist auch nicht mehr das jüngste.“

Es folgte ein kurzer Moment verlegenen Schweigens. Das Ticken der Wanduhr füllte die unangenehme Stille.

„Ludmilla?"

„Nenn mich Milli, oder Oma, wenn du magst."

„Okay, also ich ..."

„Du hast bestimmt eine Menge Fragen."

Evelyn setzte an etwas zu erwidern, aber Milli schnitt ihr erneut das Wort ab.

„Macht es dir etwas aus, wenn wir das auf später verschieben? Ich würde mich gerne ein wenig ausruhen, wenn du erlaubst."

„Sicher, kein Problem. Ich schau mich inzwischen nach einer Unterkunft für die nächsten Tage um."

„Du willst länger bleiben?"

Abwägend legte Evelyn den Kopf zur Seite. „Wenn du nichts dagegen hast? Ich meine, wir haben einiges aufzuholen ..."

„Da bin ich ganz deiner Meinung, meine Liebe. Und es kommt gar nicht in Frage, dass du dir ein Zimmer nimmst. Hier ist Platz genug. Nur müsstest du das Bad im zweiten Stock benutzen. Auf dieser Etage macht die Dusche Probleme und Severin hatte noch keine Zeit, sie zu richten."

Evelyn wunderte sich, wer dieser Severin wohl sein mochte. Vielleicht hatte Ludmilla noch einen Sohn, der sich um sie kümmerte. Sie fragte nicht weiter nach. Dafür bliebe noch genug Zeit. Eine Dusche war viel dringender nötig. Sie fühlte sich schon wie ein Fisch in Salzlake.

„Danke, das ist toll! Wo ist denn das Bad? Ich würde mich gerne etwas frisch machen, wenn ich darf."

„Zweiter Stock, das Zimmer am Ende des Gangs. Warte ..."

Milli holte ein großes Duschhandtuch aus ihrem eigenen Badezimmer. Das Frottee fühlte sich rau und steif an und roch intensiv nach Waschmittel. Dann öffnete sie eine weitere Tür.

„Hier kannst du dein Lager aufschlagen, solange du willst."

Schon beim Eintreten stockte Evelyn der Atem. Vor den großen Fenstern des Mansardenzimmers breitete sich das Panorama von Linz aus. Sie freute sich schon auf die Zeit vor dem Schlafengehen, wenn die Lichter der Stadt in der Donau schimmerten und der Nachthimmel von Sternen beleuchtet würde.

„Großartig! Ich würde mich gerne erkenntlich zeigen. Wie wäre es denn, wenn ich heute Abend für uns kochen würde? Vielleicht könnten wir uns in den Garten setzen. Das Wetter ist so schön."

„Das klingt herrlich."

„Gut, dann werde ich mich nachher ein wenig in der Gegend umsehen und einkaufen gehen. Hast du Lust auf Fisch?"

„Liebend gern. Zitronen habe ich noch vorrätig."

Als sich Milli zurückgezogen hatte, nahm Evelyn die Treppe in den zweiten Stock. Das Badezimmer war klein und altmodisch ausgestattet. Eine richtige Dusche gab es keine, nur einen Brausekopf in der Badewanne. Davor hing ein matter Duschvorhang mit Wellenmuster.

Evelyn drehte das Wasser auf und ließ es eine Weile laufen, wie es Milli zuvor getan hatte. Dann wusch sie sich den Schweißfilm vom Körper und – nachdem ihr

Milli so gastfreundlich begegnet war – auch das Haar mit ihrem fruchtigen Lieblingsshampoo.

Der Duschvorhang zeigte sich anhänglich. Wie eine zweite Haut klebte er an ihrem Rücken und Po. Mit einer schnellen Handbewegung versuchte sie ihn abzubekommen. Dabei spritzte das Wasser auf die Bodenfliesen. Das würde sie später aufwischen müssen.

Sie stieg über den Badewannenrand und rubbelte sich mit dem Handtuch ab. Anschließend schlang sie es um ihren Körper und nahm den Duschkopf, um die Reste vom Schaum in den Abfluss zu spülen.

In diesem Moment öffnete sich die Tür und ein kalter Luftzug streifte sie.

„Ich bin gleich ..."

Sie war gerade dabei, sich umzudrehen, da rutschte sie auf den nassen Fliesen aus. Den Grund für dieses Malheur lieferte die gleiche Person, die sie nun auffing und vor Schlimmerem bewahrte. Evelyn landete in den Armen eines jungen Mannes. Mehr zu ihm konnte sie im Moment noch nicht sagen – außer dass er unwahrscheinlich gut roch. Sie war zu sehr damit beschäftigt, das Handtuch vor ihren Körper zu halten.

„Kannst du nicht anklopfen?", schimpfte sie und rappelte sich auf.

„Wie bitte? Das hier ist mein Bad! Wer bist du überhaupt?"

Konnte es sein, dass Milli ihr da ein nicht unwesentliches Detail verschwiegen hatte? Oder war ihre Oma in solchen Dingen womöglich lockerer eingestellt als sie selbst? Wer war der Kerl überhaupt?

„Evelyn." Sie streckte ihm eine Hand zur Begrüßung hin, während sie mit der anderen das Handtuch hochhielt. Sein Blick, der kurz zu ihrem Dekolleté wanderte und dabei ziemlich konzentriert wirkte, entging ihr nicht.

Wenn er sie schon so ungeniert musterte, hinderte sie auch nichts daran, dasselbe zu tun. Okay, sie musste zugeben, der Junge sah gut aus. Ein bisschen verwegen mit seinem Dreitagebart und den kantigen Gesichtszügen. Sicher spielte er in einer Band oder sowas. Eine Tätowierung konnte sie auf den ersten Blick nicht entdecken, nur ein paar Festivalbänder um seine Handgelenke.

„Und, Evelyn, was machst du in meinem Bad?"

Vielleicht sollte sie erwähnen, dass Milli ihre Oma war.

„Milli sagte, ich könnte hier duschen. Ich bin ihre Enkelin und bei ihr zu Besuch."

„Von einer Enkelin hat sie mir nichts erzählt."

Evelyn fragte sich erneut, wer dieser Bursche war, dass er glaubte, Milli müsse ihm eine solche Auskunft erteilen.

„Und mit wem habe ich das Vergnügen?", drehte sie den Spieß um.

„Ich bin Severin und wohne hier."

Eine vage Vermutung pikste Evelyn. War sie möglicherweise mit diesem Severin verwandt? In diesem Fall sollte sie sich besser nicht zu sehr von seinen intensiven Augen aus dem Konzept bringen lassen.

Zum Glück klärte Severin die Situation auf.

„Ich lebe hier zur Untermiete. Eigentlich fast geschenkt. Dafür gehe ich Milli bei Reparaturen und im Garten zur Hand."

Auch noch bei anderen Dingen? Diese Frage verdrängte sie gleich wieder in ihr Unterbewusstsein. Wie eine Sugar Mama sah Milli nun wirklich nicht aus.

„Dann wäre die Vorstellrunde ja abgehakt. Sorry für meinen Aufzug. Wäre nicht passiert, wenn ich gewusst hätte, dass du mir Gesellschaft leistest", erklärte Evelyn.

„Kein Thema. Entschuldige du bitte meine Manieren. Hätte ich geahnt, dass du hier drinnen bist, hätte ich wahrscheinlich angeklopft."

Evelyn zog die Braue hoch, woraufhin Severin sich gespielt duckte, wohl in Erwartung eines verbalen Seitenhiebs.

„Da wir nun beide feierlich Besserung gelobt haben, würdest du mich jetzt alleine lassen, damit ich mich anziehen kann?"

„Ich bin schon weg", sagte er beschwichtigend, doch an der Tür drehte er sich noch einmal um, nur um Evelyn aus der Reserve zu locken. Bevor sie noch etwas erwidern konnte, war die Tür dann aber schon zu.

Evelyn ertappte ihr Spiegelbild dabei, wie es schmunzelte. Und dann rollte es mit den Augen.

„Du machst es ihm aber ganz schön leicht!", mahnte sie wenig überzeugend, denn ihr Abbild zeigte keinen Funken Reue.

Na, was soll's ...?

Evelyn drehte ihr Haar zu einem unordentlichen Knoten hoch auf ihrem Kopf. Dann schlüpfte sie in ihre Shorts und ein weißes, flatterndes Shirt mit dünnen Trägern. Auf ihrem Handy checkte sie, wo es den nächsten Supermarkt gab, und machte sich anschließend auf, um die Einkäufe fürs Abendessen zu erledigen.

Kapitel 9

Evelyn breitete die Lebensmittel, die sie fürs Abendessen gekauft hatte, auf der Arbeitsfläche aus. Als sie fertig war, gesellte sich Milli zu ihr und warf einen verdutzten Blick darauf.

„Das ist aber viel."

Evelyn zuckte mit den Schultern. Wahrscheinlich war sie ihrer Mutter ähnlicher als gedacht.

„Trotzdem habe ich etwas vergessen. Der Wein fehlt."

„Im Keller solltest du welchen finden. Meine Nachbarin schenkt mir zu jedem Geburtstag eine Flasche, aber ich habe selten einen Anlass, ihn zu trinken."

Der Tonfall, der in ihren Worten mitschwang, bedrückte Evelyn. Er erzählte von großer Einsamkeit.

„Jetzt hast du einen. Heute stoßen wir auf unser Kennenlernen an."

Milli nickte gedankenverloren.

„Ich gehe jetzt den Tisch decken", beschloss Evelyn.

Bei ihrem Spaziergang im Garten hatte sie einen mit Efeu überwachsenen Pavillon entdeckt. Dorthin wollte sie den kleinen schmiedeeisernen Tisch und die Sessel tragen, die in einer abgelegenen Ecke des Gartens standen, als wären sie dorthin verbannt worden. Evelyn plagte sich mit dem Tisch, der schwerer war, als er aussah. Der Rest ging schnell. Zum Schluss schnitt sie eine der Rosen ab und stellte sie in einem Glas auf den Tisch.

Jetzt musste nur noch das Essen gelingen. Sie hatte Forelle besorgt und wollte diese nach einem Rezept aus dem Internet zubereiten.

Während sich der Fisch im Ofen noch von der Tortur ausruhte, die ihm Evelyn zuteilwerden lassen hatte, stieg sie die knarrende Holztreppe in den Keller hinab.

Unten angelangt, duckte sie sich unwillkürlich. Das Steingewölbe war auffallend niedrig. Sie war mit ihren ein Meter fünfundsechzig nicht groß. Trotzdem streifte sie, wenn sie aufrecht stand, fast an der Decke.

Seltsam. Irgendetwas stimmte hier nicht. Der Keller passte nicht zur Jugendstilarchitektur der Villa. Das Gewölbe hätte sonst in etwa gleich hoch wie die übrigen Stockwerke sein müssen. Er musste demnach bedeutend älter sein. Genauer konnte sie es nicht beziffern, denn sie hatte das Fachgebiet während der Grundlagenkurse an der Uni nur gestreift. Also nahm sie sich vor, Milli beim Abendessen danach zu fragen.

An einer der unregelmäßigen Natursteinwände entdeckte sie ein hölzernes Weinregal. Die Staubschicht auf den Flaschen ließ vermuten, in welcher Reihenfolge diese dort eingezogen waren.

Sie nahm eine der neueren aus dem Regal. Durch den klaren Boden konnte sie erkennen, dass es ein Weißwein war. Sie stellte die Flasche zur Seite und begutachtete auch einige der anderen.

In der untersten Etage zog ein vergilbtes Etikett ihre Aufmerksamkeit auf sich. Evelyn hielt es ins Licht der Glühbirne, um es sich genauer anzusehen. Die Zeichnung eines Schlosses schmückte das Etikett, dessen Ränder etwas eingerissen waren. Darunter stand in geschwungener Schrift der Jahrgang *1930.*

Diese Flasche wartete schon lange auf den passenden Anlass, geöffnet zu werden. Ehrfürchtig legte Evelyn sie zurück ins Regal und nahm stattdessen den Weißwein mit nach oben.

Milli stand in der Küche und schwenkte die Kartoffeln in Butter.

„Wollen wir?“, fragte Evelyn und hob die Flasche mit einem Arm in die Höhe.

„Ja, Liebes, ich fürchte, der Fisch wird sonst noch zu Brei oder Kohle.“

Evelyn schickte Milli in den Pavillon, während sie selbst sich beeilte das Abendessen hinunterzubringen.

Mit einem Seufzer ließ sie sich schließlich auf dem Metallstuhl nieder. „Ich hoffe, es schmeckt.“

Milli probierte eine Gabel vom Fisch und verzog kurz den Mund, dann lächelte sie ihre Enkelin an.

„Lass mich raten. Zu wenig Salz?“

„Eher zu viel davon“, sagte Milli und kicherte mit ihrer vom Alter dünnen Stimme.

Evelyn kostete selbst und nahm gleich darauf einen großen Schluck Wasser. „Ach du meine Güte! Wenn du es nicht essen willst ...“

Milli lachte. „Ich habe schon bedeutend schlechter gegessen. Ich bin selbst nicht die beste Köchin, musst du wissen.“

Evelyn war erleichtert und genoss die heitere Stimmung. Es behagte ihr nicht, ausgerechnet jetzt den Streit zwischen ihrer Mutter und ihrer Großmutter anzusprechen. Das erforderte Fingerspitzengefühl und den passenden Zeitpunkt. Deshalb stellte sie eine andere Frage, die ihr auf der Zunge brannte.

„Wann wurde dieses Haus eigentlich gebaut? Der Keller scheint älter zu sein als der Rest.“

„Das ist dir aufgefallen?“, fragte Milli verdutzt.

„Ich studiere Geschichte", erklärte Evelyn.

„Mmh ..." Millis Blick ging in die Ferne, ein wehmütiger Ausdruck lag darin. Dann legte sie die Hände in den Schoß und betrachtete diese, als hielten sie die Erklärung.

„Im Leben ist vieles nicht so, wie es nach außen hin scheint, nicht wahr?" Nun sah sie Evelyn direkt in die Augen, als wolle sie sich versichern, dass sie ihr vertrauen konnte. „Ich weiß nicht, wie alt das Gebäude ist. Es wurde vom Vorbesitzer um 1900 umgebaut. Die Grundsubstanz dürfte aber viele Jahrhunderte älter sein. Das Gebäude gehörte zum Areal des Schlosses ..."

Dem Schloss auf der Weinflasche, schoss es Evelyn durch den Kopf. Was war damit passiert? Im näheren Umfeld existierte jedenfalls kein Schloss mehr.

„Es wurde zerstört. Das ist ..." Milli seufzte tief. „Es ist lange her."

Evelyn zögerte weiterzufragen, denn offensichtlich bereitete das Thema Milli großen Kummer.

Auf einmal riss sie ein Geräusch aus den Gedanken. Eine Autotür schlug zu. Kurz darauf hörte sie Schritte auf dem Gehweg vor dem Haus.

„Das muss Severin sein", erklärte Milli. „Er arbeitet als Rettungssanitäter und wohnt bei mir zur Untermiete."

„Ich habe schon seine Bekanntschaft gemacht", sagte Evelyn und der Zwischenfall im Bad drängte sich ihr auf. Severins forschender Blick, das kecke Grinsen.

„Sollen wir ihn dazuholen? Es ist genug vom Nachtisch da." Den Fisch wollte sie ihm lieber nicht vorsetzen, außerdem war der inzwischen kalt. Sie hoffte, Severin wäre in der Lage, die Stimmung wieder aufzulockern.

„Sei mir nicht böse, aber ich würde mich nun gerne hinlegen."

„Natürlich ..." Evelyn fühlte sich schuldig, weil sie, ohne es zu wollen, alte Wunden aufgerissen hatte. „Ich begleite dich hinauf."

Auf der Treppe kam ihnen Severin von oben entgegen. Vermutlich hatte er etwas im Auto vergessen.

„Severin! Darf ich dir meine Enkelin Evelyn vorstellen? Sie hat heute für mich gekocht."

Severin lächelte Milli an und sah dann verstohlen zu Evelyn.

„Den Nachtisch schaffe ich nicht mehr. Ich möchte ihn gerne an dich abtreten. Ich weiß doch, wie gern du Süßes magst." Der letzte Satz klang verschmitzt – ob beabsichtigt oder nicht, vermochte Evelyn nicht zu sagen.

Severin räusperte sich. „Danke."

„Evelyn hat im Gartenpavillon gedeckt. Es sieht wunderschön aus. Wartest du dort auf sie?"

Fassungslos starrte Evelyn Milli an. Ihre Oma war eine alte Kupplerin! Evelyn war zu verlegen, um die richtigen Worte zu finden. Trotzdem freute sie sich insgeheim darauf, den Abend in Severins Gesellschaft ausklingen zu lassen.

Sie brachte Milli nach oben und holte das Tiramisu aus dem Kühlschrank.

Auf dem Weg zum Pavillon schepperten die Gabeln auf den Desserttellern. Evelyn konnte ihre Aufregung nur mühsam im Zaum halten. Wortlos stellte sie die Nachspeise auf den Tisch und setzte sich zu Severin. Inzwischen sank bereits die Sonne hinter die Hügel, aber es war noch hell genug, um seine Züge zu erkennen. Seinen Blick, in dem etwas Erwartungsvolles lag.

„Erhoff dir nicht zu viel“, setzte sie an und sah, wie er zusammenzuckte. Das kostete sie ein Schmunzeln. „Den Fisch habe ich komplett versalzen.“

„Bei Tiramisu kann man nicht viel falsch machen. Das schaffe sogar ich.“

„Okay?“ Wollte er sie damit nun beschwichtigen? „Das musst du mir aber beweisen, ja?“

„Erst benutzt du ungefragt mein Bad und jetzt lädst du dich selbst bei mir zum Essen ein. Das kenne ich sonst nicht von Frauen.“

„Die dir sicher scharenweise zu Füßen liegen, was?“

Das war ihr jetzt einfach so rausgerutscht und sie bereute es noch im selben Moment.

„Oh ho!“ Severin lachte. „Du hast ja eine Meinung von mir. So ein Womanizer bin ich nicht.“

„Stimmt. Sonst würdest du wohl kaum mit einer Frau unter einem Dach leben, die deine Oma sein könnte.“

Schon wieder! Ihre Zunge machte sich selbständig. Ihre Gedanken sprudelten ungefiltert aus ihr heraus.

„Frech bist du auch noch! Weißt du was ...?“

Severin, dessen Teller bereits leer war, stach mit der Gabel ein großes Stück von Evelyns Tiramisu ab.

Evelyn schürzte die Lippen. „Also schmeckt es dir?“

„Mmh“, erwiderte er mit vollem Mund.

Evelyn ließ sich in die Lehne zurückfallen, stellte ein Bein auf der Sitzfläche auf und den Teller auf ihr Knie. Sie ließ einen Bissen vom Tiramisu auf ihrer Zunge zergehen, während ihr Blick über den Horizont glitt, hinter dem sich die Sonne verabschiedete.

„Magst du ein Bier?“, fragte Severin unvermittelt. Seine Miene war dabei betont gleichmütig.

„Gerne.“

Während sie auf ihn wartete, fühlte sie sich hibbelig. Um sich zu beschäftigen, stellte sie das Geschirr zusammen. Warum war sie nur so aufgeregt? Normalerweise brachten sie Männer nicht derart aus der Fassung. Sie musste höllisch aufpassen, dass sie heute keine Dummheiten anstellte. Schließlich war sie hier, um einen Streit zu schlichten, nicht um sich in ein amouröses Abenteuer zu stürzen.

Aber Severin berührte etwas in ihr, das sie schon verloren geglaubt hatte.

„Fang!", rief Severin ihr von Weitem zu.

„Ich ..." Es blieb keine Zeit, um zu erklären, dass sie zwei linke Hände hatte und alles, was sie auffangen sollte, sich zwischen ihren Fingern in glühende Kohlen verwandelte.

Bevor sie reagieren konnte, traf die Bierdose sie an der Stirn. Obwohl es wirklich wehtat, biss sie die Zähne zusammen.

„Scheiße!" Severin warf seine Dose zur Seite und eilte zu ihr. „Ich bin ein Idiot! Ist es schlimm? Warte ..."

Ihm schien eingefallen zu sein, dass ihm das kalte Bier das Kühlpack ersetzen konnte, denn er kniete nun am Boden und tastete nach der Dose, die in der Dunkelheit außerhalb des Lichtkegels gelandet war. Als er sie gefunden hatte, hielt er sie behutsam an Evelyns Stirn. Seine Augen suchten jeden Winkel ihres Gesichts ab, als fürchtete er, noch mehr Schaden angerichtet zu haben. Evelyns Blick blieb an seinen Lippen hängen. *Küss mich,* flüsterte eine Stimme in ihr, stattdessen hörte sie sich sagen: „Geht schon."

„Fühlst du dich benommen? Ist dir schlecht?"

„Danke, alles gut."

Die Vernunft war zurückgekehrt, obwohl sich ein Teil von ihr immer noch fragte, wie sich seine Lippen auf ihren anfühlen würden.

Und wenn *sie* ihn einfach küsste? Und die Schuld einer Gehirnerschütterung zuschöbe? Dafür war es nun zu spät.

Neben sich hörte sie ein Klacken. *Er wird doch nicht ...*

Jeder Versuch, ihn zu warnen, war vergeblich, denn da war es schon passiert. Der Schaum spritzte in einer Fontäne aus der Dose und quoll Severin über den Schoß. Er sprang auf und schüttelte beide Hände in der Luft. Evelyn prustete los.

„Das nenne ich ausgleichende Gerechtigkeit", sagte sie und reichte ihm lächelnd das Geschirrtuch, das sie über die Stuhllehne gehängt hatte.

Auch Severin schmunzelte. „Okay, ich gebe mich für heute geschlagen. Drei zu eins für dich. Ich bin dann mal unter der Dusche – also nur zur Vorwarnung."

Kapitel 10

Das Rauschen der Dusche drang aus dem Stockwerk unter ihr nach oben ins Mansardenzimmer. Es war, als flüsterten die Rohre in den Wänden. Und auch in Evelyns Kopf war es alles andere als still, obwohl sie fast regungslos auf der Ausziehcouch ihrer Großmutter lag und den Nachthimmel durch das große Panoramafenster betrachtete.

Sie dachte an Severin, seine behutsamen Berührungen, als er ihre Stirn begutachtet hatte. In einem Versuch, den Gefühlsschauer noch einmal zu erleben, strich sie sanft über die Beule, weiter über ihre Wangen, und stellte sich vor, es wären seine Finger. Kurz darauf kam sie sich lächerlich vor. Die Sehnsucht, die sie verspürte, war ... unlogisch. Immerhin kannte sie ihn erst seit ein paar Stunden und wusste kaum etwas über ihn.

Eine Wolke schob sich in Evelyns Sichtfeld und spielte mit dem Mond. Erst breitete sie sich unter ihm aus, als wäre sie ein Kissen, dann verhüllte sie ihn vollständig.

Die Worte ihrer Großmutter kamen Evelyn in den Sinn. *Vieles ist nicht so, wie es nach außen hin scheint.* Was hatte sie damit gemeint? Langsam ahnte Evelyn, dass hinter dem Familienstreit wohl mehr stecken musste. Hatte es mit diesem Schloss zu tun, das es längst nicht mehr gab? Milli hatte so sonderbar auf das Thema reagiert. Irgendetwas in der Vergangenheit ihrer Großmutter beschäftigte diese offenbar bis heute. Aber was hatte das alles mit dem Bruch zwischen Mutter und Tochter zu tun?

Sie nahm sich vor, Unangenehmes nicht mehr länger aufzuschieben, sondern gleich morgen bei Milli zur Sprache zu bringen, weswegen sie hier war. In ihrem Kopf spielte sie das Gespräch wieder und wieder durch. Immer endete es jedoch damit, dass Milli völlig aufgelöst in sich zusammenbrach.

Das wollte Evelyn nicht, aber ließe es sich überhaupt vermeiden? Der Streit – oder wohl eher die Funkstille – währte nun schon so viele Jahre. Wie es überhaupt dazu hatte kommen können, war Evelyn ein Rätsel, jetzt, da sie beide Frauen kannte. Ihre Mutter war ein friedfertiger Charakter und Milli schien zumindest bisher nicht das genaue Gegenteil zu sein. Evelyn gefiel Millis Humor, ihre Herzlichkeit. Was hatte diese Frau verbrochen, dass Conny sie mit Schweigen strafte und ihr sogar die Enkelin vorenthielt?

Was auch immer die Frauen entzweit hatte – Evelyn musste es wissen, weil es ihr sonst keine Ruhe mehr lassen würde. Sie wurde das Gefühl nicht los, dass zwischen den beiden nicht alles ausgesprochen worden war. Und wenn sie nur aus diesem Grund ihr Leben in Abwesenheit der anderen führten …?

Inzwischen waren die Geräusche des Hauses beinahe verstummt, nur Evelyn fand nicht in den Schlaf. Also knipste sie das Licht wieder an und begann damit, ihre Sachen in den Schrank des Gästezimmers zu räumen, das allem Anschein nach auch als Büro diente.

Erst jetzt fiel ihr Blick auf den Schreibtisch oder vielmehr auf das Buch, das darauf lag. War es bei ihrer Ankunft auch schon dagewesen? Sie konnte sich jedenfalls nicht daran erinnern. Vermutlich hatte Milli es für sie bereitgelegt, nachdem sie vorhin nach oben gegangen war.

Behutsam strich Evelyn über den tannengrünen Leineneinband und die goldenen Lettern, die darauf eingeprägt waren. *Im Licht der Mittsommernacht* stand darauf geschrieben. Der Name des Autors sagte Evelyn nichts. *Theodor Sitter.* Sie hatte nie von ihm gehört. Es schien sich bei dem Band um eine Originalausgabe zu handeln. Auf der ersten Seite stand eine handschriftliche Widmung. *Ich werde auf dich warten wie auf die elfengleiche Blüte der Nacht.*

Evelyn legte den Kopf schief. Waren diese poetischen Worte für Milli bestimmt gewesen? Und handelte es sich bei dem Verehrer um den Schriftsteller selbst?

Sie blätterte weiter. Es war kein Gedichtband, wie sie zunächst vermutet hatte, sondern eine Erzählung.

Wie eine Motte zieht es mich zu dem flammenden Punkt in der Ferne. Gelächter und Gesang klingen bis zu dem Wäldchen herauf, an dessen Rand ich mein Nachtlager aufgeschlagen habe und das ich nun zurücklasse. Meine Schritte federn im weichen Moos, dann lichtet sich der Wald. Auf den umliegenden Feldern liegt schon das Heu. Sein Duft hält sich in der kühlen Luft, bis der Geruch nach Rauch ihn verdrängt. Gleich bin ich da.

Ich höre Knistern und Knacken. Die Flammen züngeln am dunklen Nachthimmel. Sie spiegeln sich im Teich, werfen Schatten und Licht auf das Schloss am Rosenhag.

Wird man mich dort einlassen, mich anhören mit meinem Begehr oder mich davonjagen wie andere davor?

Ich wage mich vor. Im Schein des Feuers bin ich einer von vielen. Sie trinken, sie lachen, sie tanzen im Reigen.

Dann sehe ich sie und vergesse ganz und gar, weshalb ich gekommen bin.

Sie, beinahe ein Mädchen noch, mit ihren blonden Zöpfen. Ihr Lächeln strahlt heller als das Feuer, selbst heller als der Mond.

Dann ertönt Musik aus dem Schlosshof. Die Menschen folgen ihr. Das Mädchen ist verschwunden, ich bleibe zurück.

Während Evelyn die Zeilen las, zog es sie regelrecht in die Geschichte hinein. Zu gerne hätte sie noch weitergelesen, aber die Müdigkeit ließ die Buchstaben vor ihren Augen verschwimmen. Sie klappte das Buch zu, aber die Szene verblasste nicht vor ihrem inneren Auge. Deutlich sah sie das Fest, die feiernden Menschen und den jungen Mann, welcher nun den Torbogen durchschritt, um nach dem Mädchen zu suchen. Evelyn wollte ihm nach, aber sie kam nicht durch das Tor. Der Schlaf hatte sie gepackt und zog sie in eine tiefe Dunkelheit.

Als Evelyn am nächsten Morgen aufwachte, fühlte sie sich benommen. Sogleich tastete ihre Hand nach dem Buch. Es war noch da, also hatte sie es nicht geträumt. Schnell zog sie sich an und putzte sich im Bad die Zähne. Es war schon nach acht Uhr und sie hoffte, Milli beim Frühstück noch Gesellschaft leisten zu können. Aber ihre Großmutter war schon weg. Evelyn fand einen Notizblock in der Küche, auf dem sie ihr eine Nachricht hinterlassen hatte. Sie wünschte Evelyn einen guten Morgen und informierte sie, dass sie zum Arzt gegangen sei. Für das Frühstück hatte Milli, sehr zu Evelyns Freude, bereits gesorgt. Neben dem Block standen ein Korb mit Brötchen und eine Thermoskanne mit Kaffee. Evelyn schnitt ein Vollkorngebäck auf und strich Butter und Erdbeermarmelade darauf. Mit dem Brötchen in der Hand kniete sie sich auf die Sitzbank unter dem Erkerfenster und biss genüsslich hinein, während sich ihr Blick im Grün der Bäume verlor. Draußen schien die Sonne, der Garten lockte sie mit seiner verschlafenen Idylle.

Sie versuchte das Fenster zu öffnen, das aber klemmte, und sie wusste nicht, ob es einem kräftigen Ruck standhalten würde. Also schnappte sie sich die Thermoskanne und das Buch, das sie in die Küche mitgebracht hatte, um mit Milli darüber zu reden, und ging nach unten.

Eine Meise trällerte ein vergnügtes Lied, als Evelyn den Garten betrat. Von irgendwoher erklang die dunkle Stimme einer Posaune, der Lärm des Stadtverkehrs war dagegen kaum zu hören. Nachdem Evelyn es sich im Pavillon gemütlich gemacht hatte, schraubte sie die Thermoskanne auf und schnupperte daran. So ein Start in einen Ferientag war ganz nach ihrem Geschmack, wäre da nicht das schwerwiegende Thema gewesen, das sich immer wieder in ihr Bewusstsein drängte. Wie gut, dass sie nun etwas hatte, mit dem sie sich beschäftigen konnte, denn der Versuch, Sammy zu erreichen, war von deren Mobilbox abgeblockt worden. Stattdessen schlug Evelyn das Buch auf und begann zu lesen.

Ein wenig fühlte sie sich an die Märchen aus ihrer Kindheit erinnert. Da war von einem singenden

Brunnen die Rede, welcher die Feiernden zum Erstaunen brachte. Wie gebannt folgte sie dem namenlosen jungen Mann durch die Flure des Schlosses und schließlich auf die Pfade der weiten Gärten – immer auf der Suche nach dem Mädchen, das ihm sein Herz gestohlen hatte. Jedes Mal, wenn er sie entdeckt hatte, entschwand sie plötzlich wieder, als wäre sie nur ein Geist.

Für Evelyn wurde diese wundersame Welt jedoch mit jedem Wort, das sie las, realer.

Ein leises Geräusch sickerte durch die Traumblase, in der sich Evelyn befand, holte sie zurück in die Gegenwart. Jetzt hörte sie es deutlich: Es war ein Miauen. Ganz in der Nähe klagte eine Katze ihr Leid. Es klang, als wäre sie in ernsthaften Schwierigkeiten. Evelyn streifte einige Zeit über das Grundstück, bis sie schließlich ein oranges Tigerkätzchen auf dem alten Kirschbaum im vorderen Bereich des Gartens entdeckte.

„Na du, hat dich etwa der Mut verlassen? Komm, trau dich! So hoch ist es nicht."

Das Kätzchen trippelte auf dem Ast herum, tastete mit ausgefahrenen Krallen den Stamm hinunter, aber kniff im letzten Moment den Schwanz ein.

„So wird das nichts. Warte, ich hol dich!" Mit diesen Worten stemmte sie sich auf den niedrigsten Ast. So konnte sie mit dem Fuß die Stelle erreichen, wo der Stamm in die verzweigte Krone überging, und sich hinaufdrücken. Danach wurde es kniffliger, denn die Äste lagen weit auseinander und das Kätzchen war hoch nach oben geklettert.

Endlich konnte sie es fassen und wollte es an ihre Brust drücken, um es sicher nach unten zu befördern.

Ihr Plan wurde allerdings von scharfen Krallen durchkreuzt, die sich schonungslos in ihren Rücken bohrten, weil das Kätzchen diesen als Abstiegshilfe nutzte.

„Aua“, jammerte Evelyn und versuchte gleichzeitig den Streuner von ihrem Kreuz zu pflücken. Doch während die Katze mühelos zu Boden sprang, rutschte ihre menschliche Leiter ab. Im letzten Moment fing Evelyn sich an einem Ast und sog die Luft scharf ein. Eine Schürfwunde brannte auf ihrem Arm, Zweige hatten ihr Gesicht zerkratzt. Langsam ließen ihre Kräfte nach, sie suchte erneut nach Halt – und erhielt unterwartet Unterstützung.

Jemand drückte ihren Po nach oben. „Halt dich fest“, hörte sie Severin sagen.

„Was glaubst du, was ich vorhabe?“ Endlich fand sie sicheren Stand und klammerte sich am Stamm fest.

„Komm, ich helfe dir!“ Severin streckte ihr seine Arme entgegen. Seine Lippen umspielte ein amüsiertes Grinsen.

„Danke, aber es geht schon.“

Um sich auf den Sprung vorzubereiten, stieg sie weiter nach unten und ging in die Hocke. Da legte Severin bereits die Hände an ihre Seite und half ihr vom Baum.

Weil Evelyn – wie zuvor das Kätzchen – überhaupt keine Notwendigkeit sah, gerettet zu werden, gerieten sie, am Boden angelangt, ins Taumeln.

„Woaw ...!“, entfuhr es Severin, aber sogleich hatte er alles wieder bestens im Griff – Evelyn mit eingeschlossen. Während er sie hielt, wanderte sein Blick über ihr Gesicht. Unversehens glitt seine Hand von ihrem Oberarm und legte sich kaum spürbar um ihre Taille. Er zupfte einen abgerissenen Zweig aus ihrem Haar und strich es sanft zurück. Als sich daraufhin ihre Blicke ineinander verfingen, hielt Evelyn unwillkürlich den Atem an. Eine Gänsehaut überlief sie, während er die Kontur ihrer Unterlippe mit seinem Daumen nachzeichnete und endlich – quälende Sekunden später – seine Lippen folgen ließ. Sie genoss die Wärme seines Kusses, die zarten Liebkosungen. So sehr, dass sie leise aufkeuchte, als er sich plötzlich von ihr löste.

„Hast du das gehört?“, frage er.

„Nein, was denn?“

Aber nun hörte sie es auch. Kein Miauen diesmal. Eine böse Vorahnung beschlich Evelyn und sie begann zu laufen.

Die Vorahnung verstärkte sich, wurde zu Angst, als sie den Ursprung des Geräusches entdeckte. Milli war auf dem Weg zum Haus, nahe den Rosenbüschen, zusammengesunken. Erschrocken warf sich Evelyn neben ihrer Großmutter auf die Knie, merkte jedoch gleich, wie überfordert sie mit der Situation war.

„Ruf die Rettung“, wies Severin sie an, während er schon Millis Puls fühlte. Sie war erschreckend blass.

Wenige Minuten später traf der Notarzt ein. Severin half dabei, Milli auf die Bahre zu legen, und stieg selbst in den Wagen ein. Es blieb keine Zeit für Fragen und Evelyn war auch noch immer viel zu perplex, um welche zu stellen. Doch als der Sanitäter dabei war, die Türen zu schließen, überwand sie ihre Starre. „Severin! Melde dich, sobald du was weißt! Bitte!“ Da fiel ihr ein, dass sie ihre Nummern noch nicht getauscht hatten. „Ich ... Ich warte solange in Millis Wohnung.“

Seit der Wagen mit Milli und Severin in Richtung Krankenhaus abgefahren war, tigerte Evelyn vor dem Erkerfenster auf und ab und ließ das Display des Schnurlostelefons kaum aus den Augen.

„Jetzt melde dich schon", murmelte sie immer wieder. Die Sorge um ihre Großmutter beherrschte ihre Gedanken und ließ keine Ablenkung zu. Nach all den Jahren hatten sie sich endlich kennengelernt und nun ...

Tränen verschleierten Evelyns Blick. Sie ließ sich auf das Sofa sinken und drückte eines der Kissen an sich.

Da läutete endlich das Telefon. *Gott sei Dank! Es war Severin!* Sie sprang auf, hob ab und ließ ihn gar nicht zu Wort kommen.

„Wie geht es ihr?"

„Sie ist in guten Händen, keine Sorge. Milli hatte wahrscheinlich einen Schlaganfall und muss beobachtet werden. Wie schlimm es ist, werden erst die nächsten Stunden zeigen."

Evelyn musste sich wieder setzen. „Kann ich zu ihr?"

Severins Stimme klang sehr liebevoll, als er mit ihr sprach.

„Ich rede mit dem Arzt. Im Moment ist es wichtig, dass sie sich ausruht. Ich habe gleich Dienst. Kommst du alleine zurecht?"

„Hm."

„Sobald ich etwas Neues erfahre, melde ich mich."

„Danke", hauchte Evelyn und legte auf. Verzagt ließ sie das Telefon in ihren Schoß sinken. Ärger überkam sie plötzlich und drängte sie zu ihrer nächsten Handlung.

Sie wählte die Nummer ihrer Mutter. Das Freizeichen erlosch, stattdessen ging die Mobilbox ran.

Im forschen Ton berichtete sie dem Band, was geschehen war, und gab ihrer Mutter zu verstehen, dass sie sich umgehend melden solle.

„Das ist vielleicht deine letzte Chance, Mama. Wenn du Milli noch einmal wiedersehen willst ... Ich kann nur hoffen, du triffst die richtige Entscheidung. Tschüss."

Kaum aufgelegt, warf Evelyn das Telefon auf den Tisch, ließ den Kopf in die Hände sinken und betete, dass Milli zu einer Aussprache überhaupt noch in der Lage wäre.

Kapitel 11

Linz, 2. Mai 1930

Der milde Winter war beinahe nahtlos ins Frühjahr übergegangen. Die kleine Milli gedieh prächtig und Theres ging jedes Mal das Herz auf, wenn ihre Schwester ihr aus dem Bettchen entgegenlachte. Wenn aber abends wieder ein langer arbeitsreicher Tag zu Ende ging und Milli endlich schlief, siegten oft Tränen über die Freude.

Theres vermisste ihre Mutter. Sie bekam die Bilder ihrer letzten Momente auf Erden einfach nicht aus dem Kopf. Wie viel lieber hätte sie sie anders in Erinnerung behalten.

Und noch etwas stimmte sie traurig. Sie hatte Sehnsucht nach dem Schloss. Auf Rosenhag hatte sie sich schon nach kurzer Zeit gefühlt, als wäre sie mit dem Anwesen und den Menschen dort auf eine seltsame Weise verbunden. Als wäre es ihre Bestimmung, dort zu sein.

Mit einem Seufzer drehte sich Theres im Bett auf die andere Seite. Was ihr den Abschied besonders schwer machte, war, dass der Fürst sie so großzügig belohnt hatte, obwohl sie ihm nur für so kurze Zeit eine Hilfe gewesen war. Alleine das Drangeld hätte schon genügt, um einige Monate über die Runden zu kommen. Seine Unterstützung hatte damit jedoch nicht geendet. Alle zwei Wochen, wenn der Onkel die gewaschenen Laken ins Schloss brachte, erhielt er von Rosi einen Korb gefüllt mit Lebensmitteln. Davon konnten beide Familien mehr als gut leben. So gut, dass der Neid der Nachbarn schnell geweckt war und der Onkel die Gabe beim letzten Mal abgelehnt hatte.

Theres hatte es seit ihrem Fortgang vom Schloss vermieden, ihrem Onkel bei der Lieferung zu helfen. Niemand beschwerte sich darüber, denn sie schienen zu ahnen, wie sehr es sie bedrückte. Heute jedoch gab es keine andere Möglichkeit. Vroni, die sonst mit dem Onkel ging, war krank und für ihre Tante Maria war der Aufstieg aufgrund ihres Rückenleidens zu beschwerlich.

Aber auch für Theres war es kein leichter Weg, denn die Angst war ihr Begleiter. Wie würde man im Schloss auf sie reagieren, nachdem sie einfach fortgegangen war? Sicher, Rosi hatte stets den Essenskorb übergeben, aber das bedeutete nicht zwangsweise, dass sie die Gabe auch guthieße. Oder wurde es ihrer Familie womöglich als Respektlosigkeit ausgelegt, dass sie die Unterstützung abgelehnt hatten?

Theres wischte sich den Schweiß von der Stirn. Die Riemen des Weidenkorbes auf ihrem Rücken schnitten in ihre Schultern. Fast wäre sie gestolpert, als das Pony vor ihr bockte. Der Onkel zog an dessen Zügeln. „Nun komm! Es ist nicht mehr weit“, redete er auf das Tier ein.

Auf der Windflach rasteten sie kurz, um sich vom Aufstieg zu erholen.

„Etwas bedrückt dich.“ Der Onkel nahm den Hut vom Kopf und wischte sich eine schweißnasse Strähne des sonst schütteren Haars aus der Stirn. „Willst du es mir erzählen?“

Theres riss einen Grashalm ab und zerpflückte ihn mit den Fingern. Ihr Herz wurde ihr schwer. Sie seufzte, aber das Druckgefühl verflog nicht, als sie den Atem ausstieß.

„Ich ..." Eine Träne lief kitzelnd ihrer Nase entlang. „Was nutzt es? Es ändert ja doch nichts", sagte sie und blickte zu ihrem Onkel.

Seine gutmütigen Augen betrachteten sie forschend. Es lag Bedauern darin und Theres wandte sich beschämt über ihr Selbstmitleid ab.

Der Onkel rückte näher an sie heran und legte väterlich den Arm um sie.

„Du wärst gerne wieder dort", stellte er fest und machte eine Nickbewegung zur Kuppe, die den Blick auf Rosenhag verstellte.

Theres senkte den Kopf und konnte das Beben ihrer Lippen nur mühsam unterdrücken. Unwirsch wischte sie die Tränen weg.

„Aber das geht nicht!" Sie sprang auf und drehte sich von ihm weg. „Was würde aus Vater? Und Milli?"

„Theres ..." Der Onkel trat hinter sie und legte ihr die Hände auf die Schultern. „Ich habe es dir bisher nicht gesagt, weil ich dachte, du hättest deine Entscheidung getroffen. Ich wollte dich nicht unnötig quälen. Der Fürst hat nach dir gefragt. Mehrmals. Rosi hat es mir ausgerichtet und ich glaube, ihr wäre es auch lieb und recht, dich wieder dort zu haben."

Theres schüttelte den Kopf, um die trügerische Hoffnung daraus zu vertreiben, die ihr etwas weismachen wollte, das nicht möglich war.

„Ich kann sie doch nicht alleine lassen", rief sie mit tränenerstickter Stimme, entfernte sich einige Schritte und schnäuzte sich mit dem Taschentuch aus ihrer Rocktasche die Nase.

Der Onkel wahrte den Abstand, setzte aber mit ruhiger Stimme fort. Er sprach leise. Die Worte klangen fern und hüllten sie doch auf seltsame Weise ein.

„Sie sind nicht allein. Deine Mutter ... Sie hätte nicht gewollt, dass du dir dein Glück selbst verwehrst."

„Aber sie ist nicht mehr da. Milli hat keine Mutter mehr. Ich muss ... ich will für sie da sein."

„Das bist du doch. Jeder deiner Gedanken gilt ihr. Aber Milli fühlt sich bei uns wohl. Sie kann bei deiner Tante Maria bleiben, wenn dein Vater arbeitet. Und du kannst uns besuchen."

Thereses Gedanken rasten. Wenn der Fürst sie zurücknähme, könnte sie die Familie mit ihrem Lohn unterstützen und Milli ein gutes Leben ermöglichen. Aber viel Zeit war vergangen, seit sie das Schloss verlassen hatte. Sicher war ihre Stelle bereits neu besetzt. So viele waren ohne Arbeit, zu Bettlern verkommen. Vom Staat war für die Ausgesteuerten keine Hilfe zu erwarten, nicht bei diesen Heerscharen, die von den großen Fabriken auf die Straße entlassen wurden – aus diesem Elend gab es kein Entkommen! Wieder schämte sich Theres für ihr Wehleid. Immerhin musste ihre Familie nicht um Almosen bitten wie so viele andere.

„Wir sollten weitergehen", schlug sie mit entschiedener Stimme vor. Der Onkel presste resigniert die Lippen zusammen, half ihr jedoch dabei, den schweren Korb wieder auf den Rücken zu heben. Schweigend setzten sie ihren Weg fort.

Vor den Toren des Schlosses zauderte Theres. Der Frühling hatte Einzug gehalten. Vögel nisteten in den Brutkästen, die in den Bäumen und an den Außenwänden des Schlosses angebracht worden waren. Ihr

Zwitschern erfüllte die Luft mit einer Fröhlichkeit, die Theres schmerzte. Ein schmaler Teppich aus Tulpen unterschiedlicher Farben umgab die Mauern des Schlosses beiderseits des Torbogens. Er erzählte von einem Leben in Fülle, in einer Welt, die von Verzicht geprägt war. Wie hatte sie nur glauben können, sie gehörte hierher?

Das Blöken eines Schafes riss sie aus den Gedanken. Sie drehte sich um und entdeckte es in den Armen des Hirtenjungen, der damit über den Hang herunterstieg. *Das ist doch ...*

Nun entdeckte Hansi sie auch und lief auf sie zu. Das Schäfchen protestierte lautstark und versuchte zu entkommen. Hansi blieb auf halber Strecke ruckartig stehen und redete ruhig auf das Tier ein. Erst als es sich beruhigt hatte, kam er näher. Seine Augen leuchteten.

„Du bist wieder da!“, rief er freudig.

„Nur, um das vorbeizubringen.“ Sie drehte sich ein Stück zur Seite, damit er den Korb sehen konnte. „Was ist mit dem Kleinen?“ Theres streichelte dem Lämmchen über den Kopf.

„Es ist verletzt. Hat sich irgendwas eingetreten. Du willst nicht bleiben?“

Theres gab keine Antwort.

„Ich hole Rosi“, beschloss der Junge und eilte davon.

Unterdessen half Theres ihrem Onkel dabei, die beiden Körbe abzuladen, die das Pony für sie getragen hatte. Kaum hatte sie ihren Korb im Hof abgestellt, erblickte sie auch schon Rosi, die gerade aus der Tür zur Küche kam. Die Köchin näherte sich schnellen Schrittes. Trotz ihres holprigen Gangs erreichte sie Theres beinahe zeitgleich mit Hansi, dem das Lämmchen nun entwischte, woraufhin er ihm hinterherstolperte.

Rosi kümmerte sich nicht darum. „Du bist gekommen!", rief sie und drückte Theres beherzt an ihre Brust, sodass diese fast den Grund unter den Füßen verlor. Theres war erstaunt über diesen Gefühlsausbruch – so etwas kannte sie von Rosi bisher nicht. Hatte man sie am Schloss tatsächlich so sehr vermisst? Es fiel ihr schwer, das zu glauben. Und doch war sie gerührt über den Empfang, den man ihr bereitete.

„Ich bringe dich zum Fürsten", erklärte Rosi bestimmt. „Der wird schauen! Hoffentlich hat die Trübsal dann ein Ende."

Theres schaute zu ihrem Onkel. Sollte sie wirklich ...? Der Onkel nickte ihr aufmunternd zu. Daraufhin folgte Theres Rosi über die Steintreppe in den ersten Stock.

Ihr Herz pochte laut, aber Rosis ungeduldiges Hämmern gegen die Tür des Turmzimmers übertönte es noch.

Von drinnen erklang die Stimme des Fürsten.

„Wenn es wieder der Thumfart von der Heimwehr ist, kann er sich den Atem sparen. Ich bleibe bei meiner Meinung. Schenk ihm ein Glas Wein ein und gib ihm zu essen, damit er nicht umsonst gekommen ist."

Theres tauschte einen fragenden Blick mit Rosi, aber die zuckte nur mit den Schultern.

„Es ist Theres, Heinrich."

Schnelle Schritte näherten sich, dann wurde die Tür aufgerissen.

„Theres!", rief der Fürst. Es war ihr unmöglich, seinen Gesichtsausdruck zu deuten. Er lächelte nicht. Wie erstarrt stand er vor ihr, aber seine Miene wirkte gehetzt.

Jetzt huschte ein Lächeln darüber, schon war es wieder fort.

„Komm herein", sagte er ernst und trat daraufhin ans Erkerfenster. Eine Weile blickte er schweigend in die Ferne, bevor er sie ansprach, ohne sich dabei umzudrehen.

„Warum bist du hier?"

Der harsche Tonfall versetzte Theres einen Stich. Sie schluckte.

„Ich ...", stotterte sie und sah hilfesuchend zu Rosi, die sogleich für sie in die Bresche sprang.

„Ich habe sie gebeten, sie möge den Dienst bei uns wieder aufnehmen. Sie war einverstanden."

Rosi warf einen entschuldigenden Blick zu Theres. Wohl hatten sie auf dem Weg hierher darüber gesprochen, allerdings hatte sich Theres zu keiner Zusage verleiten lassen. Denn obgleich sie ihre Arbeit auf Rosenhag nur allzu gern wieder aufgenommen hätte, wollte sie zuvor wissen, wie der Schlossherr dazu stand. Jetzt aber blieb ihr nichts weiter übrig, als schüchtern zu nicken.

„Und?" Der Fürst drehte sich ruckartig um. „Wirst du diesmal bleiben?"

Er maß sie mit einem stechenden Blick. Sein schroffer Ton trieb Theres die Tränen in die Augen. Sie hatte ihm ihre Lage doch erklärt und er hatte sich verständnisvoll gezeigt. Theres hatte echtes Mitgefühl gespürt an jenem Tag und vermutet, der Fürst fühlte sich an den Tod seiner Frau erinnert. Was war in der Zwischenzeit geschehen, das seine Haltung verändert hatte? Sie senkte den Kopf, suchte nach den richtigen Worten.

Langsam kam der Fürst näher, der Boden knarrte unter seinen Schritten. Theres hielt den Atem an.

„Entschuldige bitte.“ Nun hob er ihr Kinn mit den Fingern an, ließ es aber gleich wieder los. „Was sind das nur für Manieren? Ich wollte dir keine Angst einjagen. Schön, dass du wieder da bist. Es wartet genug Arbeit auf dich. Nicht wahr, Rosi?“ Er lachte verlegen.

Theres zwang sich ihn anzusehen. Der milde Ausdruck war in seine Augen zurückgekehrt. Er kam ihr jetzt weniger gehetzt, aber dafür sehr müde vor. Als wäre nichts gewesen, ging der Fürst nun zur Tagesordnung über.

„Ich möchte den Kaffee heute im Garten einnehmen. Du findest mich beim Gewächshaus“, informierte er Theres.

Ohne ein weiteres Wort zu verlieren, ging er zu dem antiken Sekretär, der an der Wand links vom Erker stand, zog ein Kuvert heraus und vertiefte sich in das Schreiben.

Betreten verließ Theres mit Rosi den Raum. Ein ungutes Gefühl verfolgte sie. Was sollte sie von diesem abrupten Stimmungswechsel halten? Hatte sie wirklich die richtige Entscheidung getroffen, hierzubleiben?

Schnell beruhigte sie sich selbst. Sicher hatte sie den Fürsten nur auf dem falschen Fuß erwischt. Vermutlich hatte er schlecht geschlafen, oder er wollte prüfen, ob es ihr wirklich ernst damit war, auf das Schloss zurückzukehren.

Zurück im Hof verabschiedete sie sich, immer noch ein wenig zweifelnd, von ihrem Onkel und drückte ihn stellvertretend für alle anderen, von denen sie sich später noch persönlich verabschieden wollte. Vorerst schickte sie ihn mit einer Nachricht voraus und wisperte ihm ins Ohr: „Sag dem Vater, es tut mir leid. Wenn er will, dass ich ..."

„Theres", unterbrach sie der Onkel. „Gräm dich nicht seinetwegen. Er wird es verstehen. Es gutheißen. Du ahnst ja nicht, wie oft er in letzter Zeit mit sich gehadert hat, weil du deine Stellung hier aufgeben musstest. Wir kommen zurecht und wenn er weiß, dass du glücklich bist, wird eine Last von seinen Schultern genommen, das kannst du mir glauben."

Theres wischte die Tränen aus ihrem Gesicht. Das schlechte Gewissen ließ sich durch die tröstenden Worte allerdings nicht vertreiben. Allein der Gedanke, dass die Anstellung am Schloss ihrer Familie zugutekommen würde, konnte sie kurzzeitig beruhigen.

Letztendlich blieb ihr in weiterer Folge kaum ein Moment, um darüber nachzugrübeln. Nachdem sie Rosi bei der Vorbereitung für ein aufwendiges Abendessen geholfen hatte, war es Zeit, den Kaffee zu servieren.

Zum ersten Mal betrat sie nun den Schlosspark. Ihr stockte der Atem. Die Weitläufigkeit der Anlage war aus der Ferne zu erahnen gewesen, doch nicht, welches Paradies sich innerhalb der Mauern befand. Am linken Rand bildeten Buchen und Eichen einen lichten Hain. Der Boden zwischen ihren Wurzeln war übersät von Buschwindröschen, deren weiße Blüten wie Sterne im dunklen Grün leuchteten. Daneben plätscherte Wasser in einem steinernen Schalenbrunnen, Efeu rankte sich um seinen Fuß. Auf der gegenüberliegenden Seite standen die Bäume in Einzelstellung. Die Sonne blinzelte durch die Blätterkrone einer erhabenen Linde. Dahinter fiel das Gelände ab und gab den Blick frei, als stünde man am Rande der Welt und blickte in eine andere. Die Wahrzeichen der Stadt jenseits des Flusses reihten sich aneinander wie für ein Foto arrangiert: links die Liebfrauenkirche, danach das Ursulinenkloster mit dem Doppelturm, ganz vorne der behäbige Bau des Linzer Schlosses und weiter rechts der spitze Turm des Doms, der alle überragte. Die Donau war aus dieser Perspektive nicht zu sehen und auch die meisten Häuser der Stadt entzogen sich ihrer Betrachtung. Teils wurden sie von Baumkronen und Büschen verdeckt, teils verloren sich ihre Konturen in der Weite des Horizonts.

Sie ging weiter.

Während man in manchen Bereichen des Gartens der Natur ihren Lauf ließ, hatte Menschenhand in anderen wahre Kunstwerke geschaffen. Thereses Blick glitt über die in Form geschnittenen Buchsbäume und Koniferen und über das vollkommene Bild, das die Blüten der Hyazinthen auf die Erde malten. Das Muster verlief von einem satten Blau in ein kräftiges Rosa und wurde da und dort von weißen Blütenköpfen unterbrochen. Der schwere, süßliche Duft begleitete Theres auf ihrem Weg bis zum Gewächshaus. Sie stellte das Tablett auf das Tischlein, das nahe dem Eingang stand. Zögerlich klopfte sie an eine der Scheiben, um den Fürsten, der im hinteren Bereich des Glashauses am Boden kniete, auf sich aufmerksam zu machen.

Langsam erhob er sich. „Ach Theres, du bist es. Bitte komm doch rein, ich will dir etwas zeigen."

Sie drehte sich unschlüssig zum Tischchen vor der Tür.

„Den Kaffee lass draußen. Ich trinke ihn gerne kalt. Jetzt schau dir das an! Eine *Selenicereus grandiflorus. Die*

Königin der Nacht. Sie blüht nur einmal im Jahr und dann nur für wenige Momente", sagte er ehrfurchtsvoll. „Noch ist es nicht soweit. In einem Monat vielleicht, unter günstigen Bedingungen. Die Vorfreude darauf versüßt mir die lange Wartezeit."

Theres lauschte seinen Worten. Nach dem Vorfall im Turmzimmer war sie auf der Hut. In seinen Zügen suchte sie nach Anzeichen von Ärger, doch der schien verflogen. Trotzdem fühlte sie sich in seiner Gegenwart gehemmt. Hoffentlich würde er seinen Vortrag bald beenden und sie entlassen, damit sie sich wieder ihren anderen Aufgaben widmen konnte – wenngleich es interessant war, was er sagte. Unter seinem forschenden Blick zuckte sie unvermittelt zusammen.

„Es ist eine einseitige Liebe – diese teile ich übrigens mit meinem jungen Freund Theodor. Wir sind in einen kleinen Wettstreit darüber verfallen, wessen Königin als Erstes blüht. Es wird Zeit, dass ich ihn wieder einmal zu uns einlade. Zum Johannisfest – wenn nicht sogar früher." Der Fürst stemmte die Hände in seine Hüften. „Er hat sich nach dir erkundigt ..." Theres hielt unwillkürlich den Atem an, sie fühlte sich ertappt. Der Fürst sprach die Worte nicht aus, aber sie las es in seinem Gesicht: Er unterstellte ihr etwas. Was mochte er denken, was sie getan hatte? Und war er deshalb so abweisend zu ihr gewesen?

„Nun gut, ich sehe ja, du weißt nicht, worauf ich hinauswill. Lassen wir es gut sein. Ich mag mich täuschen. Mein Gefühl hat mich schon manches Mal in die Irre geleitet. Du kannst gehen", sagte er und Theres folgte seiner Anweisung gerne.

Kapitel 12

Am nächsten Tag wurde Theres wieder vom Fürsten in den Garten bestellt. Sie sollte ihn bei dem großen Brunnen treffen, um den herum der gesandete Weg einen runden Platz bildete. Er hatte ein flaches Körbchen in der Armbeuge. Jetzt griff er hinein und warf eine Handvoll Körner auf den Boden, wo die Vögel sie eifrig aufpickten. Dazwischen hüpften sie am Rand des Brunnens auf und ab oder tauchten den Schnabel für ein schnelles Bad in dessen flache Schale.

Theres blieb etwas abseits stehen, um die Vögel nicht aufzuscheuchen, aber der Fürst winkte sie zu sich. Wieder trug er die Kleider eines einfachen Mannes. Man hätte ihn kaum von einem Gärtner oder Feldarbeiter unterscheiden können. Allein seine Haltung ließ darauf schließen, dass er nicht dem niederen Stand angehörte.

Sie ging auf ihn zu, überreichte ihm den Proviantkorb und wollte sich alsbald zurückziehen.

„Warte!", hielt er sie jedoch auf. „Ich wünsche, dass du mich begleitest. Gestern habe ich mich dir gegenüber von meiner schlimmsten Seite gezeigt. Du sollst wissen, ich bin kein Unmensch. Ich möchte mich bei dir entschuldigen und etwas nachholen, das ich längst zu tun gedachte. Du sollst die Ländereien um das Schloss kennenlernen und ich will sie dir zeigen."

Er schenkte ihr ein gewinnendes Lächeln und lud sie mit einer Armbewegung ein, ihn auf seinem Spaziergang zu begleiten. Währenddessen erzählte er ihr von seinen Beobachtungen der Natur, den seltenen

Pflanzen im Garten und davon, aus welchen Ländern er sie mitgebracht hatte. Er schwärmte auch vom Schönheitssinn vormaliger Schlossbesitzer, die bereits vor Jahrhunderten den Grundstein für die Anlage gelegt hatten. Jeder von ihnen hatte seine unverwechselbare Handschrift hinterlassen. Dort der Garten im französischen Stil, da der alte Baumgarten mit fast ausgestorbenen Obstsorten. Besonders idyllisch war es am Seerosenteich, über den sich ein dichtes und tragfähiges Blattwerk ausbreitete. „Die Kinder aus der Nachbarschaft wandern darauf über das Wasser. Die schönsten Seerosen verkaufen sie an Touristen." Das Glashaus ließ Heinrich von Jochensteins Begeisterung für exotische Gewächse erkennen. Er zeigte ihr eine stattliche Kaffeepflanze, deren glänzende Blätter fast bis an das Dach reichten. In einer anderen Ecke stand ein Zitronenbaum, der bereits zarte Blüten trug.

„Der darf jetzt wieder nach draußen", erklärte der Fürst. „Er bekommt noch frische Erde und einen größeren Topf. Bald schon wird er erste Früchte tragen." Auch von anderen Sorten, die im Gewächshaus gediehen, erzählte er ihr. Besonders schwärmte er vom Geschmack einer Frucht namens Ananas und versprach Theres, ihr die erste reife in diesem Jahr zu schenken.

Fasziniert von dem Wissen, das sich der Fürst durch mühevolle Studien und auf Reisen angeeignet hatte, folgte Theres seinem Vortrag. Noch mehr steckte sie die Leidenschaft an, die in seinen Worten mitschwang. Nun führte er sie zu einem kleinen Lusthäuschen. Ausgehend von einem der Pfeiler erklomm ein Ranunkelstrauch mit prächtigen goldgelben Blüten das Dach des

Pavillons und schmückte auch den Bogen, durch den man hineintrat.

„Hier ist es wunderschön", hauchte Theres, aber kaum hatten die Worte ihre Lippen verlassen, erschrak sie auch schon darüber, sie laut ausgesprochen zu haben. Ihre Hand legte sich instinktiv auf ihren Mund.

„Nicht doch, Theres", sagte der Fürst, als er es bemerkte. „Ich will hören, was du denkst. Du musst mich nicht fürchten."

Theres nickte und sah verlegen zu Boden, aber dann fasste sie sich ein Herz.

„Nicht nur dieser Ort, der ganze Garten ist wunderschön. Ich habe niemals zuvor etwas Derartiges gesehen."

Ein stolzes Lächeln umspielte die Lippen des Fürsten.

„Nicht wahr? Ich bin weit gereist, könnte aber nicht sagen, dass ich mich an irgendeinem anderen Ort jemals wohler gefühlt hätte."

Der Fürst zeigte auf den Pavillon. „Das hier war der Lieblingsplatz meiner Frau Amalia. Wir haben abends oft zusammen hier gesessen. Sie hat es geliebt, wenn ich die Violine gespielt habe, während die Sonne langsam hinter dem Horizont verschwand."

„Ich habe Sie spielen hören. Es war sehr ... ergreifend."

„Bitte, nenne mich Heinrich."

„Aber ..." Theres wollte instinktiv widersprechen, hielt jedoch inne. „Ist das ein Befehl?", fragte sie verwirrt.

Der Fürst lachte auf. Er lachte so sehr, dass er sich den Bauch halten musste und sich daraufhin Tränen aus den Augenwinkeln wischte. Theres wäre am liebsten vor Scham im Erdboden versunken.

„Nein, Theres", sagte er nun, während der Lachanfall langsam abebbte. „Ein Angebot, mehr nicht. Es tut mir leid, wenn ich dich damit überrumpelt habe. Ich vergesse immer, dass ich dir wie ein alter Mann vorkommen muss. Immerhin bin ich gut doppelt so alt wie du. Nur in meinem Herzen fühle ich mich nicht alt und ich fühle mich dir verbunden. Vielleicht ist es, weil du mich so sehr an Amalia erinnerst."

Theres schluckte und sah sich um, als suchte sie nach einer Fluchtmöglichkeit – einem Ausweg aus dieser prekären Situation. Sie spürte den Blick des Fürsten auf sich. Nein, wie ein alter Mann kam er ihr nicht vor. Mit Mitte dreißig konnte davon ohnehin keine Rede sein. Seine hochgewachsene, schlanke Gestalt strahlte Stärke und Jugendlichkeit aus. Die feinen Falten auf seinem Gesicht fielen kaum auf, unterstrichen vielmehr sein Lächeln und die strahlenden grünen Augen. Aber wenn er auf diese Weise zu ihr sprach, fühlte sich Theres wie ein Reh, das in die Enge getrieben wurde.

„Jetzt jage ich dir schon wieder Angst ein. Theres, du hast von mir nichts zu befürchten. Ich werde nichts tun, was du nicht willst." Er machte eine Pause, um ihr die Gelegenheit zu geben, etwas zu sagen. Als sie, verlegen um Worte, weiterhin schwieg, brach er die Stille.

„Vielleicht sollten wir zurückgehen. Ich merke, dir ist nicht mehr wohl in meiner Gegenwart ..."

„Nein, ich ... ich bin nur überrascht und ... nicht sicher, ob ich das alles richtig verstehe." Seit sie wieder am Schloss war, hatte sie so viele neue Facetten des Fürsten kennengelernt. Sie musste das alles erst einmal richtig einordnen.

„Außerdem könnte es sein, dass Rosi sich fragt, wo ich bleibe“, ergänzte sie schnell, denn sie wollte das Thema nicht weiter vertiefen.

„Und eine Rosi lässt man lieber nicht warten.“ Er lachte. „Das wage selbst ich nur in den seltensten Fällen.“

Da war es wieder, dieses verschmitzte Lächeln, das Theres bei ihrer Ankunft im Schloss damals so an ihm gefallen hatte. Sie fühlte Erleichterung in sich aufsteigen.

Sanft schob er sie am Rücken in Richtung des Weges, nahm seine Hand aber gleich wieder weg, als erinnerte er sich daran, Distanz wahren zu müssen.

Als sie durch das Tor aus dem Garten auf den Sandplatz vor dem Schloss hinaustraten, war dort ein Mann gerade dabei, sein Pferd vor der Tränke zu vertäuen. Ganz plötzlich riss der Fürst Theres an der Schulter zurück durch das Tor und drückte sie rücklings in die Hecke. Er hob den Kopf und lauschte. Thereses Hände lagen auf seiner Brust, die sich etwas schneller hob und senkte. Sie spürte seinen angespannten Körper dicht an ihrem. Sein Geruch vermischte sich mit dem ätherischen Duft der Koniferen.

Als ihm gewahr wurde, dass er sie festhielt, ließ er sie abrupt los.

„Es tut mir leid. Ich denke, ich sollte dir mein merkwürdiges Verhalten erklären“, flüsterte er. „Es ist nicht so, dass ich mich in meinem eigenen Schloss verstecken muss. Nur will ich den Kerl nicht sehen. Ich nehme den Eingang zum Gesindetrakt. Du kannst gerne vorne herum gehen.“

Theres entschied sich dagegen und folgte dem Fürsten.

„Warum wollen Sie dem Mann nicht begegnen?", fragte sie, als sie in sicherer Entfernung waren.

„Er will mich für die Heimwehr gewinnen. Aber ich lasse mich nicht gerne in ein politisches Lager einteilen. Früher einmal hatte ich Ambitionen in diese Richtung, aber mir ist bewusst geworden, was für eine Farce das alles ist. Die Politik verhöhnt das Menschsein. Bei diesem Trauerspiel mache ich nicht mehr mit."

Theres dachte an die Ausschreitungen zwischen Heimwehr und Schutzbund Anfang des Jahres, sagte aber nichts. Besonders viel verstand sie nicht von Politik und konnte ohnedies keinen Einfluss auf das nehmen, was die Männer an der Spitze entschieden. Sie glaubte auch nicht daran, dass diese selbst es verstanden. Genauso wenig wie die Krise, die über sie hereingeschwappt war und die zarte, aufkeimende Hoffnung der Menschen, die noch immer vom Krieg gebeutelt waren, zunichtemachte. Der Fürst sprach unterdessen weiter.

„Nenne es Eigensinn, Theres. Aber ich habe meine Ideale und die will ich nicht verraten. Da können sie mich noch so sehr umgarnen. Ich versuche einfach nur das Richtige zu tun. Das, was ich mir und Gott gegenüber vertreten kann."

Theres konnte sich nun vorstellen, worin die üble Nachrede begründet lag, die dem Fürsten gelegentlich zuteilwurde. Er ließ sich nicht verbiegen, für keinen Mächtigen der Welt und auch für sonst niemanden. Bei den einen galt er als Sturkopf, bei anderen als Narr. Aber Theres entsann sich des Guten, das der Fürst wirkte. Sie wusste, dass er nach dem Krieg einen Teil der Ländereien parzelliert hatte und diese Flecken Erde gegen eine kleine Pacht als Schrebergärten vergab. Damit ermöglichte er den Familien, die den Grund bewirtschafteten, sich selbst zu versorgen. Manche von ihnen hatten darauf sogar einfache Hütten errichtet, in denen sie lebten. Damit verbesserte er das Leben dieser Menschen, schenkte ihnen ein Stück Unabhängigkeit. Und erntete die Missgunst jener, die zu kurz kamen.

Theres dagegen fand die Einstellung des Fürsten sehr weitsichtig und konnte seinem Weltverständnis viel abgewinnen.

Durch die Hintertür betraten sie den dunklen Gang des Gesindetrakts, der erfüllt war von den Düften, die aus der Küche drangen. Es roch nach gerösteten Zwiebeln und frisch gebackenem Brot.

„Sag Rosi, sie soll ihm etwas zu essen richten und ihn dann wegschicken. Möchtest du mir morgen im Garten helfen?"

„Gerne", entgegnete Theres und schenkte ihm ein schüchternes Lächeln.

„Gut", sagte er und verschwand ohne ein weiteres Wort in der düsteren Nische, in welcher sich der Abgang zum Keller befand. Theres vernahm seine Schritte auf den Stufen, doch etwas daran war sonderbar. Sie klangen dumpf und es schien ihr, als hallten sie von oben wider. Sie trat in die Nische, um eine Erklärung für diese Sinnestäuschung zu suchen, da fiel ihr Blick auf die Kellertüre. Merkwürdig, diese war normalerweise versperrt, aber sie konnte sich nicht erinnern gehört zu haben, dass aufgesperrt worden war. Sie stieg die Treppe hinab und drückte die Schnalle vorsichtig hinunter, bemüht, keinen Laut zu erzeugen. Die Tür ließ sich nicht öffnen! Mit einem verdutzten Kopfschütteln drehte sie sich wieder um. Wohin war der Fürst nur verschwunden, wenn er nicht diesen Weg genommen hatte? Er konnte sich ja nicht in Luft aufgelöst haben.

Auf dem Weg zurück stieß sie sich an dem Schrank, der in der Nische stand. Erst jetzt bemerkte sie, dass dieser tiefer war als sonst bei diesen Möbeln üblich. Neugierig schob sie den Vorhang zur Seite, der zwischen dem Möbelstück und der Wand hing, und erkannte nun auch, welchem Zweck er diente. Er versteckte eine breite Verblendung, an der Theres bei näherer Betrachtung Scharniere entdeckte. Der schmalere Teil ließ sich aufklappen. Dahinter verbarg sich der Zugang zu einer Treppe, die in das obere Stockwerk führen musste.

Sie schmunzelte. So ein Geheimgang durfte wohl in keinem richtigen Schloss fehlen. Schnell zog sie den Vorhang wieder an die ursprüngliche Stelle und folgte dem Gang in Richtung Küche, um Rosi auszurichten, was der Fürst ihr aufgetragen hatte.

Kapitel 13

1930, wenige Tage vor der Sommersonnenwende

In den folgenden Wochen trafen sich Theres und der Fürst beinahe täglich im Garten. Ihre Vorbehalte ihm gegenüber legte sie nach und nach ab, denn es ereignete sich keine Situation mehr, die sie an seine schlechte Stimmung am Tag ihrer Rückkehr ins Schloss erinnerte. Heinrich schien tatsächlich an ihrer Meinung interessiert und steckte sie zudem mit seiner Faszination für die wundersamen Dinge in dieser Welt an. Wenn sie nicht im Garten waren, trafen sie sich häufig in der Bibliothek oder in der Raritätenkammer, in welcher der Fürst seine Schätze aufbewahrte, die mit gewöhnlichen Reichtümern nicht allzu viel zu tun hatten. Dort fanden sich unter anderem Bodenfunde, Skelette und Pflanzenpräparate. Ehrfürchtig ließ Theres den Finger über die feinen Furchen gleiten, die auf dem Bruchstück eines Felsens eingeritzt waren. Sie zeigten Symbole und Szenen einer längst vergangenen Zeit. Mit einem zufriedenen Lächeln auf dem Gesicht teilte Heinrich sein Wissen darüber mit ihr: „Die Platte stammt aus den Felshöhlen nahe deinem Dorf. Die Wandmalereien wurden bei Steinbrucharbeiten entdeckt. Mitte des siebzehnten Jahrhunderts war das. Der damalige Herrscher hat alles penibel dokumentiert."

„Das grenzt doch an ein Wunder, oder? Ich meine, diese Malerei hat diese unvorstellbar lange Zeit überdauert. Denkst du, irgendetwas, das die Menschen heute erschaffen, könnte so lange Bestand haben?"

„Vermutlich nicht. Aber wenn dich das schon beeindruckt, was wirst du erst für Augen machen, wenn ich dir den Drachenknochen zeige?"

„Ein Drache? Ja wirklich?" Ihre Euphorie schwang schnell in Skepsis um. „Den würde ich ja zu gerne sehen", sagte sie mit einem Augenzwinkern.

„Selbstverständlich. Bitte folgen Sie mir, junge Dame!"

Wenig später zog er eine der breiten Schubladen heraus und fixierte ihren Blick. „Voilà."

Theres runzelte die Stirn, während sie den Knochen betrachtete, der etwas größer als ein menschlicher Oberschenkel ausfiel.

„Ein Drache also?", fragte sie misstrauisch.

Heinrich schmunzelte. „Das haben sie jedenfalls damals geglaubt. Was denkst du?"

„Hm. Ich bin mir nicht sicher. Vielleicht ist es ... ein Bär?" Sie machte eine kurze Pause, in der sie ein Grinsen nur mühsam zurückhielt. „Ein ziemlich großer Bär, den du mir da aufbinden willst."

Heinrich schien zufrieden. „Du lässt dich wohl nicht so leicht in die Falle locken, wie?"

Ein Schmunzeln umspielte Thereses Lippen. Diese Art von Scherzen mochte sie so an ihm. Und noch etwas: Immerzu ermutigte er sie, ihre Gedanken zu teilen. Allmählich fielen ihre Hemmungen ihm gegenüber und auch sein Vorname kam ihr immer leichter über die Lippen.

„Wie habe ich das vermisst, mich über solche Dinge zu unterhalten. Amalia war blitzgescheit und ich liebte es, mit ihr zu philosophieren. Bei deiner Ankunft am

Schloss dachte ich mir schon, dass du ein helles Köpfchen bist."

„Und ich habe dich für einen Stallburschen gehalten, muss ich gestehen."

Heinrich lachte, aber nach einer Weile fügte er ernster hinzu: „Manchmal wäre mir das auch lieber."

„Du empfindest dein Leben als Bürde?", fragte Theres überrascht.

„Manchmal, ja. In letzter Zeit vergesse ich allerdings gelegentlich mich zu sorgen. Das verdanke ich dir."

Heinrich sah sie unvermittelt an, woraufhin Theres errötete. Schnell widmete sie sich den übrigen Knochen in der Schublade. Während sie vorgab diese zu studieren, dachte sie über Heinrichs Worte nach. Was nur bereitete ihm solchen Kummer? Sie war unsicher, ob sie weiterbohren sollte. Zu gerne hätte sie irgendetwas gesagt, um ihm zu helfen, denn sie genoss die Zeit, die sie mit ihm verbrachte. Jedenfalls meistens. Er bemühte sich wirklich um eine platonische Beziehung mit ihr, nur manchmal ließ eine unbedachte Berührung oder eine liebevolle Bemerkung das Gefühl aufkommen, er empfände womöglich mehr für sie. Sicher war sie sich in diesem Punkt allerdings nicht. Wenn es passierte, merkte man sofort, wie unangenehm es ihm war. Er zog sich dann stets zurück und ließ meist eines ihrer folgenden Treffen ausfallen. Zwangsläufig sahen sie sich trotzdem, wenn sie das Essen auftrug oder er ihr bei der täglichen Arbeit unweigerlich begegnete. Dann wirkte er oftmals sehr förmlich auf sie und ihr tat es jedes Mal leid, ihn so zerrissen zu sehen.

Theres arbeitete nun schon eine ganze Weile im Schloss und ihr war alsbald aufgefallen, dass nur ein Bruchteil der Räumlichkeiten wirklich genutzt wurde. Das galt sowohl für das Schloss selbst als auch für den angrenzenden Meierhof.

Als wäre Rosenhag nur eine verblassende Erinnerung an längst vergangene herrschaftliche Zeiten. Da Heinrich ihre Wissbegierde unterstützte, begann sie selbst damit, sich immer mehr Fragen zu stellen. Womit verdiente Heinrich seinen Lebensunterhalt? War er überhaupt gezwungen etwas dafür zu tun? Das Schloss machte einen gepflegten Eindruck, aber bei genauerem Hinsehen entging ihr nicht, dass hier und dort Reparaturen nötig gewesen wären. Ob das an mangelnden finanziellen Mitteln lag oder ob Heinrich sich lediglich nicht daran störte, konnte sie allerdings nicht beurteilen. Klar war, dass er den Tag viel lieber an der frischen Luft verbrachte als drinnen – auf dem Reitplatz mit seinen Pferden, im Garten, auf den Feldern oder bei der Waldarbeit.

Anfangs hatte sie noch gedacht, auf dem Schloss lebte man im Überfluss. Diesen Eindruck musste sie nun zurücknehmen. Es gab Luxusgüter, ja, aber viele davon stammten aus der eigenen Bewirtschaftung, wie Fleisch, Geflügel und Wild, das regelmäßig auf den Tisch kam. Der Kaffee dagegen wuchs zwar in Heinrichs Gewächshaus, wurde allerdings größtenteils direkt aus der Rösterei eines engen Freundes geliefert. Im Grunde jedoch lebte man auf dem Schloss sogar recht sparsam, wenngleich Gästen die Tür immer offenstand, Speis und Trank gereicht wurden und auch stets für ein Nachtquartier gesorgt war.

Heinrich war ein guter Gastgeber, der es genoss, seinen Besuch zu verwöhnen. Und er liebte alles, was mit Kunst und Kultur in Verbindung stand. Davon zeugten zum einen die zahllosen Gemälde in den Gemächern, vor allem aber die Feste, die Heinrich zu besonderen Anlässen veranstaltete. Noch hatte Theres keines davon miterlebt, aber sogar Rosi war beim Erzählen ins Schwärmen gekommen. Einen Höhepunkt im Jahr stellte zweifellos das Johannisfest mit dem Sonnwendfeuer dar. Die Vorbereitungen für die diesjährige Feier liefen bereits. Rosi ließ dafür Frauen und Männer aus der Nachbarschaft kommen, denn für sie beide allein wäre der Aufwand nicht zu bewältigen gewesen.

Bevor die Helfer am Schloss eingetroffen waren, hatte Rosi Theres das Zepter übergeben und ihr damit gezeigt, wie sehr sie ihr vertraute. Nach außen hin hatte sie das jedoch heruntergespielt.

„Ich habe das alles lange genug mitgemacht."

Die Anerkennung, die hinter den Worten lag, entging Theres aber nicht. Und weil sie Rosi die gleiche Wertschätzung zuteilwerden lassen wollte, fragte sie auch lieber einmal öfter nach deren Rat, auch wenn es eigentlich nicht notwendig gewesen wäre. So arbeiteten sie Hand in Hand und freuten sich schon auf das Fest, zu dessen Gelingen sie beide beitragen würden. Da brachte ein Ereignis das rege Treiben im Schloss zum Stillstand.

Theres beaufsichtigte gerade den Aufbau einer Bühne im Steinernen Saal, der zwei Stockwerke hoch war, eine gute Akustik bot und deshalb während der Veranstaltung für Konzerte genutzt werden sollte. Als das Licht durch die Fenster fiel und Staubpartikel darin tanzten, überkam sie ein Gefühl von unbeschreiblicher Freude. Wie sehr sie dieses Schloss liebte! Jeden Winkel davon, jedes Geräusch und auch die Dinge, die ihr noch verborgen waren. Besonders diese. Immer wieder stieß sie auf Details, die sie beeindruckten – wie die lebhaften Malereien der Deckenfresken.

Sie schätzte sich überglücklich hier sein zu dürfen, zumal sie wusste, dass es Milli gut ging. Sie hatte Heinrich davon berichtet, wie sehr sie ihre Schwester vermisste, woraufhin er vorgeschlagen hatte, sie solle sie besuchen, wann immer sie die Sehnsucht plagte, oder Milli einfach ans Schloss holen. Da Milli noch zu klein war, um sie unbeaufsichtigt zu lassen, wenn Theres arbeitete, und ihr Vater sich sonst sicher alleine fühlen würde, besuchte sie Milli und ihre Familie in der Regel zweimal die Woche. Von Zeit zu Zeit blieb sie über Nacht und kehrte erst morgens ins Schloss zurück.

Ein Lächeln trat auf Thereses Lippen. Nächstes Jahr würde Milli das Sonnwendfest bereits miterleben können, dachte sie gerade, als plötzlich Rosi in den Saal rauschte.

Sie sah sich hektisch um, als würde sie verfolgt, dann kam sie auf Theres zu und nahm sie zur Seite. „Schick die Männer weg. Das hier muss warten."

Theres runzelte die Stirn, tat aber, worum Rosi gebeten hatte. Als die Helfer fort waren, zog Rosi sie am Arm zur Tür.

„Es ist Heinrich! Du musst dich um ihn kümmern, das Fieber ist wieder da!"

Theres hatte keine Gelegenheit, Fragen zu stellen, denn Rosi diktierte bereits Anweisungen wie ein Telegramm, nur ein *Stopp* kam darin nicht vor. Während sie sprach, stapelte sie Decken auf Thereses ausgestreckte Unterarme und hörte erst auf zu reden, als sie vor Heinrichs Schlafgemach standen. Rosi öffnete die Tür und schob Theres hinein.

„Ich kann das nicht mit ansehen", murmelte sie entschuldigend und Theres erkannte große Sorge in ihrem Blick.

Abgestandene Luft schlug ihr entgegen. Aus einem Impuls heraus ging sie zum Fenster, um es zu öffnen, aber da sah sie schon Heinrich im Bett liegen. Er zitterte wie Espenlaub. Die Kälte, die ihn durchschüttelte, schien ihm beinahe Schmerzen zu bereiten. Nur so konnte sie sich sein verkniffenes Gesicht erklären. Sie legte den Deckenstapel auf einen gepolsterten Stuhl neben das Bett und breitete zwei davon über Heinrich aus.

Besorgt setzte sie sich zu ihm an den Bettrand und fühlte seine Stirn.

„Wie geht es dir?", fragte sie und bemerkte, dass sein Kiefer und selbst die Sehnen seines Halses angespannt waren. Instinktiv begann sie damit, seinen Körper durch kräftige Streichbewegungen mit ihren Händen zu wärmen. Er schien sich mit jeder Faser gegen den Schüttelfrost zu wehren, als könnte er durch Kraftanwendung das letzte bisschen Wärme in seinem Körper halten.

Heinrich antwortete nicht. Die ganzen Decken nützten doch nichts! Wenn sie als kleines Mädchen vor Kälte geschlottert hatte, hatte stets nur eines geholfen: die wärmende Umarmung ihrer Mutter. Ohne einen weiteren Gedanken daran zu verschwenden, was sich gehörte, schlüpfte Theres ins Bett und drückte Heinrich durch die Decken hindurch fest an sich. Nach einer Weile ließ der Schüttelfrost nach und sie merkte, wie er sich entspannte. Sein heißer Atem auf ihrer Stirn wurde ruhiger.

Plötzlich wurde ihr bewusst, was sie da getan hatte. Wie von ihrer Verlegenheit gepeitscht, nahm sie ruckartig die Hände von ihm und kroch in aller Eile aus dem Bett. Was war da nur in sie gefahren? Die Schamesröte brannte auf ihrer Haut. Sie wandte sich ab, damit Heinrich nichts bemerkte. „Ich bereite dir einen Tee, der dir helfen wird", stammelte sie.

Heinrich räusperte sich, aber seine Stimme klang trotzdem belegt, als er ihr dankte und sie bat Feuer im Ofen zu machen.

Obwohl es draußen sicher über zwanzig Grad warm war, nickte Theres und verließ dann das Zimmer. Im Vorratsraum hatte sie getrocknete Kräuter gesehen.

Bald darauf glitten ihre Finger über die Etiketten der dunkel getönten Glasbehälter auf dem Regal. *Thymian, Kamille und ... Lindenblüten.* Theres freute sich, denn alles, was sie benötigte, war vorhanden. Sie schraubte die Gläser auf und sogleich stieg ihr der wohltuende Duft in die Nase. Er kam ihr vor wie die Seele der Pflanzen, die selbst längst verdorrt waren. Sie mischte die Blüten und Blätter im gewünschten Verhältnis und nahm sie mit in die Küche. Dort war ihr Rosi behilflich und übergoss die Kräuter mit siedendem Wasser aus dem Wasserschiff. Während der Tee zog, wollte Theres das Feuer im Kachelofen des Schlafgemachs entfachen. Sie öffnete das Türchen, das zum Gang hinaus aufging, und schichtete die Scheite hinein. Gierig züngelten die Flammen nach dem trockenen Holz, das kurz darauf seinen erdigen Geruch über den Rauch verströmte. Auf einmal hörte sie Heinrich murmeln. Seine Worte klangen wirr.

Sie betrat den Raum.

Heinrich hatte die Augen geschlossen, aber er stöhnte und bewegte den Kopf wild von einer Seite zur anderen. Wieder fühlte sie seine Stirn. Sie glühte! Schnell nahm sie die zusätzlichen Decken vom Körper und rannte erneut nach unten.

Zurück kam sie mit zwei Baumwolltüchern, die sie in eine Schale mit Essig tunkte und Heinrich um Füße und Waden wickelte.

Rosi brachte den Tee ins Zimmer.

„Doktor Bindeus ist unterwegs", berichtete sie.

Heinrich faselte im Fiebertraum unzusammenhängende Dinge. Plötzlich riss er die Augen auf.

„Theres, du bist da?".

„Natürlich", antwortete sie und strich ihm mit dem Handrücken über die Wange.

Er nestelte seine Hand unter der Decke hervor und griff nach ihrer. „Das Schloss ... wenn ich nicht mehr bin, kümmerst du dich darum?"

Theres wechselte einen irritierten Blick mit Rosi. Glaubte Heinrich wirklich, das Fieber würde ihn umbringen? Welch verworrene Fantasien geisterten da in seinem Kopf herum?

„Mach dir keine Sorgen", sagte sie nur und strich ihm behutsam die Haare aus der Stirn.

Dann kam der Doktor und Theres verließ mit Rosi den Raum.

„Es ist kein gewöhnliches Fieber“, erklärte Rosi, während sie die Treppe hinunterstiegen. Theres hatte sich bei ihr untergehakt, um sie zu stützen.

„Das Sumpffieber – es sucht ihn immer wieder heim, seit er es einmal von einer Reise mitgebracht hat. Beim letzten Mal war es so schlimm, dass ich ihn beinahe tot geglaubt habe.“

„Ist es wirklich so bedrohlich?“

„Der Doktor sagt, die Krankheit kann den Tod bedeuten. Sie rafft einen langsam dahin, weil sie sich im Körper festsetzt und immer wieder ausbricht. Als wartete das Fieber nur auf eine Gelegenheit, auf den Zeitpunkt, an dem er geschwächt genug ist.“

Theres schluckte. „Aber Heinrich ist doch jung und kräftig“, hob sie an. „Er wird es doch überstehen?“

„Natürlich“, sagte Rosi, aber es klang, als wäre sie nicht sicher. „Bisher hat er sich immer schnell davon erholt. Es zermürbt ihn, weil er nie weiß, wann es ihn wieder trifft. Bereitest du ein Zimmer für den Herrn Doktor? Er wird wohl eine Weile hierbleiben. Am besten beziehst du selbst auch einen der Räume im ersten Stock, dann bist du schnell bei Heinrich, wenn er dich braucht.“

Theres tat, wie ihr geheißen. Während sie das Bett für den Doktor überzog, kreisten ihre Gedanken um Heinrich. Die Vorstellung, er könnte sterben, ließ ihr die Tränen kommen. Sie wischte mit dem Handrücken über ihre Augen. Was war nur mit ihr los? Warum nahm sie sein hilfloser Zustand derartig mit?

Ein Glöckchen bimmelte. Das musste der Doktor sein, denn Heinrich hatte es noch nie verwendet, um sie zu rufen. Er wartete schon am Gang vor dem fürstlichen Schlafgemach.

„Er schläft jetzt", erklärte er und gab ihr einige Anweisungen zur Pflege des Kranken.

„Wie geht es ihm?", fragte Theres, erinnerte sich dann jedoch, dass ihr diese Frage nicht zustand. „Entschuldigen Sie bitte, ich bin einfach in Sorge. Wünschen Sie etwas zu essen oder möchten Sie, dass ich Ihnen Ihr Zimmer zeige?"

„Danke, aber ich kenne den Hausbrauch. Ich esse bei Rosi in der Küche. Begleitest du mich nach unten? Theres, nicht wahr?"

Sie nickte.

„Karl Bindeus. Es freut mich, dich kennenzulernen, nach allem, was ich schon von dir gehört habe."

Er lachte, als er sie stutzen sah. „Nur Gutes, keine Sorge."

In der Küche legte der Doktor Rosi die Hand zu einem freundschaftlichen Gruß auf die Schulter und ließ sich dann auf der Sitzbank nieder. Die Tischkante drückte in seinen Bauch, aber er schien sich nicht daran zu stören. Er wischte sich die Stirn mit dem Taschentuch und steckte es zurück in die Jackentasche. Rosi kredenzte ihm einen großen Teller Grießsuppe und schenkte ihm ein Glas Wein ein.

„Ist es so schlimm wie beim letzten Mal?", fragte Rosi besorgt und ließ sich auf dem Stuhl gegenüber vom Doktor nieder.

„Das Fieber ist ähnlich hoch. Ich habe ihm eine Medizin verabreicht, aber um ehrlich zu sein, hilft die nur bedingt. Ich befürchte, die Malaria hat seinen Körper schon sehr angegriffen. Sicher sagen könnte ich es erst nach einigen Untersuchungen, aber Heinrich verweigert sich. Was soll ich da machen?"

Rosi schüttelte ärgerlich den Kopf. „Er ist stur wie ein Esel!"

„Soll ich noch einmal mit ihm reden?", fragte Theres und biss sich gleich darauf auf die Lippe. Wie konnte sie sich einbilden, sie würde mehr bei ihm erreichen als Rosi oder der Doktor?

„Du kannst es gerne versuchen", erwiderte Rosi matt. „Du wirst dir an ihm die Zähne ausbeißen. Heinrich hat sich in den Kopf gesetzt, dass er die Schuld an Amalias Tod trägt. Und an dem des Kindes." Rosis Stimme schlug um und klang belegt. „Er glaubt, er habe es verdient zu leiden, weil er seiner Frau nicht hat helfen können."

Theres spürte, wie sich ein Kloß in ihrem Hals bildete. Sie wusste, es ging sie nichts an, trotzdem musste sie fragen.

„Was ist damals passiert?"

Rosi seufzte. Gemeinsam mit dem Atem stieß sie einen flatternden Laut aus, der von großem Kummer erzählte, noch bevor sie es tat.

„Als das Kind geboren wurde, war es weiß wie ein Gespenst. Es hat den ersten Morgen auf dieser Welt nicht erlebt." Rosi schniefte und kramte nach einem Taschentuch. Dann tupfte sie sich die Augenwinkel ab und putzte sich beinahe lautlos die Nase. Der Doktor führte die Schilderung an Rosis Stelle fort.

„Seine Frau Amalia hat bei der Geburt viel Blut verloren. Schon die Schwangerschaft hat sie ausgezehrt. Ich habe ihr in den letzten beiden Monaten vor der erwarteten Niederkunft strenge Bettruhe verordnet. Sie war schwach und von Schwindelanfällen geplagt und ich war besorgt um ihr Wohl und das des Kindes."

Rosi hatte sich wieder etwas gefangen und erzählte weiter: „Amalia ist noch im Wochenbett verstorben. Nachdem das Baby tot war, waren alle unsere Mühen umsonst. Ich glaube, Amalia wollte ihren Engel nicht alleinelassen."

Thereses Augen füllten sich mit Tränen. Sie konnte den Herzschmerz der Mutter beinahe spüren und musste nun auch wieder an ihre eigene denken.

„Heinrich war so glücklich, als er das Mädchen zum ersten Mal in den Armen hielt. Das werde ich nie vergessen. Kein Mensch sollte das erleben müssen, erst sein Kind und dann die Liebste zu Grabe tragen ..." Wieder schüttelte Rosi den Kopf. „Zu dieser Zeit hätte ich es ihm zugetraut, dass er ihnen auch in den Tod folgt. Es grenzt an ein Wunder, dass er sich davon wieder erholt hat. Na ja, sofern das überhaupt möglich ist. Jedenfalls glaubt er, die Krankheit sei sein Schicksal."

Heinrich hatte sich also damit arrangiert. Trotzdem hatte Theres Angst aus dem Anliegen herausgehört, das Heinrich im Fiebertraum geäußert hatte. Worum er sie gebeten hatte, war nicht ernst zu nehmen, aber seine Verzweiflung war echt gewesen. Was würde mit Rosenhag passieren, wenn Heinrich nicht mehr lebte? Daran wollte Theres gar nicht denken.

„Er blickt seinem möglichen Ableben gefasst entgegen, aber das Schloss lässt ihn nicht los."

Die Worte des Doktors klangen unheimlich in Thereses Ohren, doch sie wagte es nicht nachzufragen. Doktor Bindeus war mit seiner Suppe längst fertig und Rosi stand auf, um abzuräumen und die Hauptspeise zu bringen. Theres wünschte ihm noch einen guten Appetit und verabschiedete sich hastig, denn sie wollte nun wirklich nach Heinrich sehen.

Kapitel 14

Heinrichs Körper kämpfte weiterhin gegen das Fieber. Der Schweiß stand ihm in Perlen auf der Stirn und sammelte sich in der Kuhle zwischen den Schlüsselbeinen. Theres lüftete die Decke, die an manchen Stellen die Feuchtigkeit aufgesogen hatte. *Herr im Himmel, wenn sein Zustand sich nicht bald bessert, dann ...*

Sie presste die Faust gegen den Mund. Nein, an so etwas durfte sie nicht denken! Stattdessen begann sie damit, Heinrich behutsam mit einem nassen Lappen zu waschen, woraufhin er die Augen aufschlug.

„Tut mir leid. Ich wollte dich nicht wecken“, entschuldigte sie sich.

„Bitte, hör nicht auf“, raunte er schwach. „Es ist mir angenehm.“

Theres spürte, wie sie rot wurde, und vermied es, ihm ins Gesicht zu sehen. Als sie jedoch nach einer Weile verstohlen aufblickte, war er bereits wieder eingeschlafen.

Da sie ihn nicht noch einmal wecken wollte, legte sie den Lappen beiseite, verließ das Zimmer und klopfte wenig später an die Tür des Doktors. Von ihm würde sie gewiss mehr über diese hinterlistige Krankheit erfahren. Sie wartete, lauschte auf seine Schritte. Niemand kam, um ihr zu öffnen.

Als sie Rosi nach dem Doktor fragte, erklärte diese, er wäre zu einem Notfall gerufen worden und nicht vor dem Abend zurück. Das dauerte Theres zu lange! Sie konnte nicht einfach still vor Heinrichs Bett sitzen und dabei zusehen, wie er dahinsiechte!

Da besann sie sich, dass sie das, was sie suchte, mit hoher Wahrscheinlichkeit in der Bibliothek finden würde. Sicher hatte Heinrich alles über seine Krankheit gelesen, was er in die Finger bekommen hatte, und es wäre kein Problem, die entsprechende Literatur zu finden.

In der Bibliothek führte sie ihr erster Weg zu dem antiken Kasten, dessen Laden mit den Buchstaben des Alphabets gekennzeichnet waren. Die Stirn gerunzelt, durchblätterte sie die Karteikarten in der betreffenden Schublade, bis sie einen Eintrag über die Tropenkrankheit Malaria fand. Heinrich hatte alles dazu in einem Regal der verglasten Bücherschränke untergebracht. Gut so, auf diese Weise verlor sie keine Zeit, während der sie lieber an seinem Bett wachen sollte. Rasch verschaffte sie sich einen Überblick: Hauptsächlich handelte es sich um Forschungsberichte, auch einige Zeitungsartikel hatte er in der Mappe gesammelt. Theres brachte das Material mit in Heinrichs Schlafgemach und begann es zu studieren, nachdem sie ihm erneut den Schweiß von der Stirn getupft hatte. Das Rascheln der Seiten beim Umblättern ließ sie innehalten. Ihr Blick wanderte zu Heinrich, der jedoch keine Regung zeigte, sondern nur leise im Schlaf stöhnte. Also nahm sie ihre Lektüre wieder auf.

Sie las über die Beobachtungen, die Ärzte zu dieser Krankheit gemacht hatten. Das Fieber hatte einen Rhythmus – die Anfälle wechselten sich mit fieberfreien Tagen ab. Es gab Menschen, die Rückfälle erlitten, andere genasen und schienen keine erkennbaren Schäden davonzutragen. Ein Artikel berichtete über einen österreichischen Psychiater, der drei Jahre zuvor den Nobelpreis für seine Malariatherapie erhalten hatte. Er hatte Patienten im Spätstadium der Syphilis das Blut von Malariakranken gespritzt, nutzte die Fieberschübe, um den fortschreitenden Ausfall von Gehirnfunktionen einzudämmen, und erzielte damit beachtliche Erfolge. Theres atmete erleichtert auf. Sicher würde dann auch Heinrich das Fieber überstehen, wenn es sogar als Kur bei anderen Krankheiten zum Einsatz kam! Die neu gewonnene Zuversicht schwand bereits nach einem weiteren Absatz. Die Patienten des Arztes waren mit einer harmlosen Form der Malaria infiziert worden. Sie hatte zwar keinen Vergleich, aber als harmlos stufte sie Heinrichs Leiden ganz sicher nicht ein.

Theres seufzte, rieb sich erst die Augen und legte dann die Mappe zur Seite. Heinrich schlief noch immer, das war gut. Sie konnte im Moment nichts für ihn tun – außer einer Sache: für ihn beten.

Die Schlosskapelle befand sich im Turm unterhalb des Zimmers, in dem Heinrich sie bei ihrer Ankunft empfangen hatte. Er suchte diesen Ort der Andacht beinahe täglich auf. Obwohl er die christlichen Rituale pflegte, war er auch anderen spirituellen Lehren gegenüber aufgeschlossen. Heinrich schien sich in vielen Bereichen nicht festlegen zu wollen. So hatte er im Beisein von Theres häufiger die Karten des Tarots befragt. An den lebendigen Bildern des Kartendecks konnte sich Theres nicht sattsehen. Ein befreundeter Künstler hatte es eigens für Heinrich gestaltet und Motive aus dem Umfeld von Rosenhag aufgegriffen. Eine der Karten zeigte die drei Gerichtssäulen am Rand der ehemaligen Herrschaft, eine andere einen der Schlosstürme, eine dritte den Mond, der sich im Seerosenteich spiegelte.

Vor dem Flügelaltar kniete Theres nieder, sprach ihr Gebet und schloss wie immer auch ihre Familie darin ein. Ob Heinrich noch Angehörige hatte? Oder war er seit dem Tod seiner Frau und dem gemeinsamen Kind allein auf der Welt? Eine traurige Vorstellung. Theres wickelte den Rosenkranz erneut um ihre Hand und betete auch für Amalia und das Kind.

Anschließend erhob sie sich und ging in die Küche, um Heinrich einen Teller Grießsuppe zu holen, denn er hatte den ganzen Tag kaum etwas zu sich genommen.

Während sie den Schöpflöffel in die köstlich duftende Brühe tauchte, fragte sie Rosi möglichst beiläufig: „Sollen wir jemanden über seinen Zustand informieren?"

Im Grunde war es ein unglücklicher Versuch, mehr über Heinrichs Familie zu erfahren. Gewiss hätte sich Rosi längst darum gekümmert, wenn es da jemanden gäbe.

„Du machst dir wirklich Sorgen um ihn, hm?" Rosi schnitt eine dicke Scheibe Brot ab, die sie Theres reichte. „Er hat den Kontakt zu seiner Familie abgebrochen. Da gibt es niemanden, der kommen würde." Rosis Augen gingen ins Leere, während sie das sagte, als hielten sie ein Bild in ihrer Vorstellung fest.

Theres wurde das Herz schwer. Die Familie würde nicht kommen, obwohl es womöglich die letzte Gelegenheit für einen Besuch war?

Rosis Blick klärte sich und sie wandte sich wieder ihrer Arbeit zu, bevor sie weitererzählte, wohl, um ihre Gefühle zu beherrschen. Man sah ihr an, wie aufgewühlt sie war.

„Es gab ein Zerwürfnis zwischen Heinrich und seinem Vater", erklärte sie. „Er war nicht mit Amalia einverstanden. Heinrich hat sich daraufhin aus allen Geschäften der Familie zurückgezogen. Statt ihm seine Anteile vollständig auszuzahlen, hat sein Vater ihm Rosenhag überlassen. Das tat dem alten Geizhals nicht weh, weil er es ohnehin kaum genutzt hat."

Das überraschte Theres, denn bisher war sie davon ausgegangen, Heinrich hätte das Schloss geerbt. Sie erinnerte sich an das Anliegen, das er im Fiebertraum formuliert hatte. Obwohl sie seine Bitte ihr gegenüber nicht ernst nahm, drängte sich ihr eine Frage erneut auf. „Was passiert mit dem Schloss, wenn Heinrich ...?" Sie wagte es nicht, die Worte tatsächlich auszusprechen, aus Angst, das Unglück damit heraufzubeschwören. Trotzdem klärte Rosi sie auf. „Wenn Heinrich stirbt, fällt das Schloss an seine Familie zurück. Das ist auch der Grund, warum er nicht mehr ruhig schlafen kann. Die Fieberanfälle häufen sich, aber die Vorstellung, das Schloss, das er so liebt, könnte seinem Vater in die Hände fallen, raubt ihm den Verstand."

Vor einer Weile noch hätte Theres darüber nur den Kopf schütteln können. Was waren das für Ängste? Geradezu lächerlich in einer Zeit, in der den Menschen das Nötigste zum Leben fehlte. Rosenhag war wunderschön, jedoch im Grunde nicht mehr als kalter Stein. Aber inzwischen war ihr Blick ein anderer und sie verstand sehr gut, was der Doktor mit seinen Worten hatte sagen wollen. Das Schloss ließ Heinrich nicht los, denn es war mit den Erinnerungen an seine Familie gefüllt. Diese machten es für ihn so wertvoll.

Theres fuhr sich über das Gesicht. Je mehr sie über den Fürsten erfuhr, desto mehr staunte sie darüber, wie er sich seine Fröhlichkeit im Alltag bewahrte, auch wenn die Schwermut gelegentlich zum Vorschein kam.

Die Grießsuppe auf dem Teller war inzwischen kalt geworden. So schöpfte Theres eine frische Kelle voll aus dem Topf und brachte das Essen auf einem Tablett in Heinrichs Gemach.

Leise öffnete sie die Tür. Von draußen hatte sie keinen Laut vernommen. Vermutlich schlief er noch.

Doch als sie eingetreten war, ließ ein Blick auf das Bett sie erstarren. *Es war leer!* Ratlos sah sie auf die zerwühlten Laken, als könnte sie Heinrich zwischen den Falten finden. Suppe schwappte über den Rand des Tellers, als Theres das Tablett achtlos auf dem Nachttisch abstellte, doch sie kümmerte sich nicht darum, sondern suchte mit pochendem Herzen den Raum ab. Wohin war Heinrich verschwunden? Da fiel ihr der verrutschte Teppich ins Auge und die bogenförmigen Kratzer auf dem Dielenboden. Sie hockte sich davor, fuhr erst mit den Fingern über die Spur und hob dann den Blick. Konzentriert ließ sie ihre Augen über die Wand streifen, die von einem Landschaftsmotiv geziert wurde. Sanfte, grüne Hügel erstrahlten darauf in einem milden Licht. Dahinter breitete sich ein Laubwald aus, an dessen Rand Rehe grasten. Aber was war das? Theres ging näher und inspizierte eine Rille, die durch das Motiv der Tapete geschickt verborgen worden war. Eine versteckte Tür! Für einen Moment trat Neugierde an die Stelle der Sorge um Heinrich. Beinahe ehrfürchtig ließ Theres ihre Finger in den schmalen Spalt gleiten und öffnete den Türflügel. Dahinter führte eine schmale Steintreppe nach unten. Der nackte Fels der Mauer wurde vom Schein einer Kerze, die in einer Wandhalterung steckte, erhellt.

Nach einem Moment des Zögerns folgte Theres den Stufen, die sich in einem Bogen nach unten wanden. Mit der Hand hielt sie sich an der groben, kalten Mauer fest. Es kam ihr vor, als wäre sie zwischen den Wänden eingeschlossen.

Die Stufen endeten dort, wo sie es vermutet hatte – in der Nische mit dem Kellerabgang.

Aber wie ging es weiter? Heinrich konnte überall sein. Wo sollte sie zuerst nach ihm suchen? Allein in der weitläufigen Gartenanlage wäre es schier unmöglich, ihn zu finden.

Da plötzlich, ein Scharren! Es kam aus dem Keller und klang, als ob etwas über den Boden gerückt würde. Sie trippelte die Stufen hinunter und drückte die Klinke. Diesmal war die Tür nicht verschlossen.

Theres zog sie auf und ihr Blick fiel sofort auf die innenliegende Eisentür, die ihr früher schon ins Auge gestochen war. Sie stand offen.

Aufgeregt ging Theres darauf zu, um nach Heinrich Ausschau zu halten. Seltsam. Hinter der Tür befand sich gar kein Kellerraum, es war der Zugang zu einem Stollen. Die ersten Meter wurden vom Kerzenschein erhellt, dahinter verlor sich der Tunnel in der Dunkelheit. Sie nahm den Wachsstumpf aus der Halterung und trat zögerlich einige Schritte vor. Der Gang war eng, kaum breiter als sie selbst. In der ausgestreckten Hand hielt sie die Kerze und leuchtete damit den Weg aus. Die ersten Meter des Gewölbes waren mit Steinplatten ausgekleidet, dahinter waren die Mauern aus sauber verlegten Ziegeln errichtet worden. Je weiter sie sich vorwagte, desto deutlicher vernahm sie den modrigen Geruch der Erde. Die Ziegel fühlten sich feucht und kalt an. An manchen Stellen drangen Wurzeln durch das Mauerwerk des Gewölbes, feiner Staub rieselte an einer davon herab. Theres erschauderte und wölbte ihre Hand schützend um die Kerze. Gott bewahre, dass die Flamme erlosch und sie der Dunkelheit preisgab! Sie fürchtete sich nicht schnell, doch jetzt begann sie leise zu summen, um das unheimliche Gefühl zu vertreiben.

Nach einer Weile endete der Stollen abrupt. Eine Sackgasse. Aber wo war Heinrich? Vielleicht befand er sich doch noch im Keller, schoss es Theres durch den Kopf. Und er wusste nicht, dass sie hier drinnen nach ihm suchte! Auf einmal nahm sie die Enge als Bedrohung war, sie fühlte sich regelrecht von ihr erdrückt. Wenn man sie hier nur nicht bei lebendigem Leib begrub! Sie drehte sich ruckartig um und schürfte sich den Ellbogen an der Mauer auf. Die Flamme der Kerze flackerte unruhig, während Theres den Gang zurückstolperte. Nach wenigen Schritten ließ ihr plötzlich ein Geräusch den Schrecken in die Glieder fahren. Sie stockte und hielt den Atem an. Das Herz schlug ihr bis zum Hals. Sie hörte genauer hin. Jetzt vernahm Theres es deutlich. Es war ein Stöhnen und es kam aus der Richtung, in der sie die Sackgasse vorgefunden hatte. Wieder machte sie kehrt. Die Angst verflog schlagartig, denn sie wusste, Heinrich war in Not.

Diesmal wagte sie sich bis zu der Stelle vor, an der der Gang zu enden schien, und begriff, dass der Stollen hier lediglich einen Knick machte. Hinter der Biegung öffneten sich die Mauern zu einem kleinen Raum. Darin entdeckte sie Heinrich, der mit dem Rücken an die Wand gelehnt zu Boden geglitten war. Sie rannte zu ihm und sank vor ihm auf die Knie. Er hatte die Augen geschlossen, sein Haar stand wirr vom Kopf und sein Hemd triefte vor Schweiß und Schmutz.

„Du lieber Himmel, Heinrich!“ Sie nahm sein Gesicht, aus dem jegliche Farbe gewichen war, in beide Hände und hob seinen Kopf an. „Wach auf!“

Seine Augen blieben geschlossen, doch er kniff die Brauen zusammen und murmelte etwas Unverständliches.

Theres versuchte weiter ihn aufzurütteln. Vergeblich – Heinrich rührte sich nicht. Erst nach einer Weile zeigte er eine Regung, ließ sich aber nun vollkommen zu Boden sinken, wo er sich einrollte wie ein Kind im Schlaf. Thereses Kehle entwich ein Schluchzen.

Jetzt schlug er die Lider auf, konnte sie aber kaum offenhalten. Kurz schienen seine Augen nach ihr zu suchen, doch bald gab er auf. Es musste ungemein anstrengend für ihn sein. Theres rückte näher an ihn heran und strich ihm übers Haar.

„Halte durch! Ich hole Hilfe“, versprach sie mit bebender Stimme.

„Warte“, presste er hervor. „Ich brauche ... Wasser.“

„Natürlich!“ Theres sprang auf, um welches zu holen. *Oder wenigstens Wein,* dachte sie. Der lagerte schließlich im Keller. Während sie im Kopf schon die nächsten Schritte überlegte, trat sie in ein Loch im Boden. Ihr Fuß knickte zur Seite, sie stürzte und die Kerze fiel ihr aus der Hand. Sie ignorierte den brennenden Schmerz an ihrem Knie und rappelte sich schnell auf, um das Feuer zu retten. Da fiel ihr Blick auf eine lederne

Trinkflasche, die Heinrich unterwegs verloren haben musste.

Sie bückte sich darum und hörte die Flüssigkeit darin schwappen. „Gott sei Dank", entfuhr es ihr und sie eilte zu Heinrich zurück. Der reagierte nicht auf ihre Ansprache, aber sie musste ihn irgendwie zum Trinken bewegen. Also kniete sie sich neben ihn, hob erst seinen Kopf auf ihren Schoß und griff dann unter seine Achseln, um ihn noch etwas höher zu hieven. Dann setzte sie die Flasche an seinen Lippen an und hielt seinen Kopf mit der flachen Hand an der Stirn zurück. Seine Haut war eiskalt.

„Trink!", flehte sie. „In Gottes Namen, trink!"

Und endlich rührte er sich. Erst gab er nur ein Ächzen von sich, aber bald darauf hörte sie ihn schlucken. Erleichterung wallte in ihr auf. Ihre Zuversicht schwand allerdings, als sie daran dachte, wie sie Heinrich zurück ins Schloss bringen sollte. Sie erinnerte sich an die Nacht, in der sie ihn gemeinsam mit Theodor die Treppe hinaufgeschafft hatte. Selbst damals hatte sein Gewicht an ihr gezerrt und da war sie nicht alleine gewesen. Entweder würden sie warten müssen, bis Heinrich wieder einigermaßen bei Kräften war, oder sie musste ohne ihn gehen, auch wenn sie ihn in seinem Zustand nur ungern zurückließ. Sie beschloss noch eine Weile bei ihm zu bleiben, ehe sie aufbrach, um Hilfe zu holen.

Das flackernde Licht der Kerze malte rhythmische Bilder an die Wände, die Theres schläfrig werden ließen. Sie musste gähnen und ihr Blick ging ins Leere, während sie gedankenverloren mit den Fingern durch Heinrichs Haar strich. Irgendwann konnte sie sich ihrer Müdigkeit nicht mehr erwehren und schlief allen guten Vorsätzen zum Trotz ein.

Sie schreckte aus dem Schlaf. Benommen stellte sie fest, wo sie sich befand, und wurde sich gewahr, wer da in ihren Armen lag. Es konnte nicht viel Zeit vergangen sein, denn das Licht von Heinrichs Kerze war noch nicht erloschen, wie Theres erleichtert feststellte. Die Kälte und die steifen Glieder spürte sie erst allmählich. Vorsichtig bewegte sie ihr Bein, das sich taub anfühlte, und weckte damit Heinrich.

Er räkelte sich kurz und kam dann langsam ins Sitzen. Der Schlaf trübte noch seine Augen, aber insgesamt machte er nun einen viel besseren Eindruck.

„Wie geht es dir?“, fragte Theres, um sich Gewissheit zu verschaffen.

„Einigermaßen gut“, gab Heinrich zurück und richtete sich auf, wobei er sich mit der Hand an der Mauer stützen musste. „Wie hast du mich gefunden?“, fragte er verdutzt.

„Ich bin deinen Spuren gefolgt. Aber nun verrate mir doch, was in Gottes Namen du hier suchst.“

„Ich wollte etwas frische Luft schnappen.“ Heinrich kratzte sich am Hinterkopf und versuchte ein Grinsen, das wohl als Entschuldigung dienen sollte.

Theres runzelte die Stirn. „Gäbe es da nicht bessere Orte, um das zu tun?“

„Erwischt. In Wirklichkeit war ich auf der Flucht vor Rosi. Sie bewacht alle Ausgänge mit Argusaugen. Frag mich nicht, wie sie das macht, aber sie scheint überall zu sein oder zumindest einen Schergen abgestellt zu haben.“ Heinrich zuckte mit den Schultern.

„Offenbar aus gutem Grund! Nun lass uns aber zurückgehen!“, mahnte Theres und griff nach seinem Arm, um ihn sich über die Schultern zu legen.

„Warte!“ Er verlagerte sein Gewicht, als könnte er sie so daran hindern, ihn mitzunehmen – was auch den Tatsachen entsprach. Theres stutzte und sah ihn mit einem fragenden Blick an, in den sie auch ein wenig Strenge legte.

„Ich wollte zur Gottesmutter unter der Linde und sie um ihren Segen bitten. Für Rosenhag und um meinetwillen.“

„Kannst du das nicht auch in der Schlosskapelle tun oder bei deiner Hörndlmadonna?“, fragte sie ungehalten. Sie fand Heinrichs Vorhaben unsinnig. Er war sterbenskrank und offenbar bereit, sich bei seinem Ausflug den Tod zu holen, obwohl es keinen Grund gab, so wählerisch zu sein. Die Jungfrau Maria würde seine Gebete sicher erhören, egal vor welchem ihrer Abbilder er niederkniete.

„Bitte Theres!“ Er sah sie eindringlich an und sie erkannte, wie erschöpft und verzweifelt er sein musste. Anscheinend hängte er wirklich all seine Hoffnungen in diese seltsame Wallfahrt.

„Der Stollen endet in Kürze. Dann ist es nicht mehr weit und wir können bei Tageslicht zum Schloss zurückkehren“, fügte Heinrich hinzu.

Nach einem Blick auf den schwindenden Wachsstumpf war Theres nun endgültig überredet. An der Oberfläche könnten sie wenigstens auf Hilfe hoffen, wenn Heinrich ins Straucheln geriet.

„In Ordnung", sagte sie mit gedrückter Stimme. „Aber danach schicke ich dir den Doktor und diesmal lässt du dich gründlich untersuchen!", forderte sie vehement.

Ein schiefes Grinsen stahl sich auf Heinrichs Lippen.

„Höre ich Rosis Stimme aus dir?", sagte er und lachte leise auf.

„Das ist nicht zum Lachen, Heinrich! Und dafür brauche ich keine Rosi, denn das sagt mir der gesunde Menschenverstand, der dir offenbar abhandengekommen ist."

Theres zuckte zusammen. Sie bereute es, die Worte wirklich ausgesprochen zu haben, und fügte kleinlaut hinzu. „Bitte, versprich es mir."

Heinrich nickte lächelnd. „Es bedeutet mir viel, dass du mich begleitest, obwohl du meine Beweggründe nicht verstehen kannst. Ich verspreche, ich lasse mich untersuchen."

Sie gingen weiter und schon wenig später öffnete sich der Korridor erneut in einen kleinen Raum, von dem eine Holzleiter nach oben führte.

„Wir sind fast da", erklärte Heinrich. Theres warf einen Blick auf die Sprossen und dann auf Heinrich.

„Bist du sicher ...?"

„Das geht schon", nahm er ihre Frage vorweg und löste sich wie zur Bestätigung von ihr, um nach der Leiter zu greifen. Mit Sorge beobachtete Theres, wie er daran hochkletterte. Einmal rutschte er ab, fing sich aber schnell wieder, dann verschwand er in der Dunkelheit. Theres folgte ihm hastig und steckte den Kopf durch das Loch in der Decke. Viel konnte sie nicht erkennen, nur ein schmaler Lichtstreifen unter der Tür ließ erahnen, dass sie sich nicht mehr unter der Erde befanden.

„Wo sind wir?“, fragte sie skeptisch, während sie sich den Schmutz von den Kleidern klopfte.

„Im ehemaligen Eiskeller des Schlosses. Komm, wir gehen raus, dort wird es dir besser gefallen.“

Heinrich sollte recht behalten. Sie mussten sich mit ihren Körpern gegen die Türe lehnen, um sie aufzustemmen. Als diese den Widerstand aufgab, stürzte Heinrich fast nach draußen, wo sie ein Wald in all seiner Pracht in Empfang nahm.

Theres stieg über die Schwelle und die Brombeerranken, die vor dem Eingang wucherten. Büsche wuchsen darum herum und bogen ihre Zweige, als wollten sie die beiden umarmen. Sie mussten sich ducken, um ihrer Umklammerung zu entkommen. Anschließend kletterten sie eine kleine Böschung hinauf. Oben angekommen, drehte sich Theres unwillkürlich um die eigene Achse. Dieser Ort zog sie vom ersten Augenblick an in seinen Bann. Die hellen Blätter der mehrstämmigen Bäume, die den Wald wie krumme Gestalten bevölkerten, schillerten im Licht der Sonnenstrahlen. Zu ihren Wurzeln setzte sich das Grün fort. Wilde Kräuter und Bodendecker wuchsen dort in Flächen, die kaum den Waldboden sehen ließen. Dazwischen wanden sich erdige Trampelpfade über Kuppen und Senken. Heinrich ging voraus und wirkte auf Theres nun wie ausgewechselt, als hätte es genügt, diesen zauberhaften Wald zu betreten, um seine Lebensenergie zurückzubringen. Auf einem der Pfade gelangten sie schließlich auf eine Lichtung, in deren Mitte ein niedriger Baum stand, dessen Äste sich wie ein Schirm über den Grund spannten.

„Hierher bin ich mit Amalia oft gekommen, um zu picknicken“, erzählte Heinrich mit einem wehmütigen

Lächeln auf den Lippen. Ihre Blicke trafen sich und Heinrich drehte den Kopf verlegen zur Seite. „Lass uns weitergehen", murmelte er und setzte sich in Bewegung.

Kurz darauf verließen sie den Wald und kamen auf einen Feldweg, der sie direkt zur Madonnenstatue führte. Sie stand auf einer Säule unter einer mächtigen Linde und sah mit geneigtem Kopf auf sie herab.

Weil Theres Heinrichs Andacht nicht stören wollte, entfernte sie sich einige Schritte. Auf der Böschung am Rand des Waldes sitzend, ließ sie den Blick über das nahe Schloss gleiten und betete im Stillen für Heinrichs Genesung.

Kapitel 15

Linz, Juli 2019

Evelyn stand am Fenster des Krankenzimmers ihrer Großmutter und sah dem Treiben auf der Straße zu. Ein Auto um das andere verschwand in der Tiefgarage, während Milli schlief und Evelyn insgeheim hoffte, der Wagen ihrer Mutter wäre unter den Ankommenden. Bisher hatte Conny nicht auf ihren Anruf reagiert und Evelyns Ärger auf sie wuchs. Er fühlte sich an wie ein dicker Knoten, der bleischwer in ihrem Magen lag und sich mit dem Hunger um die Vorherrschaft stritt. Evelyn brachte nicht einen Bissen hinunter, obwohl Severin sie in seiner Pause in die Cafeteria des Krankenhauses eingeladen hatte.

Er hatte ihr erklärt, dass sich der Zustand ihrer Großmutter noch bessern könne, und dabei ihre Hände über dem Tisch gehalten. Als sie in Tränen ausgebrochen war, war er mit seinem Stuhl neben sie gerückt und hatte sie an seine Schulter gezogen. Wenn Evelyn die Augen schloss, nahm sie immer noch seinen Geruch wahr. Seine beruhigende Stimme und das Gefühl von Geborgenheit, das sie in seiner Umarmung empfunden hatte.

Evelyn drehte sich um und setzte sich wieder auf den Stuhl neben dem Bett. Millis Gesicht wirkte fremd und aufgedunsen. Im Schlaf waren ihre Züge erschlafft, der hängende Mundwinkel fiel da nicht besonders ins Auge. Nicht wie eine halbe Stunde zuvor, als Evelyn das Zimmer betreten und ihr Millis Anblick einen Stich versetzt hatte. Verschwunden war die elegante, schlagfertige Lady, der man das hohe Alter kaum anmerkte. Oder vielleicht doch nicht? Millis Augen hatten verraten, dass sie noch immer irgendwo dort drinnen steckte in diesem schwerfälligen, hilflosen Körper. Beim Gedanken an das Gespräch, das sie vorhin mit Milli zu führen versucht hatte, brannten Tränen in Evelyns Augen. Obwohl sie den Eindruck gehabt hatte, Milli verstünde sie genau, hatte sie die Unterhaltung nach kurzer Zeit abgebrochen. Sie hatte gemerkt, wie viel Mühe es ihrer Großmutter bereitete, die Worte zu formen, die dann doch keinen Sinn ergaben, sobald sie ihren Mund verlassen hatten. Evelyn hatte die Verzweiflung gespürt. Und war selbst verzweifelt, als Milli resigniert den Kopf zur Seite gedreht hatte. Sie hatte ihre Hand gestreichelt, die vom Alter seidig-glatte Haut, während Milli aus dem Fenster gestarrt hatte und irgendwann eingeschlafen war.

Sollte sie gehen oder bleiben? Sobald Milli aufwachte, wäre Evelyns Anwesenheit sicher anstrengend für sie. Trotzdem fiel es Evelyn schwer, sie allein zu lassen. Wenn sie sich jetzt verabschiedete, würde sie Milli dann überhaupt noch einmal wiedersehen?

Severin hatte versucht ihr diese Angst zu nehmen, aber gelungen war es ihm nicht. Denn sie sah der ungeschönten Wirklichkeit ins Auge: In Millis Alter konnte jeder Atemzug der letzte sein. Jede Minute mehr war nichts weiter als ein stilles Zugeständnis, änderte jedoch nichts daran, dass die Zeit auf Erden auslief. Heute, morgen, bereit oder nicht.

Obwohl sie die Vorstellung traurig stimmte, war sie froh darüber, Milli überhaupt kennengelernt zu haben.

Evelyn schüttelte den Kopf. Nein, so durfte sie nicht denken! Ihre Großmutter hatte gute Chancen, wieder ganz die Alte zu werden. Die nächsten Wochen waren entscheidend, das hatten ihr Severin und auch der Arzt versichert.

Um sich abzulenken, griff Evelyn nach dem Buch auf dem Nachttisch, das sie dort abgelegt hatte, als der Arzt zur Visite gekommen war.

Im Licht der Mittsommernacht. Milli hatte ihr diese Lektüre nicht ohne Grund auf den Tisch gelegt, da war sich Evelyn inzwischen sicher. Es war, als sollte sie ihr eine Geschichte erzählen, über die Milli nicht zu sprechen imstande war.

Evelyn schlug die Seite auf, bei der sie unterbrochen worden war, und begann zu lesen.

Der Mond ist mein Verbündeter, während ich um das schlafende Schloss schleiche. Die Mauern, so kühl und abweisend in seinem blassen Schein, können mich nicht von dir fernhalten. Auch nicht die Rosen, die bei Tageslicht zu Hunderten an dem Spalier unter deinem Fenster blühen. Ich steige an ihren Ranken zu dir hinauf. Ihre Dornen bohren sich in mein Fleisch, aber alles, woran ich denke, ist die zarte Haut deines Halses, der Geschmack deiner Lippen.

Wirst du mich empfangen?

Doch noch bevor ich an dein Fenster klopfe, tut sich ein Abgrund unter mir auf. Es zieht mich nach unten. Ich falle in die Dunkelheit. Ich sterbe.

Ich sterbe, weil ich mich nach dir verzehre.

Ich bin ein Krüppel, weil mir deine Liebe verwehrt bleibt.

Ich sehe es aus der Ferne dein Licht, das mich retten könnte. Jedoch scheint es heute nur, um mir die Düsternis zu zeigen, in der ich warte.

Und ich warte. Ich warte auf den Morgen, wenn sich die Blüten öffnen. Ich warte auf den Tag, wenn wir uns wiedersehen.

Ergriffen von den Worten an das namenlose Mädchen fuhr Evelyn mit den Fingerspitzen über die gedruckten Zeilen. Über die kaum merklichen Vertiefungen auf dem Blatt, die sie daran erinnerten, dass es nur eine Geschichte war, obwohl sie den Schmerz des jungen Mannes beinahe fühlen konnte. Wahrscheinlich war sie aufgrund der Ereignisse der letzten Tage einfach etwas sensibel. Das Buch schien an dieser Stelle zu enden. Trotzdem blätterte Evelyn um, in der Hoffnung, auf den verbleibenden Seiten Anmerkungen des Autors oder dergleichen zu finden. Plötzlich setzte ihr Herz einen Schlag aus. Evelyn rappelte sich im Sessel auf und legte die flache Hand auf ihren Mund, während ihre Augen unruhig über die Zeichnung glitten. Der Künstler hatte eine düstere Atmosphäre geschaffen und mit Liebe zum Detail illustriert. Das musste dasselbe Schloss wie auf der Weinflasche sein, ganz sicher!

War etwa Theodor der Grund, warum Milli der Gedanke an ihre Vergangenheit so schmerzte? Sie warf einen Blick zu ihrer Großmutter, als hätte diese Entdeckung sie aus dem Schlaf rütteln müssen, aber Milli schlief noch immer tief und fest.

Am liebsten hätte Evelyn Severin angerufen, um ihm davon zu erzählen, jedoch war der noch im Dienst.

Dennoch griff sie nach ihrer Tasche, die über der Lehne des Sessels hing, und kramte ihr Handy heraus. Sie befragte die Suchmaschine nach dem Schriftsteller und schon wenig später erhellte sich ihr Gesicht. Ganz in der Nähe, am Ufer der Donau gelegen, gab es ein Museum mit einer Ausstellung über bedeutende Literaten der Region, zu denen auch Theodor Sitter zählte.

Kurz entschlossen packte Evelyn ihre Sachen zusammen. Sie zögerte ein letztes Mal, bevor sie sich von Milli verabschiedete. Schließlich gab sie ihr einen Kuss auf die Stirn.

„Wir sehen uns, Milli!", wisperte sie in ihr Ohr. „Ich finde diesen Theodor für dich", versprach sie, bevor sie das Krankenzimmer verließ.

Wenig später stand sie vor dem Museum, dessen schmucke Fassade mit Gerüsten und einem feinmaschigen Fangnetz eingekleidet war. Baustellengeräusche hallten selbst im Inneren durch den Gang und es roch nach frischem Putz. Evelyn schaute sich im Empfangsraum im Erdgeschoss um, traf aber niemanden an. Also studierte sie den Aushang an der Infotafel. Der Eintritt in das Literaturmuseum war frei. Sie sah sich weiter um und entdeckte das Schild im Treppenhaus, das sie auf das zweite Stockwerk verwies. Während sie die Stufen hochstieg, überflog Evelyn die Plakate vergangener Vernissagen und Themenschwerpunkte. Ein Theodor Sitter stach ihr dabei nicht ins Auge.

Im zweiten Stock angelangt, fand sie sich vor einer geöffneten Tür wieder. Drinnen begrüßte sie die Museumsangestellte freundlich und erläuterte ihr knapp den Aufbau der Räumlichkeiten, die zum Besuch beim berühmten Dichter Adalbert Stifter einluden. Er hatte lange in diesem Gebäude gelebt und war hier auch gestorben.

Evelyn betrat das Museum, das mit Möbeln aus dem Besitz Stifters ausgestattet war, sogar sein *Sterbesofa* war zu sehen. Sie beschloss, noch einmal wiederzukommen, wenn sie mehr Zeit hätte. Zunächst wandte sie sich den Tischvitrinen zu, in welchen das Leben und Wirken von Literaten der jüngeren Vergangenheit auf engstem Raum zusammengefasst wurde. Evelyn stellte es sich ungemein schwierig vor, passende Dokumente und Erinnerungsstücke aus dem Nachlass einer Person auszuwählen. Sie konnten im besten Fall einen Ausschnitt aus dem Leben eines Menschen zeigen und sollten doch dessen gesamtes Wesen repräsentieren. Obwohl sie sich vorgenommen hatte, mehr über Theodor herauszufinden, blieb sie manches Mal staunend an den Vitrinen hängen. Wie bei der von Marianne von Willemer, der einzigen Muse Goethes, die sein Werk nicht nur inspiriert, sondern auch eigene Verse beigesteuert hatte.

Schließlich traf Evelyn auf Theodor. Fast wäre sie an ihm vorbeigeschlendert, denn er teilte sich die Vitrine mit einem anderen Kollegen, der mehr Platz darin beanspruchte. Das Licht der Deckenlampe wurde von der Glasplatte reflektiert, deshalb beugte sich Evelyn über den Schaukasten, um besser sehen zu können.

Zuerst stach ihr sein Foto ins Auge. Alle Achtung, dachte sie. Wenn ihre Vermutung stimmte und Theodor wirklich einer von Millis Verehrern gewesen war, hatte ihre Großmutter einen erlesenen Männergeschmack.

Theodor hatte markante, ebenmäßige Züge und das kurze, dunkle Haar sauber zur Seite gescheitelt. Etwas an seiner Aura nahm einen gleich in Beschlag. Es waren seine Augen, die dunkel unter dichten Brauen glänzten. Sein Blick war so direkt, als könnte er einem geradewegs in die Seele sehen, und auf seinen Lippen lag ein verheißungsvolles Lächeln.

Evelyn dachte an die Szene aus dem Buch. Hatte Theodor womöglich aus seinem eigenen Leben geschrieben? Aber welche Frau käme schon auf die Idee, diesen attraktiven Mann abzuweisen? Milli vielleicht? Die Widmung im Buch ließ zumindest darauf schließen. „Ich werde auf dich warten wie auf die elfengleiche Blüte der Nacht", murmelte Evelyn.

Milli und Theodor hätten wirklich ein schönes Paar abgegeben, dachte sie bei sich. Gleichzeitig sagte ihr Gefühl, dass etwas nicht stimmte. Mit einem Mal war Evelyn sich ganz sicher: Sie irrte sich in dieser Sache. Sie konnte nur nicht festmachen, worin genau. Auch die übrigen Exponate verhalfen ihr nicht zu mehr Klarheit, eines davon weckte aber ihr Interesse. Um Papier zu sparen, hatte Theodor die Umschläge von Briefen beschrieben und sie mit Nadel und Faden zu einem Notizbuch verbunden.

Evelyn seufzte. Sie hatte so sehr gehofft, hier eine Antwort auf ihre Fragen zu finden. Das alles hing auf irgendeine Weise mit ihrer Familiengeschichte zusammen, aber das *Wie* erschloss sich ihr einfach nicht.

Sie sah auf ihre Armbanduhr. Es war bald fünf. Die Besuchszeit endete in Kürze und sie wollte davor noch einmal bei Milli vorbeischauen.

Deshalb fotografierte sie die Vitrine nur schnell mit ihrem Handy und machte sich dann auf den Weg zurück ins Krankenhaus.

Kapitel 16

Linz, 21. Juni 1930

„Und das soll ich dir glauben?" Theres runzelte die Stirn und bedachte Hansi, der auf dem Rand des Brunnens saß, mit einem skeptischen Blick. Allerdings konnte sie die strenge Miene nicht lange aufrechterhalten, schon zupfte ein Grinsen an ihren Mundwinkeln. Schnell beugte sie sich nach vorne, tauchte die Hand ins Wasser und spritzte Hansi damit nass, woraufhin er kreischend zu Boden sprang. Flüche grummelnd, wischte er sich die Tropfen aus dem Gesicht und sah sie vorwurfsvoll an.

„Tut mir leid, aber da hast du dir schon bessere Geschichten einfallen lassen, mein lieber Hansi."

„Nein, Theres. Das ist die Legende vom singenden Brunnen und es ist wirklich passiert", protestierte er und trat nahe an den Rand. Er hielt die flache Hand unter den Wasserstrahl, der von einer unheimlichen Fratze ausgespuckt wurde, und ließ das Wasser hindurchplätschern. Dabei bewegte er abwechselnd seine Finger, als wolle er damit spielen, wie mit einem Saiteninstrument.

„Unfug", erklärte Theres. Ihr war diese Legende noch nie zu Ohren gekommen, dabei redete ihr Onkel pausenlos über das Schloss und die Sagen, die sich darum rankten. Hansi hatte wirklich eine blühende Fantasie.

„Aber wenn ich es dir doch sage! Mein Großvater hat es mir selbst erzählt. Immer wieder hat der Brunnen zur Sonnenwende gesungen", beharrte Hansi mit ernster Miene. „Wer weiß, vielleicht hörst du sie ja heute

Abend, die Stimme des Wassers. Dann wirst du mich nicht mehr auslachen."

„Bestimmt." Theres zwinkerte Hansi zu, woraufhin dieser verärgert den Hof verließ. Sie hatte ohnehin keine Zeit mehr, um mit ihm zu plaudern, denn bis zum Abend gab es noch so viel vorzubereiten. Von den Künstlern, die bei den Feierlichkeiten auftreten sollten, waren die meisten bereits in den letzten Tagen eingetroffen. Sie probten im Schlosspark und in den Sälen. Ihr Gesang mischte sich zu den Stimmen der Vögel und der Klang der Instrumente erfüllte jeden Winkel des Schlosses. Es kam Theres vor, als wäre das alte Gemäuer so durchdrungen von der Musik erst wahrhaftig zum Leben erwacht. Nun trafen nach und nach auch die geladenen Gäste ein.

Theres dachte an Heinrich, der sicher seine Freude daran hatte, die Neugier der Besucher mit dieser Legende zu schüren. Zweifellos glaubte er selbst daran – wenn der singende Brunnen nicht nur ein Produkt von Hansis Fantasie war.

Sie lächelte unwillkürlich. Diese kleinen Spinnereien waren ja irgendwie charmant – sie waren eben ein Teil von Heinrichs Wesen, genau wie seine Weltoffenheit und sein großes Herz. Außerdem überwog ihre Erleichterung darüber, dass er sich wieder von seiner Krankheit erholt hatte.

Das Fieber war noch am selben Tag verschwunden, an dem sie zur Maria unter der Linde gepilgert waren. Heinrich hatte ihr später erklärt, dass die Statue die Schutzfrau der Herrschaft wäre und an dieser Stelle stünde, seit Jahrzehnte zuvor ein Feuer im Schloss ausgebrochen, aber wie durch ein Wunder niemand verletzt worden war. Theres glaubte nicht an eine Wunderheilung. Aufgrund der Forschungsberichte wusste sie ja, das Fieber konnte jederzeit wiederkommen, auch wenn sie jeden Tag betete, Heinrich bliebe davon verschont. Glücklicherweise ging es ihm im Moment gut, ja, sogar ausgezeichnet. Die Vorfreude auf das Fest und die Gespräche mit den Künstlern brachten ihn geradezu zum Strahlen.

Rosi dagegen ließ der Stress der Vorbereitungen mürrisch werden, weshalb ihr Theres unter die Arme griff, wo immer es ihr möglich war. Auch, um zu verhindern, dass die Köchin die Besucher grundlos anfauchte, wenn wieder einer aus Versehen in die Küche stolperte. Wobei, vielleicht waren diese Unterbrechungen doch nicht nur dem Zufall geschuldet, immerhin duftete es aus der Küche wirklich köstlich.

Die Zimmer im Gästetrakt hatte Theres bereits alle hergerichtet. Heinrich bestand darauf, die Ankommenden selbst zu ihren Quartieren zu geleiten. So blieb Theres mehr Zeit, Rosi zu unterstützen, die wirklich jede Hand gebrauchen konnte. Selbst Hansi war vom Schafehüten in die Küche beordert worden und nun auch wieder von seinem Auftrag zurück. In dem Netz, das er bei sich trug, klapperten die Panzer kleiner Wasserschildkröten aneinander. Er hatte sie aus einem nahegelegenen Teich gefischt. Wasser tropfte vom Netz und hinterließ dunkle Flecken auf dem Küchenfußboden. Theres betrachtete die armen Tierchen, die bald als Delikatesse zum Abendessen gereicht werden würden. Einer der Gäste hatte Rosis Pläne mit diesem Extrawunsch gehörig durcheinandergebracht. Aber der Herr hatte Heinrich geschmeichelt. Er hatte davon geschwärmt, nie etwas Köstlicheres gegessen zu haben als diese Schildkröten, die ihm Rosi beim letzten Besuch vorgesetzt hatte. Und Heinrich hatte gleich nach Hansi schicken lassen.

Bei Rosi trug die Anwesenheit des Jungen in der Küche dagegen wenig zu einer ruhigeren Gemütslage bei, ihr entging keine seiner Bewegungen.

„Lange Finger, lange Löffel", mahnte sie ihn mit weit aufgerissenen Augen, als er auf die Johannes-Schmalzerln schielte, und zupfte zur Kostprobe an seinem Ohr.

Plötzlich trat Heinrich in die Küche, er musste sich unter dem niedrigen Türsturz ducken. Mit seiner festlichen Kleidung sah er für Theres ungewohnt aus. Beinahe fremd.

In diesem Aufzug war er ein Mann, zu dem man ehrfürchtig aufsah, weil er ein solches Selbstverständnis ausstrahlte. Theres schätzte Heinrich auch ohne die feine Garderobe, aber erst jetzt konnte sie sich lebhaft vorstellen, welchen Einfluss er in Politik und geschäftlichen Dingen gehabt haben mochte.

Heinrich tat überrascht. „Höre ich richtig? Bei uns sind also die Diebe unterwegs?" Zielsicher richtete er seinen Blick auf Hansi und betrachtete ihn mit hochgezogenen Augenbrauen. Der Junge rieb sich verlegen das Ohr, das von Rosis beherztem Griff immer noch glühte. Sowohl Rosi als auch Hansi schienen sich ertappt zu fühlen. Theres beobachtete stumm das Spektakel, genoss es sogar ein bisschen, wenn sie ehrlich war. Denn als Außenstehende nahm sie wahr, was den beiden anderen verborgen blieb – Heinrich machte sich einen gehörigen Spaß mit ihnen. Rosi versuchte sich indes an einer Erklärung.

„Der Bursche macht mehr Ärger, als dass er mir nutzt. Ich brauche jemanden, der mir hilft, keinen Vorkoster!“

Heinrich schmunzelte, schnappte sich ein Schmalzgebäck und legte seinen Arm um Rosis Schultern. „Ganz deiner Meinung. Wenn überhaupt, habe ich das Vorrecht auf diese Stelle, oder Hansi?“

Der Junge verzog den Mund zu einem schiefen Grinsen, wirkte jedoch immer noch etwas beschämt.

„Auch wenn deine Johannes-Schmalzerln wirklich unwiderstehlich schmecken, bin ich aus einem anderen Grund hier“, erklärte Heinrich und machte eine kurze Pause, wohl, um sich ihre Aufmerksamkeit zu sichern. Dann setzte er mit ernster Stimme fort.

„In der Gegend soll sich tatsächlich eine Diebesbande rumtreiben. Sie haben auf ihrem Beutezug schon in den umliegenden Dörfern geplündert.“

Heinrich setzte sich auf die Eckbank und lud auch die anderen ein Platz zu nehmen. Nur Rosi blieb am Herd stehen und rührte nebenbei in einem Topf.

„Ich möchte unsere Gäste nicht beunruhigen, aber bitte euch die Augen offenzuhalten. Ich kann mir gut vorstellen, dass diese Herumtreiber keine Einladung brauchen, um zu unserem Fest zu kommen.“

Sie nickten betreten. Theres war etwas besorgt, denn aufgrund der Feierlichkeiten mussten die Tore bis nach Einbruch der Dunkelheit geöffnet bleiben.

Doch schon bald darauf verschwendete sie keinen Gedanken mehr daran. Die Vorbereitungen hielten sie zu sehr auf Trab.

Erst kurz vor Beginn des Sommernachtsfestes betrat sie ihre Kammer, um sich selbst für den Abend herzurichten. Nachdem sie das Zimmer im ersten Stock bezogen hatte, um Heinrich zu pflegen, war sie geblieben. Sie hatte Heinrich davon erzählt, wie sehr sie den Ausblick auf den Schlossgarten genoss und den Duft der Rosen, deren Blüten bis an ihr Fenster reichten.

„Dann soll es deines sein“, hatte er erklärt und ihr damit zu verstehen gegeben, dass er sie auf einer Augenhöhe sah.

Theres nahm das Dirndl, das ihre Mutter einst für sie genäht hatte, aus dem Schrank und breitete es auf dem Bett aus. Sie strich über das feine Leinen und kontrollierte noch einmal die Nähte des Oberteiles. In den Nächten zuvor hatte sie den Stoff etwas herausgelassen. Die neu gewonnenen weiblichen Rundungen verdankte sie Rosis guter Küche. Als sie die Knöpfe des Mieders schloss und die Dirndlbluse darunter zurechtzog, fühlte sie sich nicht mehr wie das unbedarfte Mädchen, das sie noch vor wenigen Monaten gewesen war. Sie war erwachsen geworden, stellte sie fest. Das schloss sie nicht nur aufgrund der deutlichen Zeichen ihres Körpers, auch ihr Denken hatte sich verändert. Es hatte sich dem Bild angepasst, das Heinrich von ihr zu haben schien. Er vertraute ihr, delegierte immer mehr seiner Aufgaben an sie. Und sie war begierig darauf zu lernen.

Während sie die Dirndlschürze zuband, trat Theres an das geöffnete Fenster. Der intensive Duft der Rosen hüllte sie ein und sie konnte es kaum erwarten, die Freudenfeuer des Schlosses und jene auf den umliegenden Hügeln brennen zu sehen.

Da fiel ihr Blick auf Heinrich, der seine Violine locker in der Hand hielt und mit einer Frau sprach. Theres erkannte die Sängerin, der sie rohe Eier für die Stimme aufs Zimmer gebracht hatte. Heinrich lachte, er schien ihr zugetan. Ihr Kleid schimmerte seidig im Sonnenlicht. Die Spitzen am Saum der langen, schmal geschnittenen Robe streiften beinahe den Rasen. Theres bewunderte den tiefen Rückenausschnitt und griff unwillkürlich zum obersten Knopf ihrer hochgeschlossenen Bluse. In dem Moment lösten sich die beiden aus ihrer Unterhaltung und Theres stolperte zurück.

Sie wartete einen Moment und linste noch einmal hinaus. Sie waren verschwunden. Schnell schloss sie das Fenster und verließ den Raum, um sich unter das Publikum zu mischen. Das Konzert würde bald beginnen.

Als Theres in den Hof kam, hatten sich Heinrich und die Sängerin schon im Arkadengang positioniert. Heinrich sprach einige Worte zur Begrüßung. Sie selbst ging zu den Tischen, auf denen Getränke für die Zuhörer bereitgestellt waren, und bemerkte, dass der Korb mit dem Schmalzgebäck bereits leer war. Sie schob sich vorbei an den Leuten, die kaum einen Zentimeter zur Seite rückten, vermutlich weil sie nicht gewillt waren, ihren Platz aufzugeben. Im Gedränge machte Theres eine Lücke aus und steuerte darauf zu. Da schnitt ihr jemand überraschend den Weg ab. Sie prallte an seine Brust. Ihre Hand hatte sich wie von selbst daraufgelegt, um den Zusammenstoß abzufangen.

„Verzeihung“, stammelte sie mit gesenktem Kopf. Sie wollte sich gerade von dem Mann lösen, da griff seine Hand nach ihrer.

Theres blinzelte nach oben. *Diese Augen!* Von ihnen fühlte sie sich gefangen, ehe sie überhaupt begriff, wer vor ihr stand. *Theodor?*

„Entschuldigung", wiederholte sie und bemerkte, dass sie seine Hand noch immer hielt. Verlegen öffnete sie die Finger, zog sie zurück und verschränkte sie stattdessen um den Tragegriff des Korbs. „Ich wollte nur schnell Nachschub holen", erklärte sie und fragte sich gleich darauf entsetzt, welchen Unsinn sie da redete. „Aber das interessiert Sie vermutlich nicht besonders", fügte sie kleinlaut hinzu.

Theodor grinste wortlos, woraufhin sich Theres beschämt abwandte und davonging. Sie war noch nicht weit gekommen, da rief er ihr nach: „Sehen wir uns später?"

Die Musik verstummte. Theres erstarrte in der Bewegung und überlegte kurz, ob nun alle Theodors Worte gehört haben mochten. Im gleichen Moment setzten Applaus und Jubelrufe ein. Theres drehte sich mit einem zarten Lächeln auf den Lippen um und suchte Theodor in der Menge. Er war verschwunden. Sie stellte sich auf die Zehenspitzen, reckte den Kopf in alle Richtungen, aber sie erspähte ihn nicht.

Natürlich nicht, dachte Theres ernüchtert und ließ die Fersen auf den Boden sinken. Wie hatte sie auch nur denken können, Theodor interessiere sich für sie? Wahrscheinlich hatten seine Worte gar nicht ihr gegolten oder er hatte nur aus Höflichkeit gefragt. Wieder wurde ihr schmerzlich bewusst, wohin sie gehörte.

So stieg sie mit hängenden Schultern die Stufen zur Küche hinab.

Kapitel 17

Den restlichen Abend über mied Theres das Fest und schickte Hansi vor, um sich an ihrer Stelle um die Verpflegung zu kümmern. Sie schrubbte inzwischen mit starrer Miene die großen, unhandlichen Töpfe und hörte selbst dann nicht auf, als ihre Finger davon wund waren.

Nur am Rande bekam sie mit, wie sich die Stimmung im Hof veränderte, wenn Hansi in die Küche kam, um etwas zu holen. Dann schwappten Gelächter und Stimmengewirr in den Raum, das Klirren von Gläsern. Die Lieder der einfachen Leute erklangen und alle schienen einzustimmen. Wenn sich die Tür wieder schloss, nahm Theres die Geräusche nur noch dumpf wahr, und so war es ihr auch lieber. Während draußen die Dämmerung hereinbrach und langsam das Ende des Tages einläutete, konnte Theres den Ärger nicht ziehen lassen.

Sie kam sich töricht vor. Ein Blick von Theodor genügte, um sie völlig aus der Fassung zu bringen! Gewiss hatte sie sich bereits zum Gespött des Abends gemacht. Zumindest stellte sie sich lebhaft vor, wie Theodor sich bei anderen über sie lustig machte.

Dieser Gedanke ließ ihre Bewegungen noch energischer werden, die Stahlwolle löste sich in ihren Händen allmählich auf.

Rosi beäugte sie von der Seite, sagte aber nichts. Im Hof schien nun Aufbruchsstimmung zu herrschen, kurz darauf war es still.

Theres stürzte die Töpfe zum Trocknen auf die erkaltete Ofenplatte und begann anschließend damit, den Boden mit festen Besenstrichen zu kehren.

„So, jetzt aber raus mit dir, Mädchen!", unterbrach sie Rosi und nahm ihr den Besen aus der Hand. „Was machst du für ein Gesicht? Geh und amüsier dich! Ich kann dich hier nicht mehr gebrauchen."

„Ich ..." Theres wollte widersprechen. Die Lust auf das Sonnwendfest war ihr längst vergangen, da konnte sie Rosi genauso gut in der Küche helfen.

„Ich will nichts mehr hören. Welche Laus dir auch immer über die Leber gelaufen ist, morgen ärgerst du dich, wenn du nicht dabei warst. Und nun geh! Gschsch!"

Rosi schwang den Besen und hieb Theres leicht damit auf die Fersen, um sie zum Gehen zu bewegen. Nur widerwillig leistete diese Folge.

Theres durchschritt das Tor und überquerte den Vorplatz, um nach den anderen Ausschau zu halten. Bei der Schlossallee machte sie halt und schlang ihre Arme um den Oberkörper. Es hatte merklich abgekühlt. Noch war ein schmaler Lichtstreifen am Horizont zu sehen. Er beleuchtete die Unterseite der Wolken, sodass das Licht ihre Umrisse auf dramatische Weise betonte. Thereses Blick folgte der Allee, die in den aufgewühlten Nachthimmel hineinzureichen schien. In der Mitte des Weges tanzten die Lichter der Fackeln. Sie erhellten die blassen Körper der Sandsteinstatuen, die zwischen den Bäumen warteten, und ließen die dunklen Stämme golden schimmern.

Die Prozession war schon zu weit weg. Theres würde sich den anderen beim großen Teich anschließen, wo eines der Feuer entzündet werden sollte.

Auf dem Weg dorthin stieß sie im Schlossgarten auf Hansi. Ihr entwich ein spitzer Schrei, als er hinter einem Busch hervorsprang.

„Du!“, rief sie tonlos, als sie ihn im Licht, das aus einem Fenster fiel, erkannte, und schlug sich erleichtert mit der Hand auf die Brust. „Was treibst du denn hier? Warum bist du nicht bei den anderen?“

„Irgendjemand muss ja hierbleiben, um die Einbrecher aufzuhalten!“, erklärte Hansi und stemmte die Hände in die Hüften.

„Ausgerechnet du?“, fragte Theres skeptisch. „Na ja, einen ordentlichen Schrecken hast du mir ja wirklich eingejagt. Bei deinem Anblick nehmen mit etwas Glück auch die Diebe Reißaus. Kommst du mit zum Feuer?“

„Ich kann meinen Posten doch nicht verlassen!“, erklärte der Junge in einem Tonfall, der die Unsinnigkeit ihrer Frage betonte.

„Wie du meinst. Soll ich dir später eine kleine Stärkung vorbeibringen?“

„Nicht nötig“, sagte Hansi, klopfte auf seine Jackentasche und grinste. „Ich bin versorgt.“

Theres verabschiedete sich, indem sie ihm durch die Haare wuschelte und tauchte ins Halbdunkel des Schlossparks ein. Die Konturen der Pflanzen ließen sich nur erahnen, aber das genügte ihr zur Orientierung.

Schon bald darauf hörte sie das Knacken des Feuers, dann sah sie es auf der Wiese neben dem großen Teich lodern. Dessen Oberfläche war in der Dunkelheit nichts als eine schwarze Masse, auf der die Flammen in weiche Schemen zerflossen.

Theres betrachtete die Feiernden aus dem Abseits. Neben dem großen Freudenfeuer brannten zwei kleinere, über die junge Frauen und Burschen sprangen. Einer griff nach Thereses Hand, als sie näherkam, aber sie schüttelte den Kopf und entzog sich ihm, woraufhin er seine Hand ungehalten in die Luft warf und zischte: „Dann eben nicht!"

Verunsichert suchte sich Theres einen ruhigeren Platz, ließ sich auf einem liegenden Baumstamm nieder und beobachtete die Menschen durch das Feuer hindurch. Im Wechsel seiner Farben, die einmal satt, dann durchlässig erschienen, blickte sie auf die Szene wie in einem Traum. Die Menschen tanzten. Sie tranken, schunkelten und lachten grölend. Die Hitze der Flammen auf Thereses Wangen kühlte langsam ab, jetzt, da sie sich weiter davon entfernt hielt. Theres ließ ihren Blick weiterwandern. Da sah sie ihn wieder.

Er stand auf der anderen Seite des Feuers, aber er war kein Traum. Er war real und sein Blick war direkt auf sie gerichtet. Theres lief es heiß und kalt über den Rücken. Sie erhob sich von ihrem Platz, während Theodor für einen Moment in den Flammen zu verschwinden schien. Schon gaben sie die Sicht auf ihn wieder frei. Er umkreiste das Feuer, um zu ihr zu gelangen.

Theres stockte der Atem. Instinktiv zog sie sich in die Dunkelheit zurück. Doch Theodor fand sie und seine Lippen fanden ihre. Er küsste sie ungestüm, ließ ihr keine Zeit für Widerworte. Ein aufregender Schauer überfiel Theres und der Boden schien unter ihren Füßen nachzugeben. Da merkte sie, dass er sie mit seinem

Arm um ihre Taille näher an sich herangezogen hatte. Es war ein Gefühl zwischen Schweben und Fallen. Wie in dem Bruchteil eines Moments, in dem man das Gleichgewicht verliert und die Zeit stehenbleibt. Er hatte sich tief zu ihr nach unten gebeugt, um sie zu küssen. Nun richtete er sich wieder auf, hielt sie aber weiterhin im Arm.

„Das wollte ich tun, seit ich dich zum ersten Mal gesehen habe“, gestand er atemlos.

Es war zu dunkel, als dass sie seine Züge hätte erkennen können. Zu dunkel, um darin zu lesen, ob er die Wahrheit sprach oder nur die Worte, von denen er glaubte, dass sie sie hören wollte. Aber etwas in seiner Stimme sagte ihr, dass er es ernst meinte. Es war nur ein leises Zittern, das seine Aufregung verriet. Und das wilde Klopfen seines Herzens unter ihrer Hand auf seiner Brust.

Nun umschloss er ihre Finger und zog sie zu dem Pfad, der hinunter zum Seerosenteich führte. Laternen brannten auf der Wasseroberfläche. Aus der Ferne erinnerten sie an Irrlichter, die verlockend in der Dunkelheit flackerten.

War auch sie selbst auf einem Irrweg? Hatte sie sich täuschen lassen und steuerte nun geradewegs in ihr Unheil?

Theodor drückte sanft ihre Hand, während er vorausging, und sie verscheuchte ihre Zweifel. Sie wusste, er konnte ihr gefährlich werden. Aber es war schon zu spät, um umzukehren. Ihr Herz hatte sich wider jede Vernunft bereits entschieden.

Am Ufer des Teichs wuchs eine Trauerweide, deren Zweige sich wie ein Wasserfall in den See ergossen.

Theodor schob einige davon zur Seite wie einen Vorhang und trat mit ihr unter das schützende Dach. Er senkte seine Lippen auf ihren Hals, sein heißer Atem legte sich auf die Stelle wie eine zweite Haut.

Theres schloss die Augen. Sie schloss die Augen vor dem Fehler, den sie damit beging, sich auf den Kuss einzulassen. Sie schloss die Augen, um die Tränen zurückzuhalten. Denn sie wusste, dieser Moment war zu schön, um wahr zu sein. Er war vollkommen. Er war flüchtig.

Und schon vorbei.

Aufgeregte Kinderstimmen näherten sich. Theodor unterbrach seine Liebkosungen und drückte Theres an seine Brust, wie um sie zu beschützen. Als hätte er ebensolche Angst, der Augenblick könnte entschwinden und nie mehr zurückkehren.

Dann hörte man ein Platschen und noch eines. Wahrscheinlich ließen die Kinder Steine auf dem Wasser springen, dachte Theres, oder sie versuchten die Laternen zu treffen.

Mit einem Mal zog sich Thereses Magen zusammen. Die Scham über ihr schändliches Verhalten brach über sie herein und riss sie mit sich. Wie hatte sie sich nur so leicht hergeben können? Niemand durfte jemals davon erfahren! Vor allem nicht Heinrich.

„Ich muss zurück", flüsterte sie und wand sich aus Theodors Armen.

Er griff nach ihrer Hand. „Bitte bleib", raunte er.

Doch sie schüttelte wehmütig den Kopf und löste ihre Finger aus seinen. Er ließ es zu. Langsam glitt ihre Hand aus seiner. Ein Stich fuhr Theres ins Herz, als er sie schließlich losließ. Sie spürte die Enttäuschung. Seine. Ihre.

Dann duckte sie sich durch die Zweige und rannte wie blind zurück ins Schloss.

Kapitel 18

Sie war noch gar nicht richtig wach, da schoben sich schon die Ereignisse der vergangenen Nacht in ihr Gedächtnis. Ihr Körper erinnerte sich an Theodors Berührungen. Das Kribbeln in der Bauchgegend schwoll an, wann immer sie an ihn dachte. Es wurde zu einem unbestimmten, drängenden Ziehen, das sie von innen heraus erfüllte und schließlich eine schmerzende Leere zurückließ.

In einer energischen Bewegung drehte sie sich vom Rücken auf den Bauch und schlug sich das Kissen über den Kopf.

Warum nur hatte sie zugelassen, dass er sie küsste? Warum nur, wenn sie doch wusste, dass es ein Fehler war?

Die Sonne blinzelte durch das Fenster herein, nur konnte Theres sich nicht wie sonst daran erfreuen. Nicht heute.

Sie setzte sich im Bett auf und fuhr sich mit beiden Händen übers Gesicht. Dann stand sie auf und schlich auf dem Weg ins Badezimmer im Nachthemd über den Gang. Noch ruhte das Schloss. Die meisten Gäste würden wohl nach der durchfeierten Nacht ausschlafen und erst nach einem ausgiebigen Frühstück die Heimreise antreten.

Bald wäre alles wieder beim Alten, die Zimmer und Korridore des Schlosses verlassen, die fremden Geräusche verstummt. Theres merkte, wie sich bei dem Gedanken daran Erleichterung einstellte. Aber wie sollte sie Theodor in der Zwischenzeit aus dem Weg gehen?

Diesmal konnte sie sich nicht vor ihren Pflichten drücken.

Ihre Sorge erwies sich als unbegründet, als er selbst mit den letzten Gästen nicht beim Frühstück auftauchte. Jetzt hätte sie eigentlich aufatmen sollen, aber die Enttäuschung darüber ließ ihr das Herz schwer werden. Wieder schalt sie sich im Stillen für ihre dummen Gefühle. Sie musste sich Theodor aus dem Kopf schlagen, dann würde auch die Unzufriedenheit verfliegen. Schließlich gab es genug in ihrem Leben, wofür sie dankbar sein konnte.

Später am Vormittag war Theres damit beschäftigt, den Hof von den letzten Anzeichen des Festes zu säubern. Sie las Glasscherben auf und fegte die feinen Splitter mit dem Kehrbesen zusammen. Sie fischte einen Hut aus dem Brunnen und musste an die Legende denken. Ob sie sich gestern Abend erfüllt hatte? Theres stellte sich vor, wie sich eine Melodie in sachten Wellen ausbreitete, um ihre Gedanken von der anderen Sache abzulenken, die sich in der Nacht zugetragen hatte.

Als sie beinahe mit der Arbeit fertig war, betrat Heinrich den Hof und steuerte auf sie zu. Er wirkte verschlafen, vielleicht etwas verkatert, wie er die Augen zu Schlitzen verengte und sie mit der Hand gegen die Sonne abschirmte. Trotzdem hatte er schon Pläne für den Tag.

„Wir wollen später ein Picknick oben im Wäldchen machen. Hilfst du Rosi bei den Vorbereitungen? Wir wollen in einer halben Stunde los."

Theres nickte, hob die Schaufel mit den Scherben auf und wandte sich zum Gehen, da hielt Heinrich sie zurück, indem er sanft ihre Schulter berührte.

„Ich habe dich gestern beim Fest vermisst", setzte er an. „Ist alles in Ordnung?"

Wieder nickte Theres und senkte beschämt den Blick. „Es gab so viel zu tun. Ich war später oben beim Feuer. Sicher haben wir uns nur verpasst."

Erneut drehte sie sich um, aber Heinrich hatte noch etwas zu sagen.

Einem offenbar spontanen Einfall folgend, forderte er Theres auf: „Begleite uns doch zum Picknick. Vielleicht kann ich mich damit ein wenig für deine Arbeit erkenntlich zeigen."

Heinrich ahnte es bestimmt nicht, aber in diesem Moment spürte Theres erneut schmerzlich die Kluft, die zwischen ihnen lag. Nicht länger fühlte sie sich als seine Vertraute. Sie stand in seinem Dienst, mehr nicht. Weshalb nur war sie so enttäuscht darüber?

Sie schlug Heinrichs Einladung unter einem Vorwand aus, aber er wollte davon nichts hören und beharrte darauf, dass sie mitkam. So trafen sie sich wenig später am Vorplatz des Schlosses. Mit dem schweren Picknickkorb im Arm durchschritt Theres das Tor und erspähte sogleich die Sängerin. Heinrich half dieser gerade in den Sattel einer braunen Stute. Theres stutzte. Niemand hatte etwas davon gesagt, dass sie zum Wäldchen *reiten* würden. Sie hatte keinerlei Erfahrung damit, wenn man das Pony ihres Onkels nicht einrechnete. Heinrichs Angebote, sie zu unterrichten, hatte sie bisher immer dankend abgelehnt.

Sie verspürte den Drang zu flüchten. Nicht etwa wegen der Pferde oder ihrer Angst vor dem Ausritt. Viel größere Sorge bereitete ihr die Gesellschaft, in der sie sich befand. Darauf, dass sie nicht alleine wären, war

Theres eingestellt gewesen. Sie störte sich auch nicht an der Anwesenheit der Sängerin, auch wenn sie nicht verstand, warum Heinrich sie selbst auch eingeladen hatte, wo er doch von der schönen Brünetten sehr angetan schien.

Mit ihm hatte sie allerdings nicht gerechnet – Theodor hielt einen Rappen locker an den Zügeln, während er den Sitz des Sattels prüfte. Noch hatte er Theres nicht entdeckt. Das wäre ihre Chance gewesen zu verschwinden, aber sie stand da wie gelähmt, nur in ihr drinnen herrschte das Chaos.

Unvermittelt sprach Heinrich sie an. „Da bist du ja, Theres! Komm, ich helfe dir", sagte er und nahm ihr den Korb ab. „Darf ich dir Elvira vorstellen?"

Die Frauen nickten sich zum Gruß lächelnd zu. „Und Theodor kennst du ja bereits."

Thereses Lächeln gefror ihr auf den Lippen und verschwand ganz, als sie Theodors kühlen Gesichtsausdruck bemerkte.

Das Feuer war erloschen.

So schnell.

Thereses Augen wurden feucht. Die Ablehnung, die sie ihr gegenüber zu erkennen glaubte, traf sie tief. Sie schluckte.

Heinrich musste ihr Verzagen bemerkt haben, schloss aber auf die falsche Ursache. Er trat näher und flüsterte ihr ins Ohr, um sie nicht vor den anderen bloßzustellen.

„Du brauchst dich nicht zu sorgen. Ich habe Enrico für dich gesattelt. Du weißt, er ist ein Braver. Er wird dir aus der Hand fressen. Hier!" Mit diesen Worten überreichte er Theres drei Zuckerstücke, die er aus der Jackentasche gezogen hatte.

Sie umschloss sie mit den Fingern und spielte einen Moment mit den Würfeln in ihrer Hand. Plötzlich hörte sie Huftritte hinter sich und wurde unsanft angestupst. Sie stolperte ein Stück nach vorne und bemerkte aus dem Augenwinkel, wie Theodor reflexartig einen Schritt auf sie zumachte, wohl um ihren Sturz zu verhindern.

Als sich Theres wieder gefangen hatte, drehte sie sich zu Enrico um, legte eine Hand zwischen seine Augen und hielt ihm die Zuckerstücke mit der flachen Hand unters Maul.

Verstohlen sah sie in Theodors Richtung und wurde erneut geboxt. Enrico verlangte nach Nachschub und schob Theres zur Seite wie eine Puppe.

„Oho, nicht so stürmisch, Enrico!", mahnte Heinrich und hielt das Pferd an den Zügeln zurück. „Du hast es hier mit einer Dame zu tun. Wo sind deine Manieren?"

Enrico schnaubte und schüttelte seine Mähne. Da mussten sie alle lachen und Thereses und Theodors Blicke trafen sich.

Es *sah schön aus,* wenn er lachte.

Ein Teil von ihr verliebte sich aufs Neue in ihn.

Wenig später folgten sie dem Feldweg zum Picknickwäldchen hinauf. Heinrich ritt voran, gefolgt von Elvira und Theres, Theodor bildete das Schlusslicht. Theres glaubte, seine Blicke im Nacken zu spüren. Ein Schauer überlief sie, ehe sie sich darauf besann, dass sie womöglich nur von ihren eigenen Gefühlen verfolgt wurde.

Bei der Marienstatue schwenkten sie rechts in den Wald ein. Der schmale Trampelpfad führte steil bergauf. Theres klammerte sich nun zusätzlich zu den Zügeln an Enricos Mähne fest, denn der Pferderücken schaukelte bedrohlich. In den Steigbügeln fand sie keinen richtigen Halt und so rutschte sie unbeholfen im Sattel hin und her. Der Weg wand sich über die grünen Buckel des Waldes, die sich in der Mitte absenkten wie zu einem Krater. Bäume wuchsen beiderseits des Weges, aber auf der innenliegenden Seite waren ihre Wurzeln vom Wasser unterspült worden. Deshalb hingen sie in der Luft und waren auf eine Weise miteinander verschlungen, die Theres an das Stichmuster beim Säumen von Stoffen denken ließ. In der Tat schienen die Wurzeln ein weiteres Einbrechen des abschüssigen Geländes zu verhindern.

Wenn nur das Pferd keinen falschen Schritt macht, dachte Theres und schloss die Augen, bis sie endlich ebenen Grund erreichten. Ein paar Meter weiter waren sie da.

Heinrich hatte sie zu seinem Picknickplatz auf der Lichtung geführt. Er war bereits abgestiegen und breitete eine Decke auf dem Waldboden aus. Die Büschel der Bodendecker bildeten kleine Höcker unter dem groben Stoff. Theres stellte den Korb auf einem davon ab und packte anschließend die mitgebrachten Leckereien aus, von denen sie selbst nicht probieren würde, weil sie nach dem Höllenritt mit der Übelkeit kämpfte. Sonst griffen alle beherzt zu und unterhielten sich über die Auftritte des Vorabends. Da Theres nichts beitragen konnte, schwieg sie. Die anderen schienen vergessen zu haben, dass sie überhaupt hier war. Ihr Missmut wuchs. Als ihr der Moment günstig erschien, erhob sie sich und entfernte sich, ohne viel Aufhebens zu machen. Sie würden gewiss den Anstand haben, ihr nicht hinterherzukommen, wenn sie sich auf so diskrete Weise zurückzog. Damit gewann sie wenigstens etwas Zeit, um die ärgerlichen Gefühle abzuschütteln. Gefühle, die allesamt daher rührten, weil sie sich zu viel erträumt hatte. Sich einzubilden, sie wäre mehr, als ihr durch ihre Herkunft vorbestimmt war, hatte ja in einer Enttäuschung enden müssen. Und Theodor? *Theodor!* Nun war sie froh, ihn am Vorabend abgewiesen zu haben, denn sie hatte erkannt, dass er in ihr nur eine leichte Beute gesehen hatte. Theres schniefte und wischte sich zornig die Tränen aus dem Gesicht. Da hörte sie ein Knacken hinter sich und fuhr herum.

Theodor erstarrte in seiner Bewegung und hob die Hand zu einer beschwichtigenden Geste, als wäre sie ein Tier, das er davon abhalten wollte zu fliehen. Das machte Theres noch wütender. Sie funkelte ihn an.

„Du bist böse?“, fragte er offenkundig überrascht.

Theres rollte mit den Augen und wollte widersprechen. Stattdessen drehte sie ihm den Rücken zu und verschränkte die Arme vor der Brust.

Er kam näher, das Rascheln des Laubes verriet ihn. Jetzt stand er ganz dicht hinter ihr. Theres schloss die Augen, sog seinen Duft ein und wünschte sich, sie könnte jemand anderes sein. Jemand, dem diese Nähe nicht versagt war.

„Bist du böse auf *mich?*“, fragte er ungewohnt vorsichtig.

„Ich ...“ Theres stapfte einige Schritte weiter. Ja, sie war wütend! Es war ... kompliziert.

„Solltest du tatsächlich wütend auf mich sein, möchte ich dich daran erinnern, dass du es warst, die gestern weggelaufen ist!“

Deswegen ist es ja kompliziert, dachte Theres. Sie wusste gar nicht, wo sie anfangen sollte sich zu erklären. Und es hätte auch keinen Zweck gehabt. Da kam ihr der rettende Einfall, um der unangenehmen Situation zu entkommen.

„Wo sind die anderen?“, fragte sie betont gleichmütig und ohne sich umzudrehen.

„Elvira hat sich den Knöchel verstaucht. Heinrich ist mit ihr zurückgeritten. Er meinte, der Doktor wäre noch nicht abgereist. Wir sollen mit dem Rest nachkommen.“

Mit dem Rest, dachte Theres grimmig. Sie fühlte sich selbst wie ein ungeliebtes Überbleibsel.

„Oder wir ...“ Theodor kam von hinten auf sie zu und spielte mit einer Strähne ihres Haares, die sich aus ihrer Frisur gelöst hatte, als sie beim Reiten einen herabhängenden Zweig gestreift hatte. „Oder wir bleiben noch.“

Eine Aufforderung schwang in seinen Worten. Machte er sich ehrlich Hoffnung oder zog er sie nur auf? Noch bevor sie darüber nachdenken konnte, wirbelte Theres herum und versetzte ihm einen Stoß, der ihn zu Boden streckte.

Er japste nach Luft. So verdattert hatte ihn Theres noch nie zuvor gesehen. Sie musste lachen.

„Na warte“, rief er und stützte sich rücklings auf den Ellenbogen auf. Blitzschnell streckte er ein Bein nach ihr aus und schlang den Fuß um ihre Fessel. Mit einem

Ruck brachte er sie ebenfalls zu Fall. Theres stöhnte jammernd auf, als sie der Aufprall unerwartet hart traf.

Sie blickte ins Blätterdach der Bäume, dann sah sie ihn über sich stehen.

Ein keckes Grinsen umspielte seine Lippen.

„Jetzt sind wir quitt", sagte er, während er ihr die Hand reichte – wie zu einem Friedensangebot. Mit festem Griff nahm Theres sie an und er zog sie in den Stand.

„Es tut mir leid", murmelte Theres jetzt von Schuldgefühlen geplagt. „Das wollte ich nicht."

„Weglaufen?", fragte Theodor mit einem hoffnungsvollen Ausdruck in den Augen.

„Angreifen", erwiderte sie und schmunzelte schwach.

Theodor nickte und begegnete ihr mit einem offenen Blick.

„Mir tut es auch leid. Ich wollte dich gestern nicht überrumpeln. Bitte verzeih mein ungebührliches Benehmen."

Er drehte den Kopf zur Seite und starrte ins Leere, als suchte er dort nach den richtigen Worten.

„Das Reden ist nicht meine Stärke, wenn ich ehrlich bin. Mit einem Stift in der Hand kann ich mich besser ausdrücken. Schreibend, meine ich."

„Wir sollten die anderen nicht zu lange warten lassen", schlug Theres vor. Sie wollte für kein übles Gerede sorgen.

Theodor nickte. Nachdem sie Picknickkorb und Decke auf Enrico befestigt hatten, nahmen sie die Pferde an den Zügeln und machten sich auf den Rückweg.

„Woher kennst du Heinrich eigentlich?“, schoss es aus Theres heraus, als sie auf dem Feldweg angelangt waren und nebeneinander herliefen.

„Über meinen Onkel, Elviras Vater. Heinrich ist ein Freund der Familie und kennt Elvira, seit sie ein kleines Mädchen ist. Sie tritt schon viele Jahre beim Sonnwendfest und anderen Feierlichkeiten auf. Bei der Gelegenheit hat er ihr auch ihren Verlobten vorgestellt.”

„Tatsächlich?” Offensichtlich hatte ihr erster Eindruck von den beiden sie getäuscht.

„Er ist im Moment auf Geschäftsreise, deshalb konnte er der Veranstaltung nicht beiwohnen. Sehr schade, ihm ist wirklich etwas entgangen.”

Theres nickte und Theodor erzählte derweil weiter: „Mein Onkel besitzt ein Antiquariat in der Innenstadt. Dort habe ich Heinrich kennengelernt. Er hat nach einer Erstausgabe gesucht, so kamen wir ins Gespräch.“

Wieder wurden Theres die Unterschiede zwischen ihnen bewusst. Sie dachte an ihren Onkel Albert, dessen wertvollster Besitz sein Pony war.

„Du arbeitest bei deinem Onkel?“, fragte Theres mit einem Seitenblick zu Theodor, der sich auf den Weg zu konzentrieren schien. Oder war er in sich gekehrt?

„Bei meinem Ziehvater, ja. Er hat mich bei sich aufgenommen, damit ich meine Ausbildung an der Handelsschule absolvieren konnte. Nachdem mein Vater im Krieg gefallen war, kam das meiner Mutter gelegen. Ein hungriges Maul weniger zu stopfen und mehr Zeit für ihren neuen Mann.“

„Das tut mir leid.“

„Danke, aber dass ich zu meinem Onkel gekommen bin, war mein Glück. Überhaupt darf ich mich nicht beklagen. Er unterstützt mich, wo er kann."

„Und Heinrich? Wie seid ihr Freunde geworden?"

„Das habe ich dem Zufall zu verdanken. Ich wusste nicht, dass er der Fürst von Rosenhag ist, als ich ihm zum ersten Mal in unserem Geschäft begegnet bin. Heinrich fiel mein Entwurf für ein Gedicht über die *Königin der Nacht* in die Hände, das ich auf dem Verkaufspult hatte liegen lassen, während ich nach dem gewünschten Exemplar suchte. Das ist eine spezielle Kakteenart. So kamen wir ins Gespräch und entdeckten schnell mehr Gemeinsamkeiten."

„Zwei Kunstsinnige mit grünem Daumen und einer Vorliebe für stachelige Artgenossen", fasste Theres die ihr bekannten Parallelen zusammen und lachte leise auf.

„Du machst dich über uns lustig!" Theodor riss amüsiert die Augen auf. „Das will ich durchgehen lassen, aber bitte kein abfälliges Wort über die *Königin der Nacht*. Wenn du sie auf ihre Dornen reduzierst, begehst du einen großen Fehler."

Theres grinste. „Ich lasse mich ja gerne eines Besseren belehren."

„Dazu bekommst du vielleicht schon bald Gelegenheit", antwortete er vage und tat dabei sehr geheimnisvoll.

„Jetzt machst du mich neugierig!"

„Das war meine Absicht", erwiderte er mit einem Zwinkern. „Trotzdem wirst du warten müssen. Ich selbst warte schon zwei Jahre auf diesen Tag. Heute ist er endlich gekommen."

Kapitel 19

Theres war dabei, sich fürs Bett fertig zu machen. Gerade fuhr sie sich ein letztes Mal mit den Fingern durch den geflochtenen Zopf, um ihn zu lösen, da klopfte es leise an der Tür. Erst glaubte sie, sich verhört zu haben, aber das zweite Klopfen war deutlicher.

Verwundert stand sie auf. Bevor sie öffnete, legte sie das lange Haar, das ihr in Wellen bis über die Brust hing, nach hinten. Dann machte sie die Tür vorsichtig auf und wich überrascht einen Schritt zurück. Es war Theodor, der vor ihr stand.

In seinem Blick lag Verunsicherung und seine Augen wirkten im schummrigen Licht des Flurs noch dunkler als sonst.

„Was machst du hier?“, wisperte Theres und streckte den Kopf durch den Türspalt, um sich im Gang umzusehen, ob auch niemand den nächtlichen Besuch beobachtete. Dabei rutschte eine Strähne ihres Haars über ihre Schulter und streifte Theodors Hand. Eilig strich Theres sie nach hinten und spürte, wie ihre Wangen heiß wurden.

„Ich bin hier, um dich zu unserer Verabredung abzuholen.“

Theres zog die Brauen hoch. Sie waren verabredet?

„Ich will nicht mehr verraten, das verdirbt die Spannung. Kommst du mit?“ Er sah sie erwartungsvoll an und Theres spürte wieder dieses sehnsuchtsvolle Ziehen, das es ihr schwer machte, vernünftig zu denken.

Nach kurzem Zögern nickte sie verhalten, holte ein Umhängetuch aus dem Schrank und folgte Theodor schließlich durch das nächtliche Schloss. Seine Bewegungen waren geschmeidig wie die einer Katze und so undurchschaubar war er auch für Theres. Die Angst davor, mit ihm erwischt zu werden, ließ ihr Herz noch schneller schlagen, als sie es in seiner Gegenwart ohnehin schon gewohnt war.

Theodor führte sie in den Garten.

Die Sichel des abnehmenden Mondes hob sich scharf vom dunkelblauen Nachthimmel ab, der von Minute zu Minute schwärzer zu werden schien, und spendete ihnen ein spärliches Licht.

Während sie durch den Schlosspark schlichen, wuchs Thereses Aufregung. Sie kämpfte mit dem Gefühl, etwas Verbotenes zu tun, und erlag gleichermaßen dem Reiz, den es auf sie ausübte. Wo wollte Theodor nur mit ihr hin? Noch bevor sie es sich ausmalen konnte, waren sie schon am Ziel.

Die Tür zum Glashaus stand halb offen. Verheißungsvoll schimmerte die matte Scheibe im Mondlicht. Die Dunkelheit dahinter hatte etwas Verlockendes, dachte Theres im Rausch ihrer Gefühle. Sie traten ein. Theodor entfachte die Flamme einer Petroleumlampe und hängte sie anschließend zurück an den Haken, der an einem der Dachsparren angebracht worden war.

Theres ließ den Blick schweifen. Im warmen Licht und mit den Geräuschen der Nacht, die nur schwach gedämpft von draußen hereindrangen, wirkte das Gewächshaus wie ein Zauberwald in Miniatur. Die Schatten der Pflanzen zeichneten geheimnisvolle Wesen an die Glaswände, die sich durch den Schein der Lampe in Spiegel verwandelten. Theres entdeckte, wie ihre Gestalt darin mit Theodors verschmolz – sie selbst zu einem dieser Zauberwesen wurden –, obwohl er ein Stück von ihr entfernt stand.

„Komm!", forderte er sie auf und winkte sie zu sich. „Die Knospe hat schon begonnen sich zu öffnen! Ich habe sie heute Vormittag entdeckt und mich den ganzen Tag auf den Abend gefreut, darauf, dass sie sich entfaltet."

Theodor war in die Hocke gegangen und hielt die herabhängenden Blätter eines Baumes nach oben. „Hier ist sie: die Königin der Nacht!"

Seine Augen leuchteten. Theres hätte jederzeit darin versinken können, aber erst kniete sie sich dicht neben ihn und duckte sich nach unten, um die versteckte weiße Blüte besser sehen zu können.

Noch war nicht viel zu erkennen. Auf den ersten Blick erinnerten sie in Form und Farbe an eine Seerose, aber bei näherer Betrachtung erkannte sie, dass beide überhaupt nicht miteinander zu vergleichen waren. Theres dachte an den Tag ihrer Rückkehr ins Schloss. Hatte Heinrich nicht genau von dieser Kaktee geschwärmt? Von der Blüte, die sich nur einmal im Jahr zeigte und am Morgen schon wieder verwelkt war? Seltsam. Wie ein Kaktus sah es gar nicht aus, eher wie eine Schlingpflanze, die ihre Tentakel in alle Richtungen ausstreckte und alles, das sich in ihrer Nähe dazu eignete, als Rankhilfe nutzte. Auch Stacheln entdeckte Theres keine im fahlen Licht. Und noch etwas war bemerkenswert: Die Blüte verströmte einen feinen Duft nach Vanille. Hinter den weißen Blüten richteten sich gelbe Blütenblätter in schmalen Streifen auf wie die Strahlen eines Heiligenscheins.

„Ich kann verstehen, warum du so lange darauf gewartet hast", flüsterte Theres ehrfurchtsvoll, als die Blüte sich immer weiter öffnete und schließlich ihre ganze Schönheit preisgab. „Sie ist atemberaubend."

„Das ist sie", erwiderte er rau.

Erst als Theres sich ihm zuwandte, merkte sie, dass er nicht die Königin der Nacht gemeint hatte.

Er sah sie eindringlich an, intensiv und voller Wehmut. Sie konnte nicht anders, als ihn zu küssen. Sie kostete seine weichen Lippen, seinen süßen Atem und verlangte nach mehr. Von ihrem stürmischen Kuss überrumpelt, verlor Theodor das Gleichgewicht. Er landete sitzend auf dem Boden, zog sie aber noch im selben Augenblick in seine Arme, auf seinen Schoß.

Sie schmiegte sich an ihn, fühlte, wie seine Hände unruhig über ihren Körper wanderten und erschauderte, als er sie zärtlich am Halsansatz küsste. Mit geschlossenen Augen fuhr sie ihm ins seidige Haar und neigte den Hals noch etwas weiter zur Seite, um ihn aufs Neue für seine Küsse anzubieten.

Da ließ ein Räuspern sie zusammenfahren.

Heinrich hatte sich ihnen unbemerkt genähert und stand mit unbeweglicher Miene vor ihnen. Beschämt kroch Theres von Theodors Schoß und starrte zu Boden.

„Ich bin hier, um meine Königin der Nacht zu besuchen", hörte sie Heinrich sagen. Ein kühler, sarkastischer Unterton lag in seinen Worten. „Aber ich sehe, du bist mir zuvorgekommen."

Theres zwang sich aufzuschauen. Heinrich beachtete sie gar nicht. Sein bohrender Blick galt Theodor. Dieser erhob sich nun und trat schützend vor Theres.

„Ich glaube, du solltest besser gehen“, mahnte ihn Heinrich.

Theres rappelte sich auf und stellte sich hinter Theodor.

„GEH!“, schrie Heinrich nun. Die Stille der Nacht zerbarst und mit ihr bröckelte Heinrichs ruhige Fassade.

Verunsichert wandte sich Theodor zu Theres um. Er würde nicht gehen, ohne sie mitzunehmen, das sagte ihr sein Blick. Er war in Sorge um sie. Deshalb nickte sie ihm auffordernd zu, während sie nur unter Mühe die Tränen zurückhielt, aus Angst vor dem, was jetzt passieren würde. Aber sie wusste, wenn Theodor blieb, würde das alles nur noch schlimmer machen.

„Geh schon“, drängte sie nun mit zittriger Stimme.

Sein Blick ruhte auf ihr, so als wollte er sich noch einmal vergewissern. Als wollte er ihr die Gelegenheit geben, ihre Meinung zu ändern. Es kam Theres wie eine Ewigkeit vor, in der sie fürchtete, Heinrichs Zorn würde erneut hervorbrechen und die Situation zum Eskalieren bringen. Schließlich drehte sich Theodor um, schob sich wortlos an Heinrich vorbei und verließ das Glashaus.

Theres blieb zurück und wartete auf Heinrichs Urteil. Sie hätte alles verkraften können: dass er sie eine Hure schimpfte oder sie aus dem Schloss davonjagte, aber nicht das.

„Wir reden morgen“, sagte er nur unterkühlt und verschwand in die Nacht.

Später lag Theres ausgestreckt in ihrem Bett und starrte an die Decke, die vom fahlen Licht des Mondes angestrahlt wurde.

Ihr Kopf war leer, ihre Tränen versiegt. Sie ruhte in der Erwartung, dass Heinrich jederzeit seine Meinung ändern könnte und sie noch vor dem Morgengrauen aus dem Schloss entließ.

Furcht empfand sie keine mehr. Jegliche Gefühlsregung war in ihr gestorben.

Es spielte keine Rolle, was mit ihr geschehen würde, das Leben hatte so oder so seinen Sinn verloren. Einzig und allein der Gedanke an Milli stimmte sie versöhnlich und ließ die Hoffnung aufkeimen, die Freude würde eines Tages wieder zu ihr zurückkehren.

Ein Rascheln vor dem Fenster ließ sie kurz aus ihrer Apathie erwachen, nur für einen Augenblick. Dann driftete sie wieder ab. Mühelos gelang es ihr, die Außenwelt auszublenden und ihre Gefühle in ihrem Inneren einzuschließen. Plötzlich drang ein markerschütternder Schrei durch die Scheibe und ließ Theres im Bett aufschießen. Sie stürmte zum Fenster und riss es auf, während sie von draußen gequälte Laute vernahm. Beim Blick nach unten erstickte sie einen Aufschrei mit der Hand. Eine Gestalt lag in einer unnatürlichen Haltung im Blumenbeet, die Glieder merkwürdig verdreht. Es war Theodor! Theodor, der gekommen war, um sie mitzunehmen. Er musste am Rosenspalier hochgeklettert und dabei gestürzt sein. Da fiel ihr auf, wie still es auf einmal war. Zu still.

Erfüllt von einem plötzlichen Adrenalinschub rannte sie hinaus. Im Gesindetrakt traf sie auf Heinrich. Sie ignorierte ihn und lief an ihm vorbei nach draußen, den Angstschweiß auf der Stirn.

Atemlos sank sie vor Theodor auf den Boden und küsste ihn. „Wach auf! Hörst du? Wach auf!“

In ihrer Verzweiflung hob sie den Kopf und sah sich nach Hilfe um, entdeckte aber nur Heinrich, der die Szene aus einiger Entfernung beobachtete und gerade wieder im Haus verschwand.

Theres schluchzte auf und senkte den Kopf auf Theodors Brust. Ihr Herz machte einen Satz, als sie das seine schwach schlagen hörte.

Kurz darauf kehrte Heinrich in Begleitung des Doktors zurück, hielt sich aber weiterhin im Hintergrund. Der Doktor schickte Theres, um Hilfe zu holen.

Am Vorplatz des Schlosses blieb sie orientierungslos stehen. Sie wusste nicht, wohin sie sich am besten wenden sollte. Erst nach einigen Augenblicken gelang es ihr, sich zu sammeln. So schnell ihre Füße sie tragen konnten, lief sie in die nahegelegene Schenke.

Aufgestaute Wärme und der Geruch von Alkohol schlugen ihr beim Eintreten entgegen. Das Lachen versiegte, die Männer hielten in ihren Gesprächen inne und starrten sie an. Natürlich, immerhin war sie lediglich mit ihrem Nachthemd bekleidet. Tränen schossen ihr in die Augen. Sie fühlte sich hilflos. Ausgeliefert.

Schließlich erhob sich einer der Männer und kam auf sie zu. Sein Gesicht strahlte Vernunft und Gutmütigkeit aus und ließ Theres neuen Mut schöpfen.

Hektisch berichtete sie ihm im Flüsterton, weshalb sie seine Hilfe brauchte, und er rief zwei weitere Männer zu sich.

Zurück im Schlossgarten war Theodor wieder bei Bewusstsein, aber von Heinrich fehlte jede Spur.

Kurz wallte Ärger in Theres auf, aber dann wandte sie sich wieder Theodor zu, der sich unter den Schmerzen wand und winselte wie ein angeschossenes Tier.

Auf einmal stand Heinrich hinter ihr und überreichte dem Doktor wortlos eine schwarze Ledertasche, woraufhin dieser sie, ohne zu zögern, öffnete und eine Flasche herauszog. Der Doktor tränkte ein Tuch mit einer süßlich riechenden Flüssigkeit und hielt es Theodor unter die Nase. Augenblicklich entspannten sich dessen Gesichtszüge und er driftete weg. Der Doktor schickte die Männer um etwas, das sich als Trage eignen würde. Es war Heinrich, der sie in die Richtung des Eingangs zum Gesindetrakt lotste.

Tausend Gedanken schossen Theres durch den Kopf, während sie wartete, aber sie konnte keinen davon festhalten. Das lodernde Feuer. Die Hitze. Theodors Kuss. Unter der Weide. Am Boden des Glashauses. Heinrichs kaltes, versteinertes Gesicht, als er sie zusammen erwischt hatte.

Theres versuchte die Bruchstücke zu einem logischen Bild zusammenzusetzen, da erfüllte sie eine schreckliche Ahnung.

Inzwischen waren die Männer zurück.

Auf der Suche nach einer Erklärung, suchte Theres Heinrichs Blick. Nur sie fand darin keine: Seine grünen Augen wirkten leer. Gespenstisch leer.

Kapitel 20

Linz, Juli 2019

Am Abend, nachdem sie Milli im Krankenhaus besucht hatte, kehrte Evelyn in ein leeres Haus zurück. Sie hatte gehofft Severin dort vorzufinden, doch während sie die Tür aufschloss, erinnerte sie sich daran, dass dieser mit seiner kleinen Nichte zum Kino verabredet war. Davon hatte er ihr beim Mittagessen erzählt. Er hatte ihr vorgeschlagen, das Treffen zu verschieben, was sie ihm aber schnell wieder ausgeredet hatte.

Energielos stapfte Evelyn die Stufen zur Wohnung ihrer Großmutter hinauf. Im Vorraum ließ sie ihre Tasche zu Boden fallen und schüttelte die Schuhe ab. Sie landeten in unterschiedlichen Ecken, aber Evelyn machte sich nicht die Mühe, sie ordentlich hinzustellen.

Unterwegs hatte sie bereits einen Happen gegessen, worüber sie jetzt froh war, denn sie fühlte sich sogar zu erschöpft, um sich ein Brot zu schmieren.

Sie streckte sich auf dem Biedermeiersofa aus und schloss die Augen, fand aber trotz ihrer Müdigkeit keine Ruhe. Auch nicht auf der Bank unter dem Erkerfenster und erst recht nicht auf der Ausziehcouch in ihrem Zimmer.

Nach einer Weile hatte sie das Gefühl der Müdigkeit überwunden oder zumindest verdrängt. Sie erinnerte sich daran, dass sie ihr Handy im Krankenhaus vorsorglich ausgeschaltet hatte, obwohl es wahrscheinlich nicht nötig gewesen wäre.

Als sie es wieder einschaltete, wurde auf dem Display ein Anruf in Abwesenheit angezeigt. Dieser stammte, genau wie eine Textnachricht, von ihrer Mutter. Evelyn drehte sich auf den Bauch, um sie zu lesen.

Ich komme sobald ich kann, stand darin.

Gott sei Dank, dachte Evelyn, fuhr sich mit der Hand über die müden Augen und entschied sich gegen einen Rückruf. Auch wenn sie noch immer hinter dem stand, was sie Conny in ihrer Mobilboxnachricht an den Kopf geworfen hatte, um sie aufzurütteln, blickte sie dem nächsten Aufeinandertreffen mit einiger Anspannung entgegen. Ihre Mutter würde sie nicht direkt damit konfrontieren. Das war nicht ihre Art. Vielmehr würde es unausgesprochen zwischen ihnen stehen wie eine unsichtbare Barriere. Eine Mauer des Schweigens, durch deren Ritzen nur blumige Floskeln und höflicher Smalltalk drangen.

Evelyn seufzte. Es half doch nichts darüber nachzudenken. Sie rollte sich auf den Rücken und legte den Unterarm über ihre Stirn, um sich endlich zu entspannen. Als sie die Augen schloss, drängte sich Theodors Foto mit einer Vehemenz, die sie erschaudern ließ, in ihre Gedanken.

Ihr Herz klopfte aufgeregt und sie beschloss einen Spaziergang zu unternehmen, um es zu beruhigen. Im Haus war es ihr mit einem Mal zu unheimlich geworden.

Als sie ein frisches Shirt aus dem Schrank nahm, fiel ihr Blick auf das Fotoalbum ihrer Mutter, das sie dort verstaut hatte, und Evelyn kam eine Idee.

Hastig schlüpfte sie in das rote Oberteil, das sie wahllos aus dem Schrank genommen hatte. Dann packte sie das Album gemeinsam mit einer Flasche Wasser aus dem Kühlschrank in ihre Tasche und verließ die Villa.

Draußen angelangt, setzte sie sich auf die sonnengewärmten Eingangsstufen. Ameisen zogen unter ihren aufgestellten Beinen durch, aber es schien eine stille Übereinkunft darüber zu geben, sich gegenseitig nicht zu stören.

Also schlug Evelyn das Album auf und betrachtete erneut das Bild auf der ersten Seite, das Milli mit Conny als Baby zeigte.

Und da sah sie es.

Es stand so verschwommen im Hintergrund, dass sie es zuvor nicht wahrgenommen hatte, aber es war eindeutig: Das Schloss, von dem Milli gesprochen hatte – wenn auch nur ein kleiner Teil davon –, war auf dem Foto verewigt worden.

Evelyn legte ihre Fingerspitzen zitternd an den Mund. Diese Entdeckung jagte ihr einen Schauer über den Rücken.

Es war, als schnappte jemand aus der Vergangenheit nach ihr und wollte sie in diese Geschichte hineinziehen. Und obwohl dieses Gefühl Evelyn Unbehagen bereitete, drängte es sie der neuen Spur zu folgen. Das würde ihr zumindest die Illusion vermitteln, die Dinge selbst in der Hand zu haben. Im Moment war es ihr überaus wichtig, etwas gegen ihre Ohnmacht tun zu können.

Also zog sie los, marschierte über eine Wiese in die Richtung, die ihr das Foto vorgab.

Nach einer Weile fand sie sich in einer Siedlung wieder, in der ihr vieles das Gefühl gab, nicht willkommen zu sein. Zahlreiche Schilder, die Privatgründe auszeichneten, und andere, die vor bissigen Hunden warnten.

Weil sie hier nicht wirklich weiterzukommen schien, machte sie kehrt. Auf dem Rückweg entdeckte sie jedoch ein Detail, das sie davor übersehen hatte.

Sie näherte sich dem Gedenkstein aus Granit, der von zwei Fichten flankiert wurde. Efeu rahmte die daran angebrachte Metalltafel ein, auf der eine lange, reliefartige Inschrift zu lesen war.

Diese Siedlung wurde aus Mitteln des Wohnhaus-Wiederaufbau-Fonds anstelle des im Zweiten Weltkrieg zerstörten Schlosses Rosenhag errichtet.

Darunter rühmten sich die Verantwortlichen damit, durch die Errichtung der Anlage nicht nur Wohnraum geschaffen, sondern auch zur Verschönerung der Stadt beigetragen zu haben. Evelyn rümpfte die Nase. Es war nicht allein die Selbstbeweihräucherung, die ihr gegen den Strich ging. Sie konnte diese Aussage schlichtweg nicht bestätigen. Noch einmal ließ sie den Blick über die nüchternen Wohnhäuser mit ihren flachen Dächern gleiten, als würde sich ihr dadurch deren ganz eigene Ästhetik erschließen. Aber Evelyn blieb dabei: Diese Siedlung war definitiv kein Ersatz für das Schloss, das sie von der Zeichnung kannte. Selbst eine Ruine hätte mehr Reiz gehabt als diese nichtssagenden Bauten! Natürlich, das musste sie zugeben, war ihre Sicht auf die Dinge nicht objektiv. Als Geschichtsstudentin unterlag sie einfach ihrem verklärten Blick, der keinen wirtschaftlichen Überlegungen Rechnung trug.

Aber die Tatsache, dass das Schloss dieser Siedlung hatte weichen müssen, weckte Wehmut in ihr.

Gedankenverloren strich sie über die Erhebungen der Inschrift. War das wirklich alles, was von Rosenhag übrig geblieben war?

Sie seufzte tief, griff nach dem Tragegriff ihrer Tasche und erhob sich mit einem Ruck aus der Hocke. Dabei klappte der Lederdeckel auf und der Inhalt rutschte auf den Rasen. Als sie alles eilig zurückstopfte, segelte plötzlich etwas zu Boden. Evelyn hob es auf. Es war die Broschüre anlässlich der Eröffnung des Naturlehrpfades, an dessen Errichtung Conny beteiligt gewesen war. Evelyn studierte die Rückseite. Wenn sie die Karte darauf richtig las, lag der Einstieg in den Weg nicht weit entfernt. Vielleicht, dachte sie, wäre diese Wanderung jetzt genau das Richtige, um sie von den trüben Gedanken zu befreien. Die Sonne würde erst in zwei Stunden untergehen – Zeit genug für den kurzen Spaziergang. Außerdem hätte sie damit immerhin ein Gesprächsthema, womit sie das Eis brechen könnte, wenn sie ihrer Mutter erst wieder gegenüberstand.

Also ging sie los, um nach dem Ausgangspunkt zu suchen. Schon wenig später verriet ihr ein Straßenschild, dass sie auf dem richtigen Weg war. *Dem Königsweg.* Dem Broschürentext zufolge verlief der Naturpfad entlang dieses jahrhundertealten Verbindungsweges, der vom Plateau bis hinunter zur Donau führte.

Evelyn folgte der Straße in die angegebene Richtung und fand sich vor verschlossenen Toren wieder. Am Ende der Sackgasse riegelte ein schmiedeeisernes Gatter mit Vorhängeschloss den Weg ab. Evelyn legte die Hände um die kühlen Stäbe und stellte sich auf die

Zehenspitzen, um darüber zu schauen, konnte aber in dem grünen Dickicht nicht viel ausmachen. Enttäuscht drehte sie sich wieder um, die Augen auf den Boden geheftet, damit sie nicht auf eine der darauf verstreut liegenden Vogelkirschen trat. In eben diesem Moment zog eine schmale Treppe, die sie davor nicht bemerkt hatte, ihren Blick an. Ebenfalls von den dunkelroten Früchten übersät, führten die Stufen gleich im Anschluss an das Gatter zwischen zwei von Weinblättern umrankten Säulen empor – allem Anschein nach auch auf die andere Seite des Tors.

Evelyn fühlte sich an den Zugang zu einem geheimen Garten erinnert, wie es ihn oft in Märchen gab. Sie konnte einfach nicht widerstehen ...

Verstohlen drehte sie sich zur Straße um. Niemand war zu sehen. Also schlüpfte sie durch den Spalt und erklomm die Treppe, die in einer Böschung mündete. Hier gab es ein weiteres Tor, das tatsächlich zu einem Garten gehörte – zu einem Schrebergarten, wie anhand der schiefen, kleinen Hütten leicht zu erraten war. In die entgegengesetzte Richtung zweigte ein Trampelpfad nach unten ab. Evelyn duckte sich unter den herabhängenden Zweigen hindurch und fand sich auf einem Weg wieder, der am Anfang mit Betonplatten befestigt war, aber schon wenige Meter später in einen Waldpfad überging. Er führte steil bergab und schien sich im Dickicht zu verlieren. Evelyn wagte sich bis zum Ende der Betonplatten vor und wurde von einem Schild mit der Aufschrift *Bannwald* gestoppt. Während sie noch las, was darauf geschrieben stand, ließ ein energisches „Hey“ von oben sie zusammenzucken.

Man hatte Evelyn erwischt. Der Mann öffnete bereits das Gartentor und kam auf sie zu. „Was machen Sie da? Der Weg ist aus gutem Grund gesperrt! Kommen Sie her!"

Evelyn zog unwillkürlich den Kopf ein, leistete der Anweisung aber Folge. „Entschuldigung", murmelte sie und überlegte bereits, wie sie sich am besten an dem Mann vorbeidrücken konnte.

Es war ein sehniger alter Herr, dessen Haut von der Sonne gegerbt war. Seine Beine wirkten in der kurzen Hose wie Zahnstocher und auf seinem Kopf saß ein Strohhut mit einem Loch, durch das das graue Haar durchblitzte.

„Was haben Sie denn da unten gesucht?", fragte er nun mit ruhigerer Stimme. Seinen Augen war die Neugier anzusehen. „Ich nehme mal nicht an, dass Sie sich verlaufen haben."

„Nein!" Mit einem Mal kam Evelyn eine Idee, wie sie ihre Exkursion erklären konnte. Sie griff nach hinten, in die Hosentasche ihrer Shorts, und zog die gefaltete Broschüre heraus.

„Ich wollte mir das hier ansehen. Die Nistkästen und so."

Der Mann sah sie skeptisch an. „Darf ich?", fragte er und nahm ihr das Heftchen aus der Hand.

Er runzelte die Stirn und drehte das Papier in alle Richtungen. „Wo haben Sie das denn her? Der Weg wurde schon Ende der Siebziger, kurz nach seiner Eröffnung, wieder gesperrt. Es war einfach zu gefährlich. Da unten verlaufen eine viel befahrene Straße und der Radweg entlang der Donau. Wenn man da aus Versehen einen Stein lostritt, kann das böse ausgehen."

Evelyn nickte und schämte sich, das Schlupfloch genommen zu haben. Zum Glück war nichts passiert.

„Meine Mutter hat sich damals ehrenamtlich für den Weg engagiert. Sie hat die Broschüre zur Erinnerung aufbewahrt und ich ..."

„Wie heißen Sie eigentlich, junge Frau?", unterbrach sie der Mann.

„Evelyn."

„Evelyn, kommen Sie doch herein und leisten Sie einem alten Mann bei einem Glas Wein Gesellschaft."

„Ich ..." Sie fühlte sich überrumpelt, aber nicht unbedingt in der Position, seine Bitte auszuschlagen.

„Mein Name ist übrigens Ludwig. Kommen Sie?" Er machte einen Ruck mit dem Kopf in die Richtung des Gartens und hielt ihr das Tor auf.

Evelyn nickte. „Na gut, für ein Glas habe ich Zeit, schätze ich."

Die Steinchen des Kiesweges, der schräg über den Hang hinauf verlief, knirschten unter ihren Schritten. Sie gelangten zu einem braun gestrichenen Häuschen, an dessen Zaun ein kleiner Briefkasten angebracht war. Ludwig öffnete das niedrige Tor für sie und ließ ihr den Vortritt. Anschließend bot er ihr mit einem galanten Armschwenk einen Platz an einem alten Tisch an, dessen weißer Lack abgesplittert war. Er ging hinein und kam kurz darauf mit zwei Gläsern und einer Flasche Weißwein zurück.

Evelyn dachte an das Etikett mit dem Schloss und versuchte Ludwigs Alter zu schätzen. In jedem Fall war er alt genug, um den Krieg miterlebt zu haben. Wahrscheinlich war er damals noch relativ jung gewesen.

„Darf ich Sie etwas fragen?"

Ludwig nippte an seinem Glas. „Nur zu! Was wollen Sie wissen?"

„Können Sie sich an das Schloss erinnern, das im Zweiten Weltkrieg zerstört wurde?"

„Sie meinen Rosenhag?"

„Ja."

„Ich kannte es, aber ..." Ludwig schwenkte das Glas und starrte hinein, als wollte er aus dem Satz lesen. „Es wurde nicht im Krieg zerstört."

„Nicht?", fragte Evelyn überrascht.

„Es wurde von einer Bombe nur gestreift. Kaum der Rede wert. Obwohl, so kann man das nicht sagen, immerhin haben viele Menschen an diesem Tag im Schloss ihr Leben gelassen. Sie haben im Keller Zuflucht gesucht und sind qualvoll an dem Staub erstickt, den die Detonation aufgewirbelt hat."

„Das ist ja schrecklich! Aber ... dann ist das, was auf dem Gedenkstein steht, eine Lüge?", fragte Theres entsetzt.

Ludwig zuckte mit den Schultern. „Es spielt keine Rolle. Das Schloss gibt es nicht mehr."

„Was ist passiert?"

„Es wurde nach dem Krieg verkauft. Für den neuen Besitzer war es wohl rentabler, es niederzureißen und auf dem begehrten Grund neue Wohnungen zu bauen. Anfang der Sechziger wurde es demoliert, aber das Land lag danach lange brach. Was für eine Verschwendung!"

„Das ist wirklich sehr traurig", sagte Evelyn, mehr zu sich selbst als zu Ludwig. Immerhin klärte sich damit auch eine Unstimmigkeit, die ihr davor nicht einmal aufgefallen war. Wäre das Schloss nämlich tatsächlich im Zweiten Weltkrieg zerstört worden, wie hätte es dann als Hintergrundkulisse für das Babyfoto ihrer Mutter dienen sollen? Grund genug, die Inschrift auf der Gedenktafel anzuzweifeln. Warum auch sollte Ludwig eine solche Geschichte erfinden?

„Das ist es. Und die Geschichte der Schlossherrin ist es auch. Ihr Elternhaus stand übrigens da unten in der Steilwand."

Er zeigte in die Richtung, in welcher der Königsweg im Wald verschwand. „Die Häuser des Dorfes wurden ebenfalls abgerissen. Das war Anfang der Siebziger. Sie standen der Straßenverbreiterung im Weg."

Evelyn schüttelte unwillkürlich den Kopf. Für sie war es immer wieder erschreckend, wie schnell die Spuren des Daseins verwischt und alle Erinnerungen daran ausradiert werden konnten. Das war einer der Gründe gewesen, warum sie sich entschlossen hatte, Geschichte zu studieren. Es gab Dinge, die durften einfach nicht in Vergessenheit geraten!

Geistesabwesend leerte sie das Glas in einem Zug und stellte es zurück auf den Tisch. Ludwig rückte auf dem Stuhl nach vorne und griff zur Flasche, um ihr nachzuschenken, doch Evelyn hielt die Handkante unter den Flaschenhals, um ihn zu stoppen. „Danke, für mich nicht! Ich werde jetzt den Heimweg antreten. Es hat mich sehr gefreut, Sie kennenzulernen. Und vielen Dank für den Wein!"

„Mich hat es auch gefreut." Ludwig lupfte den Hut. „Schade, dass Sie schon aufbrechen müssen, aber besuchen Sie mich doch wieder, bei Gelegenheit. Auf ein Gläschen im Sonnenuntergang."

Er zwinkerte. „Ich bin beinahe täglich hier."

Evelyn lachte. „Gut zu wissen. Einen schönen Abend, Ludwig!"

Kapitel 21

In der Villa angekommen, ließ Evelyn das, was sie über das Schloss erfahren hatte, keine Ruhe. Sie schlug das Buch mit dem grünen Einband auf und begann es von vorne zu lesen. Irgendetwas hatte sie übersehen, das spürte sie. Kaum hatte sie die erste Seite beendet, kam ihr wieder Theodor in den Sinn. Genauer das Foto, das sie im Museum von der Vitrine gemacht hatte.

Sie holte ihr Handy aus der Tasche und zoomte mit den Fingern in das Bild hinein. Noch einmal begutachtete sie alle Exponate in Ruhe. Die Entdeckung, die sie dann machte, ließ ihr den Atem stocken. Für den Erstentwurf von *Im Licht der Mittsommernacht* hatte der Schriftsteller Briefumschläge wiederverwendet. Er hatte sie auseinandergetrennt, beschrieben und dann mit Nadelstichen zusammengefügt. Um das zu zeigen, wurden im Schaukasten die Rückseiten eines dieser selbstgemachten Notizbücher ausgestellt. Evelyn zoomte noch weiter ins Bild, wodurch jedoch die Qualität litt. Trotzdem erkannte sie jetzt, was ihr zuvor in der Eile entgangen war: Auf einem dieser Umschläge klebte eine Briefmarke, die das verschwundene Schloss zeigte. Das allein erklärte aber nicht Evelyns Verblüffung, denn eine Verbindung zwischen dem Schriftsteller und dem Schloss hatte sie ja bereits angenommen. Es war der Name auf dem Kuvert, der sie mit offenem Mund dasitzen ließ. Ein Name, der ihr wohlbekannt war. *Pamminger.* So hieß auch ihre Großmutter, die nie geheiratet hatte.

Als ihr Blick die Buchstaben streifte, glaubte sie ihre Vermutung, Milli und Theodor wären ein Paar gewesen, zunächst bestätigt. Dass es tatsächlich wahr sein sollte, ließ ihr Herz vor Aufregung pochen.

Aber dann sah sie näher hin und entdeckte ihren Irrtum. Sie runzelte die Stirn. Abgeschickt hatte den Brief eine andere Frau, nicht ihre Großmutter. *Theres* stand dort in einer zart geschwungenen Handschrift. Wie waren die Frauen miteinander verbunden? Und wie standen sie mit dem Schloss in Zusammenhang?

Eine würde es wissen: Milli. Aber deren Zustand erlaubte im Moment keine Fragen. Evelyn rätselte, ob sich in der Wohnung irgendwo ein Hinweis auf diese Theres fände. Es war anzunehmen, dass die beiden Frauen miteinander verwandt waren, auch wenn Evelyn keine Idee hatte, in welchem Verhältnis. Der Umschlag allein ließ ja keine Rückschlüsse zu.

Den Einfall, in Millis Sachen zu stöbern, verwarf sie schnell. Sie hätte sich auch auf die Suche nach offenliegenden Hinweisen begeben können, aber selbst das erschien ihr falsch. Stattdessen zückte sie ihr Handy und befragte die Suchmaschine, die jedoch keinen Treffer lieferte. Selbst die Informationen, die sie über das Schloss selbst fand, waren äußerst dürftig. Fast schien es, als hätte es nie wirklich existiert. Aber Evelyn wusste es besser: Theodors Worte hatten Rosenhag für sie zum Leben erweckt.

Evelyn seufzte. Sie trat auf der Stelle, das wurmte sie. Während sie sich unter die Decke kuschelte und ihren Kopf auf der Suche nach einer bequemen Position einige Male ins Kissen fallen ließ, nahm sie sich vor, am nächsten Morgen im Museum anzurufen. Vielleicht wurden im Archiv des Hauses noch weitere Dokumente aus dem Nachlass des Schriftstellers aufbewahrt. Hoffentlich fände sich darunter auch der Brief, der zu dem Umschlag gehörte.

Ein unerwarteter Besucher begrüßte sie am nächsten Morgen, als sie mit einer vollen Tüte vom Bäcker zurückkam. Ihr knurrender Magen hatte sie eine Stunde davor geweckt, wie jedes Mal, wenn sie tagsüber – aus welchen Gründen auch immer – vergaß etwas Anständiges zu essen. Aber auch sonst, hungrig oder nicht, das Frühstück war ihr die liebste Mahlzeit. Sie zelebrierte es regelrecht, dafür brauchte es keinen besonderen Anlass. Heute allerdings *war* sie hungrig. Und ihrem Besuch schien es ähnlich zu gehen. Zum Glück hatte sie Milch gekauft, dachte Evelyn.

Das Tigerkätzchen, das sie vom Baum gerettet hatte, streifte erst um ihre Füße und stieg dann mit den Vorderpfoten an ihrem Bein hoch, um sich etwas aus der Tüte zu erbetteln.

„Na du?", sagte Evelyn und kraulte ihm das Köpfchen. „Soll ich dich zu einem Frühstück einladen?"

Ein Schnurren war die Antwort und Evelyn hielt dem Kätzchen lächelnd die Haustür auf, woraufhin es auf die Treppe zulief, als wüsste es, wo es langging.

In der Wohnung füllte Evelyn eine Schale mit Milch und stellte sie dem Kätzchen auf den Boden. Sie kraulte es kurz am Nacken und setzte sich dann an den Tisch, um selbst etwas zu essen.

Mit Argwohn beschnupperte die Katze die Milch, drehte sich um und sprang dann mit einem Satz auf den Schoß von Evelyn, die gerade dabei war, ein Brötchen mit Schinken zu belegen.

Ehe sie sich versah, schlug ihr die Katze das Schinkenblatt aus der Hand, woraufhin es klatschend auf den Fliesen landete, gefolgt von der Katze, die nun kauend davor kauerte.

„Hey!", protestierte Evelyn. „Das war aber nicht abgemacht."

Die Katze hatte ihr Wahlmenü schnell verputzt. Nun saß sie aufrecht da, leckte sich das Mäulchen und sah Evelyn mit großen Augen an.

„Hast du ein Glück, dass du so süß bist. Hier!" Ein weiteres Blatt Schinken fand den Weg in das Katzenmaul. „Wie heißt du eigentlich? Ich finde du siehst aus wie ein ... Moritz."

Sicher wäre es in Ordnung den Tiger so zu nennen. *Jedenfalls besser, als ihn immerzu nur Katze zu rufen,* dachte Evelyn und sah auf die Uhr. Es war erst neun und deshalb nicht verwunderlich, dass sie noch nichts von der netten Dame aus dem Landesarchiv gehört hatte. An diese Stelle war sie von der Mitarbeiterin des Literaturmuseums verwiesen worden, als sie bei ihrem Anruf früher am Morgen nach Theodor Sitters Nachlass gefragt hatte. Die Mitarbeiterin hatte sie direkt verbunden und im Landesarchiv hatte man ihr versprochen, die Dokumente für sie bereitzustellen und sich anschließend zu melden. Evelyn hatte vorgegeben, in ihrer Masterarbeit über den Literaten schreiben zu wollen. Wenn sie es sich recht überlegte, war das vielleicht gar keine Lüge, sondern sogar eine gute Idee. Das Schloss – darüber hatte Theodor schließlich geschrieben – war tatsächlich ein interessantes Forschungsobjekt!

Weil sie nicht aufdringlich sein wollte, würde sie nicht noch einmal im Archiv anrufen, obwohl sie die Spannung kaum aushielt.

Draußen schien die Sonne, die Vögel zwitscherten munter am geöffneten Erkerfenster. Sie piesackten Moritz, der auf der Fensterbank saß. Sein Kiefer schlackerte inzwischen vor Aufregung. Kein Wunder, konnte er doch keinen Angriff auf die Piepmätze wagen, ohne dabei das Risiko einzugehen, in die Tiefe zu stürzen.

„Gehen wir nach draußen?"

Diese Frage brauchte Evelyn nicht zweimal zu stellen. In Windeseile sauste Moritz durch den Türspalt und hätte beinahe die Kurve nicht bekommen.

Es war jedoch etwas anderes, das Evelyn jetzt aus der Bahn warf, als sie die Haustüre öffnete.

„Mama!", rief sie überrascht und starrte in das ebenso erschrockene Gesicht ihrer Mutter.

Moritz schlüpfte durch Evelyns Beine hindurch nach draußen. Sie sah ihm hinterher, bis er in den Büschen verschwand, Conny tat es ihr gleich.

Insgeheim waren sie wohl beide froh über diese Verzögerung, die ihnen Zeit gab, sich zu sammeln.

„Ich wollte gerade in den Garten", erklärte Evelyn. „Aber wir können gerne reingehen."

„Nein, nein", winkte Conny hastig ab. „Bleiben wir hier."

Welches Unbehagen es ihrer Mutter bereiten musste, das Haus nach all den Jahren zu betreten, war für Evelyn nicht schwer zu erahnen. Sie schlenderten über den Rasen und Evelyn versuchte einen Einstieg ins Gespräch.

„Ich bin froh, dass du gekommen bist“, sagte sie und lächelte ihr vorsichtig zu.

Conny nickte nur stumm, ihre Augen zu Boden gerichtet.

„Es tut mir leid ...“, setzte Evelyn an, kam aber nicht dazu, sich für ihre Wortwahl bei der Mobilboxnachricht zu entschuldigen.

„Nicht! Evelyn ...“ Ihre Mutter seufzte gereizt. „Sag mir einfach, wo sie ist.“

Evelyn hatte Mühe, die Tränen zurückzuhalten. Diese schroffe Art verletzte sie, mehr noch die Tatsache, dass ihre Mutter sie aus ihrem Leben ausschloss. Dass sie ihre wahren Gefühle von ihr fernhielt, als wäre Evelyn immer noch das kleine Mädchen, das sich im Dunkeln fürchtete.

„Im Krankenhaus“, gab Evelyn mit gedrückter Stimme zurück. „Bei den Barmherzigen Schwestern.“ Stille kehrte ein.

Evelyn wagte einen neuen Anlauf.

„Ich kann dich begleiten, wenn du willst. Die Besuchszeit beginnt um vierzehn Uhr.“

Evelyn dachte, das würde das erste Aufeinandertreffen nach so langer Zeit für ihre Mutter einfacher machen.

„Nicht nötig“, gab diese jedoch zurück und Evelyn fühlte sich nun endgültig verstoßen. Deshalb war sie erleichtert, dass ihre Mutter auch Evelyns Vorschlag, etwas gemeinsam zu unternehmen, unter einem fadenscheinigen Vorwand ausschlug. Wobei *erleichtert* vielleicht nicht das richtige Wort war, denn die Distanz zwischen ihnen bereitete ihr Kummer. Es war merkwürdig geworden zwischen ihnen. Ein Eiertanz, bei dem jeder Schritt alles zerstören konnte.

Evelyn beschloss, erst einmal in die Stadt zu fahren und in den Geschäften nahe dem Landesarchiv zu bummeln.

Doch schon als sie aus der Straßenbahn stieg, erhielt sie einen Anruf und die Info, sie könne Theodor Sitters Nachlass jederzeit einsehen.

Nachdem sie die Archivalien entlehnt hatte, suchte sie sich einen ruhigen Platz im Lesesaal. Abgesehen von seinen Büchern, passte alles, was Theodor der Nachwelt offenbar hinterlassen hatte, in einen Karton. Evelyn nahm die Papiere andächtig heraus. Ein Blatt nach dem anderen glitt durch ihre behandschuhten Finger, bis sie auf ein Bündel mit losen Briefen stieß, die von einem grünen Band zusammengehalten wurden.

Evelyn löste die Schleife, zog ihr Notizbuch, das sie auf den Tisch gelegt hatte, zu sich heran und faltete den obersten der Briefe auseinander.

Liebster Theodor,

ich habe deinen Brief vom Doktor erhalten und bin erleichtert zu hören, dass die Operation gut verlaufen ist und du auf dem Weg der Besserung bist. Ich gebe zu, ich war überrascht von dir zu hören, denn ich hätte nicht geglaubt, du wolltest mich je wiedersehen. Nicht nach dem, was passiert ist. Es ist alles meine Schuld! Dieser Unfall. Das mit deinem Bein ...

Ich kann gar nicht in Worte fassen, wie leid es mir tut.

Theodor, ich habe mich dir in jener Nacht so nah gefühlt. Du hast mich verzaubert. Ich sehne mich noch immer nach dir. Jeden einzelnen Tag.

Doch obwohl ich dir das schreibe, kann ich deinem Wunsch nicht Folge leisten. Ich kann Rosenhag nicht verlassen.

Es wäre ungerecht – und es ist ungerecht! Egal wie ich es drehe und wende, es gibt keine gute Lösung oder eine, die weniger Kummer bedeutete.

Was du in deinem Brief geschrieben hast, zeigt mir, dass du Heinrich für deinen Sturz verantwortlich machst. Hast du ihn gesehen? Bitte, das muss ich wissen! Es gibt Gerüchte, in denen von Eifersucht die Rede ist, und anfangs war ich auch geneigt diese zu glauben. Aber jetzt zweifle ich daran, denn ich kenne Heinrich und er hat gelobt, dass er nichts damit zu tun hätte. Er hat es nicht verdient, zu Unrecht beschuldigt zu werden. Deshalb muss ich bleiben. Er ist ein guter Mensch und ich könnte es nicht verkraften, wenn er meinetwegen in Ungnade fiele. Aber es steht mir auch nicht zu, deine Worte anzuzweifeln. Und das will ich auch nicht – es zerreißt mir das Herz –, aber bitte verstehe meine Lage. Ich bin verzweifelt! Ich möchte das Richtige tun, aber kann das überhaupt gelingen? Es scheint mir, als gäbe es in dieser Situation kein Richtig, nur Enttäuschung.

Ich könnte verstehen, wenn du nach diesem Brief kein Wort mehr mit mir wechseln wolltest. Vielleicht wäre es das Beste, denn bisher habe ich nur Unheil über dich gebracht. Du hast eine strahlende Zukunft vor dir liegen, auf die ich keinen Schatten werfen will.

In diesem Sinne: Leb wohl, Theodor!
Theres

Evelyn ließ den Briefbogen in ihren Händen sinken. So ging die Geschichte von dem jungen Mann und dem Mädchen also weiter: Es gab auch im wirklichen Leben kein glückliches Ende, wie es schien.

Diese Erkenntnis ließ Evelyn traurig zurück. Aber da waren ja noch mehr Briefe. Evelyn nahm sich den nächsten vor und erkannte gleich, dass das Schriftbild ein anderes war. Auch die übrigen Schreiben stammten von Verfassern, die ihr unbekannt waren.

Enttäuscht packte sie alles wieder ein. Sie ahnte zwar, dass in dem Karton möglicherweise ein weiterer Hinweis versteckt sein könnte, wusste aber nicht so recht, wonach sie Ausschau halten sollte. Alles hätte relevant sein können und nichts davon. Nach dem Zusammentreffen mit ihrer Mutter fehlte Evelyn die Energie und Konzentration für weitere Nachforschungen.

Theodors Biografie hatte sie zuvor schon im Internet recherchiert, leider war das Ergebnis recht dürftig gewesen. Sein Unterschenkel hatte nach einem tragischen Unfall amputiert werden müssen und ihn mit knapp zwanzig Jahren zum Krüppel gemacht. Wie genau das passiert war, hatte sie nicht in Erfahrung bringen können. Nur, dass er danach vom Knie abwärts eine Prothese trug.

Evelyn musste an Milli denken. Wie würde diese mit ihrer Beeinträchtigung fortan das Leben bestreiten? Wenn sich ihr Zustand nicht besserte, wäre sie auf eine Rundum-Pflege angewiesen.

Mutlos hob Evelyn den Karton an, der Theodors und Thereses Geheimnis all die Jahre gleich einer Zeitkapsel bewahrt hatte, und brachte ihn zurück. Jetzt war es

Zeit, sich um die gebrochenen Herzen im Hier und Jetzt zu kümmern.

Kapitel 22

Pünktlich zur Besuchszeit erschien Evelyn im Krankenhaus. Noch während sie den langen Korridor entlangging, der zu Millis Zimmer führte, sah sie Conny vor der verschlossenen Zimmertüre stehen. Ihre Mutter schien sie gar nicht wahrzunehmen, wirkte wie erstarrt. Weil Evelyn sie nicht überrumpeln wollte, verlangsamte sie ihren Schritt. Als sie schließlich neben ihr stand, riss es Conny wie aus einem Traum.

Evelyn sah Tränen in den Augen ihrer Mutter schimmern. Tränen, die – so hatte es den Anschein – all die Jahre unterdrückt worden waren und jetzt an die Oberfläche drängten, um gleich wieder vertuscht zu werden. Conny blinzelte sie weg und räusperte sich.

„Ich glaube, du kannst jetzt hineingehen. Es ist gleich zwei, sie nehmen das hier nicht so streng mit der Besuchszeit“, merkte Evelyn vorsichtig an.

„Ja“, murmelte ihre Mutter, wieder in Gedanken versunken. „Ich meine, nein! Ich ... ich habe vergessen die Parkuhr zu stellen. Bin gleich wieder da.“

Evelyn verengte die Augen, als sie ihr nachsah. *Eine Lüge.* Das mit der Parkuhr sowieso und das mit dem Wiederkommen auch, obwohl ihre Mutter es im Moment durchaus selbst glauben mochte. Am Ende würde sie kneifen, so war es immer.

Also trat Evelyn an ihrer Stelle in das Zimmer, wo Milli im Bett lag und aus dem Fenster starrte. Ob sie ahnte, wer da gerade noch vor ihrer Tür gestanden und es sich im letzten Moment anders überlegt hatte?

Milli wandte sich ihr zu. Es war Evelyn nicht möglich, in ihrem Gesicht zu lesen. Sie wirkte niedergeschlagen, freudlos – aber wer wäre das nicht in ihrer Situation?

Evelyn setzte sich, griff nach der Hand ihrer Großmutter und lächelte ihr aufmunternd zu.

„Du bist hier!" Die Art, wie Milli es sagte, vereinte den Unglauben, dass so etwas möglich sei, und die Dankbarkeit dafür.

„Natürlich! Ich bin überglücklich, dass es dir so viel besser geht. Man merkt dir ja kaum noch was an. Sicher bist du bald wieder auf den Beinen."

„Hat der Arzt noch nicht mit dir gesprochen?"

„Nein, warum?"

„Na ja, weil er es bestimmt besser erklären könnte als ich. Ich hatte wohl eine Art Mini-Schlaganfall. Gleiche Symptome, aber nach ein paar Stunden ist der Spuk wieder vorbei."

Evelyn nickte unbewusst, spürte die Erleichterung. Die Lähmungserscheinungen waren wie weggewischt, auch die Wortfindungsstörung war verschwunden. Dennoch schien ihre Großmutter etwas zu bedrücken. Während Evelyn noch rätselte, fuhr Milli fort: „Sie wollen mich noch ein wenig beobachten und auf neue Medikamente einstellen. Dann darf ich vorerst heim, muss aber beim kleinsten Anzeichen wiederkommen. Solche Attacken gehen oft einem schwerwiegenden Hirnschlag voraus ..."

„Du sorgst dich?"

„Man kommt eben ins Grübeln. Aber reden wir nicht mehr davon. Wie hat dir das Buch gefallen?"

Milli fixierte Evelyn, diese zögerte jedoch.

War es wirklich der richtige Moment, um darüber zu sprechen? Andererseits, was sollte es schaden? Wie sich herausgestellt hatte, war es eine Frau namens Theres, nicht Milli, gewesen, die Theodor geliebt hatte. Aber ... war das wirklich richtig? Auf einmal war sich Evelyn unsicher. War das vielleicht gar der Grund, warum Milli ihre Vergangenheit verfolgte? Hatte sie Theodor ebenfalls geliebt?

„Ich habe es verschlungen“, antwortete sie vage.

Milli runzelte die Stirn. Daran erkannte Evelyn, dass sie ihre Großmutter nicht würde täuschen können. Etwas mehr musste sie ihr schon geben, damit sie zufrieden wäre.

„Das Schloss ...“, sagte Evelyn schließlich. „Ist es das, von dem du mir erzählt hast?“

Milli nickte. „Rosenhag ...“ Aus ihrem Mund klang es wie eine Melodie voller Wehmut. Wie der Anfang eines Liedes, das von wunderbaren Erinnerungen und unsäglichem Leid berichtete, das jedoch nicht ihre Lippen verlassen würde. So glaubte es Evelyn, doch dann begann Milli zu reden.

„Ich bin auf dem Schloss aufgewachsen. Es war genauso, wie es im Buch beschrieben ist.“

Sie seufzte schwer.

„Willst du dich ausruhen?“

„Nein, mein Kind. Ich will dir davon erzählen. Ich habe es so lange für mich behalten ... Das war ein Fehler.“

„Wie meinst du das?“

„Es hat mich all die Jahre verfolgt. Ich habe mich davon beeinflussen lassen und schlechte Entscheidungen getroffen.“

„Du …“ Evelyn wollte ihre Großmutter beschwichtigen, etwas Aufmunterndes sagen, aber da wurden sie von einem Klopfen unterbrochen. Ein Pfleger schaute zur Tür herein.

„Frau Pamminger, ich hole Sie zur Physiotherapie ab.“

Evelyn wechselte einen Blick mit Milli und drückte ihre Hand. „Ich komme morgen wieder“, versicherte sie mit einem milden Lächeln. Milli zog Evelyns Hand zum Mund und küsste sie, daraufhin beugte sich Evelyn ihrerseits über das Bett und gab ihrer Oma zum Abschied einen Kuss auf die Wange.

Vor den Toren des Krankenhauses wählte sie die Nummer ihrer Mutter. Sie ging nicht ran.

„Typisch!“ Evelyn schnaubte entnervt und schmiss das Telefon zurück in die Tasche.

Allzu gerne hätte sie sich jetzt bei Severin ausgesprochen. Aber das musste bis zum Abend warten. Bis zu ihrer Verabredung. Evelyn schmunzelte unwillkürlich. Alleine die Aussicht auf ihr Date und das Tiramisu, das er ihr versprochen hatte, munterten sie auf.

Doch was sollte sie in der Zwischenzeit anstellen, um sich abzulenken? Noch einmal zurück ins Archiv gehen? Dann aber fiel ihr ein, dass es ja außer Milli noch einen Zeitzeugen gab, der ihr möglicherweise weiterhelfen konnte. Vielleicht wusste Ludwig, wie diese Theres mit dem Schloss verbunden war. Vielleicht kannte er sogar ihre Großmutter? Schließlich lag der Schrebergarten nur einen Steinwurf von der Villa entfernt.

Evelyn setzte ihr Vorhaben ohne Umschweife um. Eine halbe Stunde später winkte sie Ludwig über den niedrigen Zaun vor seinem Gartenhäuschen zu.

„Evelyn! Was für eine Überraschung! Ich hätte nicht erwartet, Sie so früh wiederzusehen."

Er stand vom Tisch auf und kam auf sie zu. Dem Anschein nach freute er sich aufrichtig über ihren Besuch, trotzdem fragte Evelyn aus Höflichkeit: „Komme ich ungelegen?"

„Überhaupt nicht! Ich wollte nur gerade los zu meinem täglichen Spaziergang. Begleiten Sie mich ein Stück?"

„Gerne!"

Sie verließen den Schrebergarten über das Haupttor, hielten sich dann am Rand der Hauptstraße und gingen talwärts. Kurz darauf wechselten sie die Straßenseite und gelangten über ein paar Stufen auf einen Pfad, der versteckt hinter Hecken und einem Haus lag. Wieder entdeckte Evelyn Verbotsschilder und wies Ludwig darauf hin.

„Ich nehme diesen Weg seit meiner Kindheit. Sagen wir einfach, ich hätte ein Wegerecht."

Er grinste schelmisch und Evelyn lächelte. Bald darauf kam ihre Orientierung zurück. Sie befanden sich in der Siedlung, die Evelyn gestern schon besucht hatte.

Ludwig ging weiter bergan, vorbei an einer Marienstatue, und spazierte dann in einen Wald hinein.

Die Aura dieses Ortes nahm Evelyn schon nach wenigen Schritten gefangen. Staunend sah sie sich um. Er kam ihr nicht vor wie ein gewöhnliches Wäldchen, sie fühlte sich mehr an einen heiligen Hain erinnert. Selbst von den Bäumen schien eine eigentümliche Strahlkraft auszugehen. Ihr helles Laub leuchtete im Sonnenlicht, Efeu kletterte an ihnen empor. Bei einem dünnen, vielleicht von einer großen Schneelast gekrümmten,

Stamm hielt Evelyn inne. Fast sah es danach aus, als hätte ihn die Kletterpflanze zu Boden gerungen.

„Sie sind nicht alleine deshalb gekommen, um mich zu besuchen, habe ich recht? Sie möchten mehr über das Schloss wissen“, stellte Ludwig fest.

Evelyn nickte verlegen. „Warum wussten Sie das?“

„Menschen in meinem Alter kann man nicht mehr so leicht etwas vormachen. Deshalb bin ich mit Ihnen hierhergekommen.“

Ohne sein Vorhaben weiter auszuführen, stolperte er in halbgebückter Haltung über einen Steilhang hinauf. Evelyn kniff automatisch die Augen zu Schlitzen und beobachtete die Kletterpartie mit Sorge. Das fehlte noch, dass Ludwig hier runterrutschte und sich alle Knochen brach! Aber er war schon oben angelangt und winkte ihr zu.

„Kommen Sie!“

Evelyn spurtete leichtfüßig die Böschung hinauf und stellte sich neben Ludwig, der schon mit dem Finger in die Umgebung zeigte.

„Dort hat es gestanden: Rosenhag. Und der Park hat bis zu diesem Wäldchen gereicht. Im Krieg sind wir bei Bombenalarm hierher geflüchtet, um im ehemaligen Eiskeller des Schlosses Schutz zu suchen. Das war gleich da unten.“

Wieder benutzte er seinen Finger als Wegweiser. In der angezeigten Richtung konnte Evelyn aber kein Gebäude erkennen, es musste hinter der Kuppe liegen.

„Über einen Stollen konnte man vom Keller sogar ins Schloss gelangen. Das war eine beliebte Mutprobe bei uns Jungen. Wenn wir die schwere Eisentür erreicht hatten, die den Zugang zum Schloss versperrte, haben wir uns einen Jux daraus gemacht und geklopft.

Ludwigs Kichern verlor sich in einem Keuchen. „Ich weiß es noch, als wäre es gestern gewesen."

„Kannten Sie auch eine Theres Pamminger?", wechselte Evelyn abrupt das Thema.

Ludwig wischte sich eine Träne aus dem Augenwinkel. „Die Schlossherrin? Natürlich! Sie hat das Schloss nach seinem Tod vom Fürsten geerbt. Das hat für Furore gesorgt, denn Theres ist Hausmädchen im Schloss gewesen."

„Waren sie ein Paar?", fragte Evelyn unverblümt.

„Das wurde jedenfalls gemunkelt. Offiziell hat er Theres adoptiert. Aber ich kann mich erinnern, dass es ein Eifersuchtsdrama am Schloss gegeben hat. Eines, das ein böses Ende nahm. Ein junger Mann war zum Fensterln gekommen. Er war über das Rosenspalier an der Schlossmauer zum Zimmer des Mädchens hochgeklettert und gestürzt. Der Fürst soll ihn gestoßen haben. Dieses Gerücht hat sich hartnäckig gehalten, obwohl es nie eine Anzeige deswegen gab. Die Rosen wurden in den Jahren darauf von der Mauer entfernt."

Da Ludwig so bereitwillig erzählte, schoss Evelyn gleich die nächste Frage nach.

„Kannten Sie auch Ludmilla Pamminger? Milli?"

„Vage. Es gab ein Mädchen am Schloss, das so hieß. Ich habe es manchmal gesehen, wenn ich als junger Bub am Schlossbrunnen Wasser für die Burschen oben bei der Flak geholt habe. Sehr viel mehr weiß ich leider nicht. Mädchen haben mich damals noch nicht interessiert."

„Hier oben war eine Fliegerabwehr?“, fragte Evelyn nach.

Ludwig nickte. „In der Nähe des heutigen Zoos. Meiner Meinung nach war die auch der eigentliche Grund für die Bombardierung. Das Schloss war nie das Ziel. Aber beim Angriff im Jänner 1945 hat es dann doch noch einen Streifschuss abbekommen.“

Die Geschichten rund um Rosenhag wurden immer rätselhafter, je mehr Evelyn erfuhr. Wie gut, dass sie mit Ludwig einen redseligen Gesprächspartner gefunden hatte, der sein Wissen offensichtlich gerne mit ihr teilte. Evelyn setzte gerade zur nächsten Frage an, da klingelte ihr Handy. Es war Conny.

Evelyn entschuldigte sich bei Ludwig und ging außer Hörweite.

„Mama?“

„Du hast mich angerufen“, stellte Conny nüchtern fest.

Natürlich hatte sie das, dachte Evelyn. Immerhin hatte sich Conny aus dem Staub gemacht, statt ihre sterbenskranke Mutter zu besuchen. Gut, Milli war zwar schon über dem Berg, aber das wusste Conny schließlich nicht.

„Wo bist du?“, fragte Evelyn geradeheraus.

Stille.

„Mama!“

„Im Zoo.“

„Warte dort. Ich komme zu dir.“

Evelyn steckte das Handy in ihre Hosentasche und entschuldigte sich bei Ludwig für die Unterbrechung und dafür, den Spaziergang vorzeitig abbrechen zu müssen. Ein familiärer Notfall. So lautete ihre Erklärung, und im Grunde stimmte das auch.

„Eine letzte Bitte hätte ich noch“, sagte Evelyn zum Abschluss. „Können Sie mir sagen, wo ich den Zoo finde?“

Kapitel 23

Linz, Ende Juni 1932

Theres hockte am Seerosenteich. Der Wind säuselte an diesem trüben Tag, er zerzauste die Blätter der Weide, die wie langes Haar in der Brise flatterten.

Die Sonnenwende war spurlos an Rosenhag vorbeigegangen, wie auch schon im Jahr davor. Niemandem stand der Sinn nach großen Feiern. Dem Heiligen Johannes wurde nur noch im Stillen gedacht. Musik und Gesang, die das Schloss einst zum Fest eingehüllt hatten, waren beinahe ebenso zur Legende geworden wie der singende Brunnen. Und der Sturz des jungen Mannes vom Rosenspalier.

Davon redeten die Leute freilich nur hinter vorgehaltener Hand. Aber wie es mit Gerüchten so war, wurden sie Theres dennoch zugetragen – jetzt, rund um den Johannistag, wieder verstärkt. Das Flüstern des Windes erinnerte Theres an das Getuschel. Ärger stieg in ihr auf.

Hatte davor kaum jemand von ihr, dem neuen Hausmädchen am Schloss, Notiz genommen, war sie nach dem Vorfall zum Zentrum des Klatsches geworden. Sie und Heinrich waren das.

Dabei hatte sich das Unglück bereits zum zweiten Mal gejährt. In weiser Voraussicht war sie der Messe ferngeblieben. Dafür war Rosi nach dem Kirchgang zeternd in die Küche gekommen. „Die haben mich zum letzten Mal gesehen. Alles Schwätzer! Richten lieber redliche Leute aus, als sich um ihren eigenen Dreck zu scheren."

„Reden sie immer noch davon?"

„Das soll dich nicht kümmern! Und wenn du die Jungfrau Maria wärst, würden sie noch schlecht über dich reden. Das ist der Neid. Sie sehen, was du geschafft hast, und gönnen es dir nicht. Und Heinrich ist ihnen mit seinen Marotten sowieso ein Dorn im Auge."

Auch wenn Rosis Rat gut gemeint war, half er Theres nicht weiter. Natürlich kümmerte es sie, was die anderen von ihr dachten. Sie hatte nie jemandem auch nur einen Anlass gegeben, der diesen Neid rechtfertigte! Nie damit geprahlt, was sie erreicht hatte. Immerhin war es zu einem guten Stück auch Glück gewesen und Heinrichs Wohlwollen ihr gegenüber. Darum verletzte es sie fast noch mehr, was die Leute über ihn sagten.

Er hätte den jungen Mann vom Rosenspalier gestoßen, hieß es in der Nachbarschaft. Aus Eifersucht.

Obwohl Theres anfangs den gleichen Gedanken gehegt und selbst Theodor in seinem Brief diese Vermutung geäußert hatte, wusste sie, es stimmte nicht.

Heinrich hatte es ihr gesagt und sie hatte ihm geglaubt, wenn auch nicht von Anfang an. Doch je länger sie darüber nachgedacht hatte, desto unlogischer erschien ihr Heinrichs Täterschaft. Warum hätte er nach dem Sturz helfen sollen, wenn er sich auch hätte davonstehlen können? Niemand hätte jemals davon erfahren. Warum hätte er sich alldem aussetzen sollen? Den Gerüchten, den Anfeindungen, der Isolation?

Allerdings stimmte das nur zur Hälfte: Heinrich war von den Menschen verstoßen worden, aber der Rückzug war auch seine Strategie, um das alles ertragen zu können. So gut kannte sie ihn inzwischen. Die

Wirklichkeit war immer mehr zu einem Ort geworden, von dem er flüchten wollte.

Vom Teich sah Theres hinüber zu den Fenstern der Bibliothek, in der Licht brannte. *Armer Heinrich.*

Theres stellte die Laterne auf ein kleines Floß aus zusammengeknoteten Zweigen und setzte es auf die Wasseroberfläche. Sie gedachte damit ihrem Vater, der einige Wochen zuvor verstorben war. Aber ein anderer Mann schob sich in ihre Gedanken. Mit einem Seufzer gab sie dem Floß einen Schubs und sah ihm dabei zu, wie der Wind es forttrieb, bis es schließlich bei einem großen Seerosenblatt kein Vorankommen mehr gab.

Auch Thereses Situation war aussichtslos gewesen. Zu gerne hätte sie an Theodors Seite ein neues Leben begonnen. Doch etwas hatte sie zurückgehalten: Eine seltsame Verbundenheit, die sie für Heinrich empfand, und die weit über das Gefühl, ihm verpflichtet zu sein, hinausging. Wäre sie fortgegangen, hätte sie die Menschen in ihrem Gerede bestätigt. Das wollte sie nicht. Sie hatte die Sorge, Heinrich würde daran zerbrechen. Mehr als Theodor, der sich trotz seiner Einschränkung bald wieder im Leben zurechtfinden würde. Das hatte sie immer geglaubt, vielleicht hatte sie sich auch nur etwas vorgemacht. Eine Lüge, die ihre Entscheidung rechtfertigte.

Nur, ihr Herz konnte sie nicht belügen. Die Sehnsucht war noch immer da. Überlagert von den Sorgen über den Erhalt des Schlosses, gedämpft durch all die Dinge, die sie im Kopf haben musste, verdrängt von den vielen Aufgaben, die sie an Heinrichs Stelle erledigte.

Theres richtete sich langsam auf und ging zurück ins Schloss. Gleich würde der Künstler eintreffen, der sich auf ihre Annonce in der Zeitung gemeldet hatte. Er wollte den Steinernen Saal noch einmal besichtigen, um dann zu entscheiden, ob er sich als Atelier eignen würde.

Wenn das zutraf, wäre der Saal eine der letzten Räumlichkeiten des Schlosses und des Meierhofes, die einen Mieter fand. Ein Lächeln legte sich auf Thereses Lippen. Sie war ein bisschen stolz auf sich, weil sie Heinrich von dieser Idee hatte überzeugen können. Dadurch hatten sie nicht nur die Vereinsamung des Schlosses aufgehalten, sondern auch etwas Zeit gewonnen. Heinrichs Vermögen war empfindlich geschrumpft. Das hatte Theres bestürzt festgestellt, nachdem er ihr immer mehr Einblicke in Verwaltungsdinge und seine Bücher gewährt hatte. Von dem Geld, mit dem man ihn aus den Familiengeschäften hinausgekauft hatte, hatte er eine ganze Weile gut leben können. Der Versuch, ein eigenes erfolgreiches Unternehmen aufzubauen, war jedoch gescheitert – es hatte die Weltwirtschaftskrise nicht überlebt.

Inzwischen war Theres im Hof angelangt. Anstelle des Künstlers traf sie dort Doktor Bindeus an. Sie hob die Hand zum Gruß, doch als sie ihm zurufen wollte, war er schon in der Küche verschwunden.

Es war der Doktor gewesen, der sie auf die Idee gebracht hatte, die ungenutzten Zimmer als Wohnräume zu vermieten. Bei jedem seiner Besuche hatte er davon geschwärmt, wie schön es wäre, am Schloss zu leben.

Schließlich war er einer der Ersten gewesen, der eins der Zimmer im Gästetrakt bezogen hatte. Im Meierhof hatten sich verschiedene Gewerbebetriebe angesiedelt. Ein Schmied, ein Schreiner und ein Schneider. Nicht alle waren in der Lage, die vollständige Miete aufzubringen, aber das machte nichts, denn es gab genug Dinge, die der Reparatur bedurften. Beide Seiten profitierten von diesen Gegengeschäften.

Während sie auf den Künstler wartete und ihren Gedanken nachhing, griff Theres zum Besen und fegte den Hof.

Das Schloss war ihr ganzer Stolz. Es war zu einer kleinen Kommune geworden, zu einer verschworenen Gemeinschaft im besten Sinne. Man hielt zusammen. Diese fröhliche Betriebsamkeit, die seither auf Rosenhag herrschte, trug in Thereses Augen auch dazu bei, dass sich die Meinung der Menschen aus der Umgebung wieder zum Positiven veränderte.

Das Gerede über den eifersüchtigen Fürsten war abgeflaut, wenn nicht gerade die Sonnenwende nahte. Andere Ereignisse waren bedeutender. Besorgniserregend. Man konnte dabei zusehen, wie sich das Land immer mehr spaltete. Die Krise war schuld. Die Arbeitslosigkeit. Die Armut. Es herrschte Orientierungslosigkeit. Theres konnte verstehen, wie sehr sich die Menschen nach Stabilität sehnten. Dass sie empfänglich für die politischen Versprechen der Parteien waren und sich auf die eine oder andere Seite schlugen.

Die unterschiedlichen Lager rührten unaufhörlich die Propagandatrommel: Anfang Mai hatte es in der Stadt Aufmärsche der Nationalsozialisten und der Schutzbündler gegeben – beide am gleichen Tag. Fürst Starhemberg, der Bundesführer der Heimwehr, hatte sich in Schulden gestürzt, um die Starhemberg-Jäger auszurüsten. Es waren diese Entwicklungen – nicht nur die Gerüchte – die Heinrich resignieren ließen, das hatte Theres im Gefühl. Dem hatte er nichts entgegenzusetzen. Seine Ideale, die er so hochhielt, waren in dieser Welt nicht zu verwirklichen. Heinrich schwand dahin. Seine Fröhlichkeit, die sprühende Begeisterung waren fort.

Nur ab und zu sah Theres sie noch aufblitzen, wenn Heinrich mit Milli spielte, für die das Schloss zu ihrem Zuhause geworden war.

Sie stellte den Besen zur Seite. Der Künstler verspätete sich, also ging sie in die Küche zu Rosi, bei der sie ihre Schwester in der Zwischenzeit gelassen hatte. Aber der kleine Wirbelwind war nicht da.

„Wo ist Milli?", fragte Theres, nachdem sie beide begrüßt und sich mit einem flüchtigen Blick unter die Sitzbank vergewissert hatte, dass sich ihre Schwester nicht in ihrem Lieblingsversteck verborgen hielt.

„Heinrich hat sie geholt. Zum Kartenspielen." Rosi schürzte belustigt die Lippen.

„Verstehe", erwiderte Theres. „Dann werde ich den beiden einen kleinen Besuch abstatten."

„Warte kurz." Der Doktor erhob sich vom Stuhl. Er wirkte ungewohnt unsicher, als er Theres eine Hand auf die Schulter legte und sie ansprach. „Erst muss ich mit dir reden."

Instinktiv tauschte Theres einen Blick mit Rosi, die sich mit betroffener Miene abwandte. Natürlich war sie eingeweiht! Die beiden steckten immer die Köpfe zusammen und schienen über alles und jeden Bescheid zu wissen. Aber worum machten sie so ein Geheimnis? War es wegen Heinrich? Das Fieber war doch beim letzten Mal nicht so schlimm gewesen.

„In Ordnung?“, erwiderte sie bemüht darum, ihre Besorgnis zu verbergen.

Der Doktor nahm sie am Arm und führte sie hinaus unter den Arkadengang. Theres folgte ihm widerstandslos. Draußen sah er sich kurz um, öffnete dann seine lederne Arzttasche und zog ein in braunes Packpapier gewickeltes Päckchen heraus.

„Ich habe lange mit mir gerungen, ob ich es dir wirklich geben soll“, sagte er mit schuldbewusster Miene. „Aber ich kann es dir nicht vorenthalten, das steht mir nicht zu.“

Theres wartete auf eine Erklärung, diese blieb jedoch aus. Der Doktor händigte ihr nur das Päckchen aus, entschuldigte sich noch einmal und verließ dann den Hof.

Thereses Blick folgte ihm, bis er durch das Tor trat und den Hut lüpfte, um den Ankömmling zu grüßen.

Der Künstler war da.

Kapitel 24

Während sie den Künstler schweigend beobachtete, wie er den Steinernen Saal abschritt und da und dort den Zollstab anlegte, schweiften Thereses Gedanken immer wieder zu dem Päckchen. Sie hatte es beim Vorbeigehen nur eilig in einer der Mauernischen abgelegt und sich nicht einmal die Zeit genommen, den Absender zu lesen. Jetzt rätselte sie unentwegt, was darin verborgen sein mochte, dass der Doktor so ein Geheimnis darum machte.

Endlich klappte der Maler seinen Zollstab zusammen. Theres bemerkte ein zufriedenes Lächeln auf seinen Lippen, bevor er wieder eine skeptische Miene aufsetzte.

„Also, Frau Pamminger, ich weiß nicht so recht ..."

Diesen leidigen Tonfall kannte sie nur zu gut: Der Maler wollte den Preis drücken, aber darauf würde sie sich nicht einlassen. Sie hatte aus ihren anfänglichen Fehlern gelernt, glaubte nun alle Tricks zu kennen und konnte sie, wenn nötig, auch anwenden.

„Der Preis ist nicht weiter verhandelbar. Es gibt noch andere Interessenten. Ich habe Ihnen nur deshalb den Vorzug gegeben, weil der Fürst Ihre Arbeit sehr bewundert. Aber wenn Sie unsicher sind, gebe ich ..."

„Nein, nein, warten Sie. Im Grunde genommen passt doch alles recht gut zu meinen Vorstellungen. Und Platz ..." Er machte eine ausladende Armbewegung. „Platz ist wirklich reichlich vorhanden. Richten Sie dem Fürsten bitte aus, ich wäre einverstanden."

„Gut“, antwortete Theres knapp. Seit sie besser darin geworden war, genoss sie dieses Spiel. Sie liebte den irritierten Ausdruck in den Gesichtern der Menschen, wenn sie erkannten, wie sehr sie Theres unterschätzt hatten. Und das taten sie beinahe alle, wobei sie es ihnen nicht einmal verübeln konnte. Im Gegenteil, seit sie erkannt hatte, welche Vorteile ihr ihre Jugend und vermeintliche Naivität in den Verhandlungen verschafften, hatte sie sich gut damit arrangiert.

„Dann leite ich alles Nötige in die Wege. Willkommen auf Rosenhag.“ Sie lächelte gewinnend und setzte fort: „Der Fürst würde Sie gerne zu einem Abendessen einladen, sobald Sie sich bei uns eingerichtet haben.“

„Das ist sehr freundlich. Die Einladung nehme ich gerne an.“

„Und mir wäre es eine Ehre, wenn ich Ihnen einmal bei der Arbeit über die Schulter schauen dürfte.“

Die Züge des Künstlers entspannten sich augenblicklich. Nachdem Theres ihm den Schneid abgekauft hatte, taten die Streicheleinheiten seinem Ego sichtlich wohl. Diesmal war es keine Taktik, Theres meinte es ernst. Sie hatte sich von Heinrichs Begeisterung für die Kunst anstecken lassen und auch schon selbst zum Pinsel gegriffen. Das Ergebnis war allerdings ernüchternd gewesen, sogar Milli mit ihren nicht einmal zweieinhalb Jahren besaß mehr Talent als sie. Theres schmunzelte unwillkürlich. Es war ein Bild für die Götter gewesen, wie Milli mit dem konzentrierten Ausdruck eines großen Meisters vor der Leinwand gestanden und den Pinsel darüber gleiten lassen hatte. Zuerst in großen, energischen Strichen, für die sie sich zu guter Letzt auf Zehenspitzen weit nach oben gestreckt hatte. Für die

Details war sie anschließend mit der Nase ganz dicht ans Bild gegangen.

„Aber sicher", erwiderte der Künstler. „Das würde mich freuen."

Nachdem sie einige organisatorische Dinge besprochen hatten, begleitete Theres ihn hinaus und hielt dann nach Milli und Heinrich Ausschau.

Sie vermutete sie in der Bibliothek und dort fand sie die beiden schließlich auch – unter einem Zelt, das Heinrich aus mehreren Bettlaken gebaut und zwischen zwei Regale gespannt hatte. Als Theres eintrat, lagen die beiden in Richtung der Fenster bäuchlings am Boden. Sie bemerkten sie nicht, denn sie waren in ein Gespräch vertieft.

Theres schlich sich an. Die beiden hatten es sich wirklich gemütlich gemacht, stellte sie ein wenig neidisch fest. Am Boden lagen Decken und unzählige Kissen. Millis rechter Unterschenkel wippte in der Luft und sie hatte sich mit dem Kopf an Heinrichs Schulter gelehnt. Auf einmal fühlte sich Theres unheimlich gerührt von dem Anblick. Dennoch pirschte sie sich weiter an, beugte sich schnell über Milli und kitzelte sie, bis sie vergnügt quietschte. Anschließend legte sie sich neben ihrer Schwester auf die Decke. „Na, ihr zwei, was treibt ihr denn?"

„Spielen Tatort", erwiderte Milli stolz.

„Du meinst Tarot?", erkundigte sich Theres, der das Kartendeck wohlbekannt war. Die Illustrationen mit den Details aus der Umgebung von Rosenhag begeisterten sie jedes Mal aufs Neue.

„Nein, Tatort!", beharrte Milli. Das Mädchen setzte sich auf und begann eifrig mit den Karten zu hantieren.

„Wir haben uns das Spiel selbst ausgedacht", erklärte Heinrich mit einem Augenzwinkern. „Die Spielregeln sind ziemlich kompliziert."

„Das dachte ich mir schon." Um ein Schmunzeln zu überspielen, legte Theres die Fingerspitzen auf die Lippen. Daraufhin widmete sie sich wieder voller Bewunderung ihrer kleinen Schwester, die ihrer Fantasie folgend die Karten legte. „Tod – böse. Hängter – böse. Stern – brav. Mann, Frau – böse …" Milli sah Theres belustigt an und gluckste vor Vergnügen. Theres lächelte zurück, aber nachdem sich die Kleine wieder in ihr Spiel vertieft hatte, blieb Thereses Blick an der Karte der Liebenden hängen. *Mann, Frau – böse,* hallten Millis Worte in ihren Gedanken nach. Noch einmal sah sie über die scheinbar achtlos durcheinander geworfenen Karten. Was sie sah, ließ sie frösteln. Die Liebenden wurden umkreist vom Tod, dem Gehängten und berührten die Karte mit dem brennenden Turm.

Theres richtete sich hastig in den Sitz auf und brachte dabei beinahe das Zelt zum Einsturz. Um sich selbst zu beruhigen, gab sie Milli einen Kuss auf den Kopf, schnupperte kurz an ihrem blonden Haar, das sich im Nacken kräuselte und so gut nach ihr roch. Nach Sommer und Sonne, obwohl sich diese an diesem Tag nicht blicken ließ.

„Ich sehe, ihr amüsiert euch gut. Dann lass ich euch wieder alleine", sagte sie schließlich.

Als sie die Tür erreichte und sich umdrehte, schienen sich die beiden schon wieder in ihrer eigenen Welt zu befinden. Theres sah ihnen noch eine Weile durch den Türspalt zu, bevor sie sich schließlich ein wenig wehmütig losriss, mit dem Plan, sich wieder an die Arbeit zu machen.

Während sie den Gang entlangging, dachte sie an die Karte der Liebenden. Sie vor einem Apfelbaum, um dessen Stamm eine Schlange gewickelt war. Er mit einer Rose in der einen und einer Rippe in der anderen Hand. Makaber, und irgendwie unheimlich. Sie konnte nicht sagen, woran es lag, aber sie hatte das Gefühl, die Karten erzählten ihre Geschichte. Die Liebenden, die Unrecht getan und dafür mit einem großen Unheil bestraft wurden. Theres schüttelte den Kopf über diese absurde Idee, da kam sie an der Mauernische mit dem Päckchen vorbei und blieb abrupt stehen.

Erleichtert griff sie danach, als wäre es etwas, woran sie sich festhalten konnte, um nicht wieder ihren beängstigenden Gedanken zu verfallen.

Sie brachte es in ihr Schlafzimmer, das sie sich mit Milli teilte. Nachdem sie ihre Schwester am Ende des letzten Sommers zu sich aufs Schloss geholt hatte, hatte ihr Heinrich angeboten, die Zimmer zu tauschen, da sein Schlafgemach viel geräumiger war. Nicht, dass es Theres etwas ausgemacht hätte, in der kleineren Kammer zu bleiben, aber Heinrich hatte darauf bestanden.

Sie setzte sich an die Frisierkommode, die einmal Amalia gehört hatte, nahm einen Brieföffner mit einem verzierten Griff aus der Schublade und durchtrennte den Bindfaden des Päckchens, der in der Mitte fest verknotet war.

Es raschelte, als sie den Papierbogen auseinanderfaltete. Eine Ewigkeit starrte sie ungläubig auf den Inhalt. Auf das Buch mit dem grünen Einband. Auf den Namen, der golden darauf eingeprägt war. *Theodor Sitter.*

Es war, als hätte jemand den Bindfaden genommen, statt um das Päckchen, um ihre Brust gewickelt und zugezogen. So fest, dass es ihr die Luft zum Atmen nahm und ihr Herz am Schlagen hinderte. Als hätte sie sich daran verbrannt, warf sie das Buch auf die Kommode.

Das war doch nicht möglich! Ihr schwirrte der Kopf. Fast zwei Jahre lang hatte sie nichts von Theodor gehört. Er hatte nicht auf ihren Brief reagiert. Auch wenn sie enttäuscht gewesen war, hatte sie sein Schweigen nachvollziehen können, schließlich hatte sie ihm geraten, sie zu vergessen. Aber warum schickte er ihr jetzt dieses Buch? Jetzt, nach dieser langen Zeit. Oder war es gar nicht Theodor gewesen, der ihr das Päckchen hatte zukommen lassen? War es womöglich nur ein übler Scherz? Theres kämpfte mit den Tränen. *Wer würde so etwas tun?*, fragte sie sich und rang um Fassung. Auch nachdem sie sich wieder etwas beruhigt hatte, wollte ihr niemand einfallen, der etwas davon gehabt hätte. Sie klappte den Buchdeckel auf und fand eine Widmung.

Ich werde auf dich warten wie auf die elfengleiche Blüte der Nacht.

Theres schluckte schwer. Die Widmung war nicht unterzeichnet, aber sie wusste auch so, von wem sie stammte. Es konnte kein anderer sein als *er*.

„Theodor“, wisperte sie und eine einzelne Träne löste sich aus dem nassen Kranz ihrer Wimpern. Nach dem ersten Schock stieg mit den Tränen der Ärger in Theres auf.

Wie konnte er sich jahrelang nicht melden und dann so etwas schreiben? Das war grausam!

Durch einen Tränenschleier sah Theres zum Fenster und rief sich damit ins Gedächtnis, was Theodor ihretwegen verloren hatte. Seine Worte waren vielleicht grausam, aber sie hatte es verdient.

Was sollte sie jetzt tun? Sie war viel zu aufgewühlt, um auch nur eine Zeile aus dem Buch zu lesen. Sogar der Titel war ihr schon wieder entfallen, nur die Buchstaben seines Namens auf dem grünen Einband hatten sich in ihr Gedächtnis eingeprägt und verblassten erst allmählich vor ihrem inneren Auge. *Theodor.*

Als sie wieder einen klaren Gedanken fassen konnte, erinnerte sie sich daran, wer ihr das Päckchen übergeben hatte. Der Doktor musste mehr über Theodors Beweggründe wissen. Sie schnappte sich das Buch von der Kommode und wollte damit zur Tür hinaus, als sie draußen flinke, hüpfende Schritte und eine sanfte Männerstimme vernahm. Schnell zog sie die Schublade der Frisierkommode auf und versteckte das Buch darin. Da klopfte es schon an der Tür, sie ging auf und Milli stürmte herein.

Kapitel 25

„Kommst du nachher zu mir, wenn Milli schläft?“, fragte Heinrich, nachdem sie über das kleine Mädchen gelacht hatten, das mit dem Schlachtruf „Höhle!“ auf das Bett gesprungen war und jetzt grinsend seinen zerzausten Schopf unter der Decke hervorstreckte.

Was Heinrich gesagt hatte, durchfuhr Theres wie ein Blitz. Erschrocken drehte sie sich zu ihm um. Das Lachen war ihr in der Kehle steckengeblieben, seinem Blick konnte sie kaum standhalten. *Meinte er wirklich ...?* Auch er hatte aufgehört zu lachen und wirkte nun sehr ernst. Theres schluckte.

Er musste ihre Verunsicherung bemerkt haben, denn er verzog das Gesicht zu einem Lächeln, das seine weißen Zähne zum Vorschein brachte. Es war ein bitteres Lächeln, das die Fältchen um seine Augen unberührt ließ und auf seinen Lippen erstarb, bevor er ihr antwortete: „Keine Sorge, ich möchte nur etwas mit dir besprechen.“

Seine Stimme klang ungewohnt herb und Theres erkannte, wie sehr sie ihn mit ihrer Reaktion verletzt hatte.

„Natürlich“, sagte sie schnell und versuchte ein beschwichtigendes Lächeln. Heinrich ignorierte es, nickte nur schwach und verließ das Zimmer.

Theres atmete tief ein und schloss kurz die Augen, bevor sie sich wieder Milli zuwandte, die bereits nach ihr rief.

Nachdem sie die Kleine bettfertig gemacht hatte, kuschelten sie sich unter die Decke. Milli zwängte ein

Bein zwischen Thereses Oberschenkel und schlang das andere darüber. Mit einem Arm bildete Theres einen schützenden Bogen um Millis Kopf. Das Mädchen verschränkte die Finger in den ihren und nestelte mit den Füßen in der dünnen Decke, wie ein Kätzchen, das es sich gemütlich macht.

Während Milli unter Aufbietung der neuesten Wörter, die seit Kurzem ihren Wortschatz bereicherten, von ihrem Tag erzählte, hörte Theres nur mit einem Ohr zu. Die Reue über ihre Reaktion auf Heinrichs Frage rumorte in ihr.

Ihre ablehnende Haltung ihm gegenüber hatte ihn tief getroffen, sie hatte den Gram in seinem Gesicht gesehen. Obwohl alles nur einem dummen Missverständnis geschuldet war, änderte das nichts am Schmerz, den die Zurückweisung offenbar in ihm ausgelöst hatte. Theres fühlte sich schuldig. Sie wusste, Heinrich empfand etwas für sie. So sehr er sich anstrengte, seine Gefühle für sie zu unterdrücken oder im Scherz zu überspielen, seine Blicke verrieten ihn doch. Und es gab noch andere – subtilere – Anzeichen, die sich nur schwer in Worte fassen ließen. Wie die Spannung, die manchmal in der Luft lag, wenn sie alleine im Raum waren oder sich flüchtig berührten. Theres spürte die Aufregung auch und oft hatte sie diese Situationen weitergesponnen. Sie hatte sich vorgestellt, wie es wäre, ihn zu küssen. Sich gefragt, ob es diese Innigkeit zwischen ihnen geben könnte, die Heinrich seine Traurigkeit vergessen ließe.

Aber daran glaubte sie nicht. Tief in ihrem Inneren wusste sie, es würde Heinrich endgültig zerstören, ihr so nahe zu sein.

Denn dann müsste er erkennen, dass ihn sein Herz betrogen hatte. Dass er die Liebe, die er für Amalia empfand, bei ihr nicht wiederfinden würde.

Milli war still geworden, aber der Schlaf wollte sich nicht einstellen. Sie strampelte mit dem rechten Bein und befreite es aus der Decke. Leise summend streichelte Theres ihr übers Haar. Sie dachte an die liebevolle Szene, die sie am Nachmittag beobachtet hatte. An Heinrich und Milli im provisorischen Zelt und die Vertrautheit, die zwischen ihnen herrschte. Es rührte sie zutiefst, wie er sich um Milli kümmerte, und sie konnte nicht abstreiten, dass auch sie Zuneigung für ihn empfand. Aber war es Liebe?

Ihr Blick fiel auf die Frisierkommode, in deren Schublade sie Theodors Buch versteckt hatte. Mit den Gefühlen, die der ernsthafte Schriftsteller in ihr ausgelöst hatte, war es jedenfalls nicht zu vergleichen. Theodor hatte sie mitgerissen wie ein wilder Strom, sie überflutet und alles durcheinandergewirbelt. Dagegen erinnerte sie Heinrich an ein stilles Gewässer, an dessen Oberfläche sich die Sonne brach, in dessen Untiefen man sich aber verlieren konnte.

Milli hatte inzwischen den Kampf gegen den Schlaf aufgegeben und schlummerte in Thereses Armen. Gleich würde sie sich zur Seite drehen und Theres würde die Gelegenheit nutzen, um aufzustehen. In diesem Moment regte sich Milli.

„Papa.“ Das Wort entfleuchte im Schlaf aus Millis Mund, wie ein leises Flehen. Sie vermisste ihren Vater. Es klang, als wollte sie ihn herbeirufen. Zurückrufen von dort, wo er war. Aber das war nicht möglich.

Ihr Vater war tot.

Erschlagen von einem Felsbrocken, der sich bei einer Sprengung im Steinbruch gelöst hatte und auf ihn herabgestürzt war.

Nicht zu fassen, dass es schon einen Monat her sein sollte! Es fühlte sich für Theres so an, als hätte sie gerade eben erst davon erfahren. Sie schwebte immer noch in dem Zustand der Unwirklichkeit. Vielleicht, weil man sie davon abgehalten hatte, unter das Leintuch zu sehen, mit dem man ihren aufgebahrten Vater bedeckt hatte. Sie war bei seinem Begräbnis gewesen, für das Heinrich aufgekommen war. Wie mechanisch hatte sie Erde mit dem Schäufelchen auf den Sargdeckel geworfen und war zusammengezuckt, als ein Stein aus dem Erdhaufen auf dem Holz aufgeprallt war. Aber begriffen hatte sie es nicht.

Ihr Vater war tot.

Tot.

Jetzt hatten Milli und sie nur noch einander. Theres beschlich das Gefühl, ihre Schwester im Stich zu lassen, als sie sich nun vorsichtig von der Matratze rollte, bedacht darauf, das Mädchen nicht zu wecken. Das Bett ächzte und Theres hielt die Luft an, während sie Millis Atemzügen lauschte. Alles gut, die Kleine schlief.

Normalerweise hätte Theres jetzt drei Stunden Zeit, bevor Milli noch einmal wach würde, um zur Toilette zu gehen und etwas zu trinken.

Ein mulmiges Gefühl begleitete Theres, während sie sich der Bibliothek näherte. Es ließ sie kurz vor ihrem Ziel langsamer werden und einen Augenblick unschlüssig vor der dunklen Flügeltür mit den Glaseinsätzen verharren. Sie hatte Angst vor der Begegnung mit

Heinrich, denn sie wusste nicht, wie sie mit seiner Verstimmung umgehen sollte.

Schließlich war sie selbst der Grund dafür, ihre Reaktion auf seine Bitte. Oder genügte schon ihre Anwesenheit am Schloss, damit er sich schlecht fühlte? *Vielleicht wäre es doch besser gewesen fortzugehen*, dachte Theres zum ersten Mal. Vielleicht wäre es für Heinrich einfacher gewesen, sich von diesem Schmerz zu erholen, statt immer diese quälende Nähe zu verspüren. *Quälende Nähe.* So hatte sie ihre Beziehung davor nie betrachtet, denn in der Regel gab es dafür keinen Grund. Sie waren doch Freunde, auch wenn niemand von ihnen es je ausgesprochen hatte. Sie schätzten und vertrauten einander und seit Theres sich um die Verwaltung des Schlosses kümmerte, hatte sie endlich das Gefühl, etwas zurückgeben zu können. Theres seufzte, fasste sich ein Herz und klopfte an die Tür. Als sich niemand meldete, drückte sie den schweren Flügel auf und schaute vorsichtig hinein.

Heinrich saß mit seiner Lesebrille tief über den Tisch gebeugt da und nahm immer noch keine Notiz von ihr. Dämmerlicht fiel an diesem Tag, der nicht enden zu wollen schien, durch die hohen Fenster. Im Halbdunkel wirkten die hohen Regale wie die Häuserreihen einer gespenstischen Stadt, in der sich Theres an lichten Tagen heimisch fühlte, jetzt aber etwas verloren.

Mit einem Räuspern trat sie ein. Heinrichs Kopf schnellte in die Höhe.

„Theres!" Er stand unversehens auf, legte die Brille ab und kam um den Schreibtisch herum auf sie zu.

Wenn er nervös war, überspielte er es gut, dachte Theres, deren Herz bis zum Hals schlug.

Heinrich lächelte und diesmal meinte er es auch. Sie war wieder einmal verblüfft, wie schnell sich Heinrichs Launen ändern konnten, und offengestanden auch sehr erleichtert darüber.

Er zog sie an der Hand zu zwei Ohrensesseln, die einander gegenüberstanden, und ließ sich selbst in einem davon nieder. Theres blieb aufrecht auf der vorderen Kante sitzen. Heinrich beugte sich im Sitzen nach vorne, dabei hatte er die Ellbogen auf den Knien aufgestützt und die gefalteten Hände vor seine Lippen gelegt, wie um seine Worte sorgfältig zu wählen.

Die Stühle standen an einer Stelle, die noch vom Licht der untergehenden Sonne erfasst wurde. Es war inzwischen merklich dunkler geworden. Schatten wanderten über Heinrichs Antlitz.

Theres sah zu der Leselampe, die zwischen den Stühlen stand, hoffte aber insgeheim, Heinrich würde sie nicht einschalten, denn nur in der Düsternis war es ihr möglich, ihre Unsicherheit zu verstecken.

„Theres, du hast dich hier am Schloss verdient gemacht", begann Heinrich nun. „Du bist meine rechte Hand. Mehr noch, du führst das Schloss besser, als ich es jemals könnte."

Peinlich berührt von dem Lob, rutschte sie im Sessel herum und wollte etwas sagen, aber Heinrich hob die Hand, um es zu unterbinden.

„Bitte, Theres, unterbrich mich nicht! Es ist schwierig, die richtigen Worte zu finden, für das, was ich dir sagen möchte. Ich möchte nicht, dass du es missverstehst."

Theres nickte schuldbewusst, aber Heinrich bemerkte es gar nicht. Er starrte auf den Teppich am

Boden, um sich erneut zu sammeln, und kam dann schnell zum eigentlichen Thema.

„Wie du weißt, habe ich keinen Nachfolger. Das Schloss ... wenn mir etwas zustieße, gibt es keinen Erben."

Er machte eine Pause. Eine Pause, in der Heinrich aussparte, wem Rosenhag nach seinem Tod zufiele. Seinem Vater.

„Deshalb wollte ich dich fragen ..."

Theres zerknüllte den Stoff ihres Rockes, sie brauchte etwas zum Festhalten. War es möglich, dass Heinrich ihr diese Frage stellte? Nach allem, was früher an diesem Abend passiert war? War seine Verzweiflung so groß, dass er eine weitere Zurückweisung in Kauf nehmen würde?

Theres konnte nicht geradeaus denken. Die Gedanken schossen wie kleine Blitze durch ihren Kopf und ließen sie verwirrt zurück. Wenn er sie um ihre Hand bat, konnte sie ihm diesen Wunsch überhaupt abschlagen? *Eine Ehe der Vernunft*, dachte sie. Und es hätte sie wirklich schlechter treffen können. Heinrich war ein guter Mensch und Milli und sie hätten dann wieder einen Ort, wo sie wirklich hingehörten.

Daraufhin hörte sie Heinrich einatmen und lenkte ihre Aufmerksamkeit wieder ihm zu.

„Ich wollte dir vorschlagen ... Ich würde dich gerne adoptieren!"

Heinrich stoppte abrupt und die Idee kam Theres so abwegig – fast schon unsinnig – vor, dass sie an sich halten musste, um nicht loszulachen.

Heinrich hob den Arm in Richtung der Lampe und zog an der Kordel unter dem Schirm. Das Licht blendete Theres. Sie blinzelte.

„Das amüsiert dich wohl?“, fragte Heinrich mit hochgezogener Braue und Theres kicherte erleichtert.

„Bin ich nicht ein bisschen zu alt?“, fragte sie und war neugierig auf Heinrichs Erklärung. „Warum nicht Milli?“

„Du bist bald mündig. Rosenhag braucht einen Erben, der entscheiden kann, wenn ich ...“ Traurigkeit schwang in seinen Worten. Was verschwieg Heinrich ihr?

„Da du mich gefragt hast: Ich hatte überlegt, auch Milli zu adoptieren, aber die ganze Angelegenheit ist kompliziert genug. Sie wird auch so davon profitieren, am Schloss aufzuwachsen.“

Theres nickte stumm. Sie und Milli wären dann mit Fug und Recht auf Rosenhag zu Hause. Plötzlich erschauderte Theres, bei dem Bild, das sie durch diesen Gedanken in ihrem Kopf erzeugt hatte. Sie, als alternde Jungfrau, kinderlos und einsam.

In diesem Moment fiel ihr Theodor ein. Sein Kuss. Die weichen Lippen.

Und sie erkannte, dass ihr auch dieser Weg offenstand. *Ich werde auf dich warten,* hatte Theodor geschrieben. Dieser Weg, würde sie allerdings von Rosenhag wegführen, eine Gewissheit, die sie traurig stimmte.

Trotzdem musste sie sicher sein. Sie musste wissen, ob es diese Möglichkeit für sie gab: eine Zukunft mit Theodor.

Als dieser Gedanke in ihr Form annahm, fühlte sie sich ertappt und suchte mit Heinrich Blickkontakt. Hatte er sie durchschaut? Er jedoch musterte sie aufmerksam und ohne ein Anzeichen von Ungeduld.

Theres rang um Worte, spielte nervös mit ihren Fingern, die auf ihrem Schoß lagen.

„Ich ...“, stammelte sie. „Ich muss darüber nachdenken.“

Heinrich nickte. „Nichts anderes habe ich erwartet. So etwas will gut überlegt sein. Nimm dir die Zeit, die du brauchst.“

„Danke“, erwiderte Theres und fügte schnell hinzu. „Und danke für das Angebot. Ich weiß es sehr zu schätzen.“

Es klang wie eine leere Floskel und die war es im Grunde auch. Die Tragweite dieses Angebots – ihrer Entscheidung – wurde ihr erst allmählich bewusst. Und noch etwas anderes: Heinrich war dabei, ihr das Wertvollste anzuvertrauen, das er auf dieser Welt besaß.

Kapitel 26

Wenn sie Besorgungen in der Stadt zu erledigen hatte, nutzte Theres normalerweise die Tramway, die ganz in der Nähe von Rosenhag hielt. Aber nicht heute. Sie brauchte Bedenkzeit. Der Saum ihres Kleides streifte beim Gehen um ihre Waden. Nach jedem Schritt wog sie ab: Sollte sie umkehren oder ihr Vorhaben weiterverfolgen? Ein Vorhaben, wegen dem sie von Anfang an mit sich gerungen hatte.

Schon erreichte sie die eiserne Brücke, die sich über die Donau nach Linz spannte, und reihte sich ein in den Strom der Passanten, die darauf in Richtung Stadt strebten. Es gab kein Halten. Als neben ihnen die Tram vorbeiratterte, drängten die Menschen noch enger zusammen. Allmählich näherte sie sich dem Brückenkopf auf der anderen Seite und – wie es ihr manchmal vorkam – einer anderen Welt.

Es war Markttag. Fischgeruch und vereinzelte Schreie der Feilbietenden, die sich vom dichten Stimmengewirr der Besucher und Schaulustigen abhoben, drangen vom Ufer der Donau herauf.

Theres bahnte sich ihren Weg durch eine ins Stocken geratene Fußgängergruppe. Sie betrat den Hauptplatz und verließ ihn kurz darauf über eine enge, gepflasterte Gasse, die in den alten Stadtkern am Fuße des Linzer Schlossberges mündete. Inmitten eines kleinen Platzes hielt sie inne und tastete an den winzigen schrägsitzenden Filzhut auf ihrem Kopf. Auf einmal kam sie sich dumm vor, weil sie sich extra zurechtgemacht hatte. Puffärmel, deren seidiger Stoff leicht über ihren Ellbogen fiel, der Kragen des Kleides mit einer adretten Schleife verbunden. Würde Theodor sie in diesem Aufzug überhaupt erkennen?

Schuld war sein Buch! Das perfekte Bild, das er darin geschaffen hatte. Von ihr. Sie wollte ihn nicht enttäuschen, wie sie sich jetzt eingestehen musste.

Ihr Blick wanderte zu dem Bürgerhaus, in dessen Parterre sich das Antiquariat von Theodors Onkel befand. Die grün gestrichenen Läden der bogenförmigen Eingangstür waren wie Flügel seitlich zur Wand geklappt, um die Kunden zu empfangen.

Theres zögerte. Sie hatte den Doktor ausgefragt. Über Theodor und die Umstände, unter denen der Doktor das Päckchen erhalten hatte. So hatte sie erfahren, dass Theodor ihn in seiner Praxis aufgesucht hatte, die ebenfalls in der Innenstadt lag. Er hatte ihm von seinem Aufenthalt bei Verwandten in Amerika berichtet. Von seiner neuen Prothese, die er im Alltag kaum spürte, und davon, einen Verleger für seine erste Erzählung gefunden zu haben. Daraufhin hatte er ihm das Päckchen mit der Bitte ausgehändigt, es ihr zu übergeben.

Eine brünette Frau mit einem kleinen Kind an der Hand spazierte an Theres vorbei. Sie ging geradewegs auf das Antiquitätengeschäft zu und verschwand darin.

Auch Theres wagte sich dichter heran. Um die Ecke des Hauses entdeckte sie ein kleines, vergittertes Fenster in Bodennähe, durch das man ins Innere des Geschäfts sehen konnte. Ihr Herz hämmerte aufgeregt, während sie verstohlen durch die von schmutzigen Schlieren überzogene Scheibe spähte.

Drinnen wartete die Frau mit dem Kind auf der Hüfte vor dem Verkaufstresen. Der Junge schien um einiges jünger zu sein als Milli, aber kaum älter als ein Jahr. Die Brünette klingelte mit einem Glöckchen, woraufhin der Junge danach grabschte und sie es ihm lächelnd aber bestimmt aus der Hand nahm. Während sie alle warteten, sah sich Theres um. Alles, was sie aus ihrer Perspektive erkennen konnte, waren Regale voller Bücher. Sie quollen geradezu über. Selbst der freie Spalt oberhalb der Buchreihen und unterhalb des nächsten Regalbodens wurde als Ablagefläche genutzt. Auch auf dem Fensterbrett des kleinen Ausgucks reihten sich die Buchrücken aneinander und hielten vermutlich das Tageslicht aus dem Laden fern.

Endlich tauchte eine Person hinter dem Tresen auf. Gerade als Theres sich vergewissern wollte, ob es sich bei dem Mann um Theodor handelte, nahten Stimmen von hinten und Theres stob von ihrem Beobachtungsposten auf. In einem Versuch, sich möglichst unauffällig zu geben, machte sie einige Schritte in die entgegengesetzte Richtung, kehrte erst um, als das Paar weitergezogen war, und duckte sich wieder vor dem Fenster. Diesmal erkannte sie ihn, es gab keinen Anlass zum Zweifel: Es war Theodor.

Ihr Herz pochte noch schneller und ein Kribbeln durchfuhr ihren Körper wie in jener Nacht, in der sie sich geküsst hatten. Er trug ein locker sitzendes Hemd, das er über die Ellbogen nach oben gekrempelt hatte. Darüber, offen, ein schwarzes Gilet. Aus dem ernsthaften Jungen war ein Mann geworden. Ein Mann, der sie in seinen Bann zog wie am ersten Tag.

Ein Mann, der ... Theres erstarrte.

Theodor hatte den Jungen auf den Arm genommen. Er warf ihn lachend in die Luft. Einmal, zweimal. Jetzt drückte er ihn an sich und herzte ihn. Die Frau war inzwischen hinter den Verkaufstresen gekommen. Mit offenem Mund beobachtete Theres, wie Theodor seinen Arm um den Hals der Frau legte, sie näher an sich zog und lächelnd auf die Wange küsste.

Plötzlich wurde ihr übel. Speiübel. Kopfschüttelnd stolperte sie einige Schritte zurück, während ihr die Enttäuschung die Kehle zuschnürte, fester und fester, und sie entgeistert nach Luft japsen ließ. Das konnte doch nur ein Irrtum sein. Oder nicht? Hatte sie sich geirrt? Sich in ihm getäuscht? Ihre Augen verengten sich und füllten sich noch im selben Moment mit Tränen, in dem die Gewissheit sich mit aller Bitterkeit einstellte: Sie war auf ihn hereingefallen, auf seine schönen Worte. Dieser Hund! Er spielte nur mit ihr.

Völlig durch den Wind drehte sie sich am Wegkreuz, um ihre Orientierung wiederzuerlangen. Dort, der Hauptplatz. Sie setzte sich in Bewegung, ihre Absätze klapperten immer schneller über das Kopfsteinpflaster, bis sich die schattige Gasse schließlich zum Platz hin öffnete und Theres in die Hitze der prallen Sonne trat.

Blinzelnd überlegte sie, was zu tun wäre. Da sah sie die Tram in die Haltestelle einfahren, lief darauf zu und bestieg den Waggon. Während sie die Brücke überquerten, blickte Theres gedankenverloren aus dem Fenster. Das Rattern und Quietschen der Elektrischen verschluckte zunächst die Geräusche der Stadt und schließlich auch ihre eigenen Gedanken.

Erst als Rosenhag in ihrem Blickfeld auftauchte, während sich die Bahn den Berg hinaufmühte, schaltete sich ihr Bewusstsein wieder ein. Und ihr Verstand tat, was er immer tat: zur Tagesordnung übergehen.

Mit der schicken Kleidung hatte Theres die Erinnerung an die Ereignisse des Tages abgelegt und begab sich zu Rosi in die Küche. Die Vorbereitungen für das Mittagessen, an dem auch einige Mieter teilnahmen, waren beinahe abgeschlossen, also holte sie den Servierwagen, stellte Tellerstapel und Gläser auf die untere Etage. Danach den Korb mit dem Besteck. Ein Messer rutschte heraus und fiel klirrend zu Boden.

„Herrschaft!“, entfuhr es Theres, die sich, Flüche grummelnd, darum bückte.

Rosis prüfender Blick entging ihr nicht. Seit Theres in der Küche aufgetaucht war, schielte die Köchin immer wieder zu ihr herüber. Rosi wusste etwas! Oder kannte sie Theres einfach zu gut?

„Dir geht doch was im Kopf um!“, stellte Rosi fest und bestätigte damit Thereses Vermutung.

Schweigend erhob sich Theres aus der Hocke und sah Rosi direkt in die Augen. Die Köchin wich ihrem Blick aus und wedelte mit dem Geschirrtuch in der Luft, um eine Fliege zu verscheuchen, ehe sie unvermittelt fragte: „Und bist du schon zu einer Einsicht gekommen?“

Da! Natürlich wusste Rosi über Heinrichs Pläne Bescheid. Theres war hin- und hergerissen. Sollte sie sich darüber ärgern? Immerhin hatte sich Heinrich Rosi anvertraut, vermutlich noch bevor er überhaupt mit ihr gesprochen hatte. Andererseits war sie auch froh darüber, jemanden zu haben, mit dem sie sich darüber beratschlagen konnte, wenn ihr danach wäre. Später. Morgen vielleicht.

Theres presste die Lippen aufeinander, ihr Blick ging ins Leere. Eine Leere, die auch in ihrem Herzen vorherrschte.

Noch war es zu früh, um darüber zu reden.

Immerhin wusste sie jetzt, dass es keinen Zweck hätte, sich Hoffnungen auf eine Zukunft mit ihrer großen Liebe zu machen. Denn die Liebe hatte nicht wie versprochen gewartet, sie war weitergezogen.

Alles, was Theres blieb, war hierzubleiben.

„Ich habe ihm meine Entscheidung noch nicht mitgeteilt", erklärte sie deshalb vage und hoffte, das Thema wäre damit vorerst vom Tisch.

„Verstehe", antwortete Rosi. „Du weißt, warum er das getan hat? Es ist nicht nur deshalb, weil ihm der Erbe fehlt."

Theres antwortete nicht. Aber ja. Darauf war sie auch schon gekommen. Bestimmt war es kein Zufall, dass Heinrich diesen Vorschlag eingebracht hatte, kurz nachdem ihr Vater gestorben war. Er tat es für sie.

„Ich will dich nur wissen lassen, ich halte es für eine gute Idee", setzte Rosi fort. „Und ich denke, jeder auf Rosenhag wird das ähnlich sehen. Es ist erleichternd zu wissen, dass es für das Schloss eine Zukunft gibt. Und du bist die Richtige für diese Aufgabe."

Theres rieb sich mit beiden Händen übers Gesicht. Damit sagte Rosi etwas, das Theres zuvor nicht bedacht hatte. Es ging nicht nur um sie und Milli. Da waren noch die Menschen, die mittlerweile auf Rosenhag ein

Zuhause gefunden hatten und Theres ans Herz gewachsen waren.

Auch ihretwegen musste es mit dem Schloss weitergehen. Auf einmal wusste Theres, was zu tun war, und sie fasste einen Beschluss: Sie würde Heinrichs Angebot annehmen.

Kapitel 27

Linz, Juli 2019

Nachdem sie sich von Ludwig verabschiedet hatte, war Evelyn gleich in Richtung Zoo aufgebrochen. Ein Spaziergang von nicht einmal zehn Minuten hatte sie an ihr Ziel geführt. Ihre Mutter konnte Evelyn im Eingangsbereich aber nirgends entdecken. Zwar hatten sie keinen Treffpunkt vereinbart, aber Evelyn hatte es als naheliegend angenommen, sich dort zu treffen, und irgendwie auch erwartet, ihre Mutter würde jetzt einmal einen Schritt auf sie zukommen, nachdem sie sich wirklich kindisch verhalten hatte.

Aber nichts da! Conny hatte noch nicht genug vom Versteckspiel. Grimmig fragte sich Evelyn, ob sie ihre Mutter vielleicht von der netten Dame an der Kasse ausrufen lassen sollte. *Die erwachsene Evelyn vermisst ihre Mama.* Evelyn schürzte die Lippen. Hinter ihrem Zynismus verbarg sich die bittere Wahrheit, das war ihr gerade klargeworden. Es war eine Sache, sich voneinander abzunabeln – das war gut und richtig –, aber nun hatte Evelyn das Gefühl, die Verbindung zu ihrer Mutter zu verlieren.

Sie dachte an Conny und Milli. Wie viel schlimmer musste es für die beiden gewesen sein? Konnte man sich angesichts einer so tiefen, klaffenden Lücke, die eine geliebte Person riss, überhaupt jemals vollständig fühlen?

Rückblickend musste sich Evelyn eingestehen, dass sie mit vollkommen falschen Erwartungen nach Linz gekommen war. Sie hatte geglaubt, einen Menschen vorzufinden, der es verdiente, verlassen zu werden. Wie Stiefmütter in Märchen – lieblos und kalt. Nur war das Leben eben kein Märchen. Nichts war nur schwarz oder weiß. Alles war ein Spiel aus Licht und Schatten.

Sie kaufte eine der braunen Papiertüten mit Futter für die Zootiere, nahm das Wechselgeld entgegen und steckte es in ihre Hosentasche.

Da ihre Mutter nicht dazu bereit war, über ihren Schatten zu springen, musste eben Evelyn umdenken.

Sie wusste doch, wie verletzt Conny war, auch wenn sie den Grund dahinter nicht kannte. Evelyn hatte einfach zu viel von ihr erwartet, weil sie geglaubt hatte, ein Jahrzehnte dauernder Streit ließe sich an einem Nachmittag beilegen.

Das war schlichtweg unmöglich. Es käme dem Eingeständnis gleich, dass man sich all die Jahre geirrt hatte. Dass die eigenen Gefühle falsch waren. Wer würde das schon zulassen?

Nein, die Einsicht musste sich langsam einstellen, damit keiner von beiden die Würde verlöre. Das setzte natürlich voraus, dass ihr Eindruck von Milli sie nicht täuschte. Sie konnte sich einfach nicht vorstellen, was diese Frau getan haben sollte, das den Bruch und das rigorose Schweigen rechtfertigte.

Aber vielleicht tat Evelyn ja auch ihrer Mutter Unrecht, weil sie sie anhand anderer – strengerer – Kriterien maß. Schon immer.

Evelyn schluckte mit Mühe, ihre Kehle war staubtrocken. Aus ihrer Hosentasche fischte sie eine Münze und warf sie in den Getränkeautomaten. Mit einem Rumpeln landete die Wasserflasche im Ausgabefach. Evelyn schraubte den Verschluss auf und schlenderte zur

Infotafel. Während sie die Flasche ansetzte und einen großen Schluck trank, studierte sie den Übersichtsplan der Gehege. Auf einmal wusste sie, wo sie nach Conny suchen musste.

Das Gehege der Kattas sah sie schon von Weitem, aber nicht ihre Mutter. Enttäuscht über ihren Irrtum, wollte Evelyn bereits wieder umkehren, als sie das Schild erblickte, das auf eine Höhle hinwies, die zum Gehege der Lemuren gehörte. Evelyn folgte dem Pfad durch das Gebüsch und fand sich auf einem runden Platz wieder, der im Schatten hoher Bäume lag. Rastbänke am Rande des Kreises luden zum Verweilen ein. Auf einer davon entdeckte Evelyn jetzt ihre Mutter. Diese hatte sie noch nicht bemerkt, aber das änderte sich schnell, als der Kies verräterisch unter Evelyns Füßen knirschte.

Ihre Mutter drehte sich langsam um und schien sie im ersten Moment gar nicht richtig zu registrieren – sie war zu tief in Gedanken versunken –, aber dann blitzte ihr Gesicht überrascht auf, so als fühlte sie sich ertappt. Vermutlich hatte sie nicht erwartet, hier aufgespürt zu werden.

Conny fing sich jedoch schnell. Sie klappte den Mund zu und senkte den Blick zum Boden.

Sie hat zugemacht.

Ebenso wortlos nahm Evelyn nun neben ihr auf der Bank Platz. Ihre Hände schob sie zwischen die Kante der Sitzfläche und ihre Kniekehlen, um bequemer zu sitzen. So kam sie erst gar nicht in die Verlegenheit, nichts damit anzufangen zu wissen. Dafür scharrten ihre Fußspitzen durch den Kies. Kleine Steinchen verfingen sich in den Sandalen und zwischen ihren Zehen.

Evelyn rief sich noch einmal in Erinnerung, was sie sich vorgenommen hatte. Sie wollte echtes Verständnis für ihre Mutter aufbringen, denn sie hatte wohl bemerkt, wie oft sie Conny in den letzten Tagen insgeheim die Schuld an allem gegeben hatte. Dabei kannte sie die Wahrheit nicht und würde sie wohl auch nie erfahren, wenn sie ihre Mutter nicht dazu brachte, Frieden mit der Vergangenheit zu schließen oder sie zumindest aufzuarbeiten. Aber was, wenn Conny das gar nicht wollte? Auch wenn Evelyn glaubte, dass es ihr helfen würde, war sie sich inzwischen nicht mehr ganz so sicher, ob sie ihre Mutter wirklich dazu drängen sollte.

Nachdem sie eine Weile schweigend nebeneinandergesessen hatten, suchte Evelyn Connys Blick und glaubte Tränen darin schimmern zu sehen. Es war nur ein leichter Glanz, nicht genug, um es sicher sagen zu können.

Gerade als sie es herausfinden wollte und ihre Mutter mit einem zarten, aufmunternden Lächeln ansah, hörte sie Kindergeschrei, das sich schnell von hinten näherte. Kurz darauf stürmten drei kleine Jungen zur Höhle der Kattas, ihre Eltern folgten in einem gemächlicheren Tempo.

„Lass uns ein Stück gehen", schlug Conny vor und war dabei schon aufgestanden. Lang waren sie nicht unterwegs, da nahmen sie die Abzweigung zu einem ruhig gelegenen Aussichtsplatz, an dem die angrenzenden Bäume und Sträucher sich lichteten und den Blick hinab zur Donau freigaben. Das Wasser war an diesem

Tag von einem matten Grün. Trotz des kräftigen Windes wirkte es träge und schien sich kaum von der Stelle zu rühren. Die dunklen Flecken, die die Wolken auf die Oberfläche warfen, bewegten sich schneller voran.

Evelyn atmete ein und setzte zu einem weiteren Vorstoß auf ihre Mutter an, als sich diese doch noch von selbst mitteilte.

„Ich habe mir geschworen, sie nie mehr wiederzusehen!", rief Conny verzweifelt aus. „Und jetzt ..." Sie schnaubte verächtlich. „Jetzt habe ich ihretwegen ein schlechtes Gewissen. Ich! Kannst du dir das vorstellen?"

Evelyn zuckte mit den Mundwinkeln. Sie wusste nicht so recht, wie sie sich verhalten oder was sie sagen sollte. Also schwieg sie.

Ein Windstoß fuhr Conny von hinten ins Haar und bauschte ihre kurzen Locken auf. Genervt strich sie sich eine lästige Strähne aus dem Gesicht und stand schließlich auf, um sich ans Geländer zu lehnen. Ihr Blick verlor sich im Fluss und einen Moment lang dachte Evelyn, sie hätte es sich wieder anders überlegt, aber schon drehte sie sich mit einem tiefen Seufzer um.

„Dein Vater und ich haben nie ein Geheimnis daraus gemacht, dass wir lange auf dich warten mussten", brach es aus Conny heraus.

Evelyn schüttelte sachte den Kopf.

„All unsere Freunde hatten bereits Kinder, nur bei uns hat es nicht geklappt!" In ihrem Ton schwang ein Vorwurf. Die Aufregung ließ sie erzittern und ihre belegte Stimme erzählte Evelyn von einem tiefen Schmerz, der kurz davor war hervorzubrechen. Connys Kinn bebte. Sie schniefte.

„Das habt ihr mir erzählt", bestätigte Evelyn, nur um etwas zu sagen. Sie fand einfach keine Worte des Trostes, die aus ihrem Mund nicht anmaßend geklungen hätten. Auch wenn sie sich vorstellen konnte, wie verzweifelt sich ihre Mutter ein Kind gewünscht hatte, war es doch unmöglich, diese Sehnsucht in ihrem ganzen Ausmaß nachzuvollziehen.

„Aber wir haben dir nicht alles erzählt ..."

Ein Schauder stahl sich über Evelyns Nacken. Noch einmal seufzte Conny. Traurig. Mutlos.

„Ich war vor dir schon einmal schwanger. Das war in dem Jahr, als ich zu deinem Vater nach Salzburg gezogen bin."

Das Bild aus dem Album! Evelyn hatte sich also nicht getäuscht.

Sie wagte es nicht, die Frage zu stellen, was mit dem Kind geschehen war. Es hatte den Anschein, als überlegte auch Conny, ob sie diese Wunde wirklich noch weiter aufreißen wollte.

„Alina. Das war ihr Name. So hätte deine Schwester geheißen."

Evelyn wiederholte den Namen in Gedanken. *Alina.* So viel Wehmut lag im Klang dieses Wortes, wenn ihre Mutter es aussprach. Wehmut und jene ehrfürchtige Bewunderung, mit welcher Mütter ihre Kinder beim Schlafen betrachteten.

Aber dazu war es nie gekommen. Conny hatte ihr Baby nie in den Armen gewiegt, es nicht gestillt oder sein engelsgleiches Lächeln gesehen. Alina hatte nie das Licht der Welt erblickt. Conny hatte das Baby im fünften Monat verloren.

„Sie war nicht einverstanden mit dem Kind. Mit unserer Beziehung!“

So, wie sie es sagte, schien es fast, als gäbe sie Milli die ganze Schuld an dem Unglück. Als hätten Millis Vorbehalte genügt, um zu verhindern, dass aus Liebe Leben wurde.

Was genau Milli gesagt oder dem jungen Glück entgegengehalten hatte, darüber sprach Conny nicht.

Aber obwohl ihr die Offenbarung ihrer Mutter Tränen in die Augen trieb und sie die Entscheidung, den Kontakt abzubrechen, nunmehr besser nachvollziehen konnte, sträubte sich etwas in Evelyn. Sie wollte das Bild, das sie von ihrer Großmutter gewonnen hatte, nicht aufgeben. Natürlich sprach sie das nicht aus. Stattdessen ging sie auf ihre Mutter zu, nahm sie in den Arm, schloss die Augen und drückte sie. Sie drückte sie noch fester, als Connys Schultern zu zucken begannen und gedämpfte Schluchzer an Evelyns Ohr drangen.

Nur langsam beruhigte sich ihre Mutter. Sie hob den Kopf, drückte Evelyn einen Kuss auf die Wange und wischte sich die Augen mit den Handballen aus.

„Gehen wir?“, fragte sie und Evelyn nickte. Sie überlegte, ob sie Conny zum Abendessen einladen sollte. Nicht in die Villa, irgendwo auswärts. Aber dann teilte ihre Mutter ihr mit: „Ich fahre heute noch nach Hause.“

Evelyn fühlte, wie sich kalte Enttäuschung in ihr breitmachte. Trotz allem, was heute ans Licht gekommen war, hatte sie die Hoffnung auf eine Versöhnung insgeheim noch nicht aufgegeben. Dass es keine Chance mehr für die beiden gab, tat Evelyn im Herzen weh.

Aber was erwartete ihre Mutter von *ihr?* Würde sie es verkraften, wenn Enkelin und Großmutter allen Widerständen zum Trotz ihre Beziehung pflegten, oder würde sie missgünstig werden und ihr Verhältnis darunter leiden lassen?

Conny schien Evelyns Verunsicherung zu spüren. „Ich habe nichts dagegen, wenn du noch hierbleibst."

„Wirklich nicht?", fragte Evelyn und versuchte in Connys Gesicht zu lesen, ob sie wirklich meinte, was sie sagte.

„Nein", erwiderte Conny mit fester Stimme. „Du bist erwachsen und kannst tun, was du willst."

Evelyn stutzte – das war nicht das, was sie hatte hören wollen. Conny sprach schon weiter.

„Du sollst dir deine eigene Meinung bilden. Es war falsch von mir, dich so lange von ihr fernzuhalten. Aber wahrscheinlich würde ich es wieder genauso machen."

Mehr als das konnte Evelyn nicht als Entschuldigung erwarten. Sie wusste, welche Überwindung es Conny gekostet haben musste, sich diesen Fehler einzugestehen und das auch noch zu äußern.

„Ich mag sie", flüsterte Evelyn, wie um sich noch einmal darin zu bestätigen, dass ihre Menschenkenntnis sie nicht trog.

Evelyn bemerkte, wie Conny unwillkürlich zusammenzuckte, aber dann lächelte sie. Es war ein angestrengtes Lächeln, um das sich ihre Mutter nur ihretwegen bemühte. Ja, Conny wäre bereit, ihre Gefühle zurückzustellen, solange es Evelyn glücklich machte.

In diesem Augenblick ergriff eine tiefe Traurigkeit Besitz von Evelyn. Wäre nicht auch Milli dazu bereit gewesen? Das lag doch in den Genen von Müttern, oder etwa nicht? Jedoch wollte sie Conny heute nicht mehr damit behelligen. Sie hatte genug gelitten.

Und schließlich wollte auch Evelyn nichts anderes, als ihre Mutter glücklich zu sehen. Deshalb war sie ja überhaupt erst auf die Idee gekommen, zu ihrer Großmutter zu fahren.

„Wie geht es ihr?", fragte Conny völlig überraschend, so schnell und leise, als hoffte sie auf die Chance, überhört zu werden.

„Es geht ihr viel besser. Der Arzt ist guter Dinge. Trotzdem wird sie sich in den nächsten Wochen schonen müssen."

Conny nickte und Evelyn meinte Erleichterung in ihrem Blick zu erkennen.

Auf dem Parkplatz verabschiedeten sie sich mit einer Umarmung und Küsschen voneinander.

„Mama?"

Conny hielt die Autotür auf und schaute zu ihr herüber.

„Frühstücken wir gemeinsam, wenn ich wieder daheim bin?"

Ein Lächeln erhellte Connys Gesicht.

„Sehr gerne."

Daraufhin stieg sie ins Auto, startete den Motor und winkte Evelyn zum Abschied.

Kapitel 28

Auf dem Weg zurück zur Villa hatte Evelyn die Welt um sich herum ausgeblendet. Ihre Füße bewegten sich selbständig. Die Motorengeräusche der vorbeifahrenden Autos nahm sie wie ein entferntes Rauschen wahr und die Straße verschwamm vor ihren Augen, denn ihr Blick war nach innen gerichtet. Ihre Gedanken kreisten unbestimmt um Milli und Conny. Sie malte sich im Geiste aus, was zwischen den beiden vorgefallen sein mochte. Erst als sie am Ende der Sackgasse vor der Villa ankam, tauchte sie aus ihrem tranceartigen Zustand auf.

Moritz saß auf dem niedrigen Podest, auf dem sich die drei Säulen erhoben. Als der Tiger Evelyn sah, streckte er sich mit tiefem Rücken durch, streifte dann um eine der Säulen und rieb seinen Kopf daran.

Evelyn lächelte und kam näher.

„Hast du auf mich gewartet?", fragte sie und strich ihm über das Köpfchen. Moritz stieg auf die Hinterpfoten und drückte den Kopf in Evelyns Handfläche. Sie lachte.

„So verschmust heute? Lass mich raten: Du hast Hunger?"

Jetzt sprang Moritz zu Boden, bog durch das Einfahrtstor und lief voraus. Bei der Haustür drückte er den Kopf an den Spalt zwischen Türflügel und Stock, als wollte er durch die Ritze ins Haus schlüpfen.

Evelyn sperrte auf und versuchte mit Moritz Schritt zu halten. Auf halben Weg hielt sie jedoch inne – es roch ein bisschen verbrannt. Noch bevor sie feststellen konnte, woher es kam, hörte sie ein Fluchen. Irgendwo wurde ein Fenster aufgerissen.

Da fiel es ihr wieder ein: Sie war heute Abend verabredet. Severin wollte für sie kochen.

Das war offenbar schiefgegangen. Sie spitzte die Ohren. Geschirr klapperte, im Hintergrund lief Musik – das Radio, es kam eine Verkehrsmeldung. Allem Anschein nach war alles wieder in Ordnung. Und auch Evelyn fühlte sich schon ein bisschen besser. Immerhin würde sie ein Abend mit Severin ganz sicher auf andere Gedanken bringen. *Dumme Gedanken*, sagte sie sich und lächelte versonnen, während sie an den Kuss unterm Kirschbaum dachte. Sie schüttelte unwillkürlich den Kopf.

Was war das nur? Dieser Mann nahm ganz schön viel Raum ein in ihrer Vorstellung. Aber diesen Platz musste er sich erst einmal verdienen!

Trotz diesem Vorsatz verbrachte Evelyn mehr Zeit im Bad als gewöhnlich. Viel mehr, als sie beabsichtigt hatte. Sie schminkte sich, nur um das Make-up kurz darauf wieder abzuwaschen. Mit dem aufgemalten Gesicht war sie sich selbst fremd. Deshalb rubbelte sie mit dem Waschlappen so lange über die verschmierte Wimperntusche, bis nichts mehr davon zu sehen war – dafür aber war ihre Haut so gerötet, als hätte sie geheult. Tief über das Waschbecken gebeugt, kühlte sie ihre Augen und Wangen mit kaltem Wasser.

Danach verzichtete sie bei der Wahl ihrer Kleidung lieber auf Experimente und griff zu Bewährtem: zu schwarzen Jeansshorts und einem lachsfarbenen T-Shirt. Sie warf einen prüfenden Blick in den Spiegel. Ihr

Haar, das noch etwas feucht und leicht gewellt von der Dusche war, verströmte den frischen, fruchtigen Duft ihres Lieblingsshampoos. So war sie zufrieden mit sich.

Aufgeregt stieg sie die Treppe hinunter. Beim Durchgang, der in den Flur mündete, von dem die Wohnräume im ersten Stock abgingen, blieb sie unschlüssig stehen. Während sie noch sinnierte und ihren Mut suchte, tauchte plötzlich Severin auf. Er trocknete sein nasses, verwuscheltes Haar mit einem Handtuch und stoppte in der Bewegung, als er sie bemerkte.

„Ich ... bin ich zu früh?", stammelte sie, während ihr Blick zu der Stelle wanderte, wo er ein weiteres Handtuch locker um die Hüften geschlungen hatte. Die Hitze schoss ihr ins Gesicht, als sie sich dabei ertappte.

Seine Augen funkelten. Nicht anzüglich, eher schelmisch.

„Jetzt sind wir wohl wirklich quitt, wie?"

Evelyn räusperte sich. „Ja, fast. Du bist mir noch ein Tiramisu schuldig!"

„Stimmt! Geh schon vor." Er deutete auf eine Tür. „Ich bin gleich da."

Evelyn sah sich in dem kleinen Raum mit der altmodischen Küche um und musste grinsen, als sie in der Spüle die eingeweichte Pfanne mit dem angekokelten Boden entdeckte. Auf der Abtropftasse stand ein Sieb mit Spiralnudeln, auf der Herdplatte ein kleiner Topf mit Tomatenpesto und das aufgeschraubte Einmachglas direkt daneben auf der Arbeitsfläche. Damit es nicht ein zweites Mal zu einem Malheur käme, kontrollierte Evelyn den Regler am Herd, aber die Platte war bereits aus.

Schon war Severin bei ihr. Er trug eine kurze, beige Cargohose und ein weißes T-Shirt.

„Du bist mutig", sagte Evelyn, um ihre Unsicherheit zu überspielen.

Er zog die Brauen hoch. „Danke, aber woher weißt du das?"

Evelyn deutete mit dem Finger auf das Tomatenpesto und nickte in Richtung seines Shirts, woraufhin er die Hände in die Hüften stemmte und den Empörten spielte. „Du hast ja großes Vertrauen in mich. Glaub mir, ich bin durchaus in der Lage zu essen, ohne mich zu bekleckern."

Evelyn schmunzelte. Die unfreiwillige Bierdusche kam ihr in den Sinn.

„Bist du dir sicher? Letztes Mal sah das ganz anders aus." Evelyns Mut war wieder zurück. Gespannt wartete sie auf seine Reaktion, während sie rücklings und betont lässig vor der Spüle lehnte.

„Das muss an dir liegen. Anscheinend bringst du mich völlig aus dem Konzept", sagte er ruhig.

Er schaute sie eindringlich an und Evelyns Herz setzte einen Schlag aus. Jetzt hatte er sie, sie wusste nicht, was sie darauf sagen sollte.

Nun kam er ganz nahe, griff mit einem Arm hinter sie und schnappte sich eine Nudel aus dem Sieb.

„Wollen wir essen?", fragte er mit einer bewundernswerten Lockerheit und roch dabei so gut.

Sie nickte und schenkte ihm ein zaghaftes Lächeln. Konnte es sein, dass aus dem unverbindlichen Spiel zwischen ihnen langsam Ernst wurde? Das war der Punkt, an dem Evelyn bisher immer gekniffen hatte.

„Wir essen auf dem Balkon. Nimmst du den Wein mit?“ Er deutete auf den Küchentisch und Evelyn zuckte zusammen. Dort stand die Flasche aus dem Keller. *Der Wein aus dem vergessenen Schloss.*

Severin war schon vorausgegangen, Evelyn brauchte länger, um sich aus ihrer Starre zu lösen.

„Wir sollten ihn nicht öffnen“, sagte sie schließlich auf dem Balkon, nachdem sie sich auf den Klappstuhl aus Holz gesetzt hatte. „Deine Pasta in allen Ehren, aber dieser Wein ist dafür zu schade. Er wartet auf einen besonderen Tag.“

Severin lehnte sich zurück und verschränkte die Arme. „Okay?“, fragte er mit verkniffenen Brauen.

„Sorry“, sagte sie und berührte kurz seinen Unterarm, um ihn zu beschwichtigen. „Ich zeige mich gerade nicht von meiner charmantesten Seite. Lass es mich erklären.“

„Da bin ich aber mal gespannt.“

Evelyn atmete tief durch. Dann erzählte sie Severin von allem, was sie bisher über Rosenhag herausgefunden hatte. Von Theres und Theodor, deren Liebe durch den eifersüchtigen Fürsten verhindert worden war. Vom Schloss, das wirtschaftlichen Interessen zum Opfer gefallen war, und der Faszination, die es auf sie ausübte. Sie redete wie ein Wasserfall und Severin hörte aufmerksam zu, bis sie geendet hatte.

„Aber ja!“, sagte er, als fiele ihm gerade wieder etwas ein. „Wir haben darüber in der Schule gelernt.“

„Wirklich?“

„Ja, aber ich habe es vergessen, wie so vieles andere auch. Damals gab es das Schloss schon längst nicht mehr. Aber es war einmal ein Wahrzeichen der Stadt, so wie heute das Schlössl am Pöstlingberg."

„Ich finde es so traurig, wenn so etwas in Vergessenheit gerät. Die vielen Geschichten, die damit verbunden sind."

Evelyn seufzte. „Das ist einer der Gründe, warum ich Geschichte studieren wollte. Die Erinnerungen dürfen nicht verloren gehen."

Dann erzählte sie ihm von ihrer Idee, ihre Masterarbeit über das Schloss zu schreiben.

„Der alte Herr aus dem Schrebergarten, von dem ich dir erzählt habe ..." Evelyn stand auf, sie musste sich bewegen. „Er hat von einem Fluchtstollen gesprochen, der vom Schloss wegführte. Der Ausgang ist da oben in dem kleinen Wald." Sie zeigte in die entsprechende Richtung. „Denkst du, es wäre möglich ...?"

„Du meinst, ob er noch intakt ist?"

Sie nickte aufgeregt. „Vielleicht wurde ja nicht alles vom Schloss zerstört. Ich ..."

„Was du vorhast, ist aber ziemlich gefährlich", unterbrach er sie.

Sie winkte ab. „Wahrscheinlich ist da sowieso nichts. Aber die Vorstellung ist einfach zu verlockend."

„Da gebe ich dir recht. Und weißt du auch, was noch verlockend ist?"

Er stand auf und stellte sich ihr mit einem verschmitzten Lächeln auf den Lippen gegenüber. Sie schauderte und blickte ihn erwartungsvoll an. „Geradezu unwiderstehlich ..."

Er kam noch näher, sein Atem streifte ihre Haut, dann beugte er sich zu ihr hinunter. Evelyn schloss die

Augen und Severin wisperte in ihr Ohr: „Mein Tiramisu. Du wirst es lieben."

Evelyn kicherte angespannt. Diesmal war Severin im Vorteil, auch wenn sie aufgehört hatte zu zählen, wie es zwischen ihnen beiden stand.

Als Severin sich entfernte, um die Nachspeise zu holen, war sie erleichtert und gleichzeitig enttäuscht. Ihre zwiespältigen Gefühle verwirrten sie und ließen sich auch in der kurzen Zeit, die er fort war, nicht klären. Schon war er zurück und präsentierte ihr die Form mit dem Tiramisu mit einem gewinnenden Lächeln auf den Lippen.

„Das sieht toll aus", stellte Evelyn fest und setzte sich.

Mit dem Pfannenwender schaufelte Severin ein riesiges Stück auf Evelyns Teller.

Sie machte große Augen, griff dann aber beherzt zur Gabel und kostete.

„Mmh." Noch eine Gabel. „Mmh! Das ist wirklich gut!", sagte sie mit vollem Mund. Als Severin mit einer übertrieben stolzen Miene auf ihr Kompliment reagierte, konnte sie nicht anders, als loszuprusten.

Severin kräuselte spitzbübisch die Lippen, griff zum Weinglas, in dem sich nur Wasser befand, und prostete ihr zu.

„Erzähl mir was über dich. Wo hast du Milli kennengelernt?", fragte Evelyn.

„Über eine Annonce."

Evelyn guckte verdutzt.

„Ein Wohnungsinserat. Eigentlich hätte ich mir die Wohnung gar nicht leisten können, aber ich hab's einfach probiert und meinen Charme spielen lassen."

„Und warst erfolgreich."

„Nicht wirklich“, gab er zu. „Milli hat mich ausgelacht.“ Er lächelte, als er das sagte. „Dann hat sie mich aufgefordert, etwas über mich zu erzählen, und mich ausgefragt.“ Mit verstellter Stimme fuhr er fort: „Können Sie den Rasenmäher bedienen, junger Mann? Ich habe es bejaht und daraus wurde schließlich unser Deal. Ich helfe im Garten und Haus und zahle dafür nur einen kleinen Teil der Miete.“

„Ihr versteht euch gut“, stellte Evelyn fest.

„Das tun wir. Sie ist eine tolle Frau.“

Evelyn starrte auf ihren inzwischen leeren Teller. Eine Frage lag ihr auf der Zunge, aber sie zögerte sie auszusprechen. Sollte sie Severin wirklich in diese komplizierte Angelegenheit einweihen, die sie beschäftigte?

„Was ist los?“, fragte er einfühlsam.

„Nichts.“ Evelyn rutschte auf dem Stuhl nach hinten, um aufrechter zu sitzen. „Ich habe nur gerade an den Grund gedacht, weshalb ich hier bin.“

„Bist du nicht hier, um deine Oma zu besuchen?“

„Das auch. Aber eigentlich bin ich gekommen, um etwas herauszufinden. Und sie kennenzulernen. Ich bin Milli davor noch nie begegnet.“

Severin suchte ihren Blick, er war jetzt mit voller Aufmerksamkeit bei ihr. „Das erklärt jedenfalls, warum nirgends ein Foto von dir steht. Aber warum ...?“

„Es gab einen Vorfall, nach dem meine Mutter und Großmutter getrennte Wege gingen.“ Mehr wollte sie ihm nicht verraten. Über das Baby zu sprechen wäre ihr wie Verrat an ihrer Mutter vorgekommen. „Ich weiß selbst nicht, was genau geschehen ist. Das wollte ich herausfinden, aber dann hatte Milli den Schlaganfall."

„Ihr geht es bereits viel besser."

„Ich bin trotzdem unsicher, ob ich sie darauf ansprechen soll. Es ist eine so schmerzvolle Erinnerung."

„Hm." Severin runzelte nachdenklich die Stirn. „Ich glaube, du solltest deine Großmutter nicht unterschätzen. Sie ist robuster, als du denkst."

Evelyn seufzte. „Aber das ist etwas anderes. Milli und Conny haben sich Jahrzehnte nicht gesehen!"

Severin stutzte. „Wie sagtest du? Conny?"

„Meine Mama", bestätigte Evelyn.

„Also, ..." Er stand auf und wirkte mit einem Mal so aufgeregt wie Evelyn zuvor. „In dem Fall solltest du unbedingt mit Milli reden. Sie schickt seit Jahren Briefe an eine Conny. Die beiden letzten habe sogar ich zur Post gebracht."

„Woher weißt du das?"

Er zuckte mit den Schultern. „Sie hat es mir erzählt. Milli hat zwar nicht erwähnt, dass es sich bei Conny um ihre Tochter handelt, aber etwas anderes hat sie gesagt." Er stellte sich an das Geländer des Balkons und sah für einen Moment in den Garten hinunter, bevor er sich wieder Evelyn zuwandte. „Sie meinte, sie hätte in ihrem Leben viele Fehler begangen und Schuld auf sich geladen, die man nicht vergeben könne. Ich habe ihr gesagt, dass ich mir das gar nicht vorstellen kann. Sie hat nur traurig genickt."

Evelyns Augen füllten sich mit Tränen. Jahrelang – wer wusste schon, wie lange genau –, versuchte Milli bei Conny um Verzeihung zu bitten. Aber die Mauer, die ihre Mutter errichtet hatte, war unbeugsam, kalt und abweisend.

Ganz egal, was Milli gesagt hatte. Sie war doch nicht schuld am Tod von Alina!

Ihre Gefühle überwältigen Evelyn. Sie kniff die Augen zusammen und wedelte mit der Hand vor ihren Augen, wie um die Tränen zu verscheuchen.

„Hey!“ Severin Stimme klang unheimlich sanft, als er sich vor sie kniete und sie in den Arm nahm.

Evelyn schniefte und versuchte erneut die heftigen Emotionen abzuschütteln. Sie löste sich aus der Umarmung und wischte die Tränen mit dem Daumenrücken weg. „Jetzt sitz ich hier und heule rum.“

„Es ist in Ordnung“, sagte er sanft.

„Es ist nur, ... es tut so weh! Als würde ich ihren Schmerz – die ganze Verbitterung – am eigenen Leib erfahren“, sagte Evelyn mit erstickter Stimme. „Ich verstehe einfach nicht, warum sie nicht darüber reden können. Warum sie es nicht einmal versuchen!“

„Weil sie Angst haben, dass es dann noch mehr wehtut.“

Severin nahm die Serviette vom Tisch und reichte sie Evelyn.

„Ich weiß.“ Sie schnäuzte sich geräuschvoll.

„Möchtest du ein wenig spazieren gehen?“, fragte er und Evelyn war ihm dankbar für den Vorschlag. Sie nickte.

Als sie das Haus verlassen hatten und über den Gartenpfad in Richtung Tor gingen, griff er nach ihrer Hand und verschränkte seine Finger in ihren. Er streichelte mit dem Daumen über ihren Handrücken. Eine

Geste so tröstlich und liebevoll, dass Evelyn warm ums Herz wurde. Sie hob den Blick und lächelte.

Und als sie seinen gutmütigen, strahlenden Augen begegnete, war es um sie geschehen.

Kapitel 29

Nach ihrem Spaziergang hatten Evelyn und Severin noch lange beieinander gesessen, im Kerzenlicht auf dem Balkon. Sie hatten über Gott und die Welt geredet und die Zeit war wie im Flug vergangen. Irgendwann, als es zu kalt geworden war, um draußen zu sitzen, hatten sie sich schweren Herzens mit einem Kuss voneinander verabschiedet.

Obwohl Evelyn sich in der Zeit vor dem Einschlafen nach ihm gesehnt hatte, gefiel ihr Severin nur noch besser, nachdem er sich als Gentleman erwiesen und ihr Nähebedürfnis nicht ausgenutzt hatte.

Jetzt saß Evelyn allein beim Frühstück. Severin war im Dienst, ihre Mutter bereits zu Hause und bis zur Besuchszeit war es noch lange hin.

So alleine, mit nichts zu tun, kam Evelyn ein Gedanke. Sollte sie vielleicht doch nach dem Stollen suchen? Nur, um zu sehen, ob der Eingang noch da wäre. Nichts weiter.

Mit diesem Vorsatz packte sie ihr Frühstücksbrot, etwas Wasser und eine Taschenlampe ein und brach zum Wäldchen auf. Wie schon bei ihrem ersten Besuch, zog sie dieser Ort auf eine besondere Weise an. Ihr Vorhaben trug dazu noch bei: Sie fühlte sich wie eine Abenteurerin auf der Suche nach einem Schatz.

Ausgehend von dem Aussichtsplatz, den sie mit Ludwig besucht hatte, schlug sie sich in die Richtung durch, in der sie den Eiskeller vermutete. Bald watete sie durch kniehohes Blattwerk. Stachelige Brombeerranken griffen nach ihr, sie verhedderte sich darin und zerkratzte sich das Bein. Nachdem sie sich befreit hatte, setzte sie ihren Weg unbeirrt fort. Es konnte nicht mehr weit sein, das hatte sie im Gefühl.

Sie sah sich um. Da erweckte etwas ihre Aufmerksamkeit. Unterhalb einer Böschung entdeckte sie einen Wall – einen kleinen Hügel, der sich aus dem Erdreich erhob.

Er war überwuchert von Gebüsch. Der Efeu hatte zwischen zwei Bäumchen eine Art Netz gewoben.

Evelyn rutschte in halber Hocke die Böschung hinunter. *Da!* Zwischen den Blättern blitzte vergrautes Holz hervor, die rostigen Beschläge einer Tür, oder was davon noch übrig war. Evelyn versuchte die verschlungenen Ranken mit ihren Händen zu entzerren, um den Eingang freizulegen. Sie gruben sich in ihre Haut, während sie ungeduldig daran riss. Endlich gab es ein Durchkommen. Die Tür selbst bildete keine Barriere, denn das Holz war morsch und die Tür hing kaum noch in den Angeln.

Evelyn holte die Taschenlampe hervor und knipste sie an. Als sie in die Dunkelheit trat, pochte ihr Herz vor Aufregung.

Ein modriger Geruch vermischte sich mit einem anderen. Ein verwestes Tier? Sie schauderte und fuhr sich mit der Hand über das Gesicht, über das sich feine Spinnweben gelegt hatten. Während sie den Lichtkegel der Taschenlampe unruhig durch den Kellerraum schickte, stellten sich ihr die Nackenhaare auf, als wären es kleine Spinnenbeine, die über ihre Haut krabbelten.

Eine leichte Übelkeit drängte sie plötzlich zum Umkehren. Auf einmal war sie nicht mehr so begierig darauf zu erfahren, wohin der Tunnel führte. Nicht alleine. Den Eingang zum Stollen hatte sie bisher nicht entdeckt. Sie würde wiederkommen müssen, dann mit einer besseren Taschenlampe und in tapferer Begleitung.

Hastig drehte sie sich um. Die Angst saß ihr im Nacken und sie wollte nur noch raus. Der Beklemmung entkommen.

Da gab der Boden unter ihren Füßen nach. Holz knackte und ihr rechtes Bein steckte fest. Evelyn entfuhr ein Winseln. „Bitte nicht. Bitte, bitte nicht", rief sie, während sie ihre Hände am Boden abstützte und versuchte, sich hochzustemmen. Ohne Erfolg. Sie versuchte es noch einmal, drückte fester. Da brachen die Latten endgültig durch und Evelyn fiel.

Sie stöhnte auf. Ein brennender Schmerz durchzuckte ihr Bein und raubte ihr den Atem. Nun war ihr so richtig schlecht.

Wenigstens war die Taschenlampe nicht zu weit weggerollt, denn Evelyn schaffte es nicht auf die Beine. Jedes Mal, wenn sie den rechten Fuß belastete, erfüllte sie ein Schmerz, der die Übelkeit erneut aufwallen ließ und ihr kalte Schweißausbrüche bescherte.

Sie griff nach ihrer Tasche und tastete nach dem Handy. Der Blick auf das Display trieb ihr die Tränen in die Augen. Kein Empfang.

„Nein, nein, nein", jammerte sie, doch es half nichts. Sie war auf sich alleine gestellt und musste sich selbst irgendwie aus dieser Lage befreien. Aus einer Lage, in die sie sich durch Dummheit selbst gebracht hatte. Warum hatte sie auch nicht auf Severin gehört?

Evelyn sah sich um. Nach irgendetwas, an dem sie hochklettern konnte. Weiter vorne verengte sich der kleine Raum zu einem engen Stollen. Evelyn kam das Grausen. Die Wurzeln der Bäume und Pflanzen waren durch das Erdreich gedrungen und streckten sich nach dem Grund. Einige sahen aus wie lange, abartige Tentakel, andere erinnerten an feines, schütteres Hexenhaar.

Noch einmal sah sie auf das Handy. Immer noch kein Empfang, aber das war ja eigentlich klar gewesen. Ihre Verzweiflung wuchs.

Wieder sah sie nach oben und kniff die Augen zusammen, als feine Erde herunterbröselte.

Ohne ein Hilfsmittel war es unmöglich hinaufzugelangen. Nicht besonders durchdacht für einen Fluchtweg, aber wahrscheinlich hatte nur jemand die Leiter entfernt. Oder doch nicht?

Sie leuchtete mit der Taschenlampe in eine Ecke. Dort lehnte tatsächlich eine Leiter an der Mauer.

Evelyn sprach sich Mut zu. Das wäre zu schaffen! Sie musste es schaffen, wenngleich sie noch nicht wusste, wie sie in ihrem Zustand die Sprossen hinaufklettern sollte.

Nachdem sie sich etwas ausgeruht und getrunken hatte, kroch Evelyn darauf zu.

Sie unterdrückte den Ekel, der ihr bei dem Gedanken an das Ungeziefer hier unten kam, packte die Leiter und schob sie unter die Öffnung in der Decke. Anschließend rutschte sie ein Stück hinterher, setzte sich auf und nahm das Ende der Leiter zwischen ihre Oberschenkel. Während sie das Ungetüm aufhebelte, keuchte sie vor Anstrengung. Ihr Nacken verspannte sich unter der Belastung. Weil sie die Öffnung nicht gleich traf, musste sie die Leiter neu justieren. Die Verzweiflung und das Brennen ihrer Muskeln ließen sie aufschluchzen.

Dann hatte sie es geschafft. Ein Etappensieg. Ihr graute vor der Kletterpartie. Erst musste sie sich ein wenig ausruhen.

Sobald ein Teil ihrer Kräfte zurückgekehrt war, wagte sie den Aufstieg. Sie zog sich an den Sprossen hoch und stand auf dem unversehrten Bein. Wenn sie das andere immer nur kurz belastete, würde es gehen.

Es ging, obwohl ihr jedes Mal schwindelig wurde und sie sich an den Sprossen festklammern musste, um nicht zu fallen. Evelyn schöpfte Mut. Doch genau in dem Moment brach die Sprosse, auf der sie stand. Evelyn stürzte abermals zu Boden und die Leiter begrub sie unter sich.

Als sie wieder zu sich kam, war es dunkel. Noch dunkler als zuvor. *Die Taschenlampe,* schoss es ihr durch den Kopf, – die Batterie musste leer sein.

Erneut keimte Verzweiflung auf, aber dann fiel ihr ein, dass sie ja noch ihr Handy hatte. Telefonieren konnte sie damit nicht, jedoch würde es ihr zumindest Licht spenden, wenn sie es noch einmal versuchte. Ein schwacher Trost, aber sie klammerte sich daran fest, erschöpft und müde wie sie war ...

Evelyn schlug die Augen auf. Stimmen hatten sie geweckt. Stimmen, die nach ihr riefen.

Sie rappelte sich auf.

„Ich bin hier!“, krächzte sie und räusperte sich. „Hier! Hört ihr mich?“ Sie klatschte in die Hände, um auf sich aufmerksam zu machen. Da hörte sie es über sich poltern. Jemand kniete sich vor die Öffnung und leuchtete mit einer Taschenlampe hinein. Als er sich duckte, erkannte sie Severin.

„Gott sei Dank!“, rief sie aus und begann zu weinen.

„Ich bin gleich bei dir“, beruhigte er sie. „Bist du verletzt?“

„Mein Bein. Ich glaube, es ist gebrochen.“

Severin setzte sich und ließ die Füße in der Öffnung baumeln. Anschließend drückte er sich vom Rand ab und sprang zu Boden.

Nach einem schnellen Kuss untersuchte er ihr Bein. „Ich glaube, es ist nur verstaucht, aber riskieren wir besser nichts.“

Severin stellte die Leiter auf und kam daraufhin wieder zu Evelyn. „Halt dich gut fest“, sagte er und legte ihre Arme um seinen Hals. So schleppte er sie auf seinem Rücken die Leiter hinauf.

Severin sollte recht behalten: Der Fuß war nur verstaucht. Evelyn verließ das Ambulanzzimmer mit einem verbundenen Knöchel und humpelte zum Wartebereich, wo Severin auf sie wartete. Und nicht nur er.

Evelyns Überraschung hätte nicht größer sein können, als sie Conny dort erblickte.

Sie stutzte. Ihr wurde ganz mulmig zumute und sie stellte sich auf eine Standpauke ein. Trotzdem fragte sie: „Du bist noch hier?“

Conny ignorierte ihre Frage. Fast gleichzeitig sprangen sie und Severin auf und eilten zu Evelyn, um sie zu stützen.

Nachdem Conny sich vergewissert hatte, dass alles in Ordnung war, legte sie los:

„Das war eine richtig bescheuerte Idee von dir! Du hättest sterben können! Verdursten, weil dich niemand findet."

Evelyn zog den Kopf ein. Aber es stimmte: Wenn Severin nicht so aufmerksam gewesen wäre, hätte das wirklich passieren können, auch wenn ihr im Rückblick nun alles weit weniger dramatisch vorkam, als ihre Mutter es darstellte.

„Woher hast du gewusst, dass ich im Stollen bin?"

Severin stützte sie, während sie sich setzte, und ließ sich dann neben sie fallen.

„Ich hab dich nach Feierabend gesucht, weil ich mit dir ausgehen wollte. Du warst nicht da. Aber gerade als ich mich umgedreht habe, ist das kleine Kätzchen aus deinem Zimmer geschlüpft. Da bin ich reingegangen. Auf dem Bett lag eine Taschenlampe und eine Handvoll Batterien. Mir war sofort klar, wo du steckst."

Evelyn nickte unwillkürlich. Sie hatte in Millis Wohnzimmerschrank zwei Taschenlampen und alte Batterien unterschiedlicher Marken gefunden. Die meisten davon leer, wie sich nach ihrem Test herausgestellt hatte. Evelyn war erstaunt, wie gut Severin kombiniert hatte, und auch sehr froh darüber.

Er seufzte. „Aber leider wusste ich nicht, wie ich dich finden sollte. Deshalb bin ich erst zu dem Schrebergarten, um diesen Ludwig um Hilfe zu bitten. Ich bin ihm quasi in die Arme gelaufen. Er hat mich gleich gefragt, was ich hier mache."

„Danke nochmal", hauchte Evelyn und schämte sich diesmal wirklich für ihre unüberlegte Aktion.

Jetzt wandte sie sich ihrer Mutter zu.

„Du bist gestern nicht nach Hause gefahren?"

Conny schüttelte den Kopf.

„Du warst bei Milli."

Ein zaghaftes Lächeln zuckte auf Connys Gesicht.

Evelyn strahlte und in einem Anflug von überwältigender Erleichterung fiel sie ihrer Mutter um den Hals.

„Es gibt noch eine gute Nachricht", warf Severin ein. „Milli darf nach Hause. Wir nehmen sie gleich mit. Die Entlassungspapiere sind schon fertig."

„Wirklich!?" Evelyn strahlte noch mehr. Nie hätte sie geahnt, dass sich der Tag doch noch zum Guten wenden würde.

Ihre Euphorie schwand allmählich, als sie zurück in der Villa waren. Natürlich hatten sich während ihrer Abwesenheit nicht alle Probleme, die es zwischen Conny und Milli gab, in Luft aufgelöst.

Ihr Umgang miteinander war reserviert, vor allem auf Seiten ihrer Mutter. Eine angespannte Stimmung hing in der Luft und Evelyn hatte das dringende Bedürfnis, die dicke Luft zu vertreiben. Sie mussten reden.

Das jedoch hatte sich anscheinend auch Conny gedacht, denn jetzt fragte sie, als wäre es ihr schon die ganze Zeit auf der Zunge gelegen: „Was zur Hölle hast du eigentlich da oben in dem Stollen gesucht? Wie kommt man denn auf so eine Idee?"

Evelyn schaute von ihrem Platz unter dem Turmfenster erst zu Conny, die im Durchgang zur Küche lehnte, und anschließend zu Milli, die auf dem Biedermeiersofa lag, um sich auszuruhen. Beide schienen gespannt und gleichzeitig verärgert auf eine Erklärung zu warten.

„Ich wollte sehen, ob von Rosenhag mehr übrig ist, als es an der Oberfläche scheint. Das Buch, das du mir gegeben hast, Milli. Es hat das Schloss für mich auferstehen lassen."

„Dann ist alles meine Schuld ..." Milli seufzte schwer. Sie presste die Hand an ihre Stirn und schloss die Augen.

„Aber nein!" Evelyn unterdrückte das Bedürfnis aufzuspringen. Langsam erhob sie sich, humpelte zum Sofa und ließ sich neben Milli nieder. „Da täuschst du dich. Auf den Tunnel bin ich doch nur gekommen, weil mir Ludwig davon erzählt hat. Ich war einfach so fasziniert von Theodors und Thereses Geschichte ..."

Milli riss die Augen auf. „Woher weißt du ...?" Sie wollte sich aufrichten, aber es gelang ihr nicht gleich, weshalb ihr Evelyn dabei half.

„Woher weißt du von Theres?"

Evelyn fasste zusammen, wie sie von ihr erfahren hatte.

„Wer war sie?", fragte Evelyn. „Ich meine, sie hat das Schloss geerbt, aber wer war sie davor?"

Millis Blick ging in die Ferne und ihre Stimme brach, als sie antwortete.

„Meine Schwester. Theres war meine Schwester. Sie hat mich aufgezogen, nachdem Mutter und Vater beide gestorben waren. Da war ich gerade einmal zwei."

Evelyn nahm ihre Hand und drückte sie, daraufhin kam auch Conny näher.

„Das ist ja schrecklich!", entfuhr es Evelyn.

„Ich kann mich kaum noch an diese Zeit erinnern. Meine Mutter ist bei meiner Geburt gestorben, an sie habe ich gar keine Erinnerung. Aber Theres hat gut für mich gesorgt."

Evelyn lächelte, allerdings nagte noch etwas an ihr. Es beschäftigte sie so sehr, dass sie einfach fragen musste.

„Warum ist sie nicht mit Theodor gegangen? Warum ist Theres beim Fürsten geblieben, wo er doch ihren Geliebten in die Tiefe gestoßen hat? Das begreife ich einfach nicht."

Millis Blick klarte auf. Mit wachen Augen sah sie Evelyn direkt an.

„Aber so war das nicht!" Sie schüttelte den Kopf. „Heinrich war nicht schuld an Theodors Sturz. Es ist ganz anders gewesen."

Kapitel 30

Linz, 12. Februar 1934

Am Tag vor Millis viertem Geburtstag war Theres schon früh auf den Beinen. Sie hatte ein Fest für ihre kleine Schwester geplant. Alle ihre Freunde und die Mieter des Schlosses waren dazu eingeladen. Da Millis Ehrentag auf den Faschingsdienstag fiel, hatte Heinrich vorgeschlagen, ein Maskenkränzchen zu veranstalten. Von dieser Idee war Theres sofort hellauf begeistert gewesen und Milli würde es erst recht sein, daran bestand kein Zweifel.

Weil die Feier eine Überraschung sein sollte, nutzte Theres die frühen Morgenstunden. Milli hatte noch tief und fest geschlafen, als sie das Zimmer verlassen hatte. So blieb genug Zeit, um den Rittersaal im ersten Stock mit Girlanden und Lampions zu schmücken, ehe Milli nach ihr suchte, wenn nicht der Hunger sie vorher in Rosis Küche trieb.

Milli würde Augen machen! Vor allem, wenn sie das Prinzessinnenkleid sah, das Theres aus alten Vorhängen für sie genäht hatte. *Für die heimliche Herrin des Schlosses,* dachte Theres und musste schmunzeln. Jeder auf Rosenhag war dem Charme des kleinen Mädchens verfallen. Ohne Ausnahme. Milli schaffte es sogar, dem griesgrämigen Schreiner, der eine Werkstätte im Meierhof des Schlosses unterhielt, ein Lächeln aufs Gesicht zu zaubern.

Zu ihm war Theres unterwegs. Sie hatte ein Schaukelpferd nach dem Vorbild ihres Lieblingspferds Enrico bei ihm in Auftrag gegeben und wollte es abholen, damit sie es noch einpacken konnte. Das Geschenk würde ihre Schwester darüber hinwegtrösten, wenn Theres sich gelegentlich nicht die Zeit für einen gemeinsamen Ausritt nehmen konnte.

Auf dem Vorplatz traf sie unverhofft auf Hansi, der im Laufschritt aus dem Tor rannte. Die Hose seiner Uniform schlenkerte ihm um die Beine. Als er sie sah, bremste er ab und setzte sich die Kappe, die auf seinem Kopf ebenfalls viel zu groß wirkte, auf das zerzauste Haar. Heinrich hatte ihm eine Stelle bei der Straßenbahn besorgt, worauf der Bursche mächtig stolz war, selbst wenn er im Moment nur für Hilfsarbeiten in der Remise abgestellt war. Immer wenn er von den Fahrwägen sprach, leuchteten seine Augen.

„Morgen, Theres. Bin spät dran“, erklärte er und sauste schon weiter.

„Du kommst doch morgen?“, rief sie ihm nach. Milli war ganz vernarrt in Hansi und Theres fand es schön, wie er mit ihr umging, auch wenn er ihr jede Menge Flausen in den Kopf setzte.

„Logisch. Versteht sich von selbst“, antwortete er und hob die Hand zum Abschied.

Auch Theres ging weiter. Es war ein trüber, milder Wintermorgen. Eine Kolonie von Spatzen stob vom Rasen im Park auf und setzte sich auf die nackten Äste eines Baumes. Ihre kleinen Körper sahen aus der Ferne aus wie vereinzelte braune Blätter, die den Herbst versäumt hatten.

Plötzlich fielen Schüsse – dumpf aber deutlich – und der Schwarm flog davon, wie vom Sturm erfasst.

Der Schreck brachte Thereses Herz in Aufregung, obwohl ihr Verstand noch nicht begriffen hatte, was passierte.

Gleich darauf kam Hansi auf sie zugerannt, die Kappe hatte er verloren.

„Jetzt beginnt's!", rief er ihr nur zu und hetzte weiter ins Schloss, Theres ihm hinterher.

Hansi riss die Tür zum Jagdsalon auf. Bevor Theres kapierte, was er vorhatte, klirrte schon Glas. Er hatte die Scheibe vom Waffenschrank eingeschlagen! Hastig schlüpfe er mit dem Kopf durch den langen Riemen des Gewehrs, hängte es sich über die Schulter und stopfte Munition in seine Jackentasche. Theres wusste nicht einmal, ob die Waffe noch funktionierte, denn Heinrich sah diese mehr als Zierrat an.

„Was hast du vor?", fragte sie perplex und stellte sich ihm in den Weg. Hansi sah sie mit entschiedener Miene an. Erstmals entdeckte sie in seinen Zügen den Mann, der er einmal sein würde, aber auf seinen Wangen wuchs noch weicher Flaum.

„Geh mir aus dem Weg, Theres!"

„Nein! Wo willst du überhaupt hin?"

„Zum Sammelplatz."

„Bleib hier, Hansi. Das ist kein Spaß!"

„Natürlich nicht. Es ist meine Pflicht! Ich bin ein aufrechter Arbeiter und es ist Zeit, dass wir uns wehren!"

Theres blieb, wo sie war. Hansi, der sie um einen Kopf überragte, fasste sie an den Schultern und schob sie zur Seite. Nicht grob, aber bestimmt.

Als er die Tür zuschlug, durchfuhr es Theres. *Milli!* Sie rannte schnell wie der Wind durch das Schloss, hinauf in das Zimmer.

Gott sei Dank! Ihre kleine Schwester hatte noch nichts gemerkt. Millis verdattertem Blick zufolge schien sie eben erst aufgewacht zu sein. Wahrscheinlich hatte Theres sie geweckt, als sie ins Zimmer gestürmt war.

„Guten Morgen, mein Schatz", hörte sich Theres jetzt mit einer süßen, zittrigen Stimme sagen. Sie setzte sich zu Milli aufs Bett und strich ihr durch die wirren Locken. Millis Augen waren noch schlaftrunken und fielen immer wieder zu. Theres betrachtete das zerknautschte Gesicht ihrer Schwester. Ihr unschuldiges Gesicht, das nichts von alldem ahnte, was der Tag mit sich bringen würde.

Aber tat sie das denn selbst? Theres hatte ein ungutes Gefühl. Die Auseinandersetzung zwischen der Arbeiterbewegung und den Christlichsozialen hatte sich in den letzten Tagen und Wochen zugespitzt. Angefangen hatte aber alles bereits viel früher. Während sie Milli aus dem Nachthemd half, erinnerte sie sich daran, was für ein Schock es für sie gewesen war, als Dollfuß im letzten März das Parlament ausgeschaltet hatte – ein erster Vorstoß gegen die Demokratie. Seit das Regime nacheinander Schutzbund, Kommunisten und die Nationalsozialistische Arbeiterpartei verboten hatte, war Theres klar, in welche Richtung das Land steuerte. In den Abgrund.

Denn anstatt an einem Strang zu ziehen, wie es angebracht gewesen wäre, war Österreich entzweit. Zerrissen.

Ein Zustand, der Theres angst und bange werden ließ, wenn sie dazu noch das politische Geschehen im restlichen Europa betrachtete.

Tock-Tock-Tock-Tock-Tock. *Schüsse, schon wieder!* Das Rattern eines Maschinengewehrs erschallte aus unbestimmter Richtung und schien gleichwohl überall zu sein. Sein Echo – nein, die Antwort –, eine zweite Salve, folgte.

Milli riss verängstigt die Augen auf, woraufhin Theres sie schnappte und an ihre Brust zog. „Alles gut, alles gut ...", versicherte sie, den Kopf des Mädchens streichelnd, und probierte es mit Ablenkung, als Milli zu weinen begann. „Komm, wir gehen zu Rosi."

Am Gang stürzte ihnen diese bereits aufgelöst entgegen. Die Tür zum Turmzimmer schwang auf. Heraus kam Heinrich strammen Schrittes und legte, kaum bei ihnen, seine Arme um die Frauen. Daraufhin führte er sie ins Wohnzimmer, wo das Radio lief. Dort verbrachten sie den halben Tag, vor ängstlicher Spannung wie erstarrt, nur die Stimmen der Waffen ließen sie immer wieder zusammenzucken. Aus dem Radioempfänger krächzte es. Der Sprecher übermittelte Beschwichtigungen. Es gäbe keinen Grund zur Besorgnis, man wäre Herr der Lage. Dazwischen hörte man draußen Schüsse explodieren und das Donnergrollen schwerer Artilleriegeschütze.

Irgendwann war Rosi aufgestanden, um etwas zu essen zu machen, woraufhin Heinrich zur Violine gegriffen hatte.

Die Geige weinte. Sie weinte im Angesicht der Kämpfe und versuchte den Lärm der Geschosse zu übertönen.

Unter dem Vorwand, Rosi beim Tragen helfen zu wollen, verschaffte sich Theres einen Eindruck von der Lage. Der Blick aus den Fenstern im ersten Stock verriet jedoch nicht besonders viel. Sie hatte lediglich feststellen können, dass die Eisenbahnbrücke schwer umkämpft war.

Es war schon Nachmittag, als sie sich schließlich mit einer nahrhaften Suppe stärkten. Plötzlich erregte ein Aufblitzen am Horizont ihre Aufmerksamkeit.

Theres sprang auf und lief zum Fenster. Mündungsfeuer am gegenüberliegenden Ufer. Vom Linzer Schlossberg wurde geschossen. „Sie feuern auf den Spazenhof!", rief Theres entsetzt. Der Hof lag nur wenige hundert Meter Luftlinie von Rosenhag entfernt.

Heinrich trat zu ihr.

„Hansi ist da draußen. Er hat das Gewehr aus dem Stüberl mitgenommen", wisperte sie.

Obwohl Heinrich nickte, bemerkte sie die Besorgnis in seinem Blick. Die Resignation. Er schlug die Augen nieder und verließ mit einem „Gott steh' ihm bei" den Raum.

Zum Abend hin wurde es in der Stadt leiser. Vereinzelt erklangen noch Schüsse, aber die Lage schien sich beruhigt zu haben. Dennoch konnte niemand wissen, was die nächsten Stunden bringen würden, auch wenn die Stimme im Radio längst Entwarnung gegeben hatte.

Die Sorge um Hansi hielt Theres vom Schlafen ab. Der Junge war noch immer nicht nach Hause gekommen.

Vor einem der Butzenfenster zum Hof, am Gang vor Millis Zimmer, bezog sie Position. Immer wieder öffnete sie es, weil sie durch die trüben, runden Glasscheiben nichts erkennen konnte, aber meinte ein Geräusch gehört zu haben. So wartete sie auf seine Heimkehr. Zwischenzeitlich nickte sie auf dem Stuhl, den sie sich hingestellt hatte, ein und schreckte hoch, wenn ihr Kopf nach unten sackte. Erst nach Mitternacht nahm sie die Schemen einer Gestalt in der Dunkelheit wahr. Mit einem Blick ins Zimmer versicherte sie sich, dass Milli schlief, ehe sie nach unten eilte.

Hansi schleppte sich über das Pflaster. Er humpelte.

Schnell kam Theres ihm zu Hilfe und brachte ihn in die Küche. Mit besorgtem Blick musterte sie ihn vom Kopf bis zum Zeh. Seine Uniform war steif vom Dreck und roch streng. Dennoch gelang ihm ein schiefes Grinsen. „Machst du dir Sorgen um mich?“

Angesichts dieser unverschämten Frage rutschte ihr die Hand aus. Schallend traf sie auf Hansis Wange.

Theres erschrak und wandte sich beschämt ab. Das war nicht ihre Absicht gewesen.

„Theres?“ Hansi legte eine Hand auf ihre Schulter. „Es tut mir leid. Das hätte ich nicht sagen sollen.“

„Dummer Bub!“, schimpfte sie ihn und fuhr herum. „Du führst dich auf, als wärst du allein auf der Welt! Wir haben uns Sorgen gemacht.“

„Es tut mir leid“, murmelte er noch einmal mit gesenktem Kopf. „Ich bin ein Idiot. Kann ich trotzdem was zu trinken haben?“, bat er, schon im Begriff aufzustehen.

„Bleib“, befahl Theres und drückte bestimmt gegen seine Brust, woraufhin er zurück in die Lehne sank. Sie schenkte ihm ein Glas Wasser ein, das Hansi gierig leerte. Als wäre sein Arm zu müde geworden, um es zu halten, ließ er es geräuschvoll auf den Tisch sinken.

„Das alles war von Anfang an aussichtslos. Wir waren sowas von unterlegen“, klagte er.

Davon hatte Theres schon im Radio erfahren. Bereits seit den frühen Morgenstunden hatten die Schutzbündler quasi ohne Kommando dagestanden. Der Schutzbundführer Bernaschek war bei der Übernahme des Parteiheims im Hotel Schiff festgenommen worden. Auch zahlenmäßig waren die Arbeiter dem Aufgebot von Polizei, Bundesheer und Heimwehr bei Weitem unterlegen, von den Waffen ganz zu schweigen.

„Wir sollten die Heimwehr aus dem Mühlviertel aufhalten. Aber von der Schlosskaserne haben sie auf uns geschossen. Mit einem von diesen schweren Maschinengewehren! Den ganzen Tag mussten wir uns in der Sandgrube verschanzen. Erst im Dunkeln haben wir uns raus getraut. Dann sind wir weiter zur Brücke. Dort hat man uns gesagt, wir sollen heimgehen", erzählte er und konnte seine Enttäuschung nicht verbergen.

„Ist es überstanden?", fragte Theres.

„Ich weiß nicht", gab er zu. „Aber viele haben schon aufgegeben." Er seufzte tief. Dann legte er die flache Hand vor die Augen und weinte. Er weinte beinahe lautlos und seine Schultern zuckten, als müsste er die Tränen aus sich herausschütteln. „Ich hatte solche Angst. Ich dachte, ich sterbe. Theres, ich hab mir in die Hosen gemacht!" Er sah sie entsetzt an und Theres erwiderte seinen Blick, versuchte ihm die Scham zu nehmen. „Weißt du, ich habe immer geglaubt, Heinrich wäre ein Feigling."

Theres runzelte, verblüfft über die Wendung des Gesprächs, die Stirn.

„Was hat das ...?"

„Lass mich ausreden. Jetzt weiß ich, dass er kein Feigling ist. Ich hätte es schon längst wissen müssen."

„Wovon sprichst du?“

Wenn er damit Heinrichs distanzierte Haltung zur Politik meinte, gab sie ihm recht. Es erforderte Mut, nicht mit dem Strom zu schwimmen, eine Insel zu sein, wenn die Wogen über einen hereinbrachen. Auch wenn sich Heinrich zurückgezogen hatte, war er seinen Idealen immer treu geblieben. Er hatte sich nicht davon abbringen lassen, obwohl er von der Heimwehr regelrecht belagert worden war, um ihn für ihre Sache zu gewinnen.

„Er hat mich gedeckt. In der Nacht ...“ Er schluckte und sah sie verunsichert an. „In der Nacht, als der Schriftsteller vom Rosenspalier gestürzt ist, hat Heinrich mich gesehen.“

Die wirren Worte begannen allmählich Sinn zu ergeben. Instinktiv wich Theres zurück, bemerkte auch den gequälten Ausdruck, der sich dabei auf Hansis Gesicht legte. Trotzdem fuhr er fort: „Theres, ich bin schuld, dass er gestürzt ist. Ich allein! Ich habe ihn für einen Einbrecher gehalten und wollte ihn aufhalten. Da bin ich ihm hinterher und hab an seinem Bein gezogen ...“

Die Erinnerung begann Bilder vor ihrem inneren Auge zu malen, erst verschwommen, dann immer klarer. Die Sichel des Mondes, das Zirpen der Grillen und Theodor, der mit verrenkten Gliedern im Blumenbeet lag. Und es kamen noch mehr: Die Königin der Nacht, der Kuss im Glashaus. Als liefe ihr Leben rückwärts.

Die Hitze des Sonnwendfeuers auf ihrer Haut, der Gesang unter den Arkaden. Und dann der Moment, wie sie mit Heinrich in der Küche gesessen hatten ...

„Er hat uns am Tag des Festes vor einer Diebesbande gewarnt“, erinnerte sich Theres. „Und du hast im Schlosspark patrouilliert, in der Sonnwendnacht.“

„Und auch die Nacht darauf. Theres, es tut mir so leid!“

Mir auch, dachte Theres voller Bedauern, *mir auch.* Wenn er nur geredet hätte! Wie viel Kummer wäre ihnen erspart geblieben?

Kapitel 31

Linz, Juli 2019

„Heinrich hatte nichts mit Theodors Sturz zu tun?", fragte Evelyn verblüfft.

Milli schüttelte den Kopf. „So hat es mir Theres erzählt. Ein Mädchen aus der Schule hatte mich mit der Geschichte drangsaliert und Heinrich als Scheusal bezeichnet. Ich habe von dieser Tragödie damals zum ersten Mal gehört!" Diesen Satz betonte sie besonders, als wäre sie noch heute überrascht darüber. „Mein Heinrich sollte so etwas getan haben? Ich habe es nicht glauben können. Er war doch mein Freund. Mein Held. Er hat mir die Welt gezeigt. Seine Welt – alles Schöne –, nicht die Kälte da draußen." Sie machte eine abfällige Handbewegung in Richtung des Fensters. „Von ihm habe ich gelernt, Violine zu spielen ..." Milli warf einen Seitenblick zu Conny und für einen Moment schienen die beiden einen Gedanken zu teilen, der sich Evelyn nicht erschloss. Dann sprach Milli weiter. Sie schilderte alles so lebhaft und mit großen Gesten, als wäre sie eine Theaterschauspielerin oder noch das kleine Mädchen von damals. „Aber meine Schulkollegin hat nicht aufgehört damit. Da bin ich weinend zu Theres gelaufen und sie hat mir alles erzählt."

Evelyn tauchte aus der Vergangenheit auf, in die Milli sie mitgenommen hatte. Sie blinzelte.

„Eine traurige Geschichte", sagte sie betroffen, da hörte sie die Tür ins Schloss fallen und es war ihr, als spürte sie einen kühlen Luftzug. Wohl war Evelyn aufgefallen, dass ihre Mutter sehr schweigsam gewesen war, aber sie hatte sich nichts weiter dabei gedacht. Sie wechselte einen Blick mit ihrer Großmutter.

„Geh ihr nach", sagte diese.

Evelyn sah sie fragend an.

„Das alles ist nicht leicht für sie."

Evelyn ahnte, was sie meinte. Das Rätsel um das Schloss und diese Liebesgeschichte hatten Evelyn in ihren Bann gezogen. Dabei war völlig untergegangen, weshalb sie in Wirklichkeit hier waren. Nicht die verhinderte Liebe, so tragisch sie auch gewesen sein mochte, war von Belang, sondern das, was zwischen Milli und Conny vorgefallen war.

Ihre Mutter war gekommen, um zu reden, das war Evelyn gerade klargeworden. Sie hatte sich aufgerafft, sich überwunden und war hierher in die Villa gekommen. Nur, um dann festzustellen, dass alles andere wichtiger zu sein schien.

Während sie die Treppe nach unten humpelte, hielt sich Evelyn am Geländer fest. Die Schuhe ihrer Mutter hatten nicht in der Garderobe gestanden, deshalb vermutete sie Conny im Garten.

Vor der Haustür schaute sie sich nach ihr um. *Wo war sie hin?* Sie kämpfte sich die Eingangsstufen hinab und machte einige vorsichtige Schritte über den Rasen.

Da bemerkte sie hinter der Hausecke dünne Rauchschwaden aufsteigen. Stirnrunzelnd ging sie näher. Es roch nach Zigarettenqualm, eindeutig. Aber ihre Mutter rauchte doch nicht?

Misstrauisch spähte sie um die Ecke. Conny zuckte zusammen, als sie Evelyn entdeckte. Dann allerdings wandte sie sich von ihr ab, starrte in die Büsche und nahm noch einen tiefen Zug. Sie blies den Rauch geräuschvoll aus, sah der Wolke zu, wie sie aufstieg und sich auflöste. Die nur zur Hälfte gerauchte Zigarette warf sie auf den Rasen und trat sie aus.

„Es tut mir leid", sagte Evelyn schließlich, um die Stille zu füllen und auch, weil es der Wahrheit entsprach.

Conny drehte sich um und musterte sie mit ernstem Blick. Sie trat näher und nahm Evelyns Gesicht zwischen die Hände. Nur ganz kurz. Der Geruch von Rauch war so ungewohnt, so fremd an ihrer Mutter. Sie wirkte zerbrechlich, gerade weil sie nach außen hin die Starke spielen wollte.

„Es ist nicht deine Schuld", erklärte ihre Mutter und ließ die Hände wieder sinken.

In Evelyn zog sich etwas schmerzvoll zusammen. *Ihre Augen.* Sie wirkten leer und gleichzeitig voll von Enttäuschung.

Wie einsam muss sie sich fühlen! Mit einem Schlag wurde Evelyn etwas klar, das sie schon viel früher hätte sehen sollen. Ihrer Mutter war das Gefühl verloren gegangen, für jemanden wichtig zu sein.

Evelyns Vater war kaum jemals zu Hause und sie selbst schon eine ganze Weile ausgezogen. Wenn sie es recht bedachte, hatte sie natürlich bemerkt, dass Conny unglücklich war, obwohl diese sich die größte Mühe gab, es vor ihr, vor allen anderen und wohl auch vor sich selbst zu verbergen. Sie hatte es bemerkt, aber nicht gewusst, was sie dagegen tun sollte. Von den kleinen Späßchen einmal abgesehen, die sie immer wieder ausspielte, um ihre Mutter aufzuheitern.

Aber das Lachen blieb stets an der Oberfläche hängen, es rührte nicht Connys Innerstes. Es vermochte nicht den Schmerz aufzubrechen, den sie in ihrem Herzen eingeschlossen hatte. Es konnte sie nicht darüber hinwegtrösten, dass sie Alinas Lächeln nie gesehen hatte. Oder dass Milli ihre Freude über das Kind, das in ihrem Bauch herangewachsen war, nicht geteilt hatte.

All diese verborgenen Gefühle, sie stürzten jetzt über Evelyn herein, als wären es ihre eigenen. Die Tränen bahnten sich ihren Weg, sie konnte nichts dagegen tun.

Ihre Mutter schaute sie einen Augenblick hilflos an, machte dann einen Schritt auf Evelyn zu und umarmte sie. *Sie* weinte nicht.

Und Evelyn wusste, woran es lag: Ihre Mutter hatte alle Empfindungen bereits wieder an den dunklen Ort in ihrem Inneren verbannt.

„Kommst du wieder mit rauf?“ Evelyn löste sich aus der Umarmung und schniefte. Daraufhin nickte ihre Mutter und folgte ihr ins Haus.

Als sie die Wohnung betraten, stand Milli auf wackeligen Beinen vor dem Bücherregal. Mit einer Hand auf den Rollator gestützt, streckte sie die andere nach oben, um etwas aus dem Regal über ihrem Kopf zu holen.

Der Anblick erfüllte Evelyn mit Mitleid, denn er machte ihr die Hilflosigkeit ihrer Großmutter allzu schmerzlich bewusst.

Als Milli sie bemerkte, entwich ihr ein Ächzen, so als wollte sie etwas sagen und wüsste nur noch nicht wie. Aus einem Impuls heraus wollte Evelyn ihr zu Hilfe eilen. Allerdings war sie selbst durch den verstauchten Knöchel gehandicapt. Deswegen sah sie zu Conny, die jedoch abwesend wirkte. Als ihr klarzuwerden schien, was Evelyn von ihr wollte, stieß sie den Atem aus, hörbar gereizt. Trotzdem zog sie einen Sessel heran und stieg hinauf.

Milli zeigte auf einen hohen Buchrücken mit einem hellen Leineneinband, woraufhin Conny das Buch herauskippte. Sie überreichte es Milli, ohne ihm größere Beachtung zu schenken.

Bei näherer Betrachtung erkannte Evelyn, die direkt neben Milli stand, dass es sich um ein Album handelte.

Ihr Herzschlag beschleunigte sich. In gespannter Erwartung, was jetzt kommen würde, setzte sie sich mit Milli auf das Sofa. Conny nahm auf der Sitzbank unter dem Fenster Platz und ließ den Blick nach draußen schweifen. Jetzt richtete Milli das Wort an Evelyn: „Ich habe dir das Buch über Rosenhag nicht ohne Grund gegeben. Damals war es mir noch nicht bewusst, nicht so wie heute. Ich bin einfach meinem Gefühl gefolgt, auch wenn ich unheimliche Angst hatte, was ich damit heraufbeschwören würde." Sie strich gedankenverloren über den Einband des Albums. „Ich war in Sorge, dich gleich damit zu verschrecken, wo ich dich doch gerade erst kennengelernt hatte. Ich habe mich so lange nach dir gesehnt."

Am Fenster zuckte Conny zusammen und war im Begriff aufzustehen, aber Milli hob die Hand. „Warte!", sagte sie, und dann leiser: „Bitte." Milli sah Conny eindringlich an und wieder schienen die beiden ohne Worte zu kommunizieren.

Etwas an dem Ausdruck in Millis Augen musste Conny überzeugt haben, denn sie blieb sitzen. Vielleicht war es aber auch das dringende Bedürfnis, endlich Frieden einkehren zu lassen, dachte Evelyn.

Milli wandte sich Evelyn zu. „Nimm das Album, Schatz. Es ist das Letzte, was mir von meiner Schwester geblieben ist. Sieh es dir in Ruhe an. Deine Mutter und ich werden uns inzwischen unterhalten. Danach werde ich euch alles erklären."

Evelyn nickte wortlos. Alles, was sie hätte sagen können, hätte diesen bedeutsamen Moment zerstört. Eine fast unerträgliche Spannung lag in der Luft, aber auch ein Funken Hoffnung.

Sie nahm das Album an sich und ging damit in ihr Zimmer. Dort setzte sie sich im Schneidersitz auf das Bett und fuhr mit den Fingern über den Einband, wie Milli es zuvor getan hatte, ehe sie ihn aufschlug und unwillkürlich die Fingerspitzen an die Lippen legte.

Die Theres auf dem Foto war der Frau, die in ihrer Vorstellung Gestalt angenommen hatte, verblüffend ähnlich. Damit meinte sie nicht so sehr das Äußere. Dieses Bild von ihr war weniger scharf gewesen. Es war ihre Ausstrahlung, die unsichtbare Aura, die sie umgab und Evelyn sofort vertraut vorkam. So vertraut, als hätten sie einander gekannt.

Es war schwer zu sagen, wie alt Theres auf dem Foto war. Man sah ihr die Schlossherrin an. An der aufrechten Haltung, der akkurat sitzenden Frisur, an der Ernsthaftigkeit im Gesicht. Es gab eine gewisse Ähnlichkeit zwischen ihr und Milli. Das nächste Foto zeigte die Schwestern gemeinsam. Milli, die auf der Violine spielte, und Theres, die ihr dabei zusah, offensichtlich von Stolz erfüllt.

Evelyn blätterte um. Theres vor dem Schlosstor. Sie saß auf einem Pferd und war nicht allein. Ein Mann hielt die Zügel. Evelyn betrachtete das Bild näher, aber die Aufnahme zeigte das Gesicht des Mannes nur undeutlich. Just in dem Moment hörte sie ein gedämpftes Schluchzen.

Sie erstarrte und überlegte einen Augenblick. So unauffällig es ihr mit ihrem Handicap möglich war, schlich sie schließlich hinaus auf den Gang und weiter in die Garderobe. Die Tür zum Wohnzimmer stand einen Spaltbreit geöffnet. Evelyn hielt den Atem an. Sie wollte nicht lauschen, wirklich nicht. Trotzdem blieb sie wie angewurzelt stehen.

„Glaub mir, Conny, ich würde alles darum geben, es ungeschehen zu machen. So war es von Anfang an. Aber als ich die Worte ausgesprochen hatte, ließen sie sich nicht mehr zurücknehmen. Ich hatte damit schon alles zerstört."

„Da hast du allerdings recht." Connys Stimme klang bitter und so unbarmherzig, als hätte jedes weitere Wort keinen Zweck mehr.

Milli versuchte es dennoch.

„Aber ist es wirklich so?", fragte sie. Ein Flehen lag in ihrer Stimme. „Ist denn wirklich alles zerstört? Du bist gekommen ..."

„Nicht deinetwegen. Ich bin nur Evelyn zuliebe hier."

Ein zittriges Seufzen war zu hören. Gab Milli jetzt auf?

Sie tat es nicht und Evelyn war erleichtert darüber, dass ihre Großmutter so hartnäckig blieb, obwohl sie immer noch geschwächt war.

„Und wenn wir es ihretwegen noch einmal miteinander versuchen?"

Ihre Stimme kippte, bevor sie das Ende des Satzes erreichte.

Stille.

Es kam Evelyn vor wie eine Ewigkeit. Das Ticken der Pendeluhr im Wohnzimmer ließ die lange Zeit des Schweigens noch unerträglicher erscheinen. Hätte sie wirklich auf den Takt gelauscht und mitgezählt, wäre ihr bestimmt aufgefallen, dass gar nicht so viel Zeit vergangen war.

„Einverstanden“, sagte Conny schließlich und es hörte sich fast so an, als hätten sie zuvor miteinander darüber verhandelt. Als pflegten sie eine rein geschäftliche Beziehung. Und obwohl alles besser war als die Funkstille, die davor geherrscht hatte, war Evelyn enttäuscht.

Gerade als sie sich umdrehen und gehen wollte, um nicht beim Lauschen erwischt zu werden, drückte Moritz das Köpfchen durch den Türspalt. Als er dann auch noch zu Gurren anfing, war ihr Versteck endgültig aufgeflogen.

„Evelyn, bist du das?“, rief Milli.

Evelyn öffnete zögerlich die Tür. „Ich …“, druckste sie herum.

„Du willst Antworten“, stellte Milli fest. Es klang, als hätte sie Verständnis dafür. Evelyn nickte und fühlte sich etwas eingeschüchtert vom kühlen Blick ihrer Mutter. Er vermittelte Evelyn das Gefühl, dass sie sich in etwas einmischte, das sie nichts anging. Aber Milli schien das anders zu sehen. Sie klopfte zweimal auf die gepolsterte Sitzfläche und bedeutete ihr damit, sich neben sie zu setzen.

Evelyn folgte der Einladung. Als sie endlich saß, begann Milli nach einer kurzen Pause, in der sie ihre Hände im Schoß betrachtete, zu sprechen.

„Als ich von der Schwangerschaft deiner Mutter erfahren hatte, habe ich ihr gesagt, sie solle sich gut überlegen, ob sie das Baby behalten will", beichtete Milli. Die Worte kamen schnell und bestimmt über ihre Lippen. Vielleicht etwas zu schnell. Als wollte sie es endlich hinter sich bringen, um sich selbst keine Gelegenheit zu geben, einen Rückzieher zu machen. Trotzdem merkte man, wie schwer ihr diese Offenbarung fiel. Sie schluckte und wischte sich Tränen aus den Augenwinkeln.

„Ich bereute es im gleichen Moment. Aber es war schon zu spät. Es hatte keinen Zweck zu erklären, dass ich meine heimlichen Bedenken aus Versehen laut ausgesprochen hatte."

Händeringend hob sie die Stimme, um sich zu erklären. „Ich war in Sorge um sie", bekannte sie gedehnt und voller Verzweiflung. „Ein Pilot, der nie daheim wäre. Sie ganz allein mit dem Kind in Salzburg. Das Baby war für mich damals noch nicht real. Ich hatte ja gerade erst davon erfahren! Aber deine Mutter war es. Sie war *mein* Baby. Und als sie mir eröffnet hat, dass sie mit Richard nach Salzburg gehen würde, bin ich aus allen Wolken gefallen. Ich habe ihm nicht über den Weg getraut, dabei kannte ich ihn kaum. Aber ich kannte Männer wie ihn. Das glaubte ich jedenfalls. Männer, die sich Frauen zum Spaß hielten und andere, damit sie sie umsorgten. In diesem Glauben habe ich einen unverzeihlichen Fehler gemacht. Seither büße ich es jeden Tag."

Evelyns Blick war immer wieder zu ihrer Mutter gewandert, um festzustellen, ob deren versteinerte

Fassade bröckelte. Da waren keine Risse, nur eine tief gerunzelte Stirn.

Milli fuhr fort.

„Ich wollte nicht, dass es ihr geht, wie es mir ergangen ist. Ich wollte nicht, dass ein Mann sie in ihr Unglück reißt."

Evelyn war es unangenehm, die Frage vor ihrer Mutter zu stellen.

„So wie Mamas Vater?"

„Ach der!" Milli schnaubte. „Zu diesem Zeitpunkt habe ich mir keine Illusionen mehr gemacht. Es gab keinen Grund mehr, mir die Männerwelt schönzureden. Nur einen: Ich wollte unbedingt ein Kind."

Evelyn stutzte. Milli musste es bemerkt haben, denn sie legte die Fingerspitzen an die Stirn und schloss die Augen.

„Ich weiß. Es klingt unglaublich, dass ich Conny angeraten habe, ihr Baby nicht zu bekommen, wo ich mir doch selbst nichts sehnlicher gewünscht hatte. Ich kann nur noch einmal betonen, ich habe damals sehr impulsiv reagiert, ohne zu überlegen. Hätte es eine zweite Chance für das Gespräch gegeben ..."

Milli brach mitten im Satz ab, aber für Evelyn brauchte sie es nicht laut auszusprechen. Sie verstand es auch so.

Wäre der erste Schock erst abgeflaut gewesen, hätte sie sich bestimmt über die Nachricht gefreut. Dazu war es allerdings nicht gekommen.

„Stattdessen habe ich ungewollt alles zerstört. Nicht zum ersten Mal."

Jetzt weinte Milli. Es war nur ein leises Wimmern, als scheute sie sich davor, richtig zu weinen. Als hätte sie kein Recht darauf, traurig zu sein, wo sie doch selbst daran schuld war.

„Wie meinst du das?“, fragte Evelyn zögerlich.

„Theres und Theodor. Ich bin schuld an ihrer Tragödie.“

Evelyn schüttelte den Kopf. „Das glaube ich nicht. Du warst damals noch ein Kind. Außerdem hat doch dieser Junge gestanden, dass er Theodors Sturz verursacht hat.“

„Das meine ich aber nicht“, sagte sie schwach. „Theres und Theodor, sie haben sich danach noch einmal wiedergesehen. Theodor ist ans Schloss zurückgekehrt.“

Kapitel 32

Linz, 12. März 1938

Der Führer erreichte Linz in den Abendstunden. Von Thereses Aussichtsplatz im Schlosspark, an dem sich außer ihr nur wenige Bewohner Rosenhags eingefunden hatten, schien es, als jubelte ihm die ganze Stadt zu. Schon tagsüber waren die Heilrufe vom Hauptplatz am anderen Donauufer herübergeschwappt. Jetzt überschlugen sich die Stimmen, sie vermengten sich zu einem tosenden Beifall, der nur dann abflaute, wenn Hitler das Wort an das Volk richtete.

Theres fröstelte.

Sie war einfach fassungslos darüber, wie schnell Menschen ihre Überzeugungen aufgaben. Am Vortag hatten sie noch gemeinsam mit den anderen Mietern vorm Radio gebangt, was nun aus Österreich werden würde. Und heute? Heute jubelten sie dort drüben dem Führer zu! Sie verstand die Welt nicht mehr.

Neben ihr herrschte Schweigen.

Entsetzen und Angst spiegelten sich in den Gesichtern. Nur Heinrichs Miene wirkte seltsam ausdruckslos. Hatte er bereits kapituliert? Theres nahm seine Hand und drückte sie sanft, woraufhin er die Augen schloss und schluckte.

Wenn sie doch nur etwas für ihn hätte tun können! Sonst war er ihre Stütze. Obwohl er sich im Alltag zurückgezogen hatte und ihr meist freie Hand ließ, was die Verwaltung des Schlosses betraf, war er stets für sie dagewesen. Jetzt allerdings merkte sie ihm an, dass er jeglichen Halt verlor. Sein Anblick erschütterte sie.

Wenn Heinrich aufgab, was sollte dann aus Rosenhag werden? Aus ihnen allen?

Da fiel ihr auf, dass einer in der Runde fehlte. Der Doktor war am Vormittag aufgebrochen, um etwas aus der Praxis in der Stadt zu holen, und bisher nicht zurückgekehrt. Ihn hätte sie niemals auf der anderen Seite vermutet. So konnte man sich täuschen ... Oder war ihm womöglich etwas zugestoßen?

Theres richtete ihren Blick wieder hinüber zum Hauptplatz. Während sich dort unten Hitlers Anhänger scharenweise zusammenrotteten und ihn wie den Gestalt gewordenen Erlöser priesen, schien die Luft im Schlosspark von einem drohenden Unheil erfüllt.

Sie waren jetzt der Feind – wie jeder, der nicht mit der Parteilinie konform ging. Das hatte sie begriffen, als Schuschnigg am Vorabend sein Amt als Bundeskanzler niedergelegt hatte. Genauer, als ihnen Leopold, ein junger Mann aus dem Schloss, seine neu gewonnene Überlegenheit unter die Nase gerieben hatte: „Jetzt sind wir dran! Ihr werdet euch noch alle anschaun!“ Sie schauderte bei der Erinnerung an sein gehässiges Auflachen. Zugezwinkert hatte er ihr! Dann war seine Hand zum Hitlergruß emporgeschnellt, bevor er den Jagdsalon verlassen hatte, vermutlich in Richtung Wirtsstube.

Die anderen Bewohner waren zurückgeblieben. Alle, die Platz gefunden hatten, hatten rund um den quadratischen Bauerntisch gesessen, die übrigen mit hängenden Schultern im Raum gestanden. Das Radiogerät aus seinem Wohnzimmer hatte Heinrich auf die Kredenz gestellt. Frau Rosenthal hatte erbärmlich geschluchzt, seit sich der Kanzler mit den Worten „Gott schütze

Österreich" verabschiedet hatte, und auch ihr Mann hatte neben ihr ein paar leise Tränen verdrückt.

Sie hatten nicht um Schuschnigg geweint, das stand außer Frage. Vielleicht, weil er Österreich so kampflos aufgegeben hatte. Viel wahrscheinlicher jedoch hatten sie es wegen dem getan, was nun kommen würde.

Thereses Brust war eng geworden. Wie gerne hätte sie die beiden getröstet, aber was hätte sie angesichts dieser Entwicklung auch sagen sollen? Ihr war selbst angst und bange. Niemand konnte wissen, was auf sie zukäme. Nur so viel war sicher: Als Juden hatte man den beiden das Menschsein aberkannt! So stand es besiegelt in den Nürnberger Rassegesetzen. Jedoch musste Hitler nicht erst in Österreich einmarschieren, um dieses Gedankengut zu streuen. Die Saat war bereits aufgegangen.

Das Ehepaar Rosenthal führte ein kleines Kaufhaus in der Innenstadt und hatte unter dem Weihnachtsboykott, zu dem die Nationalsozialisten aufgerufen hatten, sehr gelitten. Anfeindungen – ob in der direkten Konfrontation oder hinter vorgehaltener Hand – waren ihnen auch davor nicht fremd gewesen, wie Theres aus Erzählungen wusste. Das Ausmaß der organisierten Hetze hatte das Ehepaar jedoch mit Entsetzen erfüllt, Theres nicht minder.

Und nun griffen die Nazis nach der Herrschaft. Nachdem Schuschnigg in den Abendstunden abgedankt war, war um zwei Uhr früh schließlich die erfolgreiche Machtübernahme in Linz über das Radio verkündet worden. *Schnell, reibungslos und ohne Blutvergießen.*

Davon hatte Theres selbst nichts mehr mitbekommen, weil sie schon bei Milli im Bett gelegen hatte.

Als ihr Heinrich am Morgen davon erzählt hatte, war sie betroffen gewesen, aber nicht sonderlich überrascht. Das Abkommen mit Hitler, das Schuschnigg einen Monat zuvor unter Druck unterzeichnet hatte, war als dunkles Omen vorausgegangen. Auf dieser Grundlage war das Verbot der Nationalsozialistischen Partei aufgehoben worden.

Mit der schier unbändigen Begeisterung über den Einmarsch der deutschen Truppen, die hier im Schlosspark so deutlich zu hören war, hatte sie allerdings nicht gerechnet.

Diese ungehemmte Hysterie! Nichts machte ihr mehr Angst als dieser verkappte Wahnsinn.

Am Tag nach dem Einmarsch begab sich Theres, als der Doktor am Nachmittag noch immer nicht im Schloss aufgetaucht war, doch in die Stadt. Obwohl Sonntag war, hoffte sie ihn in seiner Praxis anzutreffen. Sie machte sich Sorgen und wusste nicht, wo sonst sie nach ihm suchen sollte. Beim besten Willen konnte sie sich nicht vorstellen, sich so in ihm getäuscht zu haben. Davon müsste sie sich erst mit eigenen Augen überzeugen.

Sie stockte, als sie den Hauptplatz betrat, der nun Adolf-Hitler-Platz hieß. An einer Gebäudefassade prangte ein überlebensgroßes Abbild des Führers. Das Hakenkreuz war allgegenwärtig: Es grüßte von wehenden Fahnen, es dominierte die Propaganda-Plakate und es zeigte unmissverständlich, wer auf der richtigen Seite stand oder zumindest bereit war sich auf diese zu schlagen.

Thereses Puls beschleunigte sich. Sie verschränkte die Arme, um zu verbergen, was sie von den anderen unterschied. Hoffentlich fiel es keinem auf. Mit eingezogenem Kopf schob sie sich möglichst unauffällig an den Entgegenkommenden vorbei, um kein Aufsehen zu erregen. Vergebens. Die Blicke der Passanten – so unerbittlich, so selbstgerecht –, sie folgten ihr. Durchschauten sie. Die Leute starrten sie an, als fehlte ihr ein Arm! Zwar spuckten sie ihr nicht vor die Füße, aber die Verachtung in ihren Gesichtern verriet, dass es weit schlimmer kommen könnte. Theres schluckte, hielt unter den Passanten Ausschau nach Verbündeten. Gab es denn keinen ohne Armbinde, keinen außer ihr? War sie die Einzige, die nicht das Symbol der neuen Weltordnung auf dem Oberarm trug?

Theres wich ihnen aus, beschleunigte ihren Schritt und bog rasch in eine schmale Gasse des alten Stadtkerns ab, wo sie hoffte der unterschwelligen Bedrohung zu entkommen.

Während sie über das Kopfsteinpflaster schritt, sträubten sich ihr die Nackenhaare, als streifte sie der Atem der eingebildeten Verfolger. Noch einmal drehte sie sich um. Nur, um sich zu vergewissern. Natürlich war da keiner, ihre Nerven spielten einfach verrückt. *Immer mit der Ruhe.* Sie schnaufte durch.

Als sie sich schon fast in Sicherheit wähnte, ließ sie etwas, das sie vor sich sah, abrupt stoppen. „Gütiger Himmel!“, entfuhr es ihr und ihre Hand legte sich auf ihren Mund. Sie stand unmittelbar vor dem Antiquariat, in dem sie Theodor sechs Jahre zuvor zum letzten Mal gesehen hatte. Die Eingangstür war tapeziert mit den bekannten Plakaten und weißen Zetteln, die sie aus der Ferne nicht lesen konnte. Das musste sie auch nicht. Sie kannte deren Inhalt. Und die Schmiererei auf der Fassade machte es ebenfalls deutlich. *Dreckiger Jud* schrie diese in die Welt hinaus.

Plötzlich drangen aufgebrachte Stimmen aus dem Geschäftslokal herauf. Wenig später stürmten zwei Burschen in der Uniform der Hitlerjugend heraus und an Theres vorbei. Sie lachten. Ein abstoßendes, hysterisches Lachen, das Theres innerlich erschaudern ließ. Im Vorbeilaufen rempelte sie einer der beiden mit voller Wucht an, sodass sie zur Seite schwankte.

Nachdem sie ihren Stand wieder ausbalanciert hatte, begannen ihre Gedanken zu kreisen. Theres fasste an die Knopfleiste ihres Mantels, darunter wuchs die Beklemmung in ihrer Brust. Was würde sie im Ladeninneren erwarten?

Zögerlich trat sie ein. Bücher lagen wild verstreut am Boden, genau wie zwei Geldscheine, die die Burschen offenbar verloren hatten. Ein niedriges Bücherregal war umgestürzt und begrub einen Berg aus antik aussehenden Bänden unter sich.

„Hallo?", fragte sie vorsichtig in die Stille.

Da erklang ein Stöhnen. Theres hastete hinter den Verkaufstresen und sog erschrocken die Luft ein. „Oh mein Gott!"

Es war Theodor, der dort am Boden lag und sich seitlich auf dem Unterarm abstützte. Mit der rechten Hand fasste er sich an die blutende Nase. Die Berührung ließ ihn zusammenzucken.

Theres kniete sich neben ihn, hob daraufhin sein Kinn behutsam an, um ihn zu untersuchen.

Da erkannte er sie.

Seine Augen weiteten sich und die steile Falte verschwand von seiner Stirn. „Theres?“, fragte er verblüfft.

Einen kurzen Moment lang verlor sie sich in seinem Blick, bevor sie sich den Umständen ihrer Begegnung entsann.

„Pscht!“ Sie konzentrierte sich wieder auf die Verletzung. Die Nase schien gebrochen zu sein. „Was ist passiert?“

„Der Führer ist da“, sagte er mit einem bitteren Unterton und setzte sich auf. „Dafür, dass sie mich verrecken sehen wollten, bin ich noch glimpflich davongekommen, nicht wahr?“

Theres zuckte zusammen.

„Verzeih meinen Sarkasmus. Galgenhumor. Eigentlich ist es nicht zum Lachen.“

Er zog die Mundwinkel nach unten und schniefte kurz. Auf einmal wirkte er so hilflos, so verletzlich. Als wäre ihm gerade erst klargeworden, dass es nichts brachte, sich aufzulehnen. Außer vielleicht noch mehr Hass. Theres zupfte ein Taschentuch aus ihrer Manteltasche und tränkte es mit Wasser aus einem Trinkglas, das sie in dem Regal hinter dem Tresen entdeckt hatte. Sie reichte es Theodor, der sich unter Ächzen das Blut abwischte.

„Warum haben sie es auf dich abgesehen?“, fragte sie. Die Schmiererei auf der Fassade war Antwort genug, aber sie musste es aus seinem Mund hören. „Ist es, weil …“

„Du meinst, weil ich Jude bin?“

Sie zuckte mit den Schultern.

„Nur zur Hälfte und nicht einmal das. Mein Onkel, dem das Antiquariat gehört, ist Teil der jüdischen

Gemeinde. Ich nicht. Meine Mutter ist zum Christentum konvertiert, als sie meinen Vater geheiratet hat. Aber das ...“ Er zog die Brauen zusammen und schüttelte den Kopf. „Es spielt keine Rolle. Die beiden da haben nur auf eine Gelegenheit gewartet.“ Er klang nun weniger wütend als niedergeschlagen.

Theodor versuchte sich aufzurichten, hatte jedoch Schwierigkeiten damit. Die Prothese! Daran hatte Theres gar nicht mehr gedacht.

„Warte!“ Schnell griff sie ihm unter die Achsel, um ihm beim Aufstehen zu helfen. Er stand wackelig auf den Beinen, stützte sich mit einer Hand am Tresen ab. In einer Ecke fand Theres einen Stuhl und zog ihn für ihn näher. „Hier. Setz dich.“

Er ließ sich darauf sinken.

„Danke.“

Nun wanderte auch sein Blick zu seinem Bein. Er starrte ins Leere, als erinnerte er sich.

„Es tut mir so leid“, hauchte Theres und wartete auf eine Reaktion, die jedoch ausblieb.

Theodor krempelte sein Hosenbein hoch und legte den künstlichen Unterschenkel frei. Als Metall unter dem Stoff zum Vorschein kam, wandte Theres beschämt den Blick ab. Die alten Schuldgefühle drängten nach oben. Er bemerkte es entweder nicht oder ignorierte es bewusst.

„Sie gehen da oben aufs Gymnasium.“ Er deutete vage in Richtung Schlossberg, Theres folgte wie automatisch der Bewegung, die sie aus dem Augenwinkel mitbekam. „Aber heute sind sie extra gekommen, um mir eine Abreibung zu verpassen.“

Ein Themenwechsel. Theres atmete unwillkürlich auf. Nachdem er den Sitz der Prothese korrigiert hatte, streifte Theodor den Stoff seiner Hose wieder nach unten. „Ich hab sie neulich dabei erwischt, wie sie eine alte Dame belästigt haben, und bin eingeschritten. Seither hatte ich immer wieder das Vergnügen mit ihnen. Diese feigen Rotzlöffel haben auf die Eingangsstufen ... Ich bin mir sicher, dass sie es waren. Aber jetzt, jetzt trauen sie sich. Sind ein wenig übermütig geworden, hm?" Ein unwirscher Ausdruck lag in seinem Blick, als er sie ansah. Ratlosigkeit. Wut.

„Denkst du, sie kommen wieder?"

„Die beiden sind meine kleinste Sorge. Im Wohnhaus meines Onkels hatte ich gestern schon Besuch. Von SA-Männern. Deshalb bin ich ja überhaupt hier. Sie wollten zu meinem Onkel, haben die Wohnung auf den Kopf gestellt. Da hab ich geschaut, dass ich wegkomme. Weiß der Himmel, was die gesucht haben. Mein Onkel hat das Land schon im Februar verlassen. Er hat mich noch gedrängt mitzukommen. Und ich wollte ihm nicht glauben!"

Theodor stand auf und knallte die offene Lade der Kasse zu. Das scheppernde Geräusch ließ Theres zusammenfahren. Sie erinnerte sich an Theodors Verwandtschaft in den Vereinigten Staaten, von der ihr der Doktor erzählt hatte. Und an ihre letzte Begegnung vor sechs Jahren, die sie so verletzt hatte.

„Was ist mit deiner Familie?"

Er schaute sie verdutzt an. „Meine Mutter? Die ist letztes Jahr verstorben. Wir hatten kaum Kontakt."

Theres schüttelte den Kopf. „Ich meine deine Frau und deinen Sohn." Sie hielt unwillkürlich den Atem an.

Theodor runzelte die Stirn, also klärte sie ihn auf. Darüber, dass sie sein Buch erhalten hatte, und über ihre Beobachtung im Antiquariat, die nun schon so viele Jahre zurücklag. Gerade als sie geendet hatte, hörte man draußen einen Tumult ausbrechen.

„Komm", sagte Theodor, schob sie ins Hinterzimmer und sperrte ab. Während er sie an den Schultern hielt, hob er den Kopf leicht an und lauschte den Geräuschen. Theres schluckte und erschrak darüber, wie laut es sich in der Stille anhörte. Und auch darüber, wie ihr Herz noch immer in Theodors Nähe aufbegehrte. Oder war es nur die Aufregung?

„Erinnerst du dich nicht an Elvira, meine Cousine?", fragte er mit gedämpfter Stimme, als sich die Lage draußen beruhigt zu haben schien. Sein warmer Atem streifte ihr Gesicht.

Theres verstand nicht. *Elvira?*

Sie kam nicht gleich darauf, aber schon wenig später erhellte sich ihre Miene. *Die Sängerin!,* schoss es ihr durch den Kopf. Sie war damals beim Sonnwendfest aufgetreten.

„Die beiden haben mich oft hier besucht", erklärte er. „Der Kleine hatte einen Narren an mir gefressen. Ich bin froh, dass sie in Sicherheit sind. Sie sind mit meinem Onkel gegangen."

Beide lächelten erleichtert. Flüchtig. Theres war gerade bewusst geworden, welchen Einfluss diese dumme Verwechslung auf ihr Leben genommen hatte – was ihr dadurch verwehrt geblieben war. Und das Schlimmste: Sie war selbst daran schuld!

Ihre Brust schnürte sich unweigerlich zu. Sie holte tief Luft, hielt sie an – als könne sie mit dem Atem ihre

Gefühle zurückhalten. Bevor sie überhandnahmen, stellte sie schnell die nächste Frage: „Was willst du jetzt unternehmen?"

Theodor seufzte und ging einige Schritte durch den kleinen Raum, in dem noch mehr Bücher lagerten. „Ich weiß nicht. Bleiben kann ich nicht. Was sie bei meinem Onkel finden wollten, werden sie vielleicht auch hier suchen."

„Du willst ausreisen?"

„Wollen?" Er lachte verbittert auf.

Theres senkte den Kopf. „Entschuldige."

Er kam auf sie zu und nahm ihre Hände in seine. „Entschuldige dich nicht. Mir tut es leid. Es ist nur: Ich will ja gar nicht weg. Hier ist meine Heimat." Er ließ Thereses Hände sinken und fuhr sich über das Gesicht. „Bis vor Kurzem habe ich mich nicht als Jude wahrgenommen. Jetzt soll ich einer sein? Ein *dreckiger Jud*? So wollen sie mich sehen, aber als Jude wollen sie mich nicht haben. Was bleibt mir da übrig?"

Was Theres daraufhin vorschlug, kam ihr einfach über die Lippen. Der Gedanke hatte ihren Mund verlassen, kaum dass er sich geformt hatte.

„Komm aufs Schloss!"

Theodor hob die Brauen.

Theres suchte angestrengt nach vernünftigen Argumenten.

„Dort könntest du abwarten. Vielleicht beruhigt sich die Lage wieder. Auf jeden Fall wärst du auf Rosenhag sicher." *Mit einigen Einschränkungen*, dachte Theres: Nach dem gestrigen Tag wusste man nicht so genau, wem man noch trauen konnte. „Ich habe eine

Möglichkeit, dich dort unbemerkt unterzubringen", schob sie hastig hinterher.

„Du würdest mich verstecken? Ich weiß nicht, ob das nötig ist. Oder meinst du wegen Heinrich?"

Theres schüttelte den Kopf. „Wir sollten ihn einweihen", sagte sie entschlossen und erzählte ihm von Hansis Geständnis. „Von Heinrich hast du nichts zu befürchten. Aber wenn sie wirklich nach etwas suchen, wie du sagst, befindest du dich hier in Gefahr." *In noch größerer als ohnehin schon*, dachte sie. Theres seufzte und berührte mit den Fingerspitzen ihre Stirn. Sprachen da Schuldgefühle aus ihr oder die Sehnsucht, die die unverhoffte Begegnung mit Theodor in ihr ausgelöst hatte? Sie korrigierte sich: „Was bedeuten würde, es wäre besser, gleich zu verschwinden. Es war ein dummer Vorschlag. Brauchst du Geld?"

Sie musste ihm doch irgendwie helfen können, das war sie ihm schuldig.

Er antwortete nicht gleich, aber er schien seine Möglichkeiten abzuwägen.

„Vielleicht wäre es wirklich besser abzuwarten. Ich habe gesehen, was sie mit den Leuten am Busbahnhof gemacht haben. Sie haben ihnen alles genommen. Geld, Kleidung und das letzte bisschen Achtung. Haben ihre Koffer durchwühlt und die Unterwäsche auf der Straße verteilt. Wenn ich warte, entkomme ich diesem Chaos vielleicht und kann das Land unbehelligt verlassen. Schließlich wollen sie uns ja loswerden."

Theres nickte. Sie fühlte sich erleichtert und gleichzeitig schlecht deswegen.

„Gut. Pack deine Sachen zusammen. Ich erledige noch etwas und hole dich dann hier ab."

Kapitel 33

Ein Schuppen im Schlossgarten sollte Theodor als vorläufiges Versteck dienen, nur so lange, bis Theres mit Heinrich gesprochen hätte. Gleich nachdem sie Theodor dort einquartiert hatte, machte sie sich auf den Weg in die Bibliothek, wo sie Heinrich vermutete.

Sie war schrecklich nervös und hatte auch Angst davor, ihre Bitte vorzutragen. Immerhin riskierte sie damit nicht nur eine Freundschaft für immer zu zerstören, sondern auch Theodors Leben. Diese Möglichkeit war ihr erst unterwegs in den Sinn gekommen, denn eigentlich traute sie Heinrich nicht zu, dass er sie verriet. Womöglich würde er sie davonjagen, aber ausliefern würde er sie gewiss nicht.

Je länger sie jedoch darüber nachgedacht hatte, desto unsicherer war sie geworden. Solange sie nicht wussten, weshalb die Nazis die Wohnung des Onkels durchsucht hatten, war besondere Vorsicht geboten. Aus diesem Grund hatte sie mit Theodor ein Zeichen verabredet. Wenn sie ein bestimmtes Fenster im ersten Stock öffnete, würde er es als Warnung verstehen und fliehen. Bisher überwog Thereses Zuversicht: So weit würde es nicht kommen.

Sekunden vergingen, in denen sie wie erstarrt vor der Bibliothek wartete. Ihr Herz, das viel zu schnell pochte, warnte sie vor einem Fehler. Es kündete von dem Schmerz, den sie Heinrich mit ihrem Anliegen zufügen würde.

Schließlich brachte sie den nötigen Mut auf und klopfte an die Tür. Jedoch trat sie nicht ein, ohne die

Antwort abzuwarten, wie sonst, sondern geduldete sich, bis Heinrich sie hineinrief.

Er kam an die Tür, um ihr zu öffnen. Er wirkte zerschlagen und schien über Nacht um Jahre gealtert zu sein, aber seine Miene hellte sich augenblicklich auf, als er sie sah.

„Wie schön, dass du mich besuchst. Warum denn so förmlich? Komm doch herein!"

Daraufhin legte er ihr einen Arm um die Schultern und geleitete sie zur Sitzgruppe. Nachdem er ihr einen Platz angeboten und sie im Ohrensessel ihm gegenüber Platz genommen hatte, kam sie direkt zum Thema. Wenngleich sie das Gespräch nur noch hinter sich bringen wollte, wählte sie ihre Worte mit Bedacht. „Ich muss dich um etwas bitten, das mir unter normalen Umständen nie in den Sinn kommen würde", tastete sie sich an die unangenehme Wahrheit heran. *Weil es dir das Herz brechen wird,* vervollständigte sie den Satz im Geiste. „Ich bin in einer Notlage. Jemand, den ich kenne, ist in einer Notlage."

„Wegen dem, was mit dem Land passiert?"

Sie nickte.

Er richtete sich im Sessel auf. „Sprich weiter."

„Die Person ist jüdischer Abstammung und wird von den Nazis bedroht."

„Du willst helfen? Theres, dafür brauchst du meine Erlaubnis nicht einholen."

„Das muss ich schon, weil ich die Person aufs Schloss bringen will. Genau genommen ist sie bereits da."

Er machte eine Pause, in der er nachdenklich die Lippen schürzte. „Manche Situationen erfordern ein couragiertes Vorgehen." Die Anerkennung in diesen

Worten versetzte Theres einen Stich. Heinrich erklärte weiter: „Du weißt es vielleicht nicht, aber im Krieg war ich selbst gezwungen mich zu verstecken. Ich verdanke diesen Menschen – einer einfachen Bauernfamilie – mein Leben. Du kannst dir meiner Unterstützung sicher sein."

Theres hätte erleichtert sein sollen, stattdessen brach sie in Tränen aus. Heinrich vertraute ihr blind. Jetzt kam sie sich noch schäbiger vor, weil sie ihn, ohne es zu wollen, in eine Position gebracht hatte, die es ihm schwermachen würde, seine Meinung noch einmal zu ändern. „Aber du weißt ja noch gar nicht, wer es ist!" Sie schluckte die Tränen hinunter und sah ihn flehentlich an. „Es ist Theodor, Heinrich! Er braucht unsere Hilfe."

Theres bekam Heinrichs erste Reaktion nicht mit, weil sie den Kopf schon in die Hände gesenkt hatte. Erst als sie eine Berührung auf ihrem Rücken fühlte, blickte sie wieder auf.

„Es ist in Ordnung", sagte er milde. Theres forschte in seinen Augen. Es lag eine resignierte Traurigkeit darin. Nun war genau das eingetreten, was sie befürchtet hatte. Natürlich war es nicht in Ordnung, die Enttäuschung war in seinem Gesicht zu lesen. Deshalb überraschten sie seine nächsten Worte umso mehr.

„Du bist all die Jahre bei mir geblieben, obwohl dein Herz für diesen Mann schlägt." Er klang niedergeschlagen, aber seine Worte aufrichtig.

Theres hielt den Atem an. Beinahe hätte sie gesagt: *Weil ich dich auch liebe.* Sie ertrug es nicht, ihn traurig zu sehen, und wollte vor allem nicht dafür verantwortlich sein. Auf eine Art und Weise stimmte es sogar. Sie hatte noch nicht die richtigen Worte gefunden, um ihre Gefühle für Heinrich zu beschreiben. Es war mehr als Freundschaft. Eine tiefe Zuneigung. Heinrich war wie eine Familie für sie und in einem anderen Leben, wenn die Umstände anders gewesen wären, hätte daraus vielleicht Liebe werden können. Aber er war eben nicht Theodor.

„Bist du sicher?“, fragte sie deshalb.

Er nickte. „Ich nehme an, es soll niemand davon wissen.“

„Das wäre am besten.“

„Gut, von mir erfährt keiner etwas.“

Nach diesen Worten erhob er sich und ging wieder zurück an den Schreibtisch. Theres nickte noch einmal und fühlte, wie sich eine drückende Last auf ihr Herz legte, die ihr zum ständigen Begleiter werden sollte.

Es war ungerecht. Auch Wochen später fiel Theres keine Lösung ein, unter der nicht einer von ihnen zu leiden gehabt hätte. Aber das Wort Gerechtigkeit hatte seit der Machtergreifung Hitlers ohnehin jegliche Bedeutung verloren! Obwohl die Nazis offenkundig glaubten, im Recht zu sein, wenn sie ihre Vergeltung übten.

Rohe Gewalt war die Sprache dieser Vergeltung. Die grausigen Szenen, die Theres selbst beobachtet hatte oder die sie aus Schilderungen kannte, verfolgten sie. Wie nur hatte die Situation so eskalieren können? War das die Antwort auf das jahrelange Verbot der Partei? Binnen eines Monats waren die Nationalsozialisten aus dem Untergrund an die Spitze der Macht katapultiert worden. Dementsprechend verhielten sie sich auch: Sie waren entfesselt! Ihr Hass und Größenwahn schienen keine Grenzen zu kennen. Theres verdrängte das Bild von dem kleinen Mädchen auf der Landstraße, das bitterlich geweint hatte, während seine Mutter an den Haaren durch den Schmutz gezogen worden war. An das angsterfüllte Gesicht. An ihr eigenes Entsetzen und das lähmende Gefühl der Machtlosigkeit.

Sie klopfte an Theodors Tür. Er bewohnte das Zimmer, das erst Heinrich und später ihr selbst als Schlafgemach gedient hatte. Milli war mittlerweile acht Jahre alt und schlüpfte nur noch selten im Bett ihrer Schwester unter. Deshalb hatte Theres Theodor das größere Zimmer überlassen. Schließlich beschränkte sich sein Leben nun auf diesen begrenzten Raum.

Als Theodor nicht auf ihr Klopfen reagierte, trat sie ein und fand das Zimmer im Chaos vor. Unzählige Papierbögen lagen verstreut auf dem Boden und am Bett, der Schreibtisch quoll über. Theodor hatte noch keine Notiz von ihr genommen, dafür war Theres seine Verstimmung nicht entgangen. Er fluchte, über dem Tisch brütend. Plötzlich richtete er sich auf. Begleitet von einem Aufschrei des Zorns knüllte er ein Blatt Papier zusammen und schleuderte es in die Ecke. Als Nächstes schnellte er auf und machte, sich die Haare raufend, einige energische Schritte von dem kleinen Schreibtisch weg, bis er sie schließlich bemerkte.

„Ich habe angeklopft, du hast mich nicht gehört", entschuldigte sie sich.

Der Wahn wich allmählich aus Theodors Blick. Jetzt konnte sie die Verzweiflung dahinter erkennen.

Theodor setzte sich aufs Bett und massierte sich die Schläfen. Seine Erscheinung passte zum Chaos, das ihn umgab. Zerzaustes Haar, dunkle Ringe unter den

Augen, die im starken Kontrast zu seiner jetzt blassen Haut standen.

„Ich werde hier drinnen noch verrückt", sagte er noch immer aufgebracht, aber um Fassung bemüht.

Theres nahm mit einem Seufzer neben ihm Platz und faltete die Hände im Schoß. Sie wusste, in dieser Stimmung ertrug Theodor ihre Berührung nicht. Immerhin sprachen sie nicht zum ersten Mal darüber. Unmittelbar nach seiner Ankunft im Schloss war er noch gut mit seiner Situation zurechtgekommen. Tagsüber hatte er die Einsamkeit genutzt, um zu schreiben, und in den Nächten hatten sie stundenlang geredet, die verlorene Zeit aufgeholt. Es gab Momente, in denen sie herzhaft miteinander lachten, die Wirklichkeit für einen Augenblick vergaßen. Je weiter jedoch die Zeit voranschritt, desto seltener kamen diese vor.

So auch ihre Küsse. Wie sehr sie sich danach sehnte! Anfangs war sie geradezu überwältigt gewesen von der Wucht, mit der ihre Gefühle – ihre Begierde – zurückgekehrt waren. Jedoch hatte sie ihm und sich Einhalt geboten, wann immer Theodor weitergehen wollte. Ihre Liebe im Schloss auszuleben, während Heinrich nur einige Zimmer weiter schlief, empfand sie als unverschämt. Sicher rührte Theodors Unmut auch daher.

„Bereust du es? Dass du mit mir gekommen bist?", fragte sie mit einem Seitenblick auf ihn, wobei ihre Stimme kippte.

Theodor atmete tief ein und schloss kurz die Augen.

„Ich bereue keine Minute mit dir. Aber ich gehe hier ein! Theres, ich kann nicht bleiben. Nicht so."

Sie verstand ihn. Er brauchte seine Freiheit. Die Flucht in die Welt seiner Erzählung genügte ihm längst nicht mehr. Man konnte dabei zusehen, wie er verkümmerte, und mit ihm alles, was ihn ausmachte. Seine Leidenschaft und sein starker Wille waren kaum noch zu spüren. Nur dann, wenn die Verzweiflung durchbrach.

„Ich rede mit Heinrich. Bisher war er sehr verständnisvoll. Und eigentlich spricht doch nichts dagegen, dass du dich hier im privaten Bereich frei bewegen kannst. Die Mieter würden es gar nicht bemerken." Wenn sie ehrlich mit sich war, hatten nur ihre eigenen Bedenken sie davon abgehalten, es früher vorzuschlagen. Sie wollte eine unangenehme Begegnung zwischen Heinrich und Theodor vermeiden, um keinen der beiden in Verlegenheit zu bringen. Jetzt aber musste sie sich eingestehen, dass sie dabei vor allem an sich selbst gedacht hatte. Heinrich hatte sich in letzter Zeit sogar öfter nach Theodor erkundigt, sie gefragt, ob er noch schriebe.

Theres musterte Theodor. Ihr Vorschlag rührte nicht an der Verdrossenheit, die ihm ins Gesicht geschrieben stand.

„Dann könntest du zumindest in die Bibliothek. Und ins Archiv! Dort wird es dir sicher gefallen", versuchte sie ihn zu überzeugen. Doch noch während sie es sagte, erkannte sie, wie lächerlich es sich anhörte. Theodor sprach aus, was Theres insgeheim dachte.

„Das genügt mir nicht."

„Ich weiß", erwiderte sie traurig und in dem Bewusstsein, dass es für Theodor die vernünftigere Lösung wäre, nach Amerika zu gehen. Alleine der Gedanke daran schnürte ihr die Kehle zu.

Das Antiquariat seines Onkels war leergeräumt worden, wie sie vom Doktor wussten, den sie vorgeschickt hatten, um die Lage zu sondieren. Es hatte sich herausgestellt, dass Doktor Bindeus damals in der Stadt aufgehalten worden war, weil er einer jüdischen Kundin Hilfe geleistet hatte. Er hatte sie verletzt auf der Straße aufgelesen, sie in seine Praxis gebracht und dort versorgt. Als Theres bei ihm geklopft hatte, hatte er sich aber bereits wieder im Schloss befunden. Das alles hatte er ihr im Vertrauen berichtet und Theres war sehr erleichtert darüber gewesen, dass ihre Menschenkenntnis bei ihm doch nicht versagt hatte. Folglich zählte er – neben Heinrich, Rosi, Milli und den Rosenthals, die Theodor über seinen Onkel kannten, – zum engen Kreis der Eingeweihten.

Sie wussten also: Wenn die Nazis etwas gesucht hatten, waren sie nun aller Wahrscheinlichkeit nach in dessen Besitz. Worum es sich handelte, blieb weiterhin schleierhaft, und daran würde sich wohl auch nichts ändern. Theodors Onkel hatte in seinem Brief jedenfalls dazu geschwiegen und stattdessen versucht Theodor zur Ausreise zu bewegen.

Aber Theodor war geblieben.

Obwohl ihn die Enge in den Wahnsinn trieb. Sie war ihm zum Sinnbild für seine Ohnmacht geworden. Das wusste Theres, weil sie seine Entwürfe las. Ohnehin war es offenkundig: Seine Zuversicht schwand zusehends. *Gab es denn überhaupt eine Zukunft?*

Theres zweifelte immer stärker daran, dass sie die richtigen Entscheidungen getroffen hatten.

„Du hättest mit den Rosenthals gehen sollen!“, bemerkte sie unvermittelt, mit dünner Stimme und wässrigen Augen. Das Ehepaar war kurz nach dem Anschluss – nach dem Terror der wilden Arisierungen –

emigriert. Sie hatten Theodor angeboten ihn bis nach Winterberg in Tschechien mitzunehmen.

Theodor bemerkte ihre Traurigkeit.

„Komm her!“, sagte er, zog sie in seine Arme und gab ihr einen sanften Kuss auf die Schläfe, woraufhin sie die Tränen nicht länger zurückhalten konnte. Wie dumm sie doch waren! Wie hatten sie sich nur einbilden können, ihre Liebe würde das ertragen!

„Du weißt, dass ich bleiben will“, tröstete er sie, während sie in seinen Armen schluchzte. „Deinetwegen. Wenn es nur irgendeine Möglichkeit gäbe, hier rauszukommen. Ein Spaziergang im Park wäre mir schon genug.“

„Das geht nicht, das weißt du so gut wie ich. Wenn dich jemand von den Mietern sieht!“

„Leopold“, erwiderte Theodor betont und Theres nickte.

Vor ihm hatte sie am meisten Angst. Er schien nur darauf zu lauern, dass jemand einen falschen Schritt tat, um sich in der Partei zu profilieren.

Nach der Volksabstimmung über den bereits erfolgten Anschluss, zu der Hitler am 10. April bestellt hatte, hatte er Theres mit ihrem Versäumnis konfrontiert.

„Du bist mir gestern abgegangen. Der Heinrich auch. Was hattet ihr denn so Wichtiges zu tun? Oder stört euch vielleicht etwas an unserem Führer?“ Seine Lippen hatten daraufhin einen perfiden Zug angenommen.

„Das Fieber“, war sie ihm ausgewichen, froh darüber, nicht lügen zu müssen. Ihre Unsicherheit hätte sie bestimmt verraten. „Er war wie im Delirium, deshalb bin ich bei ihm geblieben.“

Er hatte genickt, jedoch mit unübersehbarem Argwohn in seinem Blick. „Du würdest dich nicht trauen, mir eine Lüge aufzutischen."

Die unausgesprochene Drohung hatte dabei in der Luft gelegen. Das hatte ausgereicht, um Theres zu beunruhigen.

Theodor konnte nicht einfach im Garten spazieren, wie es ihm gefiel!

„Dann geh mit mir fort", sagte Theodor, als würde er ihre Gedanken fortsetzen.

„Und Milli?"

„Die kommt natürlich mit."

„Theodor!", herrschte sie ihn an, ohne es zu wollen. „Tut mir leid", fügte sie schnell hinzu. Sie griff nach seiner Hand. „Aber du tust, als wäre es so leicht. Milli ist noch klein."

Theodor entzog ihr seine Hand und verbarg damit seine Augen. Als er sich wieder gesammelt hatte, sagte er: „Du hast recht. Das geht nicht." Er sah sie mit festem Blick an. „Also bleibe ich. Ich werde mich schon arrangieren, aber ich ertrage es nicht, dich wieder zu verlieren."

Theres fühlte sich erleichtert und gleichzeitig schuldig. Irgendwie musste es doch möglich sein, ihm seinen Aufenthalt im Schloss angenehmer zu gestalten, dachte sie, während sie die Wand anstarrte. Da fiel ihr Blick auf das Reh, das vor dem Waldrand graste.

Unverhofft stahl sich ein Lächeln auf ihre Lippen. „Ich weiß jetzt die Lösung!"

Sie wischte sich die Tränen ab, stand schwungvoll auf und reichte ihm beide Hände. „Komm mit!", forderte sie ihn auf und zog ihn aus dem Sitz. Dann führte sie ihn zur Wand und öffnete die Tapetentür.

„Wir haben schon lange kein Picknick mehr gemacht.“

Kapitel 34

Theres blinzelte im gleißenden Licht der Aprilsonne, das ihr nach der Dunkelheit im Tunnel fast überirdisch vorkam. Der Geruch nach Harz und dem frischen Grün der Blätter und Knospen lag in der Luft. Sie sog ihn ein, den Duft des Lebens, der Leichtigkeit, die sie so sehr vermisst hatte.

Ein leises Knacken war zu hören und dann ein ehrfurchtsvoller Laut Theodors, der hinter ihr aus dem Eiskeller kam.

Theres drehte sich zu ihm um. Ein entrückter Ausdruck lag auf seinem Gesicht. Erst wirkte er ungläubig, aber dann gewann ein Lächeln die Oberhand.

„Mir fehlen die Worte. So schön hatte ich es nicht in Erinnerung."

Ein dichter Teppich aus Buschwindröschen bedeckte den Waldboden. Die zarten, weißen Blüten erinnerten Theres an die Widmung in Theodors Buch. *Ich werde auf dich warten,* hatte er geschrieben. Und nun war er hier.

Er ging ein paar Schritte und blieb dann wieder staunend stehen. Als sähe er das alles zum ersten Mal.

Und auch Theres war beeindruckt davon, mit welcher Kraft und Selbstverständlichkeit die Natur ihre Starre überwand. Gelänge ihr das nur ebenso leicht.

Sie ging zu ihm, verschränkte ihre Finger in seine und schmiegte sich an seine Schulter, woraufhin er sie umarmte und sie auf den Scheitel küsste.

„Danke!", sagte er und drückte sie noch fester. Sie spürte sein Herz pochen und grub ihre Nase in den

Stoff seines Hemdes. Mit geschlossenen Augen genoss sie seine Nähe und die Wärme zwischen ihnen, nach der sie sich so gesehnt hatte.

„Weißt du noch, als wir letztes Mal hier waren?", fragte sie schließlich und sah ihm in die Augen, die einen warmen Braunton angenommen hatten.

„Natürlich!" Ein feines Lächeln umspielte seine Lippen. „Du hast mich einfach umgehauen. Das tust du noch!"

Er stahl sich einen Kuss.

Eine Last fiel von ihr ab. Aber es gab noch einen anderen Teil von ihr, der es nicht wagte, sich der Hoffnung hinzugeben. Der vernünftige Teil, der wusste, sie könnten nicht ewig hierbleiben.

Sie spazierten weiter. Theres bemerkte wieder einmal mit Erstaunen, dass die Prothese Theodor kaum in seinen Bewegungen einschränkte. Sogar den Aufstieg über die Leiter hinauf zum Eiskeller hatte er ohne erkennbare Schwierigkeiten gemeistert. Das künstliche Bein war überhaupt nicht mit dem zu vergleichen, das Theres von einem der Kriegsversehrten aus ihrem Dorf kannte. Das Bein dieses Mannes war steif, sein Gang gestelzt. Theodors Prothese dagegen war an den Gelenken flexibel. Im Gegensatz zu ihr hatte er keine Hemmungen, sich ihr damit zu zeigen. Vermutlich ging er bewusst locker damit um, weil er um ihre Schuldgefühle wusste. Über die Ereignisse rund um den Sturz schwiegen sie jedoch eisern.

Theres warf einen Seitenblick zu Theodor. Er wirkte nun wieder sehr ernst und starrte auf den Pfad vor sich. Um ihn aus dem Konzept zu bringen, zog sie verspielt an seiner Hand und lächelte ihm aufmunternd zu, woraufhin er unvermittelt stehenblieb. Er bedachte sie mit einem unruhigen Blick. In ihm arbeitete etwas, das war ihm anzusehen. Sekunden erschienen ihr wie eine unergründliche Ewigkeit, in der sie wartete. Auf eine Antwort, auf irgendeine Regung.

Da ließ er seine Hand in ihren Nacken gleiten, zog sie näher und küsste sie mit einer Leidenschaft, die ihr die Knie weich werden ließ. Sie hatte das Gefühl, sich ganz in seinem Kuss aufzulösen, bevor sie seine Hände spürte, die ihren Körper wieder zum Leben erweckten. Er drängte sie an einen Baum, dessen Rinde sich durch die Kleidung schroff in ihre Haut grub. Der Stamm gab ihr im Rücken Halt, wenn ihr Körper unter Theodors Berührungen erschauderte. All ihre Hemmungen waren gefallen, als sie mit den Fingern durch sein Haar fuhr, seinen Kopf zu sich herabzog und ihn küsste. Ihre Lippen suchten seinen Hals und wieder seinen Mund. Sein Atem beschleunigte sich angesichts ihres Entgegenkommens und er zitterte kaum merklich. Jäh sah er sie an und schluckte. In seinen Augen lagen ein glasiger Glanz und die Frage, die er nicht laut aussprach.

Theres nickte wortlos. Damit er sich unbeobachtet in eine angenehme Position bringen konnte und um ihrer aufsteigenden Scham Herr zu werden, drehte sie sich zur Seite und begann damit, sich zu entkleiden. Mit pochendem Herzen knöpfte sie sich die Bluse auf und löste sich mit jedem weiteren Knopf von ihren Bedenken, die wie leise Stimmen in ihrem Hinterkopf rumorten. Bevor sie den Rock abstreifte, hielt sie noch einmal inne und sagte sich von allen Zweifeln los. In diesem Moment waren sie bedeutungslos geworden.

Nur mit ihrem Unterkleid und Strümpfen bekleidet, kam sie schließlich auf ihn zu. Er hatte sich im Sitzen an den Baum gelehnt. Sanft zog er sie näher und bedeckte erst ihren Bauch durch den seidigen Stoff hindurch mit heißen Küssen. Theres hatte ihre Arme locker auf seine Schultern gelegt, aber jetzt, da sein Mund weiterforschte und seine Berührungen bestimmender wurden, musste sie sich am Baumstamm festhalten. Ein Stöhnen entwich ihr. Der süße Schmerz in ihr verlangte nach Erlösung.

Sie lockerte seinen Griff und öffnete leicht den Mund, während sie zu ihm hinabsah und langsam nach unten sank.

Sie brauchte nichts zu sagen; Theodor war bereit und sie war es auch.

Nachdem sie sich geliebt hatten, saßen sie noch eine Weile an den Baum gelehnt, sie in seiner Umarmung. Er neckte sie mit Küssen am Hals. Theres kicherte und löste sich von ihm.

„Wir sollten wieder zurück", sagte sie und griff nach ihrer Bluse. In der letzten halben Stunde hatte sie die Gedanken an ihre Pflichten schon einige Male zur Seite geschoben. Um diesen innigen Moment auszukosten, solange es ging. Schließlich wusste sie, zurück im Schloss würde wieder Distanz zwischen ihnen einkehren. Und das musste sie auch.

„Schade." Er seufzte. Während er sich erhob, stützte er sich am Baum ab. Dabei fiel Theres ein vernarbter Striemen auf seinem Rücken auf. Sie ging zu ihm und fuhr sanft mit der Fingerspitze darüber.

„Was ist das?", fragte sie.

„Eine Kindheitserinnerung." Er drehte sich um. „Aber die haben wir doch alle, nicht wahr?"

Theres schwieg. Gewalt kannte sie aus ihrem Elternhaus nicht. Ihre Eltern hatten nie auch nur die Hand gegen sie erhoben.

„Dein Vater?", fragte sie, obwohl es ihr unangenehm war. Theodor war schnell darin, Ausflüchte zu finden. Es kam ihr vor, als wäre er von einem großen Geheimnis umgeben – oder vielen kleinen. Es gelang ihr nicht, seine Gedanken zu durchschauen, obwohl sie sich mittlerweile wieder so vertraut waren. Sogar sehr, wie sie eben festgestellt hatten. So wortkarg wie er sich gab, wunderte sie sich oftmals, wie es ihm gelang, überhaupt etwas zu Papier zu bringen. Aber immer, wenn sie seine Entwürfe las, formten sich die Bilder wie von selbst in ihrem Kopf und zogen sie in die Geschichte hinein. Als wären sie so real wie dieser Ausflug ins Picknickwäldchen, der ja auch etwas Unwirkliches hatte. Trotzdem musste jetzt Schluss sein mit der Geheimniskrämerei: Sie wollte alles über ihn wissen. Immerhin hatte sie auch alles mit ihm geteilt.

„Hat *er* das getan?", fragte sie noch einmal.

„Stiefvater. Mutter. Such es dir aus." Er machte eine wegwerfende Handbewegung, aber seine Augen verrieten ihn – es war ihm nicht gleichgültig.

„Bist du deshalb zu deinem Onkel gekommen?"

Theodor knöpfte sein Hemd zu, während er ihr antwortete. „Er hat davon nichts gewusst, wenn du das meinst. Aber ich habe meine Eltern davon überzeugt, die Handelsschule in Linz besuchen zu dürfen. Nachdem mein Onkel zugesagt hatte, die Kosten zu tragen und mich bei sich aufzunehmen, hatten sie nichts dagegen. Wenn ich sie an Feiertagen daheim besucht habe, haben sie sogar mit mir geprahlt."

Er lachte höhnisch auf. Dann senkte er den Blick und stopfte den Stoff in den Hosenbund.

„Davor galt ich als missraten. Was in ihren Augen aber immer noch besser war als verweichlicht. Denn insgeheim sorgten sie sich darum am meisten: Ich könnte in die falsche Richtung schlagen, befürchteten sie. Wegen dem Schreiben."

Nachdem er die Hosenträger hochgezogen hatte, hielt er inne, starrte ein Loch in die Luft und schüttelte den Kopf. „Wenn ich darüber nachdenke, schienen sie immer regelrecht erleichtert, wenn ich mit anderen Dingen aneckte. Ich hatte den Ruf, etwas rebellisch zu sein. Gemaßregelt haben sich mich trotzdem pflichtbewusst. Sie gaben dem Schreiben die Schuld an allem. Aber das Schreiben war das Einzige, das mich die Jahre dort überstehen lassen hat. Weißt du, was ich meine?"

Theres nickte, aber so wirklich stimmte es nicht. Sie hatte ihren Glauben an Gott. Theodor schien alles mit sich selbst auszumachen.

„Lass uns nicht mehr davon reden. Das ist Vergangenheit. In der Gegenwart gibt es weitaus genug Probleme. Und eigentlich will ich auch darüber nicht sprechen. Nicht jetzt."

Er zog sie in seine Arme und küsste sie noch einmal. Letztlich äußerte er doch, was unvermeidlich war.

„Du weißt, dass ich nicht ewig am Schloss bleiben kann. Hitler war kein Irrtum und auf den Widerstand werden wir vergebens warten. Die Menschen sind sich in ihrem Hass einig." Er nahm ihre Hände in seine und flehte: „Kannst du dir denn gar nicht vorstellen mit mir zu gehen? Oder nachzukommen? Ich weiß, du hast das Schloss und Milli, aber ... Ich liebe dich."

„Theodor, du hast mich falsch verstanden. Ich liebe dich auch! Mir geht es ausschließlich um Milli. Niemand weiß, was da draußen auf uns wartet. Es ist zu gefährlich."

„Und du denkst, dass du hier sicher bist? Theres, es wird Krieg geben. Komm mit mir!"

Ihre Augen füllten sich mit Tränen.

„Ich kann nicht!" Sie schüttelte den Kopf, immer wieder. „Es geht nicht."

Er nahm ihr Gesicht in beide Hände und zwang sie ihn anzusehen. Seine dunklen Augen durchdrangen sie unerbittlich.

„Dann bleibe ich hier bei dir", sagte er. Mit einem Kuss versuchte er ihre bebenden Lippen zu besänftigen. Doch es nutzte nichts. Eine Taubheit hatte von ihr Besitz ergriffen. In ihrem Kopf überschlugen sich die Gedanken, aber sie konnte keinen davon fassen. Erst allmählich gelang es ihr, sich zur Ruhe zu zwingen. Sie drängte zum Aufbruch. Beim Eiskeller angelangt, besann sie sich, dass sie Theodor hätte widersprechen sollen. Aber sie brachte es nicht über sich, es ihm zu sagen.

Nicht heute.

Auch in den Monaten danach verschlossen sie die Augen vor der Realität. Es wurde Sommer, der Herbst kündigte sich an. Die geheime Tür bot ihnen ein Schlupfloch aus der Wirklichkeit. Es war ihre Flucht aus dem erdrückenden Alltag. Eine Flucht in die friedvolle Welt des Picknickwäldchens, in der sie nur von Grün umgeben waren. Von Hoffnung und Liebe.

Wenn sie durch den Tunnel traten, gaben sie alle Verantwortung ab und auch die Sorgen. Wenn sie sich küssten, zählten nur sie beide. Und wenn sie sich liebten, war alles andere vergessen.

Sie verdrängten, was draußen in der Welt geschah. Man hörte von Zwangsabschiebungen der in Linz ansässigen Juden nach Wien. Vom Bau des Konzentrationslagers, von dem der Gauleiter schon kurz nach dem Anschluss gesprochen hatte, wurde lediglich gemunkelt.

Doch obwohl die politischen Entwicklungen sie beunruhigten, wähnten sie sich in Sicherheit. Theodors Zimmer lag im fürstlichen Wohntrakt, der vom Gästetrakt durch ein Gitter abgetrennt wurde, das auch früher schon immer versperrt gewesen war. Seit immer mehr Mieter ins Schloss eingezogen waren, dienten die Räume im Gesindetrakt, in dem sich auch der Zugang zum Keller befand, als Lager für die Möbel, die nun nicht mehr gebraucht wurden. Deshalb kam nur sehr selten jemand in diesen Teil des Gebäudes, nur Rosi hatte ihr Zimmer direkt neben der Küche.

Hansi hatte seines aufgegeben, als er im Mai für den Wehrdienst verpflichtet worden war. *Armer Junge.* Die schwere Niederlage des Schutzbundes im Bürgerkrieg hatte ihn resignieren lassen. Er lehnte sich nicht länger auf. Einerseits war Theres froh, sich deshalb keine Sorgen um ihn machen zu müssen, aber jetzt sorgte sie sich aus anderen Gründen. Manchmal schrieb er ihr, allerdings wurden seine Briefe seltener und sie fand ihn darin nicht wieder. Nur leere Phrasen, die keinen Grund zum Anstoß lieferten.

An einem Tag Ende September begab sich Theres nach ihrer Rückkehr aus dem Picknickwäldchen direkt in die Küche, um bei den Vorbereitungen fürs Abendessen zu helfen. *Süßes Kraut* und Kartoffeln standen auf dem Plan.

Als sie durch die Tür trat, erntete sie vorwurfsvolle Blicke von Rosi. Sie wusste, die Köchin sah ihr an der Nasenspitze an, woher sie kam. Außerdem war sie zu spät.

Theres machte sich gleich daran, die gekochten Kartoffeln zu schälen. Rosi murmelte etwas, das Theres nicht verstand, und quälte sie dann mit Schweigen. Dazwischen seufzte und ächzte sie immer wieder, wie es jammernde alte Weiber taten, um andere von der Bürde zu überzeugen, die ihnen das Leben aufgehalst hatte.

„Jetzt red schon", sagte Theres schließlich und ließ das Messer in den Händen sinken.

„Ich?" Rosi wischte sich mit dem Geschirrtuch den Schweiß von der Stirn.

„Ja, du! Bevor es dich zerreißt."

„Ich frag mich nur, wann das ein Ende hat."

Theres war sofort klar, wovon sie sprach, aber sie antwortete nicht.

Rosi mied ihren Blick, schenkte dafür den geschälten Kartoffeln besondere Aufmerksamkeit, die sie in ihre Schürze lud. Eine fiel zu Boden. Die Köchin hob sie auf und schmetterte sie in den Topf mit Kraut, das auf dem Holzofen köchelte. „Das hat doch keine Zukunft!", lamentierte sie und schüttete die restlichen Kartoffeln in eine Schüssel.

„Ich liebe ihn nun mal."

„Liebe? Oh mei, Dirndl!“ Rosi schlug die Hände an die Wangen. „Das ist doch keine Liebe, was ihr da habt. Der Theodor ist ein fescher, junger Mann und ich kann verstehen, dass er dir gefällt. Er weiß, wie er dir den Kopf verdreht. Aber Liebe? Liebe, ist das nicht.“

„Woher willst du das wissen? Besser als ich? Ich weiß, du magst ihn nicht besonders. Nur, Rosi, deine Meinung zählt in diesem Punkt nicht.“

„Begreifst du eigentlich, was auf dem Spiel steht? Du riskierst für diesen Mann Kopf und Kragen. Und nicht nur deinen.“

„Daran musst du mich nicht erinnern. Mir ist die Tragweite meines Handelns sehr wohl bewusst.“

Rosi warf die Hände in die Luft.

„Ich sag nichts mehr. Du machst sowieso, was du willst.“

„Ja? Ja, wirklich?“ Theres kämpfte mit den Tränen. Sie griff wieder nach dem Messer und hackte die Schale mehr von der Knolle, als dass sie sie pellte. „Ich mache also immer, was ich will. So etwas aus deinem Mund zu hören ...“

Theres schüttelte schniefend den Kopf.

Daraufhin kam Rosi näher und streckte die Hand nach ihr aus, aber Theres wandte sich von ihr ab, wischte sich mit dem Ellbogen über die Nase und machte dann weiter.

Rosi stimmte einen versöhnlichen Ton an. „Jeder weiß, was du hier leistest. Darum begreife ich nicht, warum du das alles in Gefahr bringst für diesen ...“

„Für diesen was?“

Theres presste die Lippen aufeinander und funkelte Rosi an.

„Ach, vergiss es."

„Nein, Rosi, das vergesse ich nicht. Wie hast du das gemeint? Was hast du gegen Theodor?"

„Theodor ist mir einerlei. Mir geht es um dich! Und um Heinrich. Der kann einem leidtun."

Diese Bemerkung traf Theres wie ein Schlag in die Magengrube. In ihrem Bauch rangelte die Wut mit ihren Schuldgefühlen. Aufgebracht schnappte Theres nach Luft, aber die Energie verpuffte. Sie wusste nicht, was sie darauf noch sagen sollte. Da hörte sie draußen vom Hof das Schlagen von Hufen.

Sie wischte sich erst die Hände und dann die Tränen ab, schickte noch einen zornigen Blick zu Rosi und ging hinaus.

Ein Mann in Polizeiuniform saß auf einem Ross, das einige Schritte zurücktänzelte, als sie sich näherte.

„Guten Tag. Was kann ich für Sie tun?" Theres bemühte sich um eine feste Stimme und bedauerte es, nicht zuvor in den Spiegel gesehen zu haben.

„Heil Hitler", grüßte der Mann sie mit gestrecktem Arm. „Ich will zum Fürsten. Ich habe ihm eine Meldung zu überbringen."

„Ich hole ihn", erklärte Theres. „Warten Sie hier."

„Jawohl, Fräulein." Er sprang vom Pferd und nahm neben ihm Position ein. Kurze Zeit später kehrte Theres mit Heinrich in den Hof zurück.

„Was wollen Sie? Wir essen gleich", sagte dieser, anstatt den Heilgruß des Mannes zu erwidern.

Der überreichte ihm ein Schreiben. „Ich bin hier, um die Stallungen zu besichtigen. Die neue Polizeireiterstaffel soll hier einquartiert werden.

„Aber …“, rief Theres und wollte sich schon dagegen aussprechen. Heinrich verhinderte es, indem er sie unsanft am Arm packte und ihr ins Wort fiel.

„Natürlich“, sagte er ruhig und machte eine Geste zu dem Polizisten. „Bitte folgen Sie mir.“

Theres war außer sich. Vor Aufregung zitterte sie am ganzen Körper, während sie den beiden nachsah, aber sie war nicht imstande sich zu bewegen. *Die können sich doch nicht einfach hier einnisten!*

Nachdem sie sich wieder einigermaßen gefangen hatte, begriff sie allerdings, weshalb Heinrich eingelenkt hatte. Es war ohnehin zwecklos, sich aufzulehnen. Und es gab noch einen Grund, warum es klüger war, sich dem zu fügen. Immerhin hatten sie etwas zu verbergen und sollten besser keinen Verdacht erregen.

Kapitel 35

Linz, Juli 2019

Evelyn verfolgte die Erzählung ihrer Großmutter mit pochendem Herzen. Als Milli davon berichtete, wie sich die berittene Polizei mit über zwanzig Pferden im Meierhof einquartiert hatte, während sich Theodor im Schloss versteckt hielt, schnappte sie betroffen nach Luft.

„Ja, meine Liebe", erwiderte Milli bedrückt. „So ähnlich habe ich auch reagiert, als ich es erfuhr."

„Hattest du denn Kontakt zu Theodor?", fragte Evelyn.

„Kaum. Aber ich wusste, es ist ein Geheimnis, und auch, was auf dem Spiel stand. So gut ich es eben mit acht Jahren erfassen konnte. Damals ahnten ja auch die Erwachsenen noch nicht die Auswüchse, die Hitlers Politik annehmen würde. Dass es Krieg geben würde, ja. Davon wurde gesprochen. Aber was noch alles Schreckliche passieren würde ..." Sie legte die Hände über die Augen und seufzte auf. „So etwas stellt man sich nicht vor!"

Evelyn nickte betreten. Ihr Wissen über den Nationalsozialismus in Österreich war noch recht frisch. Der Anschluss ans Deutsche Reich hatte sich im Vorjahr zum achtzigsten Mal gejährt. Evelyn hatte einige der Dokumentationen und Medienberichte noch gut im Kopf, weil sie darüber in der Uni diskutiert hatten.

Ein Großteil der Österreicher hatte Hitler nicht als Feind gesehen, sondern als einen aus ihren Reihen. Er versprach Arbeit und Macht. In Linz hatte er seine

Jugend verbracht und es sollte auch sein Alterssitz werden. Mehr noch: Er wollte aus der damals noch relativ kleinen Stadt eine Industrie- und Kulturmetropole machen. An den Plänen für die Prunkbauten – an der Vision für seine Stadt – hatte er bereits als junger Mann gefeilt, noch bevor seine politische Karriere ihren Lauf genommen hatte. Viele Österreicher sahen zudem endlich den Anschlusswunsch erfüllt, der nach dem Zerfall der Monarchie laut geworden war.

„Ich will mich ein wenig ausruhen", sagte Milli unvermittelt.

Sich an diesen Schrecken zu erinnern musste unheimlich viel Kraft kosten, dachte Evelyn.

„Soll ich dir irgendwas bringen?", fragte sie.

„Ich mache uns was zu essen", erbot sich Conny und erhob sich von ihrem Platz im Erker.

Milli machte es sich auf dem Sofa bequem und Conny hatte bereits den Kühlschrank geöffnet. Weil Evelyn den Eindruck hatte, dass ihre Mutter etwas Zeit und Ruhe zum Nachdenken haben wollte, holte sie nur ein scharfes Messer aus der Besteckschublade und ging damit in den Garten.

Für den Tischschmuck schnitt sie einige Rosen mit schönen, vollen Blüten ab und legte sie, zusammen mit dem Messer, auf eine der Eingangsstufen. Die Bilder, die Milli durch ihre Erzählung heraufbeschworen hatte, wirbelten durch Evelyns Kopf. Ziellos wanderte sie durch den Garten, streifte die Zweige der Büsche mit ihren Fingern. Beim Pavillon angelangt, setzte sie sich auf dessen Stufen, stützte sich nach hinten auf den Ellbogen ab und streckte die Beine von sich.

Sie gähnte herzhaft. Nach all der Aufregung fühlte sie sich nun unheimlich träge. Ihr Blick verweilte in der Ferne, die Details der Landschaft verschwammen vor ihren Augen.

Das Piepen ihres Handys durchbrach die Benommenheit. Evelyn lächelte in der Erwartung, eine Nachricht von Severin zu lesen.

Aber es war nicht Severin. Und auch nicht Sammy, die sich nur einmal kurz gemeldet, von Italien geschwärmt und über zu wenig Zeit geklagt hatte, um sich alles anzusehen. Das Handy zeigte eine E-Mail von ihrem Chef an. Er fragte, wann er wieder mit ihr rechnen könne.

Evelyn seufzte und rieb sich die Augen. Ein Gefühl überkam sie, das sich normalerweise erst kurz vor Ende der Ferien meldete. Die Unlust darauf, wieder in den Alltag zurückkehren zu müssen, wo die Freiheit beschnitten war, weil die Tage sich wieder nach Verpflichtungen richteten. Diesmal empfand sie es ungewohnt heftig. Es war mehr als ein flaues Gefühl im Magen, es war ein richtiger Knoten.

Evelyn konnte sich denken, woran es lag. Sie wollte hier nicht weg.

Salzburg war eine schöne Stadt, viel schöner als Linz in den meisten Augen. Aber Evelyn hatte genauer hingesehen und etwas entdeckt, das sie nicht mehr losließ.

Und sie hatte sich verliebt.

Erneut las sie die Nachricht ihres Chefs. Während sie noch überlegte, was sie ihm antworten sollte, drängte sich ihr ein Gedanke auf. Schnell öffnete sie die Notizen-App auf ihrem Handy und hielt ihre Idee fest.

Kurz darauf wurde das Fenster im Turm aufgerissen und ihre Mutter rief ihr zu: „Essen ist fertig!"

In der Wohnung ihrer Großmutter duftete es köstlich. Das Essen war zwar noch nicht wie versprochen fertig, aber das kannte sie von ihrer Mutter ja bereits. Evelyn spähte in den Backofen. Conny hatte blitzschnell einen Gemüseauflauf gezaubert. Nun zerpflückte sie Salatblätter und warf sie in die mit Wasser gefüllte Spüle.

Evelyn machte sich in der Zwischenzeit daran, den Tisch zu decken. Nach Tellern, Gläsern und Besteck arrangierte sie die Rosen in einer Vase, trat daraufhin einen Schritt zurück und betrachtete ihr Werk. Das ging besser, fand sie, aber das Rasseln der Eieruhr kündigte schon den Auftritt des Auflaufs an. Evelyn hatte einen Bärenhunger.

Während sie aßen, waren sie so schweigsam wie in den Minuten davor. Jeder schien seinen eigenen Gedanken nachzuhängen.

Aber nachdem Milli als Letzte die Gabel zur Seite gelegt hatte, konnte Evelyn nicht mehr an sich halten.

„Ist es gutgegangen?"

Milli runzelte die Stirn und sah sie mit einem fragenden Blick an.

„Ist Theodor am Schloss geblieben? Bei Theres?"

Milli sagte nichts. Ihre Augen füllten sich mit Tränen.

„Oh mein Gott, ist sein Versteck etwa aufgeflogen?"

Evelyn sah in ihrer Aufregung zu ihrer Mutter und bemerkte, dass diese ebenfalls gespannt auf Millis Antwort zu warten schien. Sie rief sich Theodors Biografie ins Gedächtnis, die sie im Internet gefunden hatte.

Diese war leider sehr lückenhaft gewesen, beschränkte sich hauptsächlich auf seine Veröffentlichungen und lieferte auch jetzt keine Anhaltspunkte, die Evelyn weiterhalfen.

Milli legte die Hände in den Schoß und seufzte schwer.

„Nein, leider ist die Geschichte nicht gut ausgegangen."

Kapitel 36

Linz, Anfang November 1938

Eine eigentümliche Stille hatte sich über das Schloss gelegt, seit das Hakenkreuz über Rosenhag gehisst worden war.

Geflüsterte Worte, die heimlich auf den Gängen gewechselt wurden. Das leise Zischeln, das sie dennoch verriet. Hastig geschlossene Türen. Verhaltenes Lachen. Gedämpftes Leben.

Der Grund dafür war in Thereses Augen nicht unbedingt die Anwesenheit der Reiterstaffel, sondern das Misstrauen unter den Bewohnern.

Wenngleich es nach außen hin nur eine Gesinnung gab, die man vertreten durfte, so existierten doch augenscheinliche Unterschiede. Angst bewegte die Gesichter auf andere Weise als Euphorie oder ließ sie gar erstarren.

Sie selbst war immer auf der Hut und hatte deshalb noch besser gelernt, die Züge ihrer Mitmenschen zu lesen. Ein unbewusstes Zucken des Mundwinkels. Ein Gruß, bei dem sich der Arm nur zaghaft streckte. Ein *Heil,* das fast noch auf den Lippen erstarb. Alles subtile Zeichen des inneren Widerstands.

Theres war sich sicher, auch andere erkannten diese Signale. Andere, die gefährlich werden konnten.

Besonders Leopold.

Als die Gestapo vor zwei Wochen einen der Mieter abgeholt hatte, war Thereses Verdacht gleich auf ihn gefallen. Wer sonst sollte der Verräter sein? Seine offen zur Schau getragene Schadenfreude bestätigte sie in ihrer Vermutung: „Na, jetzt kann er seine Flugblätter im Häfn schön zum Arschauswischen nehmen, der Heinz. Elendige Kommunistensau." Der Hass hatte Leopolds Gesicht zu einer abscheulichen Fratze entstellt. Die Furcht vor dem, wozu er noch in der Lage wäre, ließ Theres frösteln.

In ihm schien es schon lange zu brodeln. Es kam ihr vor, als wartete er nur mehr auf eine Gelegenheit, sich zu rächen.

Leopold arbeitete in einem Ziegelwerk, das sich in der Nähe des Schlosses am Auberg befand. Sie hatte ihn schon oft über die italienischen Gastarbeiter schimpfen hören. Vor allem entrüstete er sich über den *Itaker*, der das Werk leitete. „Das wird sich unter Hitler ändern", pflegte er zu sagen. „Aufräumen wird er. Abfahren mit dem Gsindl."

Sie hatte aufgegeben sich zu fragen, wie sie sich so in Leopold getäuscht haben konnte. Mit der Miete war sie ihm entgegengekommen, damit er sich das kleine Zimmer am Schloss hatte leisten können. Jetzt war er schon zwei Monate im Rückstand, aber Theres wagte es nicht, ihn damit zu konfrontieren. Vielmehr war sie bestrebt ihm aus dem Weg zu gehen. Leopold stellte ihr seit geraumer Zeit nach und wurde dabei immer aufdringlicher.

An diesem Abend war Theres unterwegs zu Enrico, der sich nun den Stall mit knapp zwei Dutzend Polizeipferden teilte. Doch so weit kam sie nicht. Erschrocken schnappte sie nach Luft, als Leopold sich ihr in den Weg stellte.

„Wo kommst du denn her?“, entfuhr es ihr. Hatte er ihr hinter der Nepomukstatue aufgelauert?

„Freust du dich nicht mich zu sehen?“, sagte er und ging mit einem Lächeln, das Gefahr verhieß, auf sie zu.

„Du hast mich erschreckt.“

„Komm, ich lad dich auf ein Achterl ein, dann sind wir wieder gut.“ Er legte seinen Arm um ihre Schultern. Seine Hand wanderte dabei grabschend zu ihrer Brust, so schnell, dass Theres es nicht verhindern konnte.

„Lass mich!“ Sie wand sich aus seinen Fängen, aber er griff schon wieder nach ihr.

„Jetzt zier dich nicht so, Mädel, oder willst als alte Jungfer sterben?“ Er zog sie an seine Brust und maß sie mit einem abschätzigen Blick. „Ist zum Schluss doch was dran an den Gerüchten mit dir und Heinrich?“

Theres wehrte sich mit aller Kraft, doch es war vergebene Müh. Unter dem Stoff seiner Jacke spannten sich die von der schweren Arbeit gehärteten Muskeln. „Dann wird es Zeit, dass du einen echten Mann kennenlernst. Was willst mit dem? Bei mir kommst sicher auf deine Kosten, das versprech ich dir.“

Gerade als er sie küssen wollte, kam ihr der Chef der Reiterstaffel zur Hilfe.

„Junger Mann! Es schaut mir nicht danach aus, als ob dem Fräulein diese Behandlung gefällt.“

„Woher wollen’S denn das wissen?“

„Frech auch noch? Schau dass’d weiterkommst!“, zischte der Gendarm und zielte mit der flachen Hand auf. Die Hände zu Fäusten geballt, reckte Leopold das Kinn. Von dem Älteren wie ein Schulbub behandelt zu werden stieß ihm offensichtlich sauer auf. Er spuckte zu Boden, gab allerdings klein bei und machte sich alleine in Richtung Wirt davon.

„Danke“, murmelte Theres.

„Nichts zu danken. So etwas gehört sich nicht. Eigentlich wollte ich zu Ihnen, Fräulein, aber jetzt wollen Sie sich bestimmt erst von dem Schreck erholen.“

„Nein, nicht nötig. Es geht schon. Weshalb wollten Sie mit mir sprechen?“

„Der Winter naht. Fällt Ihnen eine Örtlichkeit ein, auf die wir mit unseren Reitübungen ausweichen könnten, wenn die Witterung schlecht ist? Eine Halle oder etwas Ähnliches?“

„Da muss ich nachdenken. Ich frage Heinrich.“

„Tun Sie das. Einen schönen Abend, Fräulein.“ Er hob die Kappe und wandte sich zum Gehen.

Theodor erzählte sie von dem Zwischenfall nichts. Auch den Besuch der Gestapo hatte sie vor ihm verheimlicht, denn sie wollte ihn nicht beunruhigen.

Aber in dieser Nacht klopfte sie an seine Tür und blieb bei ihm. All ihre guten Vorsätze verloren in diesem Moment ihre Bedeutung. Sie brauchte ihn, mehr denn je, um die schmerzvolle Beklemmung in ihrer Brust zu lindern. Die Geborgenheit, nach der sie verlangte, konnte nur er ihr spenden.

Theres seufzte und erschauderte, als Theodor seine Fingerspitze fast ehrfürchtig von ihrem Schlüsselbein bis zum Bauchnabel streifen ließ. So sanft, als würde sie nur vom Wind gestreichelt. Jetzt küsste er sie dort, wo zuvor sein Finger gewandert war. Seine Blicke, die er ihr immer wieder zuwarf, zeigten seine Bewunderung. Theres spürte seinen warmen Atem auf ihrer

Haut. Eine Wärme, die sich von diesen Stellen auf ihren ganzen Körper ausbreitete und tröstlich ihr Herz erfüllte.

Sie holte ihn zu sich, küsste ihn innig. Dann hielt sie ihn, so nah sie nur konnte, und begrüßte die Wehmut, die all ihre Begegnungen begleitete.

Später, als Theodor schon schlief, während sie ihren Kopf auf seine Brust gebettet hatte, bahnten sich Tränen ihren Weg. Theres unterdrückte ein Schluchzen und wischte sich die Augen, damit er nicht wach würde.

Morgen wäre es früh genug. Morgen würde sie ihn wecken, um ihm ihren Entschluss mitzuteilen. Denn sie wusste, sie musste Theodor ziehen lassen.

Am darauffolgenden Morgen gab sie sich kurz der Illusion hin, sie wären ein normales Liebespaar. Könnte sie doch jeden Tag in seinen Armen einschlafen und neben ihm aufwachen!

Sie beobachtete Theodor, dessen Mund leicht geöffnet war. Alle Sorgen waren im Schlaf von ihm abgefallen, seine Züge wirkten entspannt und friedlich. Noch einmal dachte sie über ihre Entscheidung nach, während sie ihm den Rücken zudrehte und sich eng an ihn schmiegte. Er murmelte im Halbschlaf und legte seinen Arm um sie. Tränen brannten in ihren Augen. Vielleicht hatte es doch noch Zeit? Sie schluckte schwer und presste ihre bebenden Lippen aufeinander. Je mehr sie den Kummer zurückhielt, desto mächtiger wurde er. Sie hätte schreien mögen, es zerriss sie innerlich.

Dabei wusste sie doch, Theodor konnte nicht bleiben. Die Ausflüge durch den Tunnel hätten bald ein Ende. Schon jetzt erlaubte die Witterung sie nur noch selten.

Außerdem hatte der Chef der Reiterstaffel unlängst über das idyllische Wäldchen oben am Schlosspark geschwärmt. Den eigentlichen Anlass für ihr Umdenken gab jedoch Leopolds wachsendes Interesse an ihr und der unerwartete Besuch der Gestapo vor zwei Wochen. Es war nur eine Frage der Zeit, bis sie aufflögen. Hier gab es für sie keine gemeinsame Zukunft.

Theodor rührte sich.

„Guten Morgen“, sagte er verschlafen und gähnte. Dann küsste er sie zärtlich am Hals und machte Anstalten, sich aufzusetzen. Er sollte nicht mitbekommen, dass sie geweint hatte, deshalb drehte sie sich schnell zu ihm um, umarmte ihn und legte den Kopf über seine Schulter. „Guten Morgen“, flüsterte sie.

Theodors Atem ging gleichmäßig. Er streichelte ihr Haar.

„Es war so schön, dich die Nacht über hierzuhaben. Theres, so könnte es immer sein!“, sagte er schließlich, nachdem sie eine Weile geschwiegen und die Vertrautheit zwischen ihnen genossen hatten. „Ich will, dass wir zusammengehören. Immer, nicht nur in unserer gestohlenen Zeit. Es kommt mir vor, als hätten wir eine Affäre.“ Er lachte.

Theres vergaß für einen Moment den Ernst der Lage und schmunzelte. So hatte sie es noch nie betrachtet und die Vorstellung war amüsant.

„Darüber wollte ich mit dir reden“, sagte sie, wieder ernst. Sie richtete sich auf und setzte sich mit zur Seite geschlagenen Beinen vor ihn. Theodor musste ihre verweinten Augen bemerkt haben, denn das Lächeln wich aus seinem Gesicht und in seinen Blick legte sich Sorge. Er setzte sich ebenfalls auf.

„Was ist los?“

„Alle gehen weg. Es gibt kaum noch Juden in der Stadt. Ich weiß, du bist wegen mir geblieben. Aber jetzt musst du auch gehen!“, sagte sie mit Nachdruck, bemerkte jedoch selbst die Unsicherheit in ihrer Stimme.

Er runzelte die Stirn und schwieg. Aber dann sagte er: „Nein.“

Theres öffnete den Mund, um zu widersprechen, doch Theodor legte einen Zeigefinger auf ihre Lippen.

„Ich lass dich nicht allein.“

„Theodor, das ist Wahnsinn! Wir haben die Polizei im Haus. Es ist nur eine Frage der Zeit, bis sie uns auf die Schliche kommen.“

Wieder dachte er nach. „Ich gehe nicht ohne dich.“

„Darüber haben wir doch schon gesprochen.“

„Theres, das kannst du nicht von mir verlangen. Ich kann nicht fortgehen, wenn du hierbleibst.“

„Aber ich ertrage es nicht, wenn dir was passiert! Sei bitte vernünftig. Irgendwann kannst du es dir vielleicht nicht mehr aussuchen. So wie Heinz. Den hat die Gestapo geholt. Es heißt, sie haben ihn in das Lager geschafft.“

„Aber wie kann ich gehen, wenn ich nicht weiß, ob ich dich jemals wiedersehe?“

„Wir kommen nach. Milli und ich kommen, sobald es möglich ist“, versprach sie in dem traurigen Wissen, es könnte viel Zeit vergehen, bis es soweit wäre. Dass es nichts war, das sie wirklich versprechen konnte.

Der Ausdruck in seinen Augen sagte ihr, dass er den gleichen Gedanken hegte. Er senkte den Kopf und spielte mit seinen Händen.

„Ich denke darüber nach.“

Theres erhob sich in den Kniestand, sodass sie den sitzenden Theodor um einige Zentimeter überragte. Sie schlang ihre Arme um ihn. „Danke", murmelte sie. „Wenn dir was passieren würde ... Lieber verbringe ich mein Leben ohne dich, als dass ich schuld daran wäre." Tränen erstickten ihre Stimme. Theodor schwieg. Er hielt sie in den Armen, wirkte jedoch selbst kraftlos.

„Und ich wäre lieber tot, als mein Leben ohne dich zu verbringen."

„So etwas darfst du nicht sagen", mahnte sie ihn streng. „Deine Geschichten brauchen vielleicht einen Helden, der sich für die Liebe opfert. Ich brauche einen, der lebt."

Kapitel 37

Linz, Mitte November 1938

In den folgenden Tagen sollten sich Dinge ereignen, die Theodors Meinung änderten. Leichter machten sie ihm die Entscheidung jedoch nicht. Theres spürte genau, wie sehr er sich quälte. Immerhin rang er sich irgendwann dazu durch, eine Auswanderung zumindest in Betracht zu ziehen.

„Eine Trennung auf Zeit“, betonte er und Theres nickte, erleichtert darüber, dass er endlich zur Vernunft gekommen war. In der Nacht auf den 10. November war die Linzer Synagoge abgebrannt. Sie war von SS- und SA-Männern geplündert und in Brand gesteckt worden. Sehr viel deutlicher hätten die Nazis nicht werden können, um den noch übrigen Juden nahezulegen das Land zu verlassen.

Und auch innerhalb der Mauern Rosenhags wurde die Situation immer brenzliger. Leopold hatte seine Stelle in der Ziegelei verloren. Nun streunte er den ganzen Tag missmutig und auf Krawall gebürstet durch die Gegend. Er pendelte zwischen Wirtshaus und Schloss, bis sie ihn in der Schenke nicht mehr haben wollten, weil er dauernd stänkerte und außerdem die meiste Zeit mit leeren Taschen kam. So hatte es Rosi von der Wirtin gehört.

An einem für November milden Nachmittag unterhielten sich Milli und Theres beim Entenfüttern am großen Teich über Theodor.

„Amerika, ist das weit weg?“

Milli löcherte sie in letzter Zeit pausenlos über Theodor. Vermutlich, weil sie Theres die Tage zuvor beim Weinen erwischt hatte. Die Kleine machte sich Sorgen. Theres schaffte es beim besten Willen nicht, ihr etwas vorzuspielen. Deshalb erzählte sie ihrer Schwester alles, was diese wissen wollte, wenngleich ihr selbst oft die Erklärungen ausgingen. Dafür schärfte sie ihr jedes Mal ein, niemand dürfe davon erfahren.

„Ja. Sehr weit", erwiderte Theres und starrte aufs Wasser, als ihr das Herz schwer wurde. Der Korb in ihrer Armbeuge zog rüttelnd nach unten. Sie blinzelte und wandte ihren Blick ab. Milli grabschte nach Brotresten für die Enten, ohne dabei hinzusehen.

„Das ist doch gemein! Ich will nicht, dass Theodor weggeht", sagte sie und schmetterte die Krumen, einen nach dem anderen, ins Wasser.

Theres schmunzelte schwach. Es war schön zu wissen, dass ihre kleine Schwester Theodor mochte.

„Vielleicht besuchen wir ihn dort. Hm, was meinst du?", schlug sie vor, bevor ihre Stimme wegkippte.

Milli drehte sich zu ihr um. „Wirklich?" Sie grinste bis über beide Ohren. „Kommt Heinrich auch mit?"

Plötzlich stoben die Enten schnatternd auseinander. Theres wirbelte herum. Ihr Herz setzte einen Schlag aus, als sie Leopold erblickte. Hatte er sie etwa belauscht? Er stand nur wenige Meter hinter ihnen, jedoch so weit entfernt, dass sie nicht sicher sein konnte.

Schnell zog sie Milli zu sich heran und legte ihre Arme schützend vor ihren zarten Körper. Sie wartete ab, was Leopold sagen würde, und betete, er hätte nichts von dem Gespräch mitbekommen.

„Da schau an, die Pamminger-Schwestern. Eine schöner wie die andere.“ Er schnalzte mit der Zunge und lächelte Milli an. Ein verschlagenes Lächeln. Oder steckte doch Unsicherheit dahinter? Wollte er ihnen gar gefallen?

Milli drehte sich zu Theres und verkroch sich bei ihr.

Er lachte gehässig auf. „Die Kleine mag mich auch nicht. Was treibt ihr da heroben?“

Wie zur Erklärung hob Theres den Korb mit den Brotresten in die Luft. „Enten füttern. Aber jetzt müssen wir zurück. Es wird gleich dunkel.“

„Geht ruhig“, sagte er gönnerhaft und mit einer Armbewegung, die ihnen den Weg wies. „Wir sehen uns jetzt ja öfter.“

Theres schaute in sein verhärmtes Gesicht, während sie die ängstliche Milli an ihm vorbeischob. Sein Blick folgte ihr bis ins Schloss und ließ sie in der Nacht nicht schlafen.

Nach diesem Erlebnis drängte Theres darauf, die Vorbereitungen für Theodors Abreise zu beschleunigen. Noch länger abzuwarten wäre zu riskant. Irgendwann sah das selbst Theodor ein – allerdings nicht sofort.

Erst war er wütend geworden, hatte mit der Faust gegen den Schrank geschlagen. Er hatte die Nazis verteufelt und sich selbst auch. „Was bin ich nur für ein Feigling? Ich lasse mich hier von dir aushalten, anstatt dich zu beschützen! Wo ist er?”

Theres hatte ihn davon abgehalten, wutentbrannt und ohne Hirn aus dem Zimmer zu stürmen. „Das bist du nicht. Ich hätte es dir schon früher erzählen sollen. Es ist meine Schuld. Ich wollte dich nicht verlieren ...”

Danach überlegten sie, was zu tun wäre. Theodor hatte sich bereits mit seinem Onkel in Amerika in Verbindung gesetzt, der als Bürge für ihn einspringen und sich um alles Weitere kümmern wollte. Aber bis alle Dokumente für die Einreise abgesegnet wären, dauerte es zu lange. Es musste eine andere Lösung her.

Deshalb ging Theres, wenn auch mit einem mulmigen Gefühl, zu Heinrich und fragte ihn um Rat.

Aus dem Land rauszukommen war an sich kein Problem, das war ihr bewusst. Aber sie wollte eine Lösung für Theodor, bei der sie sicher sein konnte, dass er unbeschadet davonkäme.

„Schwierig, aber nicht unmöglich", sagte Heinrich, nachdem er ihr zugehört und eine Weile geschwiegen hatte. Plötzlich erhellte sich seine Miene. „Ich habe gute Freunde in der Schweiz. Ich glaube, ich könnte sie davon überzeugen, Theodor bei sich aufzunehmen, bis seine Einreise in die Staaten gesichert ist."

Theres fragte sich, woher seine Freude rührte. War er erleichtert, Theodor aus dem Weg zu haben? Sie musterte ihn. Nein. Heinrich schien sich aufrichtig darüber zu freuen, helfen zu können.

„Das wäre sehr großzügig. Danke. Aber wie soll er dort hinkommen?"

Heinrich stand auf, als wollte er sein Vorhaben gleich in die Tat umsetzen. „Ich fahre ihn."

Unwillkürlich schüttelte Theres den Kopf und sah ihn mit großen Augen an. Sie konnte gar nicht glauben, was sie da hörte.

„Ja! Natürlich werden wir einen gefälschten Pass für ihn brauchen, um kein unnötiges Aufsehen zu erregen. Aber das ist kein Problem."

Theres runzelte die Stirn. Aus Heinrichs Mund klang es, als wäre es ein Abenteuer, dabei war das Vorhaben äußerst riskant. War er sich dessen überhaupt bewusst? Das musste er sein. Er lebte zurückgezogen, aber weltfremd war er nicht. Er litt unter den politischen Entwicklungen, trotzdem war er bestens über alles informiert.

„Kannst du dich noch an das Tarotdeck erinnern mit den Illustrationen rund um Rosenhag?“, fragte Heinrich.

„Ja, bis ins kleinste Detail.“

Ein Schauder überfiel Theres, als sie an die Karte mit dem Gerippe dachte, das den Tod darstellte.

„Der Künstler, der sie angefertigt hat, ist auch in anderen Dingen sehr versiert. Und ich kenne ihn gut genug, um ihm zu vertrauen. Soll ich ihn wegen dem Pass kontaktieren?“

Theres kaute unschlüssig auf ihrer Unterlippe. Sie wollte nicht entscheiden, ohne Theodor zu fragen. Heinrich schien ihr Unbehagen zu bemerken.

„Theres, mir ist bewusst, dass du aus Rücksicht auf mich versucht hast, Begegnungen zwischen mir und Theodor zu vermeiden. Und es gab eine Zeit, da war mir das nur recht. Aber jetzt? Ich denke, unter diesen Umständen sollten wir uns gemeinsam an einen Tisch setzen.“

Theres sah ihn verdutzt an.

„Es ist eine lange Reise bis in die Schweiz. Sollte ich ihn wirklich fahren, wäre es wohl gut, wenn wir miteinander auskämen. Bring ihn mit zum Abendessen. Dann besprechen wir alles weitere.“

Eine Woche später war der Tag gekommen: Thereses und Theodors Wege würden sich wieder auf unbestimmte Zeit trennen. Während der Moment des Abschieds näher rückte, lagen sie angezogen auf dem Bett und hielten einander eng umschlungen.

„Du kommst nach, versprochen?“, wisperte Theodor, der seine Nase in ihrem Haar vergraben hatte.

Tränen schossen in ihre Augen. Natürlich würde sie das! Das hatte sie ihm schon unzählige Male versichert, aber diesmal versagte ihr die Stimme. An seine Brust geschmiegt, schloss sie die Augen, während ihre Lippen abermals zu beben begannen. Ein Schluchzen presste sich durch ihre Kehle und entwich ihr als unmenschlicher Laut. Theodors Arme schlossen sich fester um sie, sie hörte ihn schniefen und krallte sich an ihm fest wie eine Ertrinkende – am Stoff seines Hemdes, an allem, was sie fassen und doch nicht halten konnte.

Für die Abreise war alles bereit, aber sie war es nicht!

Bis ins kleinste Detail hatten sie ihr Vorgehen durchgeplant. Niemand würde davon mitbekommen, dafür hatte Heinrich gesorgt. Für ein beispielloses Ablenkungsmanöver. Er hatte der Reiterstaffel den massiv gebauten Dachboden zu Übungszwecken überlassen. Dorthin wollten die Gendarmen künftig bei sehr schlechtem Wetter oder Glatteis ausweichen, wenn der heutige Probelauf gut verlief. So etwas konnte auch nur Heinrich einfallen! Er hatte ihr mehrmals versichert, die Statik würde es erlauben. Und die breite Steintreppe im Schloss wäre ohnedies dafür ausgelegt, immerhin waren die Fürsten vergangener Tage über die Stufen der Reitstiege bis in die Säle des Schlosses gelangt. Eine wirklich kuriose Vorstellung. Gerade weil es ein so außergewöhnliches Spektakel zu werden versprach, hatten sich etliche Schaulustige aus den Reihen der Mieter angekündigt. Jeder, der nicht aufgrund anderer Verpflichtungen daran gehindert wurde, schien der Übung beiwohnen zu wollen. In der Zwischenzeit würde Theodor unbemerkt verschwinden.

Theres lauschte dem Donnern der Hufe, die sich über die Reittreppe nach oben bewegten und schließlich deutlich über ihnen zu hören waren. Gedämpfter Applaus mischte sich schon bald dazu.

Ihr Kopf schmerzte. Vom Weinen und von der Vorstellung, Theodor so lange Zeit nicht wiederzusehen. Nie wieder, unter Umständen. Sie verdrängte diesen Gedanken. *Reiß dich zusammen. Reiß dich in Gottes Namen zusammen!*

Daraufhin löste sie sich aus Theodors Umarmung, setzte sich auf und wischte sich die Tränen ab. „Du musst los", sagte sie tonlos und erhob sich vom Bett. „Der Wagen parkt im Hof. Heinrich wartet bestimmt schon."

Theodor nickte traurig. Die Haut unter seinen Augen war rot gefleckt. Er griff nach seiner Tasche und sie machten sich auf den Weg durch die Tapetentür.

Im Gesindetrakt angelangt, wandten sie sich in Richtung Küche, wo Rosi etwas Proviant für Theodor und Heinrich zusammengepackt hatte.

Theres trat als Erste aus dem dämmrigen Gewölbe in den Hof. Das helle Licht blendete sie und einen Moment war sie wie blind. Dann erst entdeckte sie, dass etwas nicht stimmte.

Die Fahrertür der glänzend schwarzen Limousine stand offen, Heinrich war allerdings nicht zu sehen. Sie bedeutete Theodor, er solle warten, und ging einige Schritte darauf zu. Weiterhin fehlte jede Spur von Heinrich, aber dort, wo der Arkadengang eine Biegung machte, stand Milli. Ihr Gesicht wirkte starr vor Angst. Ihre Mundwinkel zogen nach unten, so als würde sie jeden Moment anfangen zu weinen. Jedoch merkte Theres an ihrem aufgelösten Zustand, den verquollenen Augen, dass sie es schon getan hatte.

„Milli ...", sagte sie, während sie die Hand nach ihr ausstreckte und einen Schritt auf sie zu machte. Milli hingegen schüttelte heftig den Kopf.

Auf einmal stelzte Leopold hinter einer Säule hervor und vertrat ihr den Weg. Theres sog erschrocken die Luft ein und wich vor ihm zurück.

Doch Leopold kümmerte sich nicht um sie, sein Blick ging geradewegs an ihr vorbei, direkt zu Theodor. Er rümpfte die Nase.

„So einen hältst du dir also fürs Bett, Theres?", sagte er, ohne sie dabei anzusehen. „Ist dir ein ganzer Schwanz zu viel?" Er spuckte zu Boden.

Immer noch wie versteinert, beobachtete Theres, wie sich Theodors Züge in Rage verloren. Wie er einen Schrei vorausschickte, auf Leopold zustürmte und ihn mit beiden Händen würgte. Dieser ließ ihn, mit einem süffisanten Lächeln auf den Lippen, gewähren. Man musste die beiden nur ansehen, um zu erkennen, dass es sich um kein ausgewogenes Kräfteverhältnis handelte.

Jetzt griff Leopold seinerseits an Theodors Gurgel. Ganz langsam. Eine Hand, die kräftig zudrückte, genügte ihm, um sich zu befreien und Theodor in Bedrängnis zu bringen. Er bugsierte ihn mit dem ausgestreckten Arm zu einer Säule, schob ihm den Unterarm unters Kinn und presste seinen Hinterkopf an den Stein. Dann zog er eine Waffe hinten aus dem Hosenbund und umspielte mit dem Lauf Theodors Lippen.

„Nein!“ Theres löste sich aus ihrer Erstarrung und sprang auf Leopolds Rücken. Einen Arm schlang sie um seinen Hals, während sie die freie Hand in ihrer Verzweiflung in sein Gesicht krallte. Leopold schrie vor Schmerzen auf, ließ die Waffe fallen und warf hernach Theres zu Boden. An sein Bein geklammert, rief sie Theodor hysterisch zu: „Lauf!"

Doch Theodor zögerte.

„Jetzt lauf schon!", flehte sie erneut und brach in Tränen aus.

Leopold schüttelte energisch sein Bein. Weil Theres ihn nicht freigeben wollte, holte er mit dem anderen Fuß aus und trat ihr ins Gesicht. Sie keuchte vor Schmerz. Milli hinter ihr heulte auf. Benommen tastete Theres nach ihrer Nase und der aufgeplatzten Lippe und konnte nur mehr zusehen, wie Leopold Theodor folgte. Sie stützte sich auf die Hände. Überall Blut.

Auch ihr Speichel schmeckte nach Blut. Der metallische Geschmack löschte die Erinnerung an Theodors Kuss.

Mit letzter Kraft kämpfte sie sich hoch. Ein plötzlicher Schwindel hinderte sie am Aufstehen. Sie musste in der Hocke verharren und sich mit einer Hand an der Säule festhalten. Als sie bemerkte, dass Theodor die Tür blockiert und somit Leopold einen Riegel vorgeschoben hatte, atmete sie erleichtert auf.

Ein Blick zu Milli zeigte, ihre Schwester hatte sich in Sicherheit gebracht. *Kluges Mädchen.*

Leopolds Aufschrei ließ sie herumfahren.

Rasend vor Wut hielt er sich mit beiden Händen am Rahmen der Küchentür fest und trat mehrmals aus voller Kraft zu. Ein grässliches Lachen entfuhr ihm, als die Tür schließlich nachgab.

Theres folgte ihm, so schnell sie konnte, durchquerte die Küche, hielt dann aber inne. Durch den Türspalt beobachtete sie Leopold, der sich im düsteren Gang anpirschte wie ein Jäger, die Waffe griffbereit. Er schien Theodor in jedem dunklen Winkel zu vermuten. Jedes Mal wenn er einen Satz machte, im Glauben Theodors Versteck entdeckt zu haben, zuckte Theres zusammen, obwohl sie ahnte, wohin Theodor geflüchtet war.

Schließlich verschwand Leopold in der Nische zum Kellerabgang. Thereses Hand schnellte zum Mund, um ihre Bestürzung zu ersticken. Hoffentlich hatte Theodor daran gedacht, die Tür zu schließen.

Sie schlich hinterher. Als sie in die Nische blickte, durchfuhr sie ein Stich. Die Kellertür stand sperrangelweit offen, so wie auch die Tür zum Stollen.

In Panik legte sie die Hände an die Stirn. Theodors Vorsprung würde niemals reichen! Nicht mit seinem kaputten Bein. Spätestens beim Aufstieg in den Eiskeller würde ihn Leopold stellen.

Es sei denn, sie käme ihm zuvor. Sie verschwendete keinen Gedanken daran, dass ihr Vorhaben im Grunde aussichtslos war. Sie rannte. Sie rannte und stolperte beinahe über die Stufen hinauf zum Hof, der sich inzwischen mit Menschen gefüllt hatte. Einer der Reiter war abgestiegen, um jemandem vom Boden aufzuhelfen. Es war Heinrich – Leopold musste ihn niedergeschlagen haben.

Theres steuerte auf sie zu. Dann ergriff sie ihre Chance und schwang sich in den Sattel des reiterlosen Pferdes. Sie trieb es an, jagte es durch den Torbogen und über die von Raureif überzogene Wiese hinauf zum Picknickwäldchen.

Auf dem schmalen Pfad im Wald verlangsamte das Pferd das Tempo. Theres spürte die Verzweiflung als aufwallende Übelkeit.

„Komm schon!“, rief sie und drückte ungeduldig mit den Fersen an den Bauch des Tieres.

Plötzlich fiel ein Schuss.

Das Pferd scheute.

Thereses Reflexe verhinderten einen Sturz. Sekunden später krallte sie sich noch immer an Zügeln und Mähne fest. Der Schuss hallte in ihrem Kopf nach, ihr Verstand dagegen war außer Gefecht gesetzt. Und ihr Herz, ihr Herz war taub. Da war nur ein dumpfes Gefühl, aus dem allmählich Gewissheit wurde. Und ein Schmerz, der ihr den Atem raubte.

Theodor war tot.

Kapitel 38

Linz, Juli 2019

Evelyn trötete in das Taschentuch, mit dem sie sich zuvor die nassen Augen gewischt hatte. Die Geschichte von Theodor und Theres ergriff sie wirklich sehr, aber ein Teil der Tränen war auch ihrer Großmutter geschuldet.

Diese hatte selbst geweint und die Geschichte nur stockend erzählen können. Ihr war anzusehen, wie sehr es sie erschöpft hatte.

„Seine Leiche wurde niemals gefunden. Die arme Theres! Sie hat monatelang auf ihn gewartet. Hat die Hoffnung nicht aufgegeben, obwohl ihr Rosi und auch Heinrich ins Gewissen geredet haben. Sie beharrte darauf: Wenn es keine Leiche gab, bestand noch Hoffnung."

„Hast du auch daran geglaubt?", fragte Evelyn.

„Ich habe es mir gewünscht ..." Millis Lippen begannen zu beben und Tränen perlten aus ihren Augen. „Oh, wie habe ich es mir gewünscht! Aber Heinrich hat mir erklärt, dass Leopold den Leichnam vielleicht irgendwo verscharrt hätte und sie ihn deshalb nicht finden konnten."

„Für heute ist es genug", erklärte Conny plötzlich und erhob sich von ihrem Platz. „Wir sollten alle schlafen gehen. Es war ein langer Tag."

Evelyn nickte und half ihrer Großmutter beim Aufstehen.

„Danke, mein Mädchen", sagte Milli und lächelte matt. „Schlaf gut."

„Du auch, Oma“, erwiderte Evelyn und küsste sie auf die Wange.

„Gute Nacht, Mama.“ Evelyn ging auf ihre Mutter zu und umarmte sie fest. Und Conny drückte zurück. „Gute Nacht, mein Schatz.“

Drei Stunden später lag Evelyn noch immer wach. Ihr Blick weilte am Sternenhimmel, der sich vor dem Panoramafenster ausbreitete, ihre Gedanken bei Theodor und Theres. Den beiden waren nur kurze Momente des Glücks vergönnt gewesen. Kaum zueinandergefunden, hatte sie das Leben schon wieder auseinandergerissen. Jedes Mal.

Für Evelyn ergab sich die besondere Tragik allerdings nicht aus Theodors Tod, sondern aus seinem Überleben. Laut seiner Biografie hatte er ein hohes Alter erreicht. Sie hatte es eben noch einmal nachgelesen. Es war ihm gelungen, nach Amerika zu fliehen, zumindest war er dort gestorben. Was nur hatte die beiden Liebenden dann voneinander ferngehalten? War ihnen das Leben abermals dazwischengekommen? Oder eine neue Liebe?

Evelyn fragte sich, ob Theres je davon erfahren hatte, dass ihr Liebster entgegen aller Annahmen überlebt hatte. War es ihr beschieden gewesen, in Unwissenheit zu sterben? Das war doch schrecklich!

Ein weiteres Rätsel gab ihr Millis heftige Reaktion nach all den Jahren auf. Sie konnte sich gut vorstellen, welch ein Schock es für so ein junges Mädchen gewesen sein musste, diese brutale Gewalt an ihrer Schwester mitzuerleben. Zu sehen, dass ein Mann mit der Waffe bedroht – ja, gehetzt – wurde.

Der alleinige Grund für den Gefühlsausbruch ihrer Großmutter war das aber sicher nicht, vermutete Evelyn. Sie sah auf die Uhr. Gleich halb zwei. In wenigen Stunden würde sie Gelegenheit haben, Milli danach zu fragen.

Beim Frühstück ersuchte Milli Evelyn, sie zum Friedhof zu begleiten. Zu Thereses Grab.

„Ich würde mich freuen, wenn du auch mitkommst", sagte sie zu Conny, die daraufhin scheinbar gleichgültig mit den Schultern zuckte. Aber als Milli enttäuscht den Kopf senkte, lenkte sie ein: „Ich kann euch fahren."

Im Auto herrschte wieder dieses unangenehme Schweigen. Gott sei Dank erreichten sie schon bald darauf das Ziel, einen kleinen Bergfriedhof, von dem aus man ins hügelige Umland sehen konnte.

Evelyn war erleichtert, dem Wagen zu entkommen, in dem auf engstem Raum so viel zwischen ihnen gestanden hatte. So viel Unausgesprochenes. Vielleicht würde sich manches davon jetzt auflösen, hoffte sie. Denn Milli hatte sie aus einem bestimmten Grund hierhergebracht, das stand für Evelyn außer Frage.

Evelyn humpelte über den Kiesweg und bemerkte den Ausdruck von Zielstrebigkeit in Millis Gesicht, obwohl sich diese bei jedem Schritt quälte. Vor einem schmiedeeisernen Kreuz, das sich kaum von den anderen auf dem Friedhof unterschied, blieben sie stehen. Während Milli die Rose davor niederlegte, die sie daheim im Garten abgeschnitten hatte, betrachtete Evelyn das gepflegte Grab.

Am Steinsockel des Kreuzes waren Schwarzweißfotos auf einem ovalen weißen Hintergrund mit goldenem Rand angebracht. Evelyn las die Namen, die darunter standen. Eines davon zeigte Amalia, ein anderes Heinrich und das daneben Theres. Darunter waren Geburts- und Sterbejahr verzeichnet und der Name des verstorbenen Kindes. Evelyn stutzte.

„Beide sind 1945 gestorben?", fragte sie verblüfft und übersah dabei, dass sie Millis Andacht störte. Sie entschuldigte sich hastig, aber Milli wiegelte ab. Bevor ihre Großmutter antwortete, ließ diese sich allerdings auf einer nahegelegenen Bank nieder, weil ihr das Stehen zu beschwerlich wurde.

„Heinrich ist beim Bombenangriff auf das Schloss gestorben." Milli bekreuzigte sich. „Er hat sich geweigert, in den Keller zu gehen. Man fand seine Überreste in den Trümmern des Turms, der von der Bombe gestreift wurde. Vermutlich hatte er die Kapelle aufgesucht, um zu beten. Wir anderen sind in den Keller geflüchtet. Dort wollten wir den Angriff aussitzen. Damit, ernsthaft in Gefahr zu sein, haben wir damals nicht gerechnet. Ich weiß noch, wie plötzlich alle geschrien haben, als wir von der Erschütterung überrascht wurden. Kurz darauf war überall Staub, man hörte Husten und die Leute verzweifelt nach Luft ringen, bis ... bis sie sich nicht mehr gerührt haben. Es war einfach entsetzlich!" Milli schluckte mühsam und sprach mit belegter Stimme weiter. „Dreizehn Menschen sind im Keller qualvoll erstickt. Ich habe nur deshalb überlebt, weil Theres mir geistesgegenwärtig ein nasses Stück Stoff vor den Mund gehalten hat. Es hat nach Wein gerochen."

„Theres hat überlebt ..."

„Ja. Nach Heinrichs Tod hat sie Rosenhag geerbt und sich um den Wiederaufbau gekümmert. Sie war eine starke, junge Frau, viel stärker, als ich es jemals in meinem Leben war. Ich werde niemals verstehen, wozu sie den Krieg überlebt hat – die Bombe –, wenn sie kurz darauf dennoch sterben musste."

Millis Augen wurden feucht. Conny reichte ihr ein Taschentuch und legte einen Arm um ihre schmalen Schultern.

„Was ist passiert?", fragte Evelyn vorsichtig.

„Ein Autounfall." Milli putzte sich die Nase. „Der Wagen wurde aus der Donau geborgen, eine Woche nachdem wir sie als vermisst gemeldet hatten. Es gab keine sterblichen Überreste, die wir hätten begraben können." Sie sah gedankenverloren zum Grabstein hin, blinzelte kurz und wandte sich ihnen wieder zu. „Ach, meine Mädchen! Ihr fragt euch sicher, warum ich euch das alles erzähle. Leider ist es nicht nur deshalb, weil ich im Alter sentimental werde."

Evelyn und Conny tauschten irritierte Blicke.

„Conny, ich weiß nicht, ob du je auf eine Erklärung für mein Verhalten damals gehofft hast. Aber mir ist es ein Bedürfnis, mich zu erklären. Ich sterbe. Vielleicht nicht heute, aber allzu viel Zeit bleibt mir nicht. Ich erwarte keine Absolution, dafür habe ich in meinem Leben zu viel Schuld auf mich geladen. Aber vielleicht kannst du dann verstehen, warum ich diesem jungen Piloten nicht getraut habe, der meine Tochter geschwängert hat, nachdem er sie gerade erst ein paar Wochen kannte."

Ob der Direktheit von Millis Worten zuckte Evelyn zusammen. Sie schaute zu ihrer Mutter, um zu sehen, wie sie es aufnahm, aber deren Blick wirkte wie versteinert.

„Conny, ich habe ihm nicht vertraut, weil ich im Leben selbst zu oft auf solche Männer hereingefallen bin. Nach dem Tod meiner Schwester habe ich das Schloss geerbt. Ich, mit meinen fünfzehn Jahren! Ihr könnt euch vorstellen, wie überfordert ich war. Zum Glück erbot sich der Doktor, der am Schloss lebte, als mein Vormund. Aber dann wurde ich älter und ich habe mich verliebt. In einen geschäftstüchtigen jungen Mann. Er hat mich zum Verkauf des Schlosses überredet und das Geld in Wertpapiere investiert. Ihr werdet euch schon denken können, wie die Geschichte weiterging: Alles Geld, bis auf das für den Kauf der Villa, war weg. Und er auch. Der Doktor hat mich all die Jahre in Schutz genommen und ist für meinen Fehler geradegestanden. Die Öffentlichkeit hat nie davon erfahren, dass es in Wirklichkeit meine Schuld war ..."

„Du warst noch so jung", redete ihr Evelyn zu.

„Und furchtbar naiv. Viel schlimmer als das Geld zu verlieren, war es allerdings zu erfahren, dass ich auch von der Institution, die das Schloss gekauft hat, belogen worden war. Es hieß, sie wollten es sanieren und es damit als Wohnraum attraktiver machen. Das erschien mir die ideale Lösung zu sein, denn ich hätte es selbst nicht leisten können. Aber statt es zu sanieren, haben sie es niedergerissen! Seitdem mache ich mir schreckliche Vorwürfe."

„Aber wie hättest du das denn ahnen sollen?", meldete sich Conny zu Wort. „Deswegen brauchst du dir keine Vorwürfe zu machen."

„Ich habe Thereses Erbe auf dem Gewissen! Das Schloss, für das sie ihr halbes Leben gekämpft hat. Den Ort, der auch mein Zuhause war. Und noch mehr. Ich bin außerdem dafür verantwortlich, dass Theres die Liebe ihres Lebens verloren hat. Der junge Nazi, von dem ich euch gestern erzählt habe, – es ist meine Schuld, dass er von Theodor wusste. Er hat gesagt, Theres würde eingesperrt, wenn ich es ihm nicht erzähle. Nur deshalb hat er von den Fluchtplänen gewusst."

„Aber Theodor hat überlebt!", unterbrach Evelyn. „Er hat es nach Amerika geschafft und in San Francisco ein neues Leben begonnen. Du hast ihn nicht auf dem Gewissen, davon kann keine Rede sein! Unter diesen Umständen hätte doch jeder versucht seine Familie zu schützen."

„Heute weiß ich das auch. Genau genommen, weiß ich es schon viele Jahre. Aber schuldig fühle ich mich trotzdem. Wir werden nie erfahren, wie die Geschichte ausgegangen wäre, hätte ich die beiden nicht verraten. In San Francisco wäre Theres vielleicht glücklich geworden. Und hätte nicht viel zu jung sterben müssen." Jetzt wandte sie sich direkt an Conny. „Bitte, mein Kind ... Verzeih mir, was ich damals gesagt habe! Ich wollte doch niemals, dass dein Baby stirbt. Ich wollte dich nur beschützen!"

Conny schwieg und wischte sich die Augen. Einige Sekunden vergingen, bis sie wieder aufsah. Mit einem Mal nahm sie Milli in ihre Arme und drückte die Nase in ihr Haar. „Das weiß ich doch", hörte Evelyn sie mit erstickter Stimme nuscheln.

„Milli?", fragte Evelyn. „Du sagtest, du hättest davon erfahren, dass Theodor überlebt hat. Aber wie?"

Milli nickte in Richtung des Grabes.

„Die silberne Schatulle. Sie stand dort, wenige Tage nachdem wir den leeren Sarg zu Grabe getragen hatten."

„Was war drinnen?"

„Ich weiß es nicht. Ich habe sie nie geöffnet. Allerdings ist etwas auf der Unterseite eingraviert: *Von Theodor für Theres.*"

Evelyn lief es eiskalt über den Rücken.

„Du meinst ...?"

Milli nickte betreten. „Er ist zu ihr zurückgekehrt. Leider war es da schon zu spät."

Kapitel 39

Linz, Dezember 1945

Theres kurbelte das Fenster der Limousine herunter, bis es wegen der Eiskristalle, die es überzogen, stockte. Eine Hand tauchte durch den Schlitz auf, woraufhin Theres dem jungen Russen am Kontrollpunkt auf der Brücke ihren Identitätsausweis reichte. Die Luft war klirrend kalt. Sogar im Inneren des Autos verwandelte sich der Atem in feine Wölkchen. Sie legte ihre behandschuhten Hände zurück ans Lenkrad und umschloss es fest, um ihre Nervosität zu verbergen. Ihr war bewusst, wie sehr sie auffiel. Eine junge Frau in einem Wagen, der noch vom vermeintlichen Luxus vergangener Tage erzählte. Aber sie hatte Glück: Der Russe gab ihr den Ausweis zurück und sie wurde durchgewinkt. Sie wagte nicht zu hoffen, dass es auf der anderen Seite der Brücke genauso gut liefe. Und sie sollte recht behalten.

Ein GI forderte sie auf auszusteigen. Während einer der Wachposten das Auto durchsuchte, brachte man Theres, gemeinsam mit einigen Passanten, in eine Baracke am Rande der Brücke.

Der Soldat wies sie an, sie solle ihren Mantel öffnen. Dann stäubte er sie aus einer großen Spritze mit einem feinen Pulver ein. *DDT.* Theres hatte nicht oft in der Stadt zu tun, aber die Prozedur war allseits bekannt. Die Amerikaner mussten wirklich große Angst haben, sich die Läuse der Russen zu holen. Geduldig ließ sie die Behandlung über sich ergehen und atmete erleichtert auf, als sie wieder im Auto saß und den Motor startete.

Während sie entlang der Donaulände fuhr, nahm sie das Elend, das sie umgab, deutlicher als sonst wahr. Es mochte auch am Grund ihrer Fahrt liegen, der sie an die entbehrungsreichen Jahre denken ließ.

Der Krieg war vorbei, aber die Welt um sie herum lag in Trümmern. Anfang Mai hatten die Amerikaner die Stadt befreit, die sie davor zerbombt hatten. Linz war nicht nur zerstört, sondern auch auseinandergerissen: Nördlich der Donau regierten gemäß Zonenabkommen die Sowjets, im Süden die Amis.

Zwischen den Ruinen der Gebäude drängten sich Heimkehrer und Heimatlose. Plünderer, denen man selbst alles genommen hatte und die ums nackte Überleben kämpften.

Anfangs war es besonders schlimm gewesen. Viele von ihnen waren entlassene KZ-Häftlinge gewesen, die man alleine an ihren ausgemergelten Körpern erkannte.

In Anbetracht dieses Elends war Rosenhag noch glimpflich davongekommen, dachte Theres. Wenn man die Menschenleben außer Acht ließ, die sie zu beklagen hatten.

Heinrich fehlte ihr.

Er fehlte ihr, wenngleich sie wusste, dass die Bombe ihm nur das Leben genommen hatte, er aber schon davor am Krieg zerbrochen war.

Jetzt war sie die Herrin von Rosenhag. Manchmal erinnerte sie sich noch daran, wie verlassen das Schloss gewirkt hatte, als sie es als junges Mädchen kennengelernt hatte. Jetzt allerdings war es vielen zum Unterschlupf geworden. Sie hatte es nach Kriegsende lange Zeit nicht übers Herz gebracht, die zahllosen

Flüchtlinge abzuweisen. Vielleicht war es aber auch der Gedanke an Theodor gewesen und der kleine Rest Hoffnung, er wäre noch am Leben. Die Hoffnung, jemand würde sich auch seiner annehmen. Die Menschen, denen das Schloss zum neuen Zuhause geworden war und die körperlich noch dazu in der Lage waren, zeigten sich erkenntlich indem sie beim Wiederaufbau der zerstörten Gebäudeteile halfen. Im Sommer waren die Blumen im Schlosspark Gemüsebeeten gewichen, aus der Grünfläche Ackerland geworden. Ein Versuch, der mangelnden Versorgung entgegenzuwirken. Trotzdem würden sie gut haushalten müssen, um über den Winter zu kommen.

Wenngleich es ihr an Gesellschaft nicht fehlte, fühlte Theres sich oft allein. In diesen Stunden dachte sie an Theodor und machte sich Vorwürfe seinetwegen. Wäre sie nur mit ihm gegangen! Wären sie nur rechtzeitig aufgebrochen! Dann wäre er nicht tot und sie nicht so alleine.

Und dann, vor einer Woche, hatte sie völlig unerwartet Nachricht von ihm erhalten. Ein Schock ...

Tränen füllten ihre Augen und trübten die Sicht auf die Fahrbahn. Theres wischte sie mit dem Ärmel weg.

Im ersten Moment hatte sie nichts gedacht, nur fassungslos auf den Zettel mit Theodors Schrift gestarrt. Kurz war sie erleichtert gewesen. Dann, nachdem sie die Information hatte sacken lassen, vor allem wütend. Das war sie noch! Nach all den Jahren, in denen er sie im Glauben gelassen hatte, er wäre tot, meldete er sich jetzt! Wozu?

Der Doktor, der die Nachricht überbracht hatte, hatte ihr den Grund nicht nennen können. Also hatte sie in ein Treffen eingewilligt. Theodor war ihr eine Erklärung schuldig.

Sie parkte den Wagen am geschotterten Vorplatz des kleinen Gasthofs außerhalb der Stadt, dessen Adresse ihr der Doktor gegeben hatte. Als sie die Hände vom Steuer nahm, merkte sie, wie sehr sie zitterten. Sie legte sie in den Schoß und knetete ihre Finger. Ihr Herz fühlte sich an, als wäre es in einem Schraubstock eingezwängt. Aber es wehrte sich. Es pochte schneller und schneller, bis sie den Schmerz der Beklemmung kaum noch ertragen konnte. Erneut spürte sie das Brennen aufsteigender Tränen und kniff sich, in einem Versuch, sie aufzuhalten, in den Nasenrücken.

Tagelang hatten sie nach Theodor gesucht und nach Leopold, der ebenso verschwunden gewesen war wie er. Sie hatte vermutet – gehofft –, dass Theodor davongekommen wäre. Die Adresse des Onkels in Amerika war nicht bei den Sachen gewesen, die Theodor zurückgelassen hatte. So war sie gezwungen gewesen, auf eine Nachricht zu warten. Quälende Wochen – ja Monate – waren vergangen, ohne das leiseste Lebenszeichen. Irgendwann hatte sie einsehen müssen, was ihr die anderen die ganze Zeit schon hatten begreifbar machen wollen. Seine Flucht war gescheitert und Theodor tot. Oder in Gefangenschaft, was noch bitterer wäre. Der Umweg durch das Fegefeuer.

Warum also hatte sich Theodor all die Jahre nicht gemeldet? Warum hatte er sie diese Qualen erleiden lassen, wo er doch mit dem Leben davongekommen war? Am wenigsten aber verstand sie, wieso er sich jetzt mit ihr in Verbindung setzte. Was versprach er sich von dem Treffen?

Sie würden sich fremd sein, selbst wenn nicht all das zwischen ihnen stünde. Die Jahre, der Krieg und Theodors Versäumnis.

Diese Gewissheit ließ die Furcht vor dem bevorstehenden Treffen ins Unermessliche wachsen. Auf einmal erschien ihr die Vorstellung, ihm gegenüberzutreten, unerträglich. Theres drehte den Schlüssel und setzte zurück. Lieber wollte sie die Erinnerung an ihre Liebe im Herzen behalten. Oder sie für immer vergessen.

Gerade als sie den Wagen gewendet hatte, hörte sie jemanden ihren Namen rufen.

„Theres! Warte, bleib stehen!"

Vor Schreck würgte sie den Motor ab. Wie erstarrt saß sie nun da, den Blick geradeaus, die Hände am Lenkrad. Die Person näherte sich. Theres wusste auch ohne sich umzudrehen, dass es Theodor war.

Sein Gesicht tauchte vor dem Fenster auf. Sein schönes Gesicht, das noch immer jugendlich wirkte. Die dunklen Augen, denen die Aufregung anzusehen war.

Theres senkte beschämt den Blick. Ihre Hände lösten sich vom Lenkrad und glitten in ihren Schoß. Als Theodor die Tür öffnete, begann sie zu schluchzen.

„Theres?", sagte er mit leiser, unsicherer Stimme.

Blind vor Tränen fühlte sie nur, wie er ihre Hände mit seinen umschloss. Sie ließ ihn gewähren, denn sie hatte keine Kraft mehr.

Dann zwang sie sich, ihn anzusehen. Er hockte ihr zugewandt neben dem Wagen am Boden. Sein Blick wirkte besorgt, aber auch ahnungslos.

Die Augen zu Schlitzen verengt, zog Theres ihre Hände aus seinen. Wirklich? Musste sie ihm tatsächlich erklären, was er ihr angetan hatte?

„Theres ...", sagte er wieder und schien endlich zu erkennen, was in ihr vorging. Seine Gesichtszüge entglitten ihm und offenbarten seine Verzweiflung. „Bitte bleib", sagte er mit rauer Stimme. „Bitte."

Sie schüttelte schweigend den Kopf, aber nach kurzem Zögern nahm sie die Hand, die er ihr anbot, und stieg aus dem Auto.

Als sie sich so gegenüberstanden, hatte sein Gesicht einen enttäuschten Ausdruck angenommen. „Du glaubst, ich hätte dich vergessen."

Theres schnaubte und sah zur Seite.

„Das habe ich nicht!", rief er aus. Er nahm ihre beiden Hände in seine und schüttelte sie kurz, wie um sie aus ihrer Starre aufzuwecken. „Hörst du! Ich hab dich nicht vergessen! Wie könnte ich das? Theres, ich habe versucht dich zu erreichen!"

Eine Pause. Als sie nichts sagte, setzte er mit gedämpfter Stimme fort: „Ich habe dir geschrieben, mehrmals. Aber es kam nie Antwort. Erst dachte ich, die Briefe wurden abgefangen, aber dann war ich mir nicht mehr sicher und habe es aufgegeben. Ich nahm an, dein Leben wäre weitergegangen. Ohne mich." Er sah zu Boden. „Mit Heinrich an deiner Seite."

„Ich dachte, du wärst tot!" Theres schrie. Ihre Lippen, blau von der Kälte, bebten. „All die Jahre habe ich gedacht, du wärst tot!" Sie schmetterte ihm die Worte, den Vorwurf, regelrecht ins Gesicht. Erst allmählich begriff sie, was er ihr da gerade gesagt hatte.

Ihr Atem beruhigte sich kaum, als sie sich schweigend betrachteten. Langsam kam Theodor auf sie zu und umfing sie mit seinen Armen. Er hielt sie, während sie schluchzte und ihr Gesicht in seinem Mantel vergrub.

Nach einer Weile hob er ihr Kinn und studierte ihr Gesicht, als wollte er erkunden, welche unsichtbaren Narben die vergangenen Jahre an ihr hinterlassen hatten. Dann umschloss er es mit beiden Händen und senkte seine warmen Lippen auf ihre. Kurz gab sich Theres dem vertrauten Gefühl hin – der Erleichterung, die sie in seinen Armen immer empfunden hatte –, doch dann drückte sie sich mit den Fäusten von seiner Brust weg.

„Nicht“, krächzte sie.

Der Schmerz stieg ihr bis zum Hals.

„Willst du dir gar nicht anhören, was ich zu sagen habe?“, fragte er sanft.

Theres zog die Stirn in Falten. „Natürlich will ich das. Um Gottes Willen, aber ...“ Sie griff an ihre Stirn und wandte sich ab. „Du kannst mich nicht einfach küssen.“

„Entschuldige.“ Er räusperte sich. „Ich möchte gerne in Ruhe mit dir reden und verspreche, ich werde dich nicht mehr bedrängen.“

Theres zog die Brauen hoch.

„Gehen wir hinein?”, fragte er unsicher. „Hier draußen erfrieren wir noch.”

Erst jetzt bemerkte Theres, dass sie am ganzen Körper zitterte. Sie nickte zögernd.

Gemeinsam betraten sie den Gasthof. Die abgestandene Luft roch säuerlich, aber wenigstens war es angenehm warm. Theres verschaffte sich einen Überblick. Nur ein Tisch war besetzt. Eine trübselig aussehende

Runde, Männer mit hängenden Mundwinkeln und Schultern. Als sie Theres erblickten, schien ihre Neugier geweckt. Verunsichert sah sie zu Theodor. Ob das der richtige Ort für eine Aussprache wäre? Wohl kaum. Er schien ihre Gedanken zu lesen.

„Ich habe hier ein Zimmer. Sollen wir ...?"

Theres spielte kurz mit dem Gedanken abzulehnen, um sich nicht dem Gerede der Männer auszusetzen, erkannte jedoch, wie bedeutungslos deren Meinung war.

Jetzt zählten nur sie beide.

Und die Wahrheit.

Theodor bestellte beim Wirt Tee und bat ihn darum, die Getränke auf sein Zimmer zu bringen. Behutsam berührte er mit seiner Hand ihren Rücken und wies ihr mit der anderen den Weg. Er lächelte unsicher.

Im Zimmer angekommen, legte Theres Schal und Mantel ab und setzte sich, nachdem Theodor ihr einen Platz angeboten hatte, aufs Bett. Er selbst ließ sich ihr gegenüber auf einem Stuhl nieder und nahm ihre Hände.

Das Herantasten begann von Neuem.

Mit Wehmut dachte Theres an die Leidenschaft, mit der sie für diesen Mann gebrannt hatte. Was war nach dem Krieg davon übrig? Was war noch übrig von ihr? Oder von ihm? War sie überhaupt noch zu so einer Liebe fähig?

„Ich weiß nicht, was ich sagen soll", gestand Theodor. „Ich würde dich gerne küssen, aber ..." Er lächelte verlegen und kratzte sich am Kopf. Nun überkam auch Theres ein flüchtiges Schmunzeln, das bald darauf wieder einer ernsten Miene wich. „Verrate mir doch zuerst, wie du es geschafft hast zu fliehen. Ein Schuss ist gefallen. Hat Leopold dich verfehlt?"

„Er hat gar nicht auf mich geschossen. Ich habe mich hinter den Fässern im Eiskeller versteckt, aber er muss gedacht haben, ich wäre in den Wald geflüchtet. Der Schuss ... Ich glaube, er hat ihn aus blankem Zorn abgefeuert. Oder er hat sich aus Versehen gelöst. Nachdem er weg war, habe ich mich bis zur Lehmgrube durchgeschlagen, mich dort in der Höhle versteckt und abgewartet, bis mir der Zeitpunkt günstig erschien."

Theodor erzählte ihr die Geschichte von seiner Flucht, die ihn erst über die grüne Grenze in die Schweiz geführt hatte, wo er in einem Flüchtlingslager untergekommen war und ihn die Schmerzen in seinem Bein fast umgebracht hätten. Später war es ihm gelungen, sich nach Frankreich durchzuschlagen. Dort hatte er Unterstützung von einer Vereinigung erhalten, die von Schriftstellern im Exil gegründet worden war. Sie hatten ihn bei den Vorbereitungen für die Überfahrt nach Amerika unterstützt.

„Ich wollte dich und Milli zu mir holen, Theres. Mein Onkel hätte mir das Geld geliehen. Aber als du keinen meiner Briefe beantwortet hast, dachte ich, du hättest es dir anders überlegt. Ich dachte, Heinrich hätte dich überzeugt zu bleiben, so wie er es schon einmal getan hatte."

„Theodor, Heinrich hatte nichts damit zu tun. Ich habe deine Briefe nicht erhalten."

„Vielleicht, weil er sie zurückgehalten hat?"

„Nein, Theodor. Zu dem Zeitpunkt hat sich Heinrich bereits nicht mehr um die Korrespondenz gekümmert, wenn ich ihn nicht ausdrücklich darum gebeten habe. Jeder Brief ging erst durch meine Hände."

„Ich habe es jedenfalls für möglich gehalten, nach allem, was passiert ist."

„Wie meinst du das?"

„Am Tag meiner Abreise ... Denkst du, es war Zufall, dass unsere Pläne durchkreuzt wurden? Du warst in Sorge, Leopold hätte von uns Wind bekommen. Aber wieso wartete er dann mehrere Tage auf seine Gelegenheit? Mir kam es damals schon seltsam vor, wie Heinrich sich für meine Ausreise ereifert hat. Wer sonst hätte uns verraten sollen?"

„Du ... du denkst, Heinrich hätte uns verraten?" Sie schüttelte vehement den Kopf. „Du irrst dich! Wozu der Aufwand? Er hätte uns nur beim Chef der Reiterstaffel anschwärzen müssen."

„Ich glaube, er hat das ganze Spektakel nur organisiert, um dir zu gefallen. Er hat für dich den Retter gespielt."

„So war es aber nicht. Er wollte dir wirklich helfen! Heinrich wurde selbst niedergeschlagen. Du solltest nicht so über ihn reden. Das hat er nicht verdient."

Sie hatte Mühe, ihre Aufregung im Zaum zu halten. Millis Beichte behielt sie für sich. Schließlich war ihre Schwester noch ein Kind gewesen, dem man die Schuld für das, was passiert war, nicht anlasten konnte. Dennoch beschlichen sie leise Zweifel, was Theodors Briefe anbelangte. Konnte sie wirklich ausschließen, dass sie jemandem in die Hände gefallen waren, bevor sie diese zu Gesicht bekommen hatte? Jemandem, dem daran lag, dass sie auf Rosenhag blieb. Sie begann ihr Vertrauen in Heinrich in Zweifel zu ziehen. Dann fiel ihr

Rosi ein, die ihre Beziehung mit Theodor nie gutgeheißen hatte. Aber alles in ihr sträubte sich gegen diese Gedanken. Gegen diese Verdächtigungen, die ohnehin zu nichts führten – außer dazu, ausgerechnet jene Menschen herabzuwürdigen, die immer für sie dagewesen waren. Rosi war es noch – jeden Tag kämpfte sie an ihrer Seite für den Erhalt des Schlosses. Nein, das würde sie nicht zulassen. Sie wollte vertrauen – Vertrauen war alles, was sie in diesem Moment brauchte. Und Hoffnung.

Theodor schluckte.

„Es tut mir leid. Vielleicht habe ich mich in diesem Punkt geirrt. Aber in einem anderen hatte ich recht, nicht wahr?"

„Wovon redest du?"

„Du und Heinrich? Ihr habt euch geliebt."

Theres schwieg. Sie fühlte sich wie von einem Nebel gefangen. Nur ihr rasendes Herz nahm sie überdeutlich wahr und den drückenden Schmerz.

„Wir waren nie ein Paar", antwortete sie. Theodors Blick ließ erkennen, dass er dennoch darum wusste. Um ihre Liebe, die sich jeglichen Erklärungsversuchen entzog. Aber das Loch, das Heinrich in Thereses Leben hinterlassen hatte, die Traurigkeit, mit der es sich gefüllt hatte, ließen keinen Zweifel daran.

„Trotzdem stimmt es wohl. Ich habe ihn geliebt", gab sie zu.

Theodor lehnte sich zurück und starrte aus dem Fenster. Er gab sich keine Mühe, seine Enttäuschung zu verbergen.

„Bei dir war ich mir immer sicher", flüsterte Theres.

„Wie bitte?"

„Dass ich dich liebe. Ich wäre für dich nach Amerika gegangen. Weg von Rosenhag. Weg von ihm."

„Dann war es wohl Schicksal", sagte er, offensichtlich müde davon, Erklärungen für die Umstände zu finden, die sie voneinander getrennt hatten.

„Aber du bist zurückgekommen." Sie beugte sich nach vorne und griff nach seiner Hand. „Ich weiß nicht, ob es unser Schicksal war. Doch eines weiß ich ganz bestimmt. Der Krieg ist vorbei. Wir haben überlebt! Und jetzt sitzen wir einander gegenüber. Schicksal?"

Ein trauriges Lächeln huschte über seine Lippen.

„Vielleicht", entgegnete er mit brüchiger Stimme. „Ich bin hergekommen, um mich mit meiner Heimat zu versöhnen. Aber in mir drinnen sieht es genauso aus wie da draußen. Da ist nichts mehr heil. Theres, all die Jahre habe ich mich gefragt, wo ich hingehöre. Wer ich bin." Er rieb sich die Augen. „Ich dachte, ich würde mich daran erinnern, wenn ich herkomme."

Sie drückte seine Hand und bekam langsam eine Ahnung davon, was er durchgemacht haben musste.

Er seufzte. „Ich will nicht jammern. Verglichen mit dem, was anderen widerfahren ist, ..." Er stockte, als brächte er es nicht über sich, darüber zu sprechen.

Theres schluckte. Was während der NS-Herrschaft totgeschwiegen worden war, trat jetzt nach und nach zu Tage. Manches davon. Anderes würde wohl nie ans Licht kommen, nicht freiwillig. Die Menschen wollten dem Schatten dieses Grauens entkommen. Ihn abstreifen wie ein beschmutztes Kleidungsstück. Nur vergaßen sie dabei, dass er ein Teil von ihnen war. Wie viele hatten weggeschaut, voller Verachtung oder aus Angst?

Theres hatte das Gefühl, etwas erwidern zu müssen. Nur, konnte sie wirklich erfassen, wie Theodor gelitten hatte? Sie maßte sich nicht an, etwas zu sagen, und hoffte, er würde ihr Mitgefühl spüren.

„Theres, ich war nicht ganz ehrlich zu dir", setzte er fort. „Die Motive für meinen Besuch waren nicht im Ansatz edel. Ich habe nicht nach Versöhnung gesucht, sondern nach Genugtuung. Ich dachte, es würde mich erleichtern, das Land, das mich verstoßen hat, besiegt zu sehen. Aber das hat es nicht. Ich habe mich deswegen nur noch mehr gehasst. Ich ..."

Er stand auf, stützte die Hände in die Hüften und blickte zu Boden. „Ich war verzweifelter als zuvor. Bis ... bis ich mich an das Picknickwäldchen erinnert habe." Er schaute sie an. „An dich! Ich habe begriffen, dass ich mich niemals vollständiger gefühlt habe als mit dir. Und nirgendwo mehr daheim." Er lächelte traurig.

Thereses Augen wurden feucht.

„Ach, Theodor ..." Sie stand auf, legte den Arm sanft um seinen Rücken und die Stirn an seine Schulter. „Du ahnst nicht, wie viel mir das bedeutet", sagte sie mit belegter Stimme und abermals kamen ihr ihre Worte nichtig vor.

„Heißt das, wir sehen uns wieder?"

Theres nickte und strich ihm über die Wange.

„Ja. Wir werden uns wiedersehen."

Auf dem Weg zum Auto fühlte sich Theres seltsam gelöst. Wie auf Wolken und fern der Realität. Beinahe wäre sie deswegen auf dem eisglatten Weg ausgerutscht. Obwohl das Zusammentreffen mit Theodor Salz in offene Wunden gerieben hatte, überwog jetzt die Zuversicht. In zwei Wochen würden sie sich wieder treffen. Dann wäre er aus Wien zurück, wo er mit einem befreundeten Schriftsteller verabredet war. Das gab ihnen beiden Zeit, ihre Gefühle zu sortieren.

Sie freute sich darauf, diesen Mann kennenzulernen. Diesen Mann, der ihr jetzt fremd war. Den sie in Wirklichkeit nie wirklich gekannt hatte, wenn sie es recht bedachte.

Die Liebe hatte sich nicht daran gestört.

Jetzt war ihre Zeit gekommen: Sie hatten eine zweite Chance verdient. Vielleicht würde dadurch etwas heilen. Gut werden.

In ihm, in ihr.

Mit diesem Gedanken und einem Lächeln auf den Lippen stieg sie ein. Und fuhr davon.

Kapitel 40

Linz, Anfang August 2020

„Leider sind wir beinahe am Ende unserer Tour angelangt", erklärte Evelyn. Einige Frauen aus der Gruppe raunten voller Bedauern. „Ich hoffe, mir ist es gelungen, ein Stück Geschichte für Sie lebendig werden zu lassen. Schloss Rosenhag ist vom Erdboden verschwunden, aber längst nicht alles, was daran erinnert."

Evelyn hatte die Damengruppe zu den Orten in der Stadt geführt, an denen ein Teil von Rosenhag für Kundige noch sichtbar war. Zur Nepomukstatue hinter dem Neuen Rathaus, die einst vorm Eingangstor zum Schloss gestanden hatte. Zu dem Wohnhaus, in dessen Fassade einzelne Steine der abgerissenen Schlossmauer eingearbeitet worden waren. Vor allem aber waren es Theodors Texte, die das Schloss für die Teilnehmer ihrer Führungen, die sie seit Anfang des Sommers regelmäßig anbot, wiederauferstehen ließen. Das Picknickwäldchen bildete den Abschluss jeder Tour.

„Hier nahm die Geschichte von Theodor und Theres ein trauriges Ende", sagte Evelyn mit einem Seufzer. „Ein Schuss war gefallen. Theodor tot." Sie machte eine Pause und schaute in die Runde. „Es ist zu vermuten, dass Theres in diesem Glauben starb – viel zu früh mit nur dreißig Jahren. Es heißt, ihr Auto war bei Glatteis von der Fahrbahn abgekommen. Der Wagen wurde erst Tage später geborgen, Theres liegt noch immer in ihrem nassen Grab."

Evelyn drehte sich zur Seite, um einen gefalteten Zettel aus ihrer Umhängetasche zu holen. Es war eine Kopie von Theodors Brief, den sie in der Schatulle auf dem Grab gefunden hatte. Sie hatte Milli davon überzeugen können, dass es wichtig war, sich zu erinnern. Und ihre Großmutter hatte eingewilligt, die Schatulle zu öffnen.

Neben dem Brief hatten sie darin ein bisher unveröffentlichtes Manuskript aus Theodors Feder gefunden. *Im Schatten der Wintersonne.* Er hatte es Theres gewidmet. *Für Theres, im Schatten wie im Licht.*

Der Roman erzählte die Liebesgeschichte der beiden weiter. Er thematisierte auch die Flucht des Protagonisten und seinen Aufbruch in ein neues Leben. Ein Leben ohne seine große Liebe.

Evelyn hatte es einer der Wissenschaftlerinnen im Literaturmuseum gezeigt, denn ihr war aufgefallen, wie sehr sich sein Schreiben von der ersten Veröffentlichung unterschied. Es ging ihr nicht darum, dass er seine Sprache verfeinert hatte, sondern um das, was sie zwischen den Zeilen las.

Die Expertin hatte ad hoc eine Art Gutachten parat gehabt. Für den Eindruck, den Evelyn nicht hatte begründen können:

„Diese Zerrissenheit, die aus dem Text spricht, hat viel mit anderer Exilliteratur gemein. Ich stelle hier nur Vermutungen an. Um es genauer zu sagen, müsste ich das Manuskript und die Biografie des Schriftstellers eingehender untersuchen. Die Flucht aus dem Stollen ... Es ist, als würde er vor der Wahrheit davonlaufen. Die Frau in der Geschichte wird idealisiert. Meines Erachtens verkörpert sie die Heimat für den Flüchtenden. Heimat, Geborgenheit und Zugehörigkeit. Der Held, der sich selbst immer mehr verliert, wird in Kontrast gesetzt zu dieser Frauenfigur, die Stärke und Sicherheit ausstrahlt."

Das ergab für Evelyn Sinn und sie hatte noch mehr Hinweise auf Theodors Biographie entdeckt. Der Protagonist der Geschichte entkam seinem Verfolger, weil er sich in einer Höhle versteckt hielt. Evelyn hatte im Zuge ihrer Masterarbeit viel über Schloss Rosenhag geforscht und auch versucht Theodors Flucht zu rekonstruieren. In einer alten Katasterkarte war sie auf die Kennzeichnung einer Höhle in der Nähe des Picknickwäldchens gestoßen. Die Unterlagen im Landesarchiv, die sie noch einmal gründlich studiert hatte, ließen keine Schlüsse auf den weiteren Fluchtverlauf zu. Fest stand nur, dass Theodor im März 1939 amerikanisches Festland betreten hatte. Seine Nachfahren hatten ihr keine Auskunft über seine Einreise in Amerika geben können. Nur, dass er einige Zeit danach an einer schweren Depression gelitten hatte, die ihn auch später im Leben immer wieder heimsuchte.

Evelyn riss sich von ihren Gedanken los, faltete den Zettel aus der Handtasche auseinander und überflog die Zeilen im Stillen. Sie schluckte.

„Ich habe das hier in den letzten Wochen schon so oft vorgelesen", erklärte sie mit belegter Stimme. „Und trotzdem ..." Sie brach mitten im Satz ab und fing von vorne an, nachdem sie sich geräuspert hatte. „Theodor hat überlebt und er ist nach dem Krieg zurückgekommen. Aber seine Liebste konnte er nur mehr an ihrem Grab besuchen, wie sein Brief vermuten lässt."

Evelyn schöpfte Atem und las die wenigen Zeilen laut vor. Sie las sie für Theres. Für sie allein, wie jedes Mal, und ihre Stimme nahm dabei einen sanften Klang an.

Liebste Theres,

nun soll ich wieder von dir Abschied nehmen? Sag mir, was ist das für ein Leben, was für eine grausame Welt? Es schürt unsere Hoffnung, nur um uns zu verhöhnen! Erst wollte ich es nicht glauben, aber dann las ich den Bericht mit eigenen Augen: Die Donau hat dich mir genommen, an jenem Tag, an dem alles hätte gut werden sollen.

Ich habe zu lange darauf gewartet, zu dir zurückzukehren. Wäre ich nur mutiger gewesen. Mutig wie du! Es tut mir leid, dass ich dich nicht lieben konnte, wie du es verdientest.

Das Leben straft mich.

Dein Tod.

Wenn ich unsere Geschichte aufschrieb, fühlte ich mich dir so nahe. Jetzt wage ich es nicht, ein Ende darunter zu setzen. Als könnte ich dich auf diese Weise hier festhalten. Ich Narr!

Ich klammere mich an die Vorstellung, dass wir uns wiedersehen werden. Du bist mir nur vorausgegangen, nicht wahr? Also warte ich geduldig, bis du mich zu dir holst.

In ewiger Liebe, Theodor

Evelyn ließ das Papier in ihren Händen sinken und schaute in ihr Publikum. Niemand sagte etwas, die

Gesichter wirkten gerührt. Eine der Frauen wischte hastig eine Träne fort, die sich auf ihre Wange verirrt hatte.

„Das ist ja furchtbar traurig", sagte sie.

Evelyn nickte. „Ich habe lange mit mir gehadert, ob das wirklich der Endpunkt meiner Tour sein sollte. Normalerweise entlasse ich meine Kunden lieber mit einem Lächeln auf den Lippen. Aber dann habe ich es von einer anderen Seite betrachtet ..." Evelyn nahm das Buch mit dem grünen Einband zur Hand, das sie sich zuvor unter den Arm geklemmt hatte. Sie umschloss es mit beiden Händen und hielt es vor ihre Brust. „Theodor hat ihre Liebe verewigt. Er hat sie unsterblich gemacht. Genau wie die Erinnerung an Rosenhag. Das fand ich irgendwie tröstlich."

Nachdem sie sich bei der Marienstatue von den Frauen verabschiedet und ihnen den Weg zur Bergbahn gewiesen hatte, machte sie sich auf den Weg zur Villa ihrer Großmutter, die seit Kurzem auch ihr Zuhause war.

Als sie den Garten betrat, begrüßte Milli sie freudig: „Da ist ja unser Ehrengast. Komm, es ist schon alles fertig. Nein warte, eins hab ich noch vergessen ..."

Sie winkte Severin, der vor dem Grill stand, zu sich heran. Feiner Rauch stieg davon auf und es duftete köstlich nach Fleisch und nach etwas Süßlichem. *Vielleicht Ananas oder Pfirsiche?* Severin händigte die Grillzange Conny aus, die offensichtlich froh war, endlich das Zepter übernehmen zu können. Sie winkte Evelyn zu und widmete sich dann ihrer Aufgabe. Dabei ließ sie sich nur von Moritz stören, der sich miauend an ihrem Bein hochzog. Schnell warf sie ihm einen Happen hin und der Tiger machte sich geräuschvoll kauend darüber her.

Milli flüsterte Severin unterdessen etwas ins Ohr. Er nickte und hob anerkennend die Brauen. Daraufhin kam er zu Evelyn und küsste sie flüchtig auf den Mund, bevor er im Haus verschwand.

„Das sieht ja toll aus", sagte Evelyn mit Blick auf den vollbeladenen Grill. „Und es schmeckt bestimmt viel besser als im Restaurant." Wie um es zu beweisen, schnappte sie sich eine Zucchinischeibe mit den Fingerspitzen und pustete kurz, damit sie sich nicht die Zunge daran verbrannte.

„Vor allem wegen meinem Tiramisu", warf Severin ein, der schon wieder zurück war, während er seinen Arm von hinten um Evelyn schlang. Es war eine liebevolle Geste, die Evelyn *die Zwangsjacke* nannte. Denn so in seinen Armen war jeder Widerstand zwecklos und das machte sie verrückt. Severin zog sie näher, küsste sie an der empfindlichen Stelle zwischen Haaransatz und Ohr und schickte Evelyn damit einen Schauer über den Körper. In einer flinken Bewegung wand sie sich aus seiner Umarmung und drehte sich zu ihm um.

„Ja, Schatz, wenn sich das herumspricht, können bald alle Italiener in der Umgebung zusperren." Sie grinste schelmisch.

„Höre ich da Sarkasmus? Lass mir doch die Freude, wo mir Conny schon den Titel als Meister des Grills streitig macht", sagte er und stibitzte sich ein Würstchen vom Rost, was Conny mit einer drohend erhobenen und zuschnappenden Grillzange kommentierte.

„Dein Tiramisu ist wirklich ohnegleichen“, betonte Milli. „Aber jetzt lasst uns anstoßen. Conny holst du die Gläser?“

Conny brachte das Tablett, das bei den Eingangsstufen abgestellt worden war. „Hier“, sagte sie und reichte Evelyn ein Glas. „Schön, dass wir nun endlich Gelegenheit haben, deinen Abschluss ordentlich zu feiern. Nur schade, dass Papa nicht dabei sein kann“, sagte Conny und strich Evelyn über den Rücken.

„Ja, schade“, erwiderte Evelyn. Manche Dinge würden sich eben nie ändern, dachte sie. Andere dafür schon. So war Conny zwar immer noch viel allein, hatte aber wieder begonnen Violine zu spielen und neue Freundschaften geschlossen. Evelyn lächelte ihr zu. „Aber dafür seid *ihr* ja alle da. Und es gibt noch etwas zu feiern.“

Conny öffnete gespannt den Mund.

„Ich habe die Stelle! Im September fange ich an.“

Im Laufe der Recherchen für ihre Masterarbeit hatte Evelyn die unterschiedlichsten Fachleute in den Museen und Archiven kennengelernt. Einer von ihnen hatte ihr jetzt zu einem Traumjob verholfen. Nach dem Sommer würde sie als wissenschaftliche Mitarbeiterin im oberösterreichischen Landesmuseum arbeiten und parallel dazu ihren Doktor an der Linzer Johannes Kepler Uni machen.

„Das ist ja großartig!“, rief Conny und fiel Evelyn um den Hals. Severin war schon eingeweiht und ließ den Frauen den Vortritt. Jetzt kam auch Milli auf Evelyn zu.

„Ja dann, meine Liebe, haben wir ja wirklich allen Grund, die hier zu öffnen.“ Mit einer feierlichen Geste überreichte sie Evelyn die Weinflasche, die Severin aus dem Haus geholt hatte.

„Bist du sicher?“, fragte diese mit Blick auf das vergilbte Etikett.

„Mir fiele kein besserer Anlass ein.“

Noch einmal betrachtete Evelyn die Flasche, die so vieles ins Rollen gebracht hatte. Die Zeichnung des vergessenen Schlosses, dessen Andenken sie für die Nachwelt bewahren wollte. Ja, darauf wollte sie anstoßen!

Auf die Erinnerung, auf den Moment und auf die Zukunft.

Danksagung & Nachwort

Das *vergessene* Schloss, das die Inspiration für meinen Roman geliefert hat, galt bis Anfang der 1960er als gefühltes Wahrzeichen der Stadt Linz, ehe es aus wirtschaftlichen Interessen zerstört wurde. Obwohl ich fünf Jahre lang ganz in der Nähe die Schule besucht hatte, war mir die Geschichte vom *Schloss Hagen* nie untergekommen. Umso faszinierter war ich, als ich bei der Recherche für eine Buchidee darauf stieß.

Mein besonderer Dank gilt daher Dr. Johanna und Dipl. Ing. Herbert Schäffer, die es sich zur Lebensaufgabe gemacht haben, das Andenken an das Schloss zu bewahren. Sie sprachen mit mehr als 200 Zeitzeugen, stöberten auf Dachböden und in Archiven und tragen seit über 20 Jahren alles zusammen, was sie darüber finden können. Mittlerweile hat das Ehepaar aus dieser Fülle an Material eine Vielzahl interessanter Publikationen herausgegeben, die über das Austria Forum öffentlich zugänglich sind und kostenlos als Web-Book gelesen werden können.

Eine sprudelnde Inspirationsquelle und wahre Fundgrube für meine Geschichte stellte hier die Publikation „Blickwinkel Raritäten aus dem Hagen/Linz“ dar, in dem die Räumlichkeiten und einzelne Begebenheiten aus dem Schlossalltag geschildert werden.

Oft saß ich einfach nur staunend da und dachte, darüber muss ich unbedingt schreiben!

So haben etliche Details und Anekdoten den Weg in mein Buch gefunden: Die Reittreppe und die Reitübungen der berittenen Polizei auf dem Dachboden und sogar das Pferd, das sich sein Zuckerstück im Wohnzimmer des Schlossherren abholt. Ja, es waren diese Details, die mich angetrieben haben, dieses Buch zu schreiben.

Dennoch handelt es sich um eine fiktive Geschichte mit erfundenen Figuren, die sich aber zum Teil an reale Vorbilder anlehnen: So sollte Theodor unbedingt ein Schriftsteller sein, weil auch der bekannte Dichter Adalbert Stifter ein gern gesehener Gast im Schloss Hagen war. Es ist nicht unwahrscheinlich, dass das *Rosenhaus* in seinem Werk *Der Nachsommer* von seinen Aufenthalten im Schloss Hagen inspiriert wurde.

Aus meiner Faszination für das vergessene Schloss ist nun ebenfalls ein Buch geworden, das die Leser – so hoffe ich – auf eine spannende Spurensuche mitnimmt.

An dieser Stelle möchte ich mich bei meiner Agentin Alisha Bionda von der Agentur Ashera für die unermüdliche Unterstützung und den Glauben an das Projekt bedanken.

Alexandra Fölker möchte ich stellvertretend für das gesamte Team von dp DIGITAL PUBLISHERS danken – ihr gebt meinem Buch ein tolles Zuhause und schafft ein Umfeld, in dem ich mich als Autorin sehr wohlfühle. Auch meiner Lektorin Mona Dertinger möchte ich für ihre wertvollen Anregungen danken und Anne Gebhardt für das wunderschöne Cover.

Abschließend gilt mein Dank noch den Lesern und Zuhörern der ersten Stunde: Meiner Familie, die mich in jeder Hinsicht unterstützt, und Barbara für ihr hilfreiches Feedback.